本书为广东省哲学社会科学"十一五"规划项目成果

"新批评"丛书

岭南文学新实力
——广东青年作家创作现状研究

孙春旻　主编

武汉大学出版社

图书在版编目(CIP)数据

岭南文学新实力:广东青年作家创作现状研究/孙春旻主编.—武汉:武汉大学出版社,2013.7
"新批评"丛书
ISBN 978-7-307-10827-1

Ⅰ.岭… Ⅱ.孙… Ⅲ.青年作家—文学研究—广东省—现代 Ⅳ.I206.6

中国版本图书馆 CIP 数据核字(2013)第 100495 号

责任编辑:张 璐　　责任校对:刘 欣　　版式设计:马 佳

出版发行:武汉大学出版社　(430072　武昌　珞珈山)
　　　　　(电子邮件:cbs22@whu.edu.cn　网址:www.wdp.com.cn)
印刷:武汉中科兴业印务有限公司
开本:880×1230　1/32　印张:10.375　字数:243 千字
版次:2013 年 7 月第 1 版　　2013 年 7 月第 1 次印刷
ISBN 978-7-307-10827-1　　定价:25.00 元

版权所有,不得翻印;凡购我社的图书,如有缺页、倒页、脱页等质量问题,请与当地图书销售部门联系调换。

"新批评"丛书·总序

郭小东

批评即选择。选择本身是一个批评批判筛选的过程，它在扬弃中肯定着主张着并建设着。故它着眼的不是破坏、颠覆而是寻找其价值与意义并从正面对之进行疏引和建树。中国古代文论的点到即止，并未在形式上延伸，从而给意会与想象预留下足够的空间，想必也正是"批评即选择"这个既定目标及其方式所设定的边界。它同时也体现了批评对其对象的尊重及有限保留。这种精神，从某种意义上说，是贴切文学创作与思维的特殊规律，包括文学对人心对其操作方式的独特性、不可复制性的深切了解，而后做出的基本姿态与判断。这种基本立场，与传统哲学中的二元对立相比，它所包含的鲜明的对抗，等级关系以及诸如对世界的基本把握善／恶、肯定／否定、本质／意外等这类基本模式，凸显着一种自觉地逸出。中国古代文论中的这种自觉精神，包含着强烈的现代性意味。类似当下的解构主义批评。

解构主义批评作为新批评的一种范式，是现代生活方式、现代思维的全新体验,是一种结构消解式的批评;它的对立面或说主要批评对象是现象学和结构主义,其基本观点和立场,主要来源于雅克·德里达的三本书:《论文字学》、《语音和现象》、《文字与差异》。它们同时出版于1969年,开启了解构主义运动的纪元。

解构主义运动一词有狭义和广义之分。在广义上,它指的是一场超越文学批评的运动;在狭义上,是指作为一个文学批评学派的解构主义运动。"解构主义也许是在文学批评史上最具有理论倾向和最具哲学性质的运动"(德·曼《后哲学文化》)。它的核心价值可说是对批评教条的解构。解构,也即消解结构。尽管迄今为止,解构主义批评在理论与实践上,严格说来,尚有许多未及厘清且含混的地方,有叙说不清的问题,但是,从宏观的价值评判上言,其基本立场与主要精神倒是十分恰合近现代性对文学及阅读乃至文学批评的现代化需求,对复杂丰富吊诡的现代生活及精神现象。解构主义批评给出了一个药方并提供了批评思维的或然性想象。

所谓新批评,既不囿于某种批评模式的规范,自然也就不给自己自设边界。这里的所谓新批评,是建立在批评即选择,选择即筛选原则上的批评。是一种充分发挥自觉意识,并努力对固定、僵死的文学批评观念的一种独立的、自由的突围,是以对象为媒介为材料而尽力耗散、辐射其艺术与精神存在的文学批评。自然,也不得不首先考虑对对象的现象及结构的消解。

关于解构的含义,西方有多种解释,更适合于我们对文学作品的批评目的。即"分解",而不仅仅是"摧毁"或"破坏"。它是对保守主义的动摇并对之采取虚无主义的态度,这种基本立场有益于开拓创新并对传统质疑。

其实,解构批评是一种哲学行为,是文学批评的价值观体认。是对世界的把握方式及认识论上的一次革命性的和解。它并非因为哲学立场及其主张而远离文学及文学批评，相反，它将文学及其批评置于一个无边玄思的哲学范畴之中，使其文学话语呈现一种足够丰富深谙人伦的状况。文史哲的合围，是文学批评真正实现对文学的有效统制的价值所在。美国女批评家巴巴拉·琼生说："解构不是破坏的同义词。……一个文本的解构并不是去胡乱怀疑或随意颠覆，而是小心翼翼从文本本身抽出相互为敌的指意力量。若解构阅读中有任何东西被摧毁了，它不是文本，而是一种指意模式对另一模式毫不含糊的统制要求。"（《批评差异》）消解就是一种对对象的追寻与追索，从而发现文本的非逻辑因素，在文学迷宫中寻找到批评清晰的路径，以轻取目标。

"新批评"丛书收入的12本书12个选题，它们都不是什么全新的异质性的话题。这些话题包括知青文学，都是经年累月的文坛旧说。但是，旧说并非意表着过时，它们中间隐藏着许多未及追索或在穷追之下已见麻木但却风光在前的问题。比如知青文学，目前既是显学却又存在着无尽的误读与隐匿。即便在概念上的迷乱与解释上的浅表，都非一般的泛泛而谈所能决断。故在这套书中，关于知青文学研究的，就有7个选题之多。它们分别从不同视角、不同方向对之解构。

其他几个选题，也适切解构精神的要求，分别从文史哲的学科层面展开阐释。《艺术魅惑》、《文学肌质》等，都逼近近年学界或倡导或新进的学术前沿。

模式与方法自然是重要的，但是价值观是更为重要的。

2012年6月12日

目　　录

引　言　南方文学崛起的希望　　　　　　　　　　　　　　1

第一章　魏微论　　　　　　　　　　　　　　　　　　　　7

　　第一节　引论：触碰时代与人心的皱褶　/　7

　　第二节　故乡和异乡　/　9

　　第三节　时间及历史　/　19

　　第四节　平静与尖叫　/　28

第二章　熊育群论　　　　　　　　　　　　　　　　　　　38

　　第一节　文化与生命相遇焕发的奇彩　/　38

　　第二节　西方意象中的文化品格　/　48

　　第三节　大气浑然，灵气满盈　/　59

第三章　黄咏梅论 ———————————— 73

第一节　引论：心灵旅行者的精神守望 / 73

第二节　小城居民的出走之梦 / 75

第三节　边缘人物的超越企图 / 84

第四节　文艺青年的现实困境 / 94

第四章　王十月论 ———————————— 102

第一节　"文学奇迹"的创造者 / 102

第二节　城乡二元社会的文学图景 / 110

第三节　传统与现代的完美结合 / 122

第四节　为打工者建造的一座丰碑 / 131

第五章　郑小琼论 ———————————— 141

第一节　时代的痛感与历史的惶惑 / 141

第二节　《剧》：用犹疑的目光审视自我 / 157

第三节　《黑》：在黑暗中与命运抱在一起 / 162

第四节　《玫瑰》：回顾过往时代表达现代迷惘 / 166

第五节　《女工之周红》：实录当代，"小写的历史" / 171

第六章　梅毅论 ———————————— 176

第一节　不羁笔墨写千秋 / 176

第二节　历历在目地呈现遥远的血腥与迷乱 / 191

第三节　心理与现实的相互阐释 / 196

第四节　时代之病：物欲的暴涨与信念的坍塌 / 201

第七章　盛可以论 ——————————————— 206
　　第一节　一道别致的风景 / 206
　　第二节　使命意识·骨感神韵·质感风范 / 219
　　第三节　展示荒诞时代的畸形人格 / 228

第八章　盛琼论 ——————————————— 236
　　第一节　探求描述"世界"和"心灵"的方式 / 236
　　第二节　以悲悯情怀为底色的现代叙述 / 241
　　第三节　现代人视角下的东方史诗 / 248

第九章　吴君论 ——————————————— 266
　　第一节　专注于描写底层的心灵病相 / 266
　　第二节　灰泥街：一个难忘的空间意象 / 280
　　第三节　都市的诱惑与本真的畸变 / 286
　　第四节　一个隐喻背后的母题：追寻、孤独、异化 / 292

第十章　宋唯唯论 ——————————————— 297
　　第一节　唯美、感伤、世情的文学 / 297
　　第二节　触及新城市里的新人生 / 308

后　记 ——————————————— 317

引 言

南方文学崛起的希望
——广东十位"新实力"作家印象

在当代文学史上,广东省曾经拥有一支强大的创作队伍。欧阳山、秦牧、陈残云等老一辈作家留给人们的记忆至今仍然清晰难忘。新时期以来,广东作家虽然时有佳作问世,但整体影响与文学强省相比逊色不少。作为得改革风气之先的经济强省,广东理所当然地应该是一个文化强省、文学强省,这是身处广东的文化人的一种企盼。最近,"岭南文学新实力"十位作家的推出,标志着这一企盼不再遥不可及。

2009年8月28日,由中国作家协会、中共广东省委宣传部、广东省作家协会联合主办的"岭南文学新实力"作品研讨会在北京中国现代文学馆举行,十位身在广东的中青年作家成为国内文学界关注的对象。这十位"新实力作家"是:魏微、熊育群、黄咏梅、王十月、郑小琼、梅毅、盛可以、盛琼、吴君、宋唯唯。与会专家认为：这十位作家的创作成就，使我们"看到了岭南文学未来的希望，也读到了三个关键词：新实力、新跨越、新发展。"

一

这十位作家近十余年来的创作十分活跃，作品影响广泛，且各具风格特色。

王十月和郑小琼是"打工作家群"中的代表人物。20世纪70年代，王十月出生于湖北，初中毕业后就长年在广东打工，2000年开始发表小说。至今为止，他已在《人民文学》《中国作家》《十月》等重要文学期刊发表长中短篇小说及散文作品二百余万字，出版《无碑》《国家订单》等长篇小说或小说集八部，多部作品被转载。其中、短篇小说组成"打工前传系列"、"打工原生态系列"、"反思打工系列"，此外还有描写乡村生活的"烟村系列"作品。据说，王十月从每月挣600元的油漆厂的调油工开始，先后做过20种不同的工作，打工生涯中备尝生活的艰辛。这些生活积累成为他创作的一笔财富。郑小琼20世纪80年代初生于四川，2001年到广东东莞打工并开始创作诗歌，其作品发表于《诗刊》《人民文学》等刊物；2006年获中国年度先锋诗歌奖，2007年获人民文学奖、庄重文文学奖、华语传媒年度新人提名等重要奖项。进城者与打工者的身份，确定了这两位作家的写作题材和思考向度，为他们的创作打上了鲜明的印记。

魏微是一个漂泊在路上不停地寻找家园的人。她出生于苏北，曾在南京、北京寄居，最终定居广州。早年就有人评价她是我们这个时代的"异乡人"，看不出她思想和文化的源头在哪里，她"唯一亲近的似乎是来自她内心深处的某个隐秘"。在这次研讨会上，评论家阎晶明对她的评价是："是个没有归属感的人"，"可她的小说又有一个恒定的指向，就是她自己的'故乡'。'故乡感'是魏微小说最突出的意象"。

黄咏梅的故乡是广西梧州，这是一个粤语方言区，从地理上来讲，她是正宗的岭南人。评论家施战军认为，黄咏梅的创作特点可以用一句话概括："放低视角看残缺身心。"她的一些作品影响颇大，如《负一层》《单双》《把梦想喂肥》等。虽然"放低视角"，但她的写作却与通常的"底层叙事"有很大不同，既不是报道式的外部描述，也不是知识分子式的同情、怜悯和社会批判，而是深入到小人物的内心世界之中去揭示其复杂微妙的伤痛感受和精神困境。

熊育群和梅毅这两位男性作家的特色似乎更鲜明一些。熊育群的与众不同在于体裁，他是专攻散文的。他感兴趣的是地理文化，写汨罗江、茶峒、怒江、吊脚楼等异地风貌人情，写在西藏大地上的行走，近年来，又开始对客家文化、潮汕文化展开细致的考察。梅毅以"赫连勃勃大王"的网名发表作品，他的写作特色主要表现在题材上。如果说熊育群的兴趣在地理，他的兴趣则在于历史。两晋南北朝、隋唐、明朝、太平天国……历史在他的笔下，变得奇异而另类。他颠覆了传统的历史观念和权威定论，试图借助于文学对历史进行还原与重建。

盛可以、盛琼、吴君、宋唯唯四位女作家，都以深切的女性体验为创作特征。有人指出，盛可以的写作可以视为"私人化"写作的一支，这种写作"告别了深刻的民族悲情"，使文学"有机会发展自己复杂的个人世界、丰富感情和生存体验"。盛琼的一本长篇小说名为《小城小街小女人》，可以说是她细致温婉风格的一种表达。吴君从诱惑、欲望、异质文化冲突、城乡身份冲突等方面，以女性特有的细腻与敏感,表达了当代都市生活的无奈。宋唯唯的小说,被评论家吴义勤用"唯美的感伤"来概括,"对小说语言娴熟的把玩和惊人的精雕细刻,对唯美事物的诗意迷恋,都让她的小说,呈现出文人小说独特的气味"。

尽管多数都是"新客家"人,在岭南生活的根基并不深厚,"新实力"的作家们还是在珠江三角洲这片沃土上辛勤开掘,不懈努力,写出了诸多表现岭南生活的作品:如黄咏梅描写当代广州生活的一系列中短篇小说,吴君的小说集《亲爱的深圳》,王十月写珠三角小企业艰难生存状况的中篇《国家订单》等。可以预想,在不久的将来,岭南地区具有独特魅力的当代生活将在以"新实力"为代表的新生代作家笔下得到更为充分的艺术表达。

二

整体上说,"岭南新实力"的十位作家作品的基本特色是"以复杂的体验表达时代的痛感"。

在魏微那里,痛感表现为家园的缺失和追寻。故乡苏北不是一个发达的、现代化的地方,却是魏微精神世界里一个永难打破的容器。这个故乡是真实的,又是想象的;是感情的寄托,又是行为的背弃。寻找家园,是当代人一个永恒的精神向度,在残酷现实的揉搓之下,寻找永无结果,痛感恒久存在。在王十月的《少年行》中,农村精神生活已极度空虚,生存空间的完整性已经破碎,在疼痛和缺失之中,少年们不知该走向何处。黄咏梅笔下的小人物的生活,总是那样残缺不全,总是那样孤独,求感情不可得,求安全不可得,人总像是失去了立足点一样,在虚空中不断下落。盛可以在爱情的道德与不道德之间,徘徊犹疑,难以做出判断,在与整体社会相比不过是"杯水"样的风波里,展现作为个体的人的痛楚与无奈。盛琼曾就她的《我的东方》对记者说,在"东方"这块土地上,总有那么一些元素能让我们的泪水流尽,其内核就是一种东方人独有的文化精神。所以她笔下的人物,在灵魂和肉体之间,总是要演绎出凄绝动人的生命绝唱。而吴君笔下的打工者们,承受着城市冲突的矛盾挤压,在欲望中沉浮,不能自主。宋唯唯笔下的人物,敏感且容易受伤,作者通过她们的感伤,表现世界的荒诞。

同样是表达痛感,郑小琼的风格却有些与众不同。她的诗有硬度,显示出几分强悍和粗粝的特点。在一种撕裂性的痛感之中,她发出的是一种坚硬的呐喊,这跟她性别形成一种反差。

"岭南新实力"十作家在让我们看到了广东文学崛起的希望的同时,也让我们体验到一些遗憾和不足。这些遗憾主要表现在两个方面:

第一,阴柔有余,阳刚不足。这或许是由于性别的原因,十位作家,女性占其七。女性作家的长处是体验细腻,尤其擅长传达微妙的情愫。但如《白鹿原》似的阔大和恢弘,如《红高粱》般的豪放与奇崛,则是女性写作之所短。虽然不该强求岭南文学如北方文学一样雄浑,黄钟大吕原也不是南方的风格,但阴柔过度,便会使美失去平衡,毕竟壮美的因素不可或缺。幸亏有熊育群的地理文学和梅毅的历史文学,"岭南新实力"才具有了一定的时间和空间上的辽远空阔之感。

第二,缺少岭南传统的风情韵味。相对于"京味"小说、"海派"小说,以及两湖作家笔下的荆楚文化小说,"岭南新实力"作家还缺乏对岭南独特文化的充分表达。十位作家,没有一个广东本土出生的,这是一个遗憾。中国当代的文学作品中，竟然没有一个成形的广州城市意象出现，也令人沮丧。既然落脚岭南，那就不妨学一学苏轼，"日啖荔枝三百颗，不辞长做岭南人"，为传承岭南文化出一份力，这应该是十位作家乃至整个广东创作界的一个共同任务。

第一章 魏微论

第一节 引论：触碰时代与人心的皱褶

魏微原名魏丽丽，1970 年出生于江苏沭阳，1993 年开始尝试写作。她于 1994 年至 1995 年间，在淮安市文联主办的刊物《崛起》上相继发表小说《小城故事》《清平乱世》和《恍惚牌坊》，在当地文学界产生了较大反响，淮安市文联为这位青年作家召开了作品研讨会。1996 年，魏微入读南京大学作家进修班，开始专注于阅读和写作的生活。1997 年，《小说界》"70 年代以后"栏目刊发了其作品《一个年龄的性意识》，魏微也一跃成为"70 后女作家"中的佼佼者。2001 年，魏微离开南京，到北京继续自己的文学道路，并很快进入创作生涯的第一个高峰期。其短篇《乡村、穷亲戚和爱情》《大老郑的女人》《化妆》以及长篇《一个人的微湖闸》（单行本改名《流年》）等小说的发表，为作家带来了较大声誉。2004 年，魏微以《大老郑的女人》获得第三届"鲁迅文学奖·全国优秀短篇小说奖"。2005 年，魏微南下广州,签约广东省作家协会。2011年,魏微击败大热人选韩寒,荣获第九届"华语文学传媒大奖2010年度小说家奖"。可以说,魏微是"70后"作家中毫无争议的代表性人物之一。

2002年,魏微在《青年文学》杂志发表了"我的年代"系列文章,以跨入人生30岁大关的70后身份,追忆了自己的成长岁月。把这组文章和魏微的小说放在一起对照阅读,我们不难发现在纪实与虚构之间蕴含着魏微的生命底色和文学理想。在《通往文学之路》一文中,魏微自白:"文学是最适合我脾性的,单调,枯燥,敏感,多思。有自由主义倾向,不能适应集体生活,且内心狂野。"① 这不多的文字,呈现了作家个性中相互矛盾的侧面。单调、枯燥的表面,敏感、多思、狂野的内心,以及自由主义、个人主义的倾向,既是作家的个人写照,也是魏微在小说中极力探求的世界。

熟悉魏微作品的读者或许都会有一个印象,那就是她在不断地尝试去表现庸常个体内心深处潜藏的尖叫冲动。她的小说,故事虽然各不相同,但人物往往有一些共同特质,她总是喜欢把人物放置在特定的时代背景和永常的日常生活中,触碰并展露他们自己也未必明了的心理皱褶。这让人想起朱光潜先生在谈论废名时说过的一段话:"他在心境原型上是一个极端的内倾者。小说家须得把眼睛朝外看,而废名的眼睛却老是朝里看;小说家须把自我沉没到人物性格里面去,让作者过人物的生活,而废名的人物却都沉没在作者的自我里面,处处都是过作者的生活。"② 尽管对魏微影响直接而深远的作家是萧红和张爱玲,而非废名,但在笔者看来,魏微也是一个特色鲜明的内倾型作家。

---

① 魏微:《通往文学之路》,载于《青年文学》2002年第4期。
② 孟实(朱光潜):《桥》,《文学杂志》1937年第1卷第3期。转引自陈振国编《冯文炳的研究资料》,海峡文艺出版社1991年版,第177页。

对于这一点，魏微本人不仅认可，而且有着明显的坚持："每篇小说，我都希望有自己的生命在里头，每部作品我都希望带有我的感情，我的气味，我说话的腔调。"① 在一次访谈中，魏微表示："我对外部环境，不管是城市还是乡村不是特别有兴趣，所以我说过，我是一个生活在一间屋子里的作家，对我二十年前的生活进行挖掘勘探，并从中找出整个世界，是我写作的努力方向。我这样的性格，其实把我放在巴黎纽约那样的城市，我照样视而不见，会写我记忆中的中国小城。"②

或许正因为魏微的内倾风格，她的作品中总是或明显或隐约地反复出现下列关键词：日常生活、故乡、异乡、成长、时代、个人、性意识、青春期、时间、小城、乡村，等等。而在这一系列关键词的背后，则是叙事者温和而平静的眼光。那个"他"或"她"，通晓人情世故，敏感多思，想要把自己所看到的别人所忽视的世界呈现出来。那是一个具体而微的世界，是一个街景和人物都著有"我"之色彩的世界，叙述者或期待或无待的，是会心读者的一点隐秘触动。

第二节　故乡和异乡

鲁迅在《中国新文学大系・小说二集・导言》中，使用"乡土文学"这个概念描述王鲁彦、许钦文、蹇先艾这批作家在20世纪20年代的创作。"蹇先艾叙述过贵州，裴文中关心着榆关，凡在北京用笔写出他的胸臆来的人们，无论他自称为用主观或客观，其实往往是乡土

---

① 魏微：《个人经验和生命感受》，《当代文坛》2007年第5期。
② 黄咏梅：《魏微：把我放在巴黎纽约，我照样视而不见》，《羊城晚报》2006年3月10日。

文学……回忆故乡的已不存在的事物，是比明明存在，而只有自己不能接近的事物较为舒适，也更能自慰的。"① 事实上，鲁迅本人正是中国新文学史中乡土文学的始作俑者，被视为白话文学开端和成熟之作的小说集《呐喊》和《彷徨》中，均有丰富而深刻的乡土书写。

在以《故乡》为题的小说中，叙述者"我"冒着严寒回到阔别已久的故乡，所感到的却只是悲凉。"我所记得的故乡全不如此。我的故乡好得多了。"与儿时玩伴闰土的重逢，感受到的是隔绝和惘然，"我只觉得我四面有看不见的高墙，将我隔成孤身，使我非常气闷"。收入小说集《彷徨》的《在酒楼上》，叙述者在旅行中，因懒散和怀旧心绪的联结，暂寓S城的旅馆。然而，转了不到两个时辰，只觉物是人非，意兴索然。即便是曾经熟悉的景色，"但现在从惯于北方的眼睛看来，却很值得惊异了"。客中无聊，酒楼闲坐，"觉得北方固不是我的旧乡，但南来又只能算一个客子，无论那边的干雪怎样纷飞，这里的柔雪又怎样的依恋，于我都没有什么关系了"。

在鲁迅对"乡土文学"的描述及其自身的乡土书写中，故乡的意义正是在异乡的参照中呈现的。在故乡和异乡的牵连和矛盾中，蕴含了作家复杂的心理体验。首先，只有当作家侨居异乡时，才能经历和体会对故乡的思念，因而，他的视角只能是异乡人的视角。其次，作家对故乡的怀念，几乎必然地伴随着一种无根的漂泊感。最后，作家试图通过回忆的方式重温故乡的种种，然而这种回忆究其实不过是某种想象，作家并不能——在某种意义上也不愿——抵达真实的故乡。离开了的故乡，必然是已经变化并且还在变化的既熟悉而又陌生的所

---

① 鲁迅：《中国新文学大系·小说二集·导言》（影印本），上海文艺出版社2003年版，第9页。

在。一旦离开故乡，便永远地失去了，再无重返的可能。因而，作家们只能在写作中反复诉说，在虚构的世界里一次次折返。作家们，或者说现代人，遗失在故乡的不只是现实层面上的家园，更是童年时代的纯真、现世安稳的宁静，以及桃花源的理想。

进入21世纪的中国，随着经济的高速增长，城市化进程的不断深化，城乡及地区之间的差距日益加大。农村居民纷纷离开故土，涌向城市。小城居民则希望在北京、上海、广州等大城市实现自己的梦想。每年春运，拎着背着大包小包扰攘于火车站、汽车站、飞机场的外来工们，都匆匆赶回自己的故乡，与父母妻儿短暂团圆后，就再次奔赴异乡，他们仿佛候鸟，在故乡和异乡之间迁徙。相较于新文学最初30年的社会背景，今天的中国人的异乡经验更为普遍和复杂。

作为一名走出小城的作家，魏微的小说自然而然地蕴含了现代文明进程中的离散经验和原乡想象。在小说《异乡》中，在故乡和异乡相互对照的双重视域中，魏微呈现了现代中国人无所归依的精神迷惘："这二十年来，正是大量中国人热衷离开的年代。他们拖家带口，吆三喝四，从故土奔赴异乡，从异乡奔赴另一个异乡。他们怀着理想、热情，无数张脸被烧得通红扭曲，变了人形。他们是农民、工人、国家公务员、小知识分子、大学教授、老人、孩子……中国整个疯了，每个人都在做着白日梦。"女主角子慧出生、成长于小城吉安的一个体面人家，中师毕业后顺理成章地做了小学教师，爸爸是校长，生活平静安稳。她没什么野心，也少幻想，有一天却心血来潮，辞了职，选择了漂在北京的生活。"她隐隐地想到，这些年来，她离开故土，流落异乡，其实并没有什么实在的理由，或许仅仅是为了离开。"子慧出走的行为背后既带有对漂泊生活的浪漫想象，又隐含了"生活在别处"的隐秘冲动。

不论是被时代的离乡热潮所裹挟,还是为内心的出走冲动所驱使,子慧都具有了异乡人的身份,经历了异乡人的遭遇。春节去天坛逛庙会,到处都是陌生人。更委屈的是,"因为她身在异乡,她穷,她还有身体",不仅在租房时被房东仔细盘问,就连远在故乡的父母也怀疑她。"在这个人人自危的时代,每个人都形迹可疑,不做贼也心虚。"子慧在贫困中坚持上夜校,报读各种实用的培训班,过着清白而勤奋的生活。终于,三年后,她考上了注册会计师,如愿找到一份体面的工作,经济上完全自足,对北京也逐渐熟悉起来。

在闲来无事的聊天中,子慧这样描述自己的故乡:"青石板小路,蜿蜒的石阶,老房子是青砖灰瓦的样式,尖尖的屋顶,白粉墙……一切都是静静的,有水墨画一般的意境。庭院里有樟树、槐树、榕树,推开后窗,就是清澈见底的小河,河水可以引用、漂洗,夜里能听到流水的声音。"子慧的描述令同事联想起曾经去过的周庄、丽江、婺源、绩溪,他们感慨着:"中国现在这么浮躁,难得还有这么一些清净地儿,容我们偶尔去做做田园梦,要不,你说人活着还有什么意思,成天快马加鞭,也不知道为什么忙,也不知道忙些什么。"既然城里人都做田园梦,那么子慧为什么还要跑到北京受罪呢?子慧也曾一次次问自己。回家的冲动隔一阵子就会袭击她,她仿佛听到一个声音不断地在召唤。

于是,子慧把自己的三年出行想象为一场梦游,梦醒后,她选择了回家。随着子慧的归乡,作家将标题"异乡"的含义进一步深化了,等待子慧的并不是她所思念的古朴、安静的故乡。骚动中的中国急于变化,却又缺乏想象力,变来变去都是楼房,吉安变得陌生而模糊。商业街两旁是林立的店铺,一到晚上,街旁站满了小姐,"全说普通话,都是外地人"。吉安人则到外地去了,子慧觉得自己对一切都不熟悉。当然，子慧也变了。她"像一个偶尔路过此地的大城市的女子"，充满了优越感。归乡之旅提醒着子慧，她已无乡可归。

子慧将救赎的希望寄托于家的氛围和父母的爱。暂时得到抚慰的子慧，在家认真备课。第一次出门，"突然感到背后有眼睛，就在不远的地方，无数双的眼睛，一支支地像箭一样落在她的要害部位，屁股、腰肢……到处都是箭，可是子慧不觉得疼，只感到羞耻"。然而并没有人在看她，"这眼睛在她心里，是她在看她自己"，"她离家三年，本本分分，她却总疑神疑鬼，担心别人以为她是在卖淫"。回到家，等待她的是父母的审讯。她所担心的时刻终于来临，父母认定她是个妓女。子慧万念俱灰，也曾在半夜有过跳楼的念头，但终于只是在屋子里百无聊赖地走了一圈后，上床睡着了。

当父母的怀疑成为宣判时，子慧最后的一丝希望彻底崩坍，她将成为永远的异乡人，不论在吉安，还是北京，抑或任何其他地方。魏微在书写现代人的出走冲动和还乡渴望时，特别融入了性别元素。子慧在回家之前，已经预见了吉安的变化，因为这种变化在她离开之间已经开始了。但她还是毅然放弃了辛苦打拼得来的位置，选择回家乡做一名小学教师，她相信亲情能够成为自己最后的抚慰。然而，对于女儿身体的焦虑和规训，动摇了亲情的根基。父母爱女儿，但他们无力也无心对抗强大的性道德规范，他们只能爱清白的女儿。

魏微曾提及自己写小说时的顾虑："一旦涉及两性关系描写，我总是犹豫再三。不为别的，只因为我是我父母的女儿，我曾经在他们的眼睛底下，一天天清白地成长。我愿意为他们保存一个完好的女儿形象。"[①] 这段话中包含了十分重要而微妙的信息，即父母对女儿形象的

---

① 魏微：《通往文学之路》，《青年文学》2002年第4期。

期待与规训。清白意味着性的约束甚至禁忌，性被视为不洁的、羞耻的。不仅父辈、乡邻乃至社会持有这样的看法，就连许多当下的女青年也不可避免地内化了这种道德感。《异乡》中的子慧，尽管生活本分，却依然担心别人（包括父母）以为她出卖身体，总是以说谎的方式扮演良家妇女。离开北京时，她把华美的衣服放在皮箱里，一身寒素地回到家中。她总是以他人的眼光看自己，想要符合外界对自己的期待。然而，讽刺的是，她最终因为存放在箱子里"妖艳"的衣服，而被"证据充足"地宣判为妓女——有污点的人。如果子慧不曾离开故乡，而是安稳地生活在父母眼皮底下，那么她可能不会招致房东和亲朋的怀疑以及指指点点。

事实上，在商品经济和消费主义大行其道的时代，女性身体陷入了愈发尴尬的境地。一方面，女性身体越来越普遍地成为性交易的对象，另一方面，整个社会对女性身体的道德规训并未松动，而是被纳入更为微妙的权力话语系统。"今天的历史，是身体处于消费主义中的历史，是身体被纳入到消费计划和目的中的历史，是权力让身体成为消费对象的历史，是身体受到赞美、欣赏和把玩的历史。身体从它的生产主义的牢笼里解放出来，但是，今天，它不可自制地陷入了消费主义的陷阱。"① 尽管男性身体也在越来越多地被消费，但女性身体仍是主要的欲望对象，特别是贫穷的女性，更容易成为被消费的商品。

如果说《异乡》中的子慧是冤枉的，那么在小说《回家》中，魏微则想象了另一种可能性。小凤出生于比小城更为贫穷落后的农村，高中毕业那年跟着表姐进城打工，到了丹阳街，才知道表姐是干什么

---

① 汪民安：《身体、空间与后现代性》，江苏人民出版社2005年版，第21页。

的。后来她正经工作找不到,回家又不甘心,小凤也半推半就地入了行。在一次扫黄行动中,小凤被遣送回家。六月的乡村,弥漫着浓郁的芬芳,回到熟悉的环境,小凤"感到疼,羞耻",和"一点点良知"。只是,乡村已经容不下她。母亲得知女儿异乡生活的真相后,认为如果留在村里,小凤将很难嫁人。于是,回家后没多久,小凤便在母亲的授意下,再次离开,并带走了李霞。

贫穷的农村女孩离开故乡,梦想着在城市改变命运。但对于她们中的大多数人来说,唯一的资本就是自己的身体,她们要么坚守在流水线上换取微薄的薪水,要么冒各种风险在性产业中赚快钱。一旦选择了后一种方式,那些离乡背井的女孩将再也无法回去。她们不断寄钱回家,供弟妹上学,赡养父母,建房子,成为家庭的经济支柱。但同时她们也令家庭蒙羞,家人耻于提到她的名字。村人既嫉妒她们赚的钱,又自觉有着道德上的优势,窃窃私语着,嘲笑她们的品行。

20世纪40年代,丁玲在小说《我在霞村的时候》中,生动形象地描绘了一个被日本人掳走的女孩贞贞回村后的遭遇。即使贞贞以身体为党和国家换取了大量情报,村人依然嫌厌她,鄙视她,"尤其那一些妇女,因为她才发生对自己的崇敬,才看出自己的圣洁来,因为自己没有被敌人强奸而骄傲了"。无论女性通过身体做出了什么贡献,只要她不贞,她就必须承受污名和卑视。正如贞贞选择离开一样,小凤也回不去了。无家可归是她们的宿命,一旦违背性道德,她们将被故乡永远放逐,以异乡人的身份漂泊此生。

魏微借由子慧、小凤等的经历,言说着现代中国人——尤其是女性——难以归乡的忧伤与绝望。在此背后,魏微念兹在兹的恰恰是无法摆脱的乡愁,以及寻根渴望。毋宁说,魏微试图通过自己的写作,唤起中国人在城市化进程中逐渐忽略并淡忘的原乡情结。在魏微看来,异乡感并非小凤、子慧这批离开农村或小城的人所独有,而是全体中国人共有的精神状态。"'乡村'在中国文学字典里是个重要词汇,于我亦如此,因为我出生在这里,我的父族得到过它的滋养,我的爷爷奶奶葬于此,我家族的大部分穷亲戚都在这里落地生根,长睡不醒……推己及人,我愿意得出一个结论:乡村——它是集体中国人的故乡。"① 这个故乡,今天的中国人或者已经离开,或者正在离开,或者希望离开。

在小说《乡村、穷亲戚和爱情》中,魏微想要呈现的正是城市居民的还乡之旅。小说采用魏微惯用的第一人称视角,以"我"的口吻缓缓道出城乡之间的隔阂与碰撞。"我"的家族一百多年前,从山东迁徙到江淮一带,以土地为生,过着地道的农民生活。"我"爷爷因为参加革命而走向城市,从此远离土地。"到了我和弟弟这一代,我们已经完全地被改造了。我们开始过上富足的生活,有身份和地位。"魏微暗示,"我"成为异乡人而不自知。

"我"和弟弟对于家里不时出现的穷亲戚感到不快,接济者的宽厚慈悲和被接济者的难堪困窘,都令"我"觉得寒心。对于"我"的冷漠无情,父亲摇头叹道:"这不是帮助的问题——他们也不需要帮助;这是维系。你不懂的。也许有一天你长大了,需要回过头去追溯自己的来由……"多年后,"我"终于理解了父亲的话。28 岁那年,为了送奶奶的骨灰回乡下与爷爷合葬,"我"第一次踏上了祖辈生活过的土地。带有麦田青草气息的风从村庄深处吹过来,沉睡多年的感情苏醒了。"它几乎是一触即发的,不需要背景和解释,也没有理由。

---

① 魏微:《都市、小城、乡村——小说的资源》,《作品》2005 年第 3 期。

你只需站在这片土地上,看见活泼、古老的世风,看见一代代在这里生长的子民,你就会觉得,有一种死去的东西在你身上复活了。"

这些年来,"没有任何一样事物能让我感动,所有的欢乐和伤痛都是暂时的、有代价的,也几乎是浮面的"。"我"的城市生活之所以麻木、虚无、堕落,是因为自己割断了与之血肉相连的乡村世界,失去了精神家园。回到自己的血脉之源,那块简单、远古、荒老的土地,"我"变得敏感、微妙、善于感知。在这种境况下"两个处于隔离世界里的男女,他们相遇了。他们原本是不相干的"。在那天的阳光底下,"我"和四十多岁的穷亲戚陈平子发生了爱情。

在魏微笔下,都市人的异乡感是本质性的,无法摆脱,无法根除,他们的迷茫、浮躁、虚伪、肤浅都根源于此。因而,他们对故乡的向往和想象也是永恒的。在《乡村、穷亲戚和爱情》中,城市被想象为浪荡、迷惘的女子,乡村则被想象为坚实、宽厚的男子。"我"和陈平子在那个春日下午盛开的爱情,正是城市和乡村的一次相遇和联结。爱情发生的瞬间,"我"想象着自己嫁给陈平子,留在乡村,和贫苦人一起生生息息,这种想象让"我"狂热。

然而,"他们没有勇气,也没有能力"。一切只发生在内心,还没来得及开始,就已经在瞬间灰飞烟灭。葬仪结束,"我"告别陈平子,告别故乡,返回异乡的城市。"我们一路疾驶,乡村就像风一般地掠过了。而且,黑暗慢慢降临了。"小说结尾既是现实亦是寓言。对于今天的都市人来说,既想在乡村寻找午夜梦回时憧憬的古朴、安宁的田园生活,又无法舍弃城市的舒适、便捷、享乐。乡村的贫穷像鸿沟,阻断了都市人的归乡之路。

在《异乡》《回家》及《乡村、穷亲戚和爱情》等小说中,魏微的归乡书写大体上依然延续着鲁迅以来的"离去——归来——再离去"的结构模式。而在另一些小说中，魏微反复言说了一种单向的离开诉求或曰冲动。《异乡》中的子慧曾与郭小海短暂交往，郭小海是北京本地人，他告诉子慧："我从小就想离家出走，到一个谁也不认识的地方，客死他乡。"郭小海的出走之梦与世俗意义上的追求成功无关，而是现代人生存状态的某种表征。魏微不断描述着隐藏在现代人内心深处的出走冲动，与年龄、性别、地域、地位等因素无关，有些人只想离开，离开故乡，离开熟悉的所在，到异乡，去陌生的地方。

《到远方去》中的"他"五十多岁，处在日常生活中，是个温绵的丈夫和父亲。"他活得那样认真，他的世界富有逻辑，有板有眼……他让他放心；可是那个自己，他不快乐。他是个陌生人，从异乡到异乡……他是个陌生人。"这个渐入老年的男人偶尔会厌烦日复一日年复一年的幸福生活，做出一些自己也莫名其妙的事情。一次下班途中，他甚至跟踪一个陌生的年轻女人，并生疏地开始搭讪，吃吃地说着琐碎的话。他告诉她，每天早晨他都以为自己会从上班的路上逃跑，一年前的一天清晨，他真的没去上班，而是骑着自行车一径去了另一个城市。这个几乎无事的故事，正如它的主人公，这个五十多岁的男人的人生，平淡、熟悉、庸常。但在内心深处，他隐隐渴望着一点惊险、刺激、陌生和新鲜。他尝试逃离，但他终究是胆小而谨慎的，那些离开的念头大多时候只在内心波涛汹涌地发生，再一点点消退，重新回归平静的日常。

类似的人物还有《薛家巷》中的吕东升，同样是一个五十多岁的男人，他喜欢漫无目的地走路，有时候还会跑起来。"他这样跑着，也许是走着，在那静静的一瞬间，觉得自己获得了某种自由之身。他离他的日常生活远了，他的妻儿、爱和憎、苦恼、那日渐衰老的肉身，都离他远去了。"或许没有明确的意识，吕东升几乎是出于本能地想要逃离庸常的生活，追逐自由的感觉。他告诉在公园里萍水相逢的另一个男人："有一天，他会离家出走。他要离家出走。"话说出来，吕东升自己吓了一跳，但这正是潜藏在他身心深处的隐秘渴望，总有一天吧，"他走出了这个城市，到世界的另一个地方去了"。长篇小说《一个人的微湖闸》中的杨婶是四个孩子的母亲，车站站长的夫人，有身份，有地位，有人缘，生活安闲。然而，出乎所有人的意料，她在将近50岁的时候，竟然和一个路过的年轻司机私奔了。

不只是行将步入老年的男人和女人，《姐姐和弟弟》中才15岁的姐姐，在和父母及弟弟的情感纠葛中，被一种无以名状而又难以抗拒的力量所困扰。"她想她应该离家出走，到一个陌生的城市生活。"姐姐的离家冲动里包含着现代人对孤独的恐惧及对自由的迷恋。那是一种自我放逐的渴望，对陌生异乡的向往。这些人物身上多少投射了魏微本人的心理体验，那是一种极为矛盾的情感状态：既渴望日常生活的安稳、和平、人情和温暖，又害怕它的庸常、暗淡、束缚和委顿。于是，魏微笔下的人物，有的眷念或憧憬着故乡、亲情、血缘，有的渴望或追求异乡、陌生、自由，有的则游走于两类情感之间，迷惘彷徨。魏微对故乡和异乡的书写既融入了个人的生命体验，又立足于当下中国人的生存状态，读来令人深思。她对现代人异乡感的描绘，更是有着丰富的层次，显示出作家独到的观察和细腻的感悟。

第三节　时间及历史

魏微的小说不仅探讨了现代人关于地理空间的体验和想象，还极为关注个体对时间和历史的感受。魏微笔下的时间大致上包括生命时间和历史时间两个方面，并都以个体感受为中心加以表现。《一个人的微湖闸》是魏微的第一部长篇小说，最初发表于《收获》2001年增刊，单行本出版时更名为《流年》，在台湾出版时又改回原来的名字。小说的两个名字很难说孰优孰劣，"一个人"对"流年"的感慨，是这部小说的基本主题。可以说，这篇小说集中地表现了作家对生命时间的感受。

魏微在小说反复表现流年似水，一刻不停的感伤。时间的流逝本是无声无息、无知无觉的，但在魏微笔下，时间有了生命，它是可见、可闻、可感的。叙述者不时中断故事的讲述，转而描写"我们家的那只老式座钟，木质外壳，坐落在条几的正中，正滴滴答答地走动着，那样的平静、坦然、苍茫，也不知道延续了多少日月，也不知道走过了多少时辰，也不知道到了哪年哪月"。有时仿佛幻听般，受到某种声音的蛊惑，"在某个瞬间里，非常清晰地，我听见了时间的声音，一点一滴的，我知道，那是钟表，在我看不见的地方，慢慢地走动了"。有时甚至没有钟表，时间直接发出了声音："我听到了一种声音，一点一滴的，清脆的，我知道，那是时间，它静静地走动……一天天，一年年，它走远了。"有时那声音还有能够辨识的质地和节奏："也就是在那静静的一瞬间里，我听到了时间的声音，非常含糊的，像雨打芭蕉的点滴的声音。"有时时间仿佛长了脚的精灵，会走会跳会动："我看见时间跳到墙壁上了，那是阳光，一闪一闪的，像水一样地荡漾着。刚刚是一瞬间呵，时间曾经停留在我们的衣衫上，现在，时间已经走到墙壁上了。"

"时间"成了小说中一个独立的角色，它出现在日常生活中那些静谧、安宁、美好、幸福的瞬间，它代表着感伤、恐惧和焦虑。日月悠长、真切而美好，然而这样的日月总在变化和破坏中，没有任何力量——包括政治、革命、意识形态等——能够阻止时间的脚步。对于每个个体生命而言，这个事实显得过于残酷，但也正因为如此，那些能够留在时间之外的东西——诸如爱、温暖、亲情、希望等——才显得弥足珍贵。这或许也是魏微执著于表现生命时间的心理动因，正如朱天文在《荒人手记》中所说，"时间是不可逆的，生命是不可逆的，然则书写的时候，一切不可逆者皆可逆"。① 对于魏微而言，在她的内倾型写作中，故事可能是虚构的，但其中对生命时间的体验和感悟则是真实的。

在魏微笔下，童年、青少年和中老年阶段都伴随着时间流逝的感伤。最美好的时光自然是童年，在生命最初的几年，没有心事、懵懂无知，日子平和幸福。正如张爱玲在《小团圆》中对童年时光的回忆，时间变得悠长，无穷无尽，世界美丽安详。在《一个人的微湖闸》中，成年之后的"我"追忆童年时代在微湖闸的生活，以及当时所遇见的一些人和事，包含了成人和儿童双重视角。正因为成人视角的介入，看似安宁恬淡的时光，却潜藏着疼痛和尖锐。"在微湖闸的童年，确实是我生命中的黄金年华，我早慧，多情，敏感，有力……一切的一切，全被我提前用光了。"追忆的方式天然包含着伤悼的意味，成年之"我"回望着儿童之"我"，清晰地看到了时间的流逝，"我"将迅速成长，经历青春期的阴郁和暴躁，自己所爱的那些风华正茂的青年们则一步步向时间的深处堕落。"对于童年的回忆，就像老电影一样，一幕一幕的，带有逐渐老去的、陈旧的色彩，带有锯削般的沙沙声，从我的抽泣声中静静地流过了。"

"我"的童年正值"我叔叔那代人的黄金岁月，毛绒绒的小胡须，篮球场上的接传和奔跑，活力，友情，看老电影，在夏夜的闸

---

① 朱天文：《荒人手记》，山东画报出版社2009年版，第209页。

上,听成年人讲色情笑话,朝闸底下的姑娘吐口水"。魏微喜欢以22岁代表人生的盛年,储小宝就是在那年喜欢上跑步的。"他身材匀称,双腿修长……头发随风飞扬,在阳光底下……他的眼前只是金色的荒漠。"《化妆》中的嘉丽生命中最美的一段也发生在22岁,那时的她"有着枝繁叶茂的正在开放的身体,很多年后,她一定会记得这一段,记得这个男人,因为他曾陪她一起开放过"。通常,在描写了欢腾跃动的年轻岁月后,魏微的叙事马上就会急转直下——像电影中的淡出,接下来的三年、五年、十年,光阴腐蚀了容颜、爱情和生活。《一个人的微湖闸》中,女童时代的"我"以沧桑的眼睛看着自己和他们。"我看着时光再也不会回来了,我自己是不足惜的,我为他们觉得疼惜。"成人和儿童的眼光交织并置,"我"看到他们的光芒、锐气很快就不再了,在人生的磨难里,变得温吞、沉静、战战兢兢、小心翼翼。

人生进入中老年,衰败变得更加的不可遏制。《情感一种》中的栀子和潘先生的交往是带有目的性——找一份满意的工作,但她经常抽离于男女关系之外,审视剖析潘先生这样的成功男士。"一个年届四十的男人,正值韶华,健康、饱满、热情、尖锐,正因为如此,才格外感觉到危险,巅峰期一过,人便一步步地往下堕落,速度很快,连他自己都吃惊着:丑、无力、懒惰、健忘……"这个年龄的男人希望和年轻女人保持亲密的关系,以忘却自己正迈入人生下行通道的事实。

《薛家巷》中写了很多老人,刚开始老的,和老了很久的,比如:姜老太和她的女儿四姑娘、吴老太、孙老头、吕东升和他在公园遇到的七十多岁的台湾男人徐光华等。小说中最温暖的部分是姜老太和四姑娘之间的母女之情,"她对于她母亲的感情,怎么会掺和那么多伤感的东西?她同情她吗?也许。每次来看她,即使是在一种最快乐的情境下，她也会掉转过头想淌眼泪。她母亲老了，她也老了，时光在她们的身体内穿行了几十年，生命慢慢地走过去了"。女儿和母亲一起老去，伤感却也幸福。父母的存在不只是关爱和亲情的给予，岁月流逝，有一天父母成了被照顾的一方。即便如此，父母仍然是儿女的情感依靠，是帮儿女减缓时间压力的强大保护。

"四姑娘和她母亲肩挨肩地坐在一起，彼此都能感觉到对方的呼吸和体温，那肉体的存在。她几乎是出于本能地，希望她母亲的生命能延续下去——由她母亲为她挡着前头的大部分光阴，她觉得自己很娇小、很安全，仿佛人世的衰亡还离她很远。"这样的感情也正是魏微认为能够留在时间之外的东西。父母与子女的羁绊，相携相扶的心怀，无论时间如何向前，时代如何更迭，里头的人情味和温暖，还会重复出现，成为人类的希望和归属。在长篇小说《拐弯的夏天》中讲述阿姐的姥姥的故事时，叙述者以抒情的笔调写道："冬天有火炉子，夏天吃冰棒，家里有姥姥。她是人世的底色，暖色调的，是保护色。她自古以来就在那儿，她是上天赐予人类的爱和关怀。有她在，所有人都觉得安全，人世才会有保障。"

不止思考生命时间的种种话题，魏微的小说也常常探讨时代和历史。小说《一个年龄的性意识》开篇即以后设叙述的方式，说明了作者的构思过程。"我本来想说的是性意识和时代的关系。我喜欢把一切东西与时代挂钩，找个体后面那博大精深的背景和底子。个人是渺小单薄的，时代是气壮山河的，我们得有点依靠。"魏微的故事大多有时代背景，但她对时代的铺陈从来都不是正面的，而是个人的、侧面的。个人不可能超越于时代，时代的意义也因为个体生命的差异而各有不同。

在《一个人的微湖闸》中，叙述者"我"的童年正逢"文革"

乱世,但在微湖闸这样一个方圆几十里看不见人家的地方,时代成了一个似近而远的背景。"我"爷爷是微湖闸的主任,他和杨站长、马会计、卢主任这些人一样,自然是关心时局和政治的,经常学习、开会、看报纸。"那些旧报纸,搁在家里有十天半月了,我奶奶知道它已经是废报纸了,没有用处了,她就拿它包咸鱼干,包油酥饼。拿它剪鞋样子。"再过了一些时日,上面那些关于革命队伍建设、无产阶级专政等的句子已经破碎在废纸篓里了。对于微湖闸的女人、年轻人、孩子来说,他们不过正好经过这个时代,继续着各自成长或衰老的故事。毛主席的画像挂在每家的墙上,微笑着,目光温厚、宽容地看着每个人的日常生活,看着每个人的苦痛、无聊、快乐、挣扎,他一目了然,却又无能为力。在小说的第二章《一个时代的背影》中,叙述者写道:"对于那个时代,我的记忆出现了空白。也许对我来说,'文革'它压根儿就不存在。我现在所能记起的,只是一些人物,以及他们的日常生活。"很显然,魏微试图从个人的角度去思考并叙述历史。

另一个长篇《拐弯的夏天》中的女主角阿姐出生于1954年,是个"生在新中国,长在红旗下"的女人。阿姐经历了"郁郁森森的时代背景,家族的衰亡,个人命运的跌宕起伏",但在回忆自己的"文革"经历时,却总是云淡风轻的口吻。她讲述的重心始终是自己的成长史,自己生命中遭遇的恋人,以及哥哥令人唏嘘的戏剧性人生。魏微笔下所有关于历史和时代的叙述,都是作为人物特定生命阶段的背景而出现,背景的浓淡各有不同,但居于前景的始终是不同人物各自的人生故事。正如她在《1988年的背景音乐》中所说:"我始终认为,时代是虚妄的,每十年一个时代,虽车轮滚滚地向前跑着,可是再隔三五十年回头看,时代又回来了,新的一茬人,新的楼房,旧的时装样式,似曾相识的生活习性,旧思想……这其中有一些亘古不变的东西,源远流长着,在新时代里换了一副和善面孔,卷土重来。"①

以作家出生的 1970 年为起点,魏微在小说和随笔中,对于 70—90 年代,都曾做过回忆性的描述。自魏微开始写作以来,中国已经进入一个大拆大建的时代,三年一小变,五年一大变,历史的痕迹在城市的现代化过程中一点点消失。缺乏历史的积淀和延续,中国的城市变得大同小异,面目模糊。对这种消泯历史的建设方式,魏微和很多人一样,充满了伤感和无奈。在自己的写作中,她常常把目光投向小城或乡村,在那些较慢卷入现代化进程的空间里,感悟历史的存在。在大城市中,魏微对南京这座六朝古都有着明显的偏爱,但她所喜爱的不是南京的现代文明,而是它处处弥漫着的历史气息。

《薛家巷》中的徐光华是个七十多岁的台湾人,自从退休后,他每两年就要回一次南京。在他看来,南京的好处就是:"你在任何一个地方,都可以找到从前的时光,看到一些熟悉的场景和事物,还有人。"这个城市太适合回忆了,它有背景和底子,"朱雀桥边野草花,乌衣巷口夕阳斜",唐朝诗人刘禹锡已经这样怀旧了,更何况身处于变革时代的今人。无数个时代从这里开始,又在这里衰亡。多少年过去,这个城市每天都在变化,物质世界在上升,建筑变得富丽堂皇。"可是这么多年过去了,还有一些东西没变,人们还在过着从前的生活,有着从前人的情感和道德,还有一些场景,它也是从前的。"故地重游的徐光华,常常定定地站在那里,感觉从前的时光又回来。"从前的人已经死了,可是他们借尸还魂,他们的情感和神态在活着的人身上又醒过来了。"魏微小说中常有类似的句式,书中人物在某个瞬间,突然接

---

① 魏微:《1988 年的背景音乐》,《青年文学》2002 年第 3 期。

通了千年时光。

如果说徐光华是个老人,难免会怀旧,那么在《在明孝陵乘凉》中的小芙则是一个青春期少女。"站在那烈日当空的背景前,古代的南京渐渐活了过来。那些死去的男人和女人们,鲜活华美饱满的生命、爱情,苏醒了。小芙觉得自己一下子长大了许多,她倒退着往回走,倒退着成了一个女人。"叙述者以小芙近乎时空穿越般的错觉,试图言说生命中那些亘古不变的诉求,比如成长,比如爱的渴望,比如生命感觉的张扬。当然,也包括对美食和享乐的沉迷,一如《薛家巷》里的描写:"下午三四点钟光景,有人开始做甜点吃,窗户里飘出黑糯米的甜香。这一带的生活里有着沉醉糜烂的气息,是属于典型的城南的、市民的。——从前的南京在这些巷子里又重新活过了。"官方的历史记载的是族群之间的斗争与角逐,平民百姓的日常生活甚至不够资格写进史书。魏微则有意把官方历史作为虚幻的背景,去想象和书写小人物的生命史。

最适宜表现魏微历史观的是那些古朴、偏远的所在,因而,她所触及的也多是发展缓慢的小城和乡村。在《大老郑的女人》中,叙述者这样描述故乡的小城:"这是一座古城,不记得有多少年的历史了,项羽打刘邦那会儿,它就在,现在它还在;项羽打刘邦那会儿,人们是怎么生活的,现在也差不多这样生活着。"在这座小城,时间缓慢得近乎停滞,在门洞里的妇人剥毛豆米的动作里,从前的时光回来了。在那些千年不变的动作、表情、话语中,历史呈现出循环往复的姿态,时间永恒存在,似乎又瞬间消失。

在《乡村、穷亲戚和爱情》中,叙述者的目光投向旷朗的乡野。"这是真的,如果你走在江淮农村,你一定会看见这样的图景。世世代代的人民在这里生活,他们耕作、捕捞、通婚、生育;这是他们赖以生存的肥沃的土壤,这里埋藏着他们的生老病死,百年如一日、向前涌动的日常生活,人世的情感,悲欢离合,世态炎凉。"日复一日年复一年的生活代代相传,绵延不绝,仿佛处于化外之境,无论世事如何喧嚣,这块土地依然以自己不变的情怀和节奏,缓缓向前,书写普通百姓的日常历史。

魏微笔下这些抒情性段落,让人联想起20世纪30年代,沈从文对湘西的执著书写。沈从文有意把湘西想象为一个桃花源式的所在,寄托着自己对于中华民族未来品性的理想。他在自己的《边城》和《长河》里,小心翼翼而又意味深远地诉说着对历史的理解。那些生活在边远之地、长河之上的人们,虽然被历史典籍所遗漏,但也正是他们成就了真正的人类历史。

在《湘行散记·一九三四年一月十八》中,沈从文这样记述自己面对千古长流的辰河时的感受:"一套用文字写成的历史,除了告给我们一些另一时代另一群人在这地面上相斫杀的故事以外,我们决不会再多知道一些重要的事情。但这条河流,却告给了我若干年来若干人类的哀乐!小小灰色的渔船,船舷船顶站满了黑色沉默的鱼鹰,向下游缓缓划去了。石滩上走着脊梁略弯的拉船人。这些东西于历史似乎毫无关系,百年前或百年后皆仿佛同目前一样。……历史对于他们俨然毫无意义,然而提到他们这点千年不变无可记载的历史,却使人引起无言的哀戚。"① 无可记载和千年不变并置,正是普通百姓的日常生活史。这样的历史对于以权力斗争为主线的官方历史而言,无足轻重,毫无意义,但人类的延续和文明的传承正是通过这些无可记载的芸芸众生才得以实现。

---

① 沈从文:《沈从文散文选》,人民文学出版社1982年版,第147页。

王德威这样分析沈从文的历史意识:"他的叙事所着重的,是看似没有意义的微观层面,是处于历史'意义'裂缝之间的空无所在。这些无足轻重的、偶然的人与事以一种缄默的方式绵延重复,但它们天长地久地'在'那里,或许就已显明了它们的历史意义。"① 对于魏微而言,无可记载、无足轻重的普通人不仅谱写了人类历史,而且传承了人类价值中最弥足珍贵的部分——踏实、温暖、美好、希望、梦想……在《大老郑的女人》中,在世俗社会的利益、苟且、丑陋等元素尚未入侵时,"我们两家人,坐在那四方的天底下,关起院门来其实是一个完整的小世界。不管谈的是什么,这世界还是那样的单纯、洁净、古老……使我后来相信,我们其实是生活在一场遥远的梦里面,而这梦,竟是那样的美好"。可惜的是,梦终归是要醒、要碎的,外面的喧嚣涌向这座小城,大老郑的女人进入这座小院,带进外面的种种欲望、复杂和暧昧。终于,大老郑一家搬走了,也暗示着小城的古朴、单纯、洁净,也已经一去不返,再难寻觅了。

第四节　平静与尖叫

魏微似乎拒绝表达单一的情感或心理,而是尽可能地呈现某种矛盾的现实或精神状态。正如前文所述,魏微笔下的人物内心常常隐藏着离家出走、远去异乡的隐秘冲动,他们几乎是在想象故乡的同时,憧憬着异乡。而她小说中的叙述者也总是在感伤生命时间不停流逝的同时,惊叹历史时间的循环往复。魏微喜欢把人物放置在特定的时代

---

① 王德威:《写实主义小说的虚构:茅盾,老舍,沈从文》,复旦大学出版社 2011 年版,第 250 页。

背景和永常的日常生活中，触碰并展露他们自己也未必明了的心理皱褶。于是，在她笔下的世界中，不论是理想生活典范的好男好女，还是青春期的少男少女，甚至看上去天真无邪的儿童，都曾在平静的日常生活中，听到从自己身体深处发出的尖叫。

在创作谈和随笔中，魏微多次谈到自己所珍视的事物和生活是在市井街巷，人们沉醉在自己的角色里，坦然接受一切。在随笔《日常1976》中，魏微描写了自己所喜欢的一个童年时代的场景："一家人坐在桌子边，爷爷听收音机，奶奶做针线活。昏黄的灯光和收音机的嘈杂声，滚进屋子的每个角落里。空间塞得满满的，空间里有老人的气息，很温暖，很安全，像太平的岁月，漫长的，没有尽头。"① 值得注意的是，魏微作为《青年文学》"我的年代"专栏主持人，于 2002 年间以每月一篇的频率，发表了 12 篇纪实性的随笔文章，其中就包括这篇《日常1976》，它的内容完全是从长篇小说《一个人的微湖闸》中截取的。这种散文和小说的越界现象，与当年周作人把废名小说《桥》中的部分章节编入《中国新文学大系·散文一集》的做法如出一辙。魏微之所以模糊纪实与虚构的界限，乃是基于其小说写作过程的一个基本立场，那就是把作者自己放到小说中，将自己的经验和眼光投射到人物——特别是叙述者身上。这就可以理解，以《一个人的微湖闸》为代表的一系列小说中，无论叙述者的身份年龄有多大的差异，他们打量和思考生活的眼光却非常相似。

最能代表魏微对日常生活的复杂看法的人物，应该是《一个人的微湖闸》中的杨婶，她就是日常生活本身。一方面，她是笃定、安闲、有角色感的女人，"为人妻，为人母，她在她的角色里沉醉了下去，最

---

① 魏微：《日常1976》，《青年文学》2002 年第 9 期。

后只剩下角色本身"。在人们心中,杨婶代表着温暖、本色、温吞、平静的日常生活。另一方面,她的身体里还蛰伏着另一个人,那是仅仅作为女人的杨婶,而不是作为角色的杨婶。"一切都是在瞬间发生的,是无意识。就像人生中一个短促而虚无的手势,杨婶是任性的,她不负责任。她仓促之间有了决定,那是她的一次心跳……她决定去实现她的心跳,她出走了。"这段描写中的"手势"明显来自张爱玲,魏微在《通往文学之路》中表示,自己曾翻来覆去地阅读《红楼梦》《围城》和张爱玲的小说,在一点点揣摩张爱玲的造句、节奏、章法和语境后,一度叹为观止。《金锁记》中的长安,因为七巧之故,14岁时放弃了自己喜欢的学校,"她觉得她这牺牲是一个美丽的、苍凉的手势"。30岁时放弃了自己的最初也是最后的爱,"这是她的生命里顶完美的一段,与其让别人给它加上一个不堪的尾巴,不如她自己早早结束了它。一个美丽而苍凉的手势……"张爱玲以美丽而苍凉的手势来形容长安的牺牲,魏微则以"短促而虚无的手势"描写杨婶的任性。和长安的压抑不同,杨婶听从了心跳和本能,抛弃了长期束缚自己的角色,出走了。然而,这个决定能否为杨婶带来真正的幸福呢?答案已经包含在"短促而虚无的手势"当中了,杨婶得到了短暂的性快乐,却也失去了安详满足的家庭。

无论杨婶出走之后是否感到懊悔,她在微湖闸再次成为一个象征,她是"枯燥日常生活中一抹鲜丽的颜色。它很跳,是活泼的,超出了常规,因而更富有刺激和挑逗性。女人们虽不齿谈起,可是谁不羡慕啊?那预示着日常生活的另一种可能性……原来,人是可以越轨的。一个女人可以那样去生活"。通过杨婶这个人物形象,魏微呈现了处在日常生活中的人们的复杂感受。日常生活的永常性能够给人安全感和平静感,同时又因它的惯性和枯燥产生强大的吸附力,使人渐渐失去活力和热情。生活变得板滞、黏稠，深陷其中的人日复一日地扮演着自己的角色，迷失了真正的自我。

魏微认为："大部分人的一生都是安稳，琐碎，无聊，我们一天天地沉浸于日常里，过着平庸的生活，上班，下班，接送孩子，坐在冬天的庭院里晒太阳，生命慢慢地走远了。我所理解的永常在这里。"①与此同时，魏微禁不住追问，这些安静平和的人，他们有着怎样的内心世界呢？他们心中是否有暗流涌动？他们最终又走向何方？杨婶算是比较特异的人物形象，她选择了听从自己内心的冲动，尽管后来不无后悔。大多数时候，魏微笔下的人物都选择了妥协顺从，比如我们上文提到的吕东升等人。从某种意义上说，魏微小说有着内在的情节模式：平静的日常生活中出现小插曲——听到身体中传出的尖叫——有所行动或无所作为。杨婶有所行动，吕东升无所作为。

魏天真在访谈中提出："你的好多篇目里都写到'尖叫'，身体的尖叫或者来自意识不到的某处的尖叫；有时代表欲望，有时代表震撼，有时又代表对自己的否定。那些特有的语汇是不是意味着特有的感悟或者体验呢？"魏微的回答是："经你提醒，才意识到'尖叫'也是我小说的关键词。……因为我的小说多写日常，日常虽平静，内里却有大波澜，你不克制，它就会掀起滔天巨浪；你一克制，人心必有压抑，尖叫是很符合这种压抑的状态的。"② 魏微小说中的"尖叫"除表示上文所说的对无聊、枯燥的日常生活的不满外，很多时候直接表现为被压抑的性意识，以及某种极致的心理体验。

魏微常常把被压抑的性意识比喻为睡着的熊，这头熊一旦醒过来，

---

① 魏微、朱文颖：《写作、印象及内心活动》，《作家》2003 年第 4 期。
② 魏天真、魏微：《照生活的原貌写不同的文字——魏微访谈录》，《小说评论》2007 年第 6 期。

便会表现出强大的力量。当然,我们也可以用弗洛伊德的本我理论来解释,本我是无意识的本能和欲望,它遵循快乐原则,只要找到发泄口,它就会喷涌出巨大能量。在魏微笔下,性本能是人的无意识存在,它一直都在身体之中,它的觉醒和爆发不在人的意识控制范围内。因而,无论是五岁的小女孩,还是青春期少年,抑或走向衰败的中老年,他们都随时可能听到自己身体里的尖叫。《一个人的微湖闸》中五岁女孩的性意识觉醒、斗争和压抑,以及《石头的暑假》中的少年石头和成年石头对同一个女人的性欲望,都表现为风平浪静下潜藏的剑拔弩张,读来很有几分惊心动魄。

17岁的石头是"我们这条街上最俊朗的男孩子",白皙颀长,安静腼腆。他总是挎着黄书包,骑着自行车从街巷间穿过。故事发生的这年八月底,石头遭遇了妹妹的玩伴——八岁的夏雪。两个小姑娘"在巷子里疯跑,玩捉迷藏的游戏","常常地,我们就听到她们的尖叫声,从巷子的某个角落里传来,弥漫在正午的太阳底下"。接着,叙述者写道:"很多天后,石头说,他也听到类似的尖叫声,有时是在正午,有时是在晚上,待他从床上爬起来的时候,它就不见了。""我们小街上的第一场强奸案就发生在两天以后。石头终于听到了他找寻已久的尖叫声,那是由他自己发出来的,在他的身体里藏了很久,折磨得他快要发疯了。"石头被判了两年,夏雪则被送到外地的舅舅家。之后,石头早早结了婚,过着健康、平安、矜持的生活,"他心中的熊睡着了"。然而,多年后,他遇见了一个女人,他再次听到了隐隐的尖叫声。悲剧重演,那个女人竟是夏雪。

在这篇小说中,魏微表现了一个男人对一个女人的那种莫名其妙的欲望,尽管初遇是她还是仅有八岁的小女孩,重逢后她不过是并不美的离婚女人。仅仅因为彼此之间的原始吸引力,两个人的命运都承受了来自现实世界过重的压力。叙述者暗示,如果身边的人能够理解并合理疏导这种本能力量,石头和夏雪的命运或许不会变成彻底的悲剧。小说暗示,如果周围的人没有在少年的性欲望上附着过于浓厚的道德色彩,而是给他们宽容的环境和充足的时间,他们很可能成为令人羡慕的恩爱男女。

而"我"在听说成年石头依然被夏雪吸引并强奸了她时,一下子失声尖叫起来:"我清楚地记得,那是我的尖叫,很锐利、凄楚,它在二十年前的暑假就发作过,它发作过呀,那高亢的、捉摸不定的唿哨一样的声音,曾一直在石头的耳旁萦绕,只是石头不知道罢了。"小说这样结尾:"二十年过去了,我竟然不能忘掉他,他竟然还很爱她。那一刻,我觉得自己异常的委顿,很伤悲。"魏微在此呼应了《一个人的微湖闸》中对儿童性意识的表现。在"我"还是小女孩的时候,已经默默地爱着石头,但是在把性罪恶化的时代和环境中,"我"的性和爱始终是压抑的,石头不知道,周围的人亦不知道。

在对儿童特别是女童的性意识的表现上,魏微所达到的力度在中国新文学作品中并不多见。绝大多数的文学作品中的女童形象都是天真活泼、纯洁无邪的,魏微却大胆地表现了女童性意识觉醒的可能性,以及她所经历的内心挣扎。《一个人的微湖闸》中,五岁的小桔子已经有了手淫的秘密,五岁的"我"多情而无望地看着身边的一众青年男子。魏微暗示,女童的性别和性意识的觉醒远比大人以为的要早,当储小宝逗"我"回答"爬灰是什么"的时候,"我说,爷爷和妈妈在做不好的事情"。儿童非常敏锐地从周围环境中获取有关性的知识和信息,同时也吸收了性是不好的事情的道德评价,并把这种评价内在化,转变为一种关于性的羞耻感和罪恶感。有一天,她发现自己已经有了性的欲望,她常常听到一种声音,"那声音响彻晴空,在阳光底下,在饭桌边,在和小朋友的游戏里,在睡梦里。她一下子惊醒了,她知道,那声音在她的身体里。它是她身体的一部分"。

叙述者在小说中自陈,在这篇小说中,想说的就是这一类孩子,她过早有了性意识和性娱乐。"她要跟自己的身体作斗争,就像一头真正的母兽,她暴力,残忍,温柔。那是一场旷日持久的、没有胜负可言的斗争。它是全方位的斗争,跟羞耻心,跟快乐,跟虚无,一切全乱了套。那里头有伤亡,人的弱小,真正的伤心。一场伟大的悲剧,值得同情和吟唱。"于是,叙述者讲述了小桔子的故事。这个"体质柔弱,个性娇憨可爱,同时也很听话"的小桔子永远停留在了六岁,对于她的隐秘,那些愉悦、舒坦与黑暗、惊悚的记忆,大人们一无所知。

魏微试图描写她们因为欲望而经受了肉体快乐和精神压迫的童年,表达看不见的个人私欲和隐痛,诉说那些龌龊的小秘密。魏微的笔下,没有道德判断,她只是尽量把大人所忽视的那部分儿童世界呈现出来。虽然未必有郁达夫在《沉沦》中那份自我剖析的震撼,但是她自有一份坦然。"我从来不想说,我是个纯洁的孩子,天真烂漫,自然天成,我不是。"她不只讲述小桔子的故事,也言说自己的早熟,成长期的阴郁和暴躁,成年后的游离、枯燥与敏感。魏微的写作谈不上完美,有时候有自我重复之嫌,但她有一个最大的优点,那就是真实。从某种意义上,魏微每一次的写作都是在直面自我,直面生活。

魏微曾说自己不大能领略古典名著的好处,在读现代小说时却"完全是心领神会的。像被人说中了一段隐秘,那里头的拐弯抹角处,被分析得清清楚楚——那真是可怕的,可是可怕之余,也觉得欣喜和放松"。"那里头有一种莫名其妙的东西,惊悚,怪异,完全不合逻辑,突然发出的一声尖叫……我理解的现代性全在这里了。"① 魏微欣喜于现代小说直指人心的尖锐,在自己的小说中,她致力于表现自己内心的隐秘想象,那些以自己的眼睛透视的精神隐痛。《化妆》讲述了一个看上去不合逻辑的故事,有钱美貌的嘉丽为什么要把自己妆扮得又丑又穷?是为了试探十年前的旧情人,还是为了找回十年前的自我?

小说以"十年前,嘉丽还是个穷学生"起笔,预示着"穷"是全篇的关键词。"她不能忘记她的穷,这穷在她心里,比什么都重要。她要时刻提醒自己,吃最简单的食物,穿最朴素的衣服,过有尊严的生活。有时嘉丽亦想,她这一生最爱的是什么?是男人吗?是一段刻骨铭心的情感?不是。是她的穷。"这段话清楚地剖析了嘉丽的心理:她受过穷的苦,她恨它;她因为穷而自尊,她爱它。贫穷伴随了她的成长,她的青春岁月,形成了她与这个世界沟通的方式。可以说,穷是她人生的起点。有钱以后的嘉丽,过的正是化妆的生活,别墅、汽车、华服、美食掩盖了她的真实自我。

大四那年秋天,嘉丽和实习单位的科长发生了婚外情。自尊使嘉丽觉得,"她爱他,她就不能收他的钱",而他想从她身上得到的却只有性。分别的那天,在火车站附近肮脏的私人旅馆里,两人睡过之后,他拿出了 300 块钱。"嘉丽突然从床上一跃而起,塞住耳朵,对着他的脸发出了那一天在火车站附近都能听到的尖叫声。"显然,嘉丽发出的尖叫声不是源于什么压抑的性意识,而是因为自己最珍视的自尊和爱情受到了伤害。

十年后,嘉丽有钱却不快乐,她无聊、空虚。接到科长约见的电话后,嘉丽决定化妆成十年前那个贫穷、暗淡、自尊的自己。"嘉丽的

---

① 魏微:《通往文学之路》,《青年文学》2002 年第 4 期。

内心突然一阵温润,以至于开始颤抖。她全身心地投入到这次行动中来,她第一次发现,三十年了,没有哪件事会让她如此激动。"嘉丽貌似怪异的想法,暗示着她对富足、虚伪、浮夸的现实生活的不满,以及回归自尊敏感的真实自我的愿望。换个角度来看,在嘉丽越来越有钱的这十年里,她一直在用钱"化妆","妆"成上流社会、富裕阶层的成功人士。而扮回十年前的自己,恰恰是一次卸妆。来自过去的科长,是嘉丽重返十年前的现场的重要元素。科长的龌龊和不堪,致使嘉丽的时光倒退行动显得疯狂,并演变成一场噩梦。第二天,嘉丽将打回原形,重新化妆,再次衣冠楚楚地上班,继续过着平静而无意义的生活。

与所获得的荣誉相比,魏微算不上高产作家。对此,魏微相当自觉。在媒体疯狂炒作"70后女作家"的1998年前后,"很多女作家疯狂写作,据说有人竟写脱了发","谁也没想到,轰轰烈烈的'70后'美女作家是这样草草收场的。只两三年时间,昙花一现。她们中的有些人得到了莫大的实惠,成为千万富婆,可谓名利双收。然而我可惜的是她们的才华","那两年,我只发表了三四篇小说"。① 正是对个人才华和文学理想的珍视,赋予了魏微在这个浮躁时代里显得难能可贵的沉静品格。魏微曾因长篇小说《拐弯的夏天》被提名为第二届华语文学传媒大奖"2003年度小说家",七年之后,她凭借中篇小说《沿河村纪事》和短篇小说《姐姐》获评第九届华语文学传媒大奖"2010年度小说家"。她在《获奖感言》中回首自己的一度沉寂时说道:"我感慨万千,同时告诫自己要保持平静。在写作的过程中,我重新找回了表达的热情,找回了语感,找回了对我笔下每一个汉字的热爱,我

---

① 魏微:《关于70年代》,《青年文学》2002年第1期。

梳理了这七年来我的所思所想,觉得自己并没有浪费这七年,事实上,正是这七年来的艰难停顿,使我与真正的写作贴心贴肺。"① 这份对"真正的写作"的执著,使魏微得以在一定程度上滤去虚矫的杂念,卸下焦虑的负担,以澄明之心面对人生和文字。

魏微的文字于平静淡然中蕴含感情,正如她对生活的态度。她的创作,总在有意无意间触碰时代和人心的沟壑曲折。那些沉潜于日常生活深处的皱褶,一经打开,往往令读者在惊异的同时,感悟温暖和忧伤。魏微未必是最光彩夺目的小说家,却是值得喜爱她的读者怀抱期许去等待的写作者。将后来,她可能还会带给我们新的思考和想象。

---

① 魏微:《华语文学传媒大奖·2010年度小说家·获奖感言》,《南方都市报》2011年5月8日GB23版。

第二章 熊育群论

第一节 文化与生命相遇焕发的奇彩
——熊育群散文创作的几个关键词

熊育群有多种不同身份：诗人、散文家、文学评论家、旅行家、摄影家……其中，真正为他在文坛赢得声誉的，还是他的散文创作。在广东省推出的首批"岭南文学新实力"十位作家中，他是唯一的散文家。

熊育群的散文总令人想起一些特定的概念。这些概念限定着他的思维空间，显示着他的创作理念，表达着他的创作风格。因而，笔者决定从一系列的关键词入手，对他的散文展开阐释。

一、关键词之一：文化

如今，"文化"这个词被用得很滥，理解也相当含混，所以我们有必要先搞清楚在熊育群的意识中，"文化"有着怎样的内涵。首先，熊育群所说的"文化"，主要是指寄寓于民族传统中的"精神整体"。对此,他有过这样的表述:"中国传统文化所建立的恕、孝、礼、忠……被一刀两断之后,我们无法与传统对接了,也就是说,我们没有自己的来路了。伟大的传统是文人精神的皈依,这种来自岁月纵深的文化,它是作为一个精神整体发出感召力的。"(《一生就像流水》)其次,他强调文化不同于知识。他说:"文化只有与个体的生命结合才是活的,那些活在每个心灵之上的文化才是我能够感知的。否则,它就是知识,是脱离个体感知的抽象的文化知识。"(《我对散文的一些感想》)由此可以断定,他强调的文化是指民族的精神整体与个体生命结合之后具有个性与活力的精神内涵。

根据"文化"在熊育群的散文中的具体表现,又可区分为三种基本类型:一是地理文化,二是历史文化,三是巫楚文化。

(一)地理文化——"我是一个喜欢在路上的人"

这里所说的"地理",是指文化的空间性、地域性、广延性。

"我是一个富有好奇心并喜欢在路上的人"(《一生就像流水》),这是熊育群的自我写照之一。他曾像一个探险家一样独自翻越了昆仑山、唐古拉山、冈底斯山、喜马拉雅山、横断山,跨过了雅鲁藏布江、怒江、澜沧江、金沙江。这些名山大川无论与远古的神话还是与当代的传奇都有着种种关联,有着神奇与神圣的色彩。在途中,他遭遇了雪崩、塌方、雷击、迷路、饥饿、翻车等灾难,"五次大难不死"。这段经历让他写出了好几本关于西藏和云南的书。他不仅行走于中国,也行走于世界,散文集《罗马的时光游戏》就是其行走阿尔卑斯山之后写下的。熊育群的"行走",不同于一般人热衷的"旅游",不是简单的观看、不是普通的调查和采访,更不是一种"在场"的姿态,而他是试图与自然交融为一体,寻求人类生存在天地之间的那种原初的心灵感应。在这种感应中,他的生命与文化相对接,本真被启发,性灵被激活，获得言说的激情与趣味。"从滇藏线走到云南时，我瘦了20斤，几乎换了一个人。心灵深处的改变更大。我认定了朴实的生活才是生命所需要的。一切奢华皆过眼烟云。"① 有了这种境界，文学才会有动人的力量。

（二）历史文化——"历史像一支箭穿过了想象的边缘"

早有评论家指出，熊育群"力图写出充满个人化色彩的历史，富有灵性的历史"。② 对此，熊育群有一段自我阐释："写历史，是因为我感受到了它的气息，它就在我生活的时空里。通过历史文化，我找到现实与过去的对接，把我们看不到的事物延伸过来。……我在乎的是这一过程所表现出的时间的纵深感。"（《我对散文的一些感想》）只要读一些他的代表作《春天的十二条河流》中的言语片段，就能感受到他作品中无处不在的历史元素。文中的巫师，不屈不挠地寻找着祖先的遗迹，试图与先人对话，安慰遥远的过去里那些不屈的灵魂，为当下的失却灵性的人们寻找精神的皈依。他是一个活在历史中的人，或者说，他是一个在历史与现实的边缘试图打通其边界的人。他又是一个理想主义者，不惜为理想献身。

在《迁徙的跫音》和《客都》等作品中，熊育群讲述了客家人数千年来的迁徙史，其中充满血泪，更充满着坚毅和信念。从中我们总能感觉到一种沉重辽远的历史思索，看到一个孤独而渺小的生命个体对于宇宙时空沧海桑田的无尽感慨，很容易想起那个吟唱着"路漫漫其修远兮，吾将上下而求索"的遥远的身影。文学是离不开想象的，

---

① 沈念：《听从内心的召唤——访熊育群》，中国作家网，http://www.chinawriter.com.cn/fwzj/writer/273.shtml。

② 雷达：《有灵性的历史 生命力的高扬》，中国作家网，http://www.chinawriter.com.cn/fwzj/writer/273.shtml。

可是,"历史像一支箭穿过了想象的边缘"(《客都》),这支箭指引着想象的纬度。

"尔若爱现在,尔当爱千古。"熊育群将现在与千古奇妙地融合在一起,将我们带入一个神秘的瞬间,分不清这是过去还是未来,让我们忘却现实的功利,以赤子般的心灵去感应祖先的苦难与智慧。

(三)巫楚文化——"骨子里继承的还是楚文化的浪漫精神"

巫楚文化又称"巫觋文化",巫是指女巫,觋是指男巫。巫楚文化与中原文化的一个巨大不同的地方在于它浓郁的"神性"色彩,在荆楚一带的神话与宗教中,人神分处两个世界,需要巫觋来完成沟通。对于先人创造的这种文化,我们不能以"迷信"这样简单的词语来评论。其实,在迷信的背后,隐藏着祖先的信仰和信念。相信神,其根本在于相信超自然的力量,渴望获得这种力量来战胜自然,而生存的信心就在这种信仰之中存在着。熊育群认为,巫楚文化的表征现在已经消失了,"但流淌在我们血液里的鬼气仍然是区别于中原的地域文化特征。这种文化曾让庄子醉心过"。① 在这种文化中,我们的先人"以超凡的想象来弥补知识的欠缺,用与大自然的水乳交融、浑然无间达到对生命和世界的认知。"(《湘西的言说者》)

当代著名作家莫言对熊育群的散文十分欣赏,他曾重点提到熊育群作品中的巫楚文化特色:"他是楚人,并且以此为傲,虽然旁征博引,学问芜杂,但骨子里继承的还是楚文化的浪漫精神。"②

巫楚文化背后,隐藏着一个民族的精神家园。《桃映的舞者》《楼

---

① 沈念:《听从内心的召唤——访熊育群》,中国作家网,http://www.chinawriter.com.cn/fwzj/writer/273.shtml。

② 莫言:《他是楚人》,中国作家网,http://www.chinawriter.com.cn/fwzj/writer/273.shtml。

上古寨》《怒江的方式》等一系列散文,同样是在试图寻找和阐释少数民族聚居地人们的生活方式背后所隐藏的文化符码,企图破译古老文明背后那种坚守了数千年的简单而澄澈的精神境界。

文化,或者说中华文化,使熊育群的散文贯注着强烈的时空意识和神性光彩,从而具有大的境界,具有中国文化特有的美学风范。

二、关键词之二:生命

熊育群认为"散文是生命的一种延续,其精神是有呼吸的,是不可复制的"(《我对散文的一些感想》)。"生命"是他散文创作中的第二个关键词,与"生命"关联密切的词语也有三个:一是"人生",二是"心灵",三是"死亡"。

(一)人生——"人不是自由的,但我可以追求它"

熊育群说他的创作"是听从了内心的召唤。……想写东西的冲动在我只是一种生命现象",①"我个人的散文追求是:以有限的个体生命来体验无限的存在,张扬强烈的个体生命意识。"(《我对散文的一些感想》)生命的意义绝不仅仅在于"活着",更在于对自由的向往和追求,这就是所谓的"人生"。没有哪一个生命不追求自由,也没有哪一个生命不在为无法实现自由而苦恼。熊育群曾用"人不是自由的,但我可以追求它"这句话来概括自己散文创作的动机,很准确也很深刻。

自由是人生的理想,不自由是人生的现实,在二者之间,人总是处于深刻的矛盾与悲剧之中,又总能从中获得激情与快感。"普遍而又最简单的石头,却能表达出对于最神秘的生命的幻想。当世界

---

① 沈念:《听从内心的召唤——访熊育群》,中国作家网,http://www.chinawriter.com.cn/fwzj/writer/273.shtml。

步入奢华的时候,它是荒芜,当世界都荒芜的时候,它却具有了灵性,它呈现的是生命的意蕴。"(《灵魂高地》)跟"自然"、"本真"越接近,就跟自由越接近,在攀登大山跨越大河与自然与本真融为一体的时候,熊育群获得了精神的高度自由。可惜,现实总是时时刻刻把人的精神逼回世俗的牢笼:"离那样的大江大河渐行渐远,身上的虎性似乎也在远去。我重又陷入人世的纠葛,人若困兽,心再难飞翔。"(《一次轮回是一个人世》)事实上,为了获得自由,人永远都在跟自己搏斗。对此,熊育群有时难免有些无奈:"我是一个悲观主义者,对于人类的贪婪有切身之感,而市场经济正在极力激发与鼓励这种无止境的物欲,生活变得越来越奢华,这会毁掉我们生存的环境。向过去追寻一种人与自然和谐共处的田园牧歌,我认为正是现实逼迫的结果,是我对现实的另一种表现。也可以说是内心的一种反抗。"[①] 其实,在追求自由的过程中,我们已经享受了有价值的生活,这就是人生。

(二)心灵——"活在每个心灵之上的文化才是我能够感知的"

评论家阎晶明在论述《春天的十二条河流》时,借用熊育群所说的"与心灵有关"五个字来做标题,概括出熊育群散文创作的又一个基本特征。

熊育群强调散文是建立在个人感觉、感受与感悟上的一种艺术表现,每个人都拥有自己的心灵世界,所以好的散文总是"极其个人化的,不是公共的,公共的东西永远都是文学的公敌,它是与心灵相关的。一篇好的散文没有个人的灵魂在里面,就不会是一种创造,甚至

[①] 熊育群、张国龙:《重塑散文的文学品质——熊育群答张国龙博士》,中国作家网,http://www.chinawriter.com.cn/fwzj/writer/273.shtml。

是虚伪的"。①

不仅表现现实需要心灵化,即使书写历史,也同样需要心灵化。在熊育群的意识中,历史并不是那种一经发生就固定不变的所谓的事实。他说:"历史永远是跟随人的心灵意志的,或者时空的感觉,或者一个象征符号,我要表达的是心灵史,是消失了的生命的现场。"(《我对散文的一些感想》)不经意中,他触及到了历史的本质。新历史学家早就告诉我们,那种一成不变的事实其实并不存在,存在的只是一些发生过的现象,历史本质上是对这些现象的选择与阐释。一切语言构成的,都是作者意识和心灵的展现,而不是事实本身。

(三)死亡——"我习惯于用一种'死亡'的眼光看待一切"

个体的生命始于出生,终于死亡,因而,"生"与"死"是人类精神世界的两个原型。现代不少作家,不但能够坦然面对死亡,甚至能够将死亡上升为一种美学,如闻一多的诗,如史铁生的散文,如迟子建的小说。在这方面,熊育群也有着独到的地方。他说:"我习惯于用一种'死亡'的眼光看待一切,这让我能看清看透人生的意义,让生命的本相呈现。"(《一生像流水》)他写了母亲的死亡,写了巫师的死亡,那些文字都相当深刻。

死亡是肉体生命的终结,因而死亡对于任何人来说,都会带来恐惧的情绪和拒绝的态度,能够正视死亡又坦然接受死亡的人身上,都具有一种超然性。以往文学中常描写的英雄都不惧怕死亡,他们能够超越凡人赢得精神生命的长存。但英雄本质上是人类理想原则的产物,一个需要英雄的民族是可悲的。熊育群并不想讴歌英雄,他力图在更

---

① 熊育群、张国龙:《重塑散文的文学品质——熊育群答张国龙博士》,中国作家网; http://www.chinawriter.com.cn/fwzj/writer/273.shtml。

深的层次上表现人类在彻悟的基础上实现的精神升华。弗洛伊德认为，人有两种基本的本能，一是求生本能，二是死亡本能。前者是建设性的，后者是破坏性的，两者间存在不可调和的冲突。生本能，也是爱欲本能，"爱欲本能旨在保护和丰富生命，死亡本能旨在使生命返回死亡的宁静"。① 熊育群认为，庄子就是一个彻悟者，"他为亡妻鼓盆而歌，他的庄周梦蝶，他的逍遥游，所有的一切都是对死亡的反抗。是死亡意识唤醒了生命意识。如果把生命意识比作一种温度，那么我大多数文章都浸透了这种冰凉的体温。它在每个字里结成了霜"。(《我对散文的一些感想》) 我们从熊育群的散文中，也总能感受到这种对生与死的达观与彻悟。

三、关键词之三：述异

有一种观念认为，文学就是对生活的"述异"。至少浪漫主义、现代主义及后现代主义文学确是如此。熊育群散文"述异"的特征很鲜明，其具体表现，也可以用三个关键词加以概括："传奇性"、"陌生化"、"跨文体"。

（一）传奇性——"热衷于书写历史文化传奇"

有评论家指出，熊育群"热衷于书写历史文化传奇"。② 我们在前面提到的"历史文化"、"巫楚文化"、客家迁徙史、山川大河的探险游历等，已经涉及传奇性问题，在此不再赘述。下面，我们主要分两个方面探讨一下熊育群作品传奇性的来源。

熊育群散文的传奇性，首先来自与当代生活迥然有异的原初和本

---

① ［美］诺尔曼·布朗：《生与死的对抗》，冯川、伍厚恺译，贵州人民出版社2009年版，第97页。

② 雷达：《有灵性的历史 生命力的高扬》，中国作家网，http://www.chinawriter.com.cn/fwzj/writer/273.shtml。

真。弗莱认为,传奇人物与我们相比,一是性质不同,二是能在一定程度上超越环境。传奇人物具有本真性,而我们是远离本真的世俗之人,这就是性质的不同,所以,他们能够超越,而我们不能。熊育群写过把树当作神灵来膜拜、倾诉的老人,写过藏人神秘而恐怖的天葬,写过先民在雷州半岛留下的"雕刻了巨大的生殖器"的石狗雕像等。这些人和物,在长期浸淫于所谓现代文明之中的我们看来,是落后的、愚昧的甚至是野蛮的,但在熊育群笔下,却带有本真与神圣的色彩,通过这些人和物,他展示了边地人群的生命活力、自然性情、平和心境,从而有力地反衬出所谓的当代文明的虚假性。

其次,其作品的传奇性还来自贯通现实界与象征界的神性。《春天的十二条河流》中的巫师,与历史相通,与灵界相通,与祖先相通,无疑是一个充满神性色彩的传奇人物。他临水坐化而死,鸟粪把他掩埋,凿开鸟粪,他在其中貌如新生,随之又逐渐模糊。他是一个半人半神的形象。在与藏民一块看毕哲蚌寺雪顿节上的佛像后,熊育群发出感叹:"他们看到了佛,我看到佛像。"(《雪域神灵:走进西藏·哲蚌寺的大佛高高挂在山坡上》)看到佛的人内心安宁幸福,看到佛像的人则内心一片茫然。

(二)陌生化——"故意把熟悉的东西陌生化"

俄国形式主义学派的代表人物雅各布森和什克洛夫斯基,提出了"文学性"和"陌生化"这两个重要概念。他们认为,文学性不存在于思想、感情、故事、形象之中,这些都是文学的"材料"。使文学成为文学的那种东西,应该是"程序"。"程序"中最重要的环节就是"陌生化",文学的语言是一种对常规语言施加"暴力"后"扭曲"、"变形"了的反常化的语言,这种语言运载了常规语言所不能表现的独特感知,带给读者以原初的本真的感受。这一理论有些褊狭而又不乏独到意义，它揭示了文学语言与科学语言及实用语言的本质不同。优秀的文学家，差不多都是创造性地运用语言的高手，平凡的语言到了他们笔下，立刻会焕发灵气，新鲜奇异妙趣横生。

熊育群的散文就是如此，"他的文笔陌生、语言陌生、写法陌生，一句话，他在故意把熟悉的东西陌生化"。① 例如"水边一丛三角梅，红艳得像一声呐喊，从车窗一闪而过，让人醒悟春天的到来"（《水上来的祖先》）。三角梅在南方是常见的，"红艳得像一声呐喊"的感受却极其陌生化。这样的语言无疑是独特的，鲜活的，充满生命质感因而不同凡俗。"我的语言是感觉寻找出来的，对文字的感觉经过了诗的认识与体会，每个字都是活的，带着我的体温，我希望它锐利，它就锐利，我希望它温润它就像湿地一样。"② 笔者认为，运用语言到了如此这种境界，便可以视为成熟的文学家了。

（三）跨文体——"对各种文体的实践但又不是各种文体"

在文章体例制式的把握上，熊育群从不循规蹈矩，他非常热衷于突破散文文体的固有模式，做大胆的文体实验，他的某些作品，可以视为"跨文体写作"的代表。

著名作家阎连科在读过熊育群的一本散文集后，发表了一段这样的评论："很难界定这是一本什么样式的书，散文、随笔、摄影、诗歌、游记、言论、纪实，间或还有许多小说中的想象——《罗马的时光游戏》，它伴我度过了今年的国庆长假，使我在郁闷的时日里，感受到了艺术对心灵的照耀。这是一个充满才华的青年作家的最新作品，

---

① 雷达：《有灵性的历史 生命力的高扬》，中国作家网，http://www.chinawriter.com.cn/fwzj/writer/273.shtml。

② 熊育群、张国龙：《重塑散文的文学品质——熊育群答张国龙博士》，中国作家网，http://www.chinawriter.com.cn/fwzj/writer/273.shtml。

书中有对各种文体的实践，但它又不是各种文体。也许我们可以称它为'新游记'？确切些说，可以称之为一本有关艺术灵魂的新游记。"①当代有人提出"新散文"的说法，强调突破旧的散文模式，不拘一格大胆尝试。如此说来熊育群的散文就可以称为"新散文"。

一般认为，散文要在真人真事的基础上进行适度创作，不能虚构。熊育群的《春天的十二条河流》却大异其趣，它摆脱日常叙述，带有很强的虚构性，被认为是用小说方式写成的散文。

种种迹象表明，熊育群已成为当代散文大家，我们对他的评述或许不能完全概括他的成就和特点，他的散文创作也不会就此止步，那么，让我们期待他的新的成长，继续审视他的作品以图新的发现吧。

第二节　西方意象中的文化品格
——评《罗马的时光游戏》

熊育群的旅外散文主要集中在他的旅欧游记《罗马的时光游戏》一书中，这本游记为我们展现了一系列风貌独特的西方意象，这些意象剔除了既有的文化理论框架，旧的知识以及习俗之弊，以其鲜活、大胆、动情、深邃、新奇的特征带给我们强烈的新鲜感。

《罗马的时光游戏》一书共有 21 篇，收入的都是旅欧游记。熊育群的另一本散文集《路上的祖先》也收入旅外散文 12 篇，除了 10 篇旅欧游记还有两篇写的是在非洲游走的感悟，其中 10 篇旅欧游记多与《罗马的时光游戏》相同。由于旅欧游记的篇幅占熊育群旅外游记的

---

①　阎连科：《穿越艺术的灵魂——读熊育群的〈罗马的时光游戏〉》，中国作家网，http://www.chinawriter.com.cn/fwzj/writer/273.shtml。

绝大部分，因此可以说《罗马的时光游戏》完全可以展现出熊育群的旅外散文的风采。

《罗马的时光游戏》是以"个人视角寻找和发现欧洲文化艺术"，是"东西方文明新的碰撞与解读"，它打破传统旅欧游记以旅游时间或地点来结构全书的方式，创造性的以专题的形式来组织自己的旅欧感悟，全书分为5个部分：孤寂＆艺术、流逝＆文明、阴影＆政治、行走＆记忆、复活感受（后记）。

对于该书，已有诸多时贤大家做了精到的品评。王兆胜认为该书表现了一种"美妙神圣"之美；① 阎连科认为该书是"一本有关艺术灵魂的新游记"，② 韩少功认为"眼前这本访欧文集也写得多姿多彩琳琅满目，作了多方面的探索，对欧洲艺术史的倾心关注，使此书更多了一些浪漫和梦幻的情调"。③ 专家的评论深刻、全面，时有精妙的概括，但没有充分展开，这就为我们进一步阐释留下了空间。

笔者认为熊育群这本《罗马的时光游戏》一个独到之处就是创造了一个个西方文明的生动意象，这些意象不同于以往任何的旅欧游记中出现的西方意象。

一、蕴含在西方意象中的新鲜文化品格

（一）除去既有阻障使西方意象显示出超脱轻盈之美

自从19世纪末出现大规模的旅外游记以来，中国人看西方，往往

---

① 王兆胜：《归位·蓄势·创新——论新世纪的中国散文创作》，《文艺争鸣》2010年第23期。

② 阎连科：《穿越艺术的灵魂——读熊育群〈罗马的时光游戏〉》，中国作家网，http://www.chinawriter.com.cn/2008/2008-10-30/43756.html。

③ 韩少功：《罗马的时光游戏·序》，见熊育群《罗马的时光游戏》，中国青年出版社2004年版。

是仰视,在这种仰视中,西方文化一直是在被各种文化理论、知识框架不断抬高增厚的。到了21世纪,游记中谈到的西方已与现实的西方相去甚远,人们从游记中看到的往往是被既定的理念层层叠加而变得异常沉重的西方,这样的西方意象离它的本真状态已是相隔万水千山。接近并展现真实的西方,成为游记塑造西方意象首先要做的事。熊育群以其灵动而敏锐的双手敲碎了披在西方文化、文明身上的沉重外壳,为我们展现了一组充满轻盈鲜活之美的西方意象。

第一,除却人们对西方语言的崇拜,使人们感受西方语言的天然之美。

到西方旅游,不可避免地要接触西方的各种语言,而西方语言长时间地处于全球文化的中心地位,早已成为强势的语言。因此在东方,不少人以一种功利的态度对待西方语言,把它们视为谋利的工具。在这种状况下,西方语言的美也就消失了。

熊育群不通西语,在《罗马的时光游戏》中,他多次坦诚地提到这一点。在德国南部寻找欧洲乡村之旅中,由于语言不通,他只得被迫从一家农户的院子里退出来;在去新天鹅堡的路上遇到老太太的询问,他也只能笑着摇头;在多瑙河旁向两位小姐租帐篷,也因言语不通,不能如愿。但这并不能完全阻碍熊育群与人交流,尤其不能阻碍熊育群仅凭语音语调来感受西方语言的美。在巴黎香榭丽舍大街徜徉,他被一位金发女郎的法语迷住了:"她边走边打手机,用法语快速说着话。是在说情话?她沉迷于绵绵不绝的诉说,是那种忘记现实的动情的倾诉,淳厚的鼻音像大提琴发出的和弦,竟如此地抒情。我被这样的语言迷住了,跟着她走了很长一段路。法语用来恋爱是如此大气又缠绵。""法语与法国女孩是相匹配的,语调与她们的气质是那样天然融合,看她们的眼神仿佛在听她们的言说。她们比东方人高挑,具有欧洲北方人的特征：盆骨发达，双肩较窄，胸部前倾，显得身材小巧、苗条又丰润，小巧如水的灵透，苗条似鸟语啁啾，丰润如鼻音共鸣，不单薄，而显浑厚。"这是卸下了一切外在的、功利的考量，而以一颗鲜活的心灵、灵动的耳朵听由另一颗鲜活的心灵、灵巧的嘴巴发出的美妙的声音。说得那么顺畅、听得那么自然，美就在这一瞬间产生了。

第二，拨开对西方制度的迷信之雾而对当代西方进行深度探寻。

西方文化在制度方面的建树举世公认，在旅欧游记中人们往往忍不住要说上一说，但不管怎么说，一般还是会受到前人看法的限制，要么大唱赞歌，要么站在中华文化的基础上对西方制度文化指指点点，要么客观枯燥地罗列一些制度文化知识。这样书写出来的西方制度文化脱离了西方真实的社会存在。而熊育群则站在人之本性的高度，警惕地审视了西方文化，为我们打开了看待西方文化的新窗口。

在《春天的选举与谋杀》一文中，他对欧洲的政治选举冷眼相看，特别是对常人普遍赞同的民主制度进行了反思。他写道："民主，这个世界政治的支柱，这个以牺牲少数人的利益去满足多数人利益的法则当然是社会的一种巨大进步。但那些牺牲了自己利益的少数人怎么办？他们的权益也是一种强行剥夺。这个世界对每一个人的公平与公正从来就没有真正实现过。欧洲也不例外。""谁能说自己就那么完美呢？当人夸耀自己一切都是如何美好时，其用心就值得探究了。社会越发达，个人自足自立的空间就越小（甚至包括国家），人与人利益关系的结合就越紧密，矛盾也越激烈。真诚的人总能客观面对现实，只有欺世者才把谎言当作真理，因为他只站在自己利益的立场说话。"剥去西方民主华丽的外衣，让民主的最实质的一面得以呈现，这样的看法使人变得对西方政治制度的感受变得冷静、清醒。

第三，在中西文化的大背景下审视文化差异，以人类之眼宇宙之心反观西方世界。

在《罗马的时光游戏》的后记《复活感受》中，熊育群提到了中西文化巨大的差异对他造成的感觉冲击："几乎相同的大山脉，因为地理位置的不同，竟有如此巨大的不同种族产生；我所感受到的天人合一之境界，被欧洲人当作一个理性审视的客观对象……"但中西文化的差异对于人之为人的人性来讲、对人安身立命的自然环境来讲还是微不足道的，因此熊育群意识到："那些基督的教堂、石头的皇宫、飘逸于空中的咖啡香、无法明白的语言，还有区别于东方感性的以智性为特征的西方艺术，以及政治这一术语包裹下的纷争……都隐去了，自然的山水并无国界。""阿尔卑斯，孕育并产生西方文明的土地，却有我最熟悉的树林、草地。它的虫吟鸟唧、它的草木气息，既属于白皮肤蓝眼睛的欧洲人，也属于我这个黄皮肤黑眼睛的东方人。"正是由于熊育群能从东西文化碰撞乃至冲突的背景中走出来，站在整个人类的立场上，站在宇宙的高度上，他才能看到中西文化背景中共同的人性，看到中西文化亲和的基础和前景。

（二）以个体生命去感悟使西方意象呈现率真深刻之美

以往大多西方游记中的西方意象都呈现出一种均衡厚重的古典美，如朱自清的《游欧杂记》，之所以会那样是因为早期的西方游记作者们所处的时代，决定了他们大多以民族、国家、时代的眼光打量一切，缺少个体生命的介入。因此西方意象就变得大而沉重，让人有些喘不过气来。而熊育群所处的时代，人们已经意识到，心头的东西太多，看到的却未必是宏阔，因而"宏大叙事"已遭摒弃，文学中更多地展现个体生命的感悟。人们需要释负减压，需要重新唤起生命的活力，因此这种抛开既成的观察角度，选择带有个体生命体验的言说内容和方式就成为 21 世纪初期人们的新的审美选择第一，通过琐屑事展示生命的真情趣。

在熊育群的旅欧游记中，他对著名景点似乎不感兴趣，对被安排的旅行总想有意偏离，反而对那些在常人不屑于关注的事物上投入了极大的热情。正是这种对琐屑之事的关注和书写使得熊育群旅欧游记中的西方意象呈现了活泼的生命真情趣。

在从欧洲返回国内的飞机上，他把飞机餐里的牙签送给中年女人；在圣马力诺因不善使用刀叉而使自己成为最后走出餐馆的顾客；在奥地利萨尔茨堡的清新晚风中情不自禁地唱歌；在巴黎蓬皮杜艺术中心广场一个人在广场的花岗岩石上晒太阳，看到了欧洲的街头技艺表演……这些琐事的书写，让我们看到了民间的、率真的欧洲，看到了作者的趣味所在，同时也使读者强烈地领略到游记必需的现场感。

第二，常常出现常人不愿或不敢关注的情境。

战争是常人不愿也不敢面对的对象，对战争中侵略者的墓地更是不愿提及，但欧洲作为两次世界大战的主战场，必然有许多侵略者的墓地。对这些墓地，常人要么是不屑一顾，要么是冷冷地看上一眼，不置一词。而熊育群观看"二战"德军阵亡士兵的墓地的眼光却是与众不同的，他用他的那颗全人类的心感受每一个个体生命，投射的目光相当复杂。他写道："这些埋入土地的年轻人（指"二战"德军士兵尸体）与那片埋进土地里的年轻人有多少不同呢？他们难道就没有过爱心、没有过良知？他们就没有爱情与友谊、没有善良与同情、没有过幸福美好的生活？他们同样害怕死亡，同样有一颗多愁善感的心，他们死去时同样流着血、想念着亲人，最后在痛苦中闭上双眼。难道死亡有区别？痛苦有区别？每一个失去亲人的家庭，是不幸的。""走在德军墓前，我不知道该以怎样的情感去面对死者。从死亡的角度看，生命对每一个人都是宝贵的，惨烈的死同样的触目惊心；从感情上，我们却不能把他们等同于那些为正义而牺牲的烈士。人们不愿来这里，甚至附近的人很少有人来过，只有一些义工，为墓园来栽一些树。这些亡灵，每一个躺在黑色十字架下的青年，他们知道自己做错了吗？他们被法西斯的教育蒙蔽了眼睛，他们被人操纵着，一批批走上战场，走向死亡。野心家阴谋家把他们当成了工具。他们也许到死也不明白自己的侵略行径是怎样造成了世界性的大灾难、可怖的大灾难！不知道他们死后埋葬在异国他乡，受到世人的唾弃与冷落。毕竟通过他们的手制造了人类历史上的一场空前的劫难！仇恨，改变了真实世界的面目。"这些侵略者虽有罪，但他们毕竟也曾是鲜活的生命，熊育群以宽厚仁慈之心严厉地看着这群迷途的羔羊，希望他们的灵魂能够忏悔。博大、敏感、独特的视角表现的是对生命的尊重、崇拜。

第三，对悲剧人物的特殊关注。

在熊育群的旅外游记中，出现了大量西方文化中的悲剧、悲情人物，如《激情溅活的石头》中的怀才不遇在疯人院默默死去的雕塑家罗丹的学生克洛黛尔；《永远的梵高》中生前穷困潦倒死后哀荣无限的梵高；《一个国王的梦境》中为了不计后果地营造美丽的城堡，而失去王位和生命的巴伐利亚国王鲁道夫二世；《春天的与谋杀》中为了自己政治主张而遇刺代表极右翼势力的荷兰总统候选人宾佛丹。

为什么熊育群会如此关注悲剧人物呢？因为悲剧人物往往是生命能量强盛的人，有自己独到追求的人。他们是不为传统、礼数、制度等条条框框束缚的人，他们的生命张扬过，激情释放过，才情展示过，人生闪亮过，而一般人只是自生自灭，以生的沉默走向死的寂寞。熊育群看到了这种差异，因此这些悲剧人物感动了熊育群，他认为克洛黛尔的雕塑《沙恭达罗》"超越了罗丹的所有作品，成为最震撼我的雕像"；梵高"那些倾注生命激情的笔触与色彩，像金属的音乐捶打、撞击着我的胸口"。对那位巴伐利亚国王，熊育群也充满了理解、敬意和惋惜："我理解国王深夜出行的缘由，一个生活在自己梦境中、具有艺术家气质的人，还有什么比这个如童话一样奇妙的世界更能让他沉醉呢？""也许，他应该去做一个艺术家，而不是国王"。还有那位代表极右翼势力遇刺身亡的荷兰总统候选人宾佛丹，熊育群看到了人们对他的悼念，他"发现了广场纪念碑下宾佛丹的像，像的周围摆满了鲜花和荷兰文写的悼词"。他为揪心的旋律而动容。他要将这些悲剧人物不安分的生命事件写出来，让人类历史星空下的流星暗弱而绚丽的闪光照耀大众社会昏暗的天幕，激发芸芸众生的生命活力，使他们卸下那些"殉仁义"、"殉名"、"殉天下"的沉重观念、祛除"役人之役，适人之适"的态度，在"自适其适"中发现生命的新天地。

二、感官的迷醉心灵的色彩

熊育群创造的西方意象中蕴含的独特文化品格，一方面来自于他自身独特的气质秉性，另一方面也与他独到的艺术理想有关。

（一）孤独的个体感悟

在熊育群的旅外游记中，我们常常可以看到一个独行侠似的作者形象。独行才更可能有独特的感悟，因为独行是自己选择目的地和观赏对象，可以按照自己的感受方式和节奏与对象盘桓。正是由于一个人在雨中的撑伞独行，熊育群"偷窥"了"萨沃纳人的生活方式和情调"(《一转身萨沃纳我就走了》)；正是独行，才使熊育群发现了鹿特丹美术馆中的中国工艺品，从而获得了"比起其他城市，阿姆斯特丹的确亲切了许多"的感受(《东方的气息》)；也是因为独行，熊育群触摸到了多瑙河绿色的河水，感受到了"带着自然的气息，没有半点污染"(《多瑙河的蓝色旋律》)；还是因为独行，熊育群才能感受到巴比松森林神性的消失(《森林边的巴比松》)。

在醉心于独行的同时,熊育群对群游,特别是被安排的人数众多的群游十分警惕甚至厌恶。如对卢浮宫三宝之一的油画《蒙娜丽莎》的参观,熊育群被人流裹挟着,无奈地发出了这样的感叹:"这哪里是看一幅画!它已不是一幅画了,也超越了审美个体差异,不再是审美行为,让人觉得实在是走进一座教堂。"(《香艳的欧洲》)

一般游记的写作顺序大多是按照明确的时空顺序来写,这样写出来的游记固然清晰顺畅,但由于组织文字的主动权在客体对象,相对来讲主体的情感表现就不够完整、流畅。而散文区别于其他文体的关键恰恰在于一个"情"字,因此按主体的情感、心灵来组织文字是散文的天然要求,熊育群就是这样一位善于按心灵轨迹来写游记的作家。在《永远的梵高》中,他并不是按照简单的梵高的生平经历来写,也不是按照梵高作品的重要程度来写,而围绕着这样一个立意次第展开,他认为:在梵高面前人们应该忏悔。那些当年伤过他的心的人应当忏悔;那些"在这个人死后,用他的画拍卖出全世界的最高纪录"的人应当忏悔。再进一步,全人类也应当忏悔,因为"他挑战的是整个人类的虚假和做作"。对梵高整个生命的历程和遭遇,作为另一个生命个体的熊育群体验到了极度的痛苦、震撼以及忏悔的情感风暴,这种情感不同于一般的崇拜或同情,不是旁观者的情感微风,而是搭上自己生命能量的心灵碰撞。

充分调动自己全部的感官印象,特别是运用触觉来感受、表达西方世界,使熊育群笔下的西方意象的具有了可触摸的质感。

一般的游记对景观的描述基本上是建立在视觉和听觉的基础上,这样的描写虽然"纯粹",但与真实终隔一层,与影视作品里的景观几无差异,而逼真性又相去甚远。与之不同的是,熊育群的旅外游记充分发掘了文字塑造意象的独到优势,通过调动自己全部的感官来感受周边世界,这其中,对触觉的充分调动使得他笔下的西方意象有了区别于他人的独特风味。

在《多瑙河的蓝色旋律》中,为了印证昔日对多瑙河的想象,熊育群想方设法要去掬一捧多瑙河的河水;在《山顶上的国家》里,为了感受圣马力诺这个国家的古老和脱俗,熊育群在凄冷的夜晚独自一人爬上山顶触摸那"冷得咬手"的古炮炮口;在《森林边的巴比松》中,为了保留学生时代对巴比松画派和巴比松这个地方本身的美好印象,熊育群深情地"从厚厚的枯叶上拾起一棵松果,用纸包了起来,又找到一块小石头、一片小树叶、一起放入摄影包内"。这种用手摸出来的西方意象,是一种全面的意象,它颠覆了人们只从视听两种感官感受意象的习惯。视听虽是审美的主要感官,但只有这两种感官的意象显然是不全面的,因为眼睛的看和耳朵的听与对象总是有距离的,而通过触觉才能真正与对象形成零距离的接触,对象与主体才能真正合为一体。因此意象中的触觉因素,包括嗅觉、味觉因素才能使意象打动人心,到达人们内心最柔软的领域。

(二)借鉴各种艺术门类的表现手法

借鉴各种艺术门类的表现手法,调动各种文体的表现手法进行散文写作,使得熊育群的旅外散文呈现出摇曳多姿的审美风貌,唤起读者更为丰富的美感体验。

在《罗马的时光游戏》中熊育群创造性地借鉴了各种艺术门类的表现手法,如《一个小镇与一条河流》对造型艺术的借鉴:"水面就是这个时候显现了它的辽阔,两岸低矮的山像粗壮的墨线,有点框不住水的奔涌了。"再如《达豪窒息的奔跑》中多重画面的闪回是对电影蒙太奇手法的借鉴。在《永远的梵高》中,熊育群围绕人们应对梵高的境遇而忏悔这一立意,将梵高的困难经历以小说的想象方式和结构形态加以呈现。此外,在每篇游记前面都有一首精美警策的小诗,游记中又有多幅与文字相呼应的摄影作品,使得整个游记的形式丰富多样,于华美中透着智慧和力量。因此,阎连科如此评价:"很难界定这是一本什么样式的书,散文、随笔、摄影、诗歌、游记、言论、纪实,间或还有许多小说中的想象。"①

作为一位 21 世纪的写作者,熊育群对文字的把握充分体现了西方现代派的艺术特色,特别强调通过文字给人以鲜活的体验。在熊育群的旅欧游记中到处都充满着极具新鲜感、时代感的意象,以及渗透着独特生命体验的细节。"雨意充盈的清晨,雨丝在微风中飘摆着她的裙摆,冷雨与雨丝抚过长街,像长笛手湿漉的音符,在空间里飘飞,淋湿了数百年的石柱、石墙,淋湿了一条长龙的花伞,淋湿了街边一个乐手的沉迷。"(《森林边上的巴比松》)"湿漉的音符"、"淋湿了的沉迷",这是多么新鲜而又富于生命体验的艺术感觉!"夜里漆黑一片,下起了毛毛细雨,只有我们的车灯射穿这茫茫黑夜。"(《海滨降临的神迹》)"射穿"一词有象征性,且具有强烈的心理冲击力。这些新鲜奇特而又贴切的艺术感觉使得熊育群文中的西方意象更具活力。

现代主义的表现技巧和艺术趣味与中国传统的道家美学、楚骚美学的许多精神是相通的,作为楚人的熊育群自然在骨子里对现代主义的表现技巧有一种天然的亲近感,因此莫言用"他本楚人"四个字高度概括了熊育群这方面的特点。② 可以说,西方现代主义、中国道家美学、中国楚骚美学,这三种审美趣味的汇通形成了熊育群旅外游记

---

① 阎连科:《穿越艺术的灵魂——读熊育群〈罗马的时光游戏〉》,中国作家网,http://www.chinawriter.com.cn/2008/2008-10-30/43756.html。

② 莫言:《春天的十二条河流·序》,见熊育群《春天的十二条河流》,贵州人民出版社 2006 年版。

散文极富特色的文字,这些文字不同于 20 世纪早期旅外散文的文言余韵那种文字尚未抖落文言词汇的沉重和板滞;这种文字也不同于当下一些旅欧游记文字浮光掠影般的平淡单薄。熊育群旅外散文的文字有灵气,充满了新奇的不拘一格的想象,渗透着生命的情绪,散发着生命的活力,内蕴丰富,是"活"的文字。

作为一个对语言有极高追求的作家,熊育群的旅外游记的美感从色彩、形象、哲理等多方面得以体现。但总体来说,熊育群的旅外游记是可观可触可闻可品的,而在可诵可听方面还有提升的空间,相比之下,余光中的旅外游记在这方面做得就更好些。

第三节 大气浑然,灵气满盈
——评《路上的祖先》

《路上的祖先》是熊育群获得 2010 年第五届鲁迅文学奖的散文集。在这部散文集中,我们依然能看到熊育群骨子里带着楚湘风的灵气熠熠闪亮,题材仍然独特刺激,交织着怪、力、乱、神的神秘意味。其想象依然那么丰富奇特,感悟还是那样怪异尖锐,文字也照旧不断挑战着常人感觉的极限,但又直指人心中最柔软、隐秘的所在,这些都是熊育群散文的惯常风格。但细读《路上的祖先》不难发现一种有别于熊育群早期西藏系列散文以及后来的《罗马的时光游戏》《春天的十二条河流》等散文集的新因素,这种因素或许我们可以称之为"大气"。鲁迅文学奖的评委们给《路上的祖先》写了这样的授奖词:"依托坚实的大地,步向历史的纵深。开阔的文化视野、深厚的民族情感和诗意的艺术笔墨,展现中国各民族生存状态的当下与过程,从中传达出深刻的历史记忆和现实的人文关怀。路上祖先的足印和现代文明的印记,都深烙在我们的心上。"坚实、纵深、开阔、深厚这些词合并在一起,就是笔者所说的"大气"。相对于当下中国文学的"哀怨"与"纤弱"而言,"大气"是一种特别难得的气质。

一、开阔古朴气象雄浑

如果说《路上的祖先》是一部充满灵性之气的作品,相信没有人会反对,因为他符合熊育群散文的一贯风格。可是说它"大气",没有读过《路上的祖先》的人可能会感到困惑。但只要稍稍浏览一下书中的那些标题,如《广府人的南方》《水上来的祖先》《路上的祖先》《奢华的乡土》等,就可以感受到扑面而来的大气。进一步细读文本,笔者认为,这部散文集的大气有如下表现:

第一是题材的开阔。

以往熊育群的散文题材似乎离不开乡村、边地、民间、远方、小路、小国、小人物、异类,表现的往往是远离主流文化圈的边缘性人物和事件,这一点从许多文章的标题中可见一斑:《异类》《楼上古寨》《京西土炕》《寻找乡村》《山顶上的国家》《一个小镇与一条河流》《远方》《荒野城村》等。但在《路上的祖先》这部散文集中,熊育群的视域明显变得开阔了。《迁徙的蹬音》《客都》《广府人的南方》《水上来的祖先》关注的是汉族客家人、潮汕人、广府人的民系迁徙;《奢华的乡土》关注的是近代汉族人漂洋过海的历史;《激情溅活的石头》《永远的梵高》《香艳的欧洲》等关注的是当今文明的中心欧洲;《会吼叫的烟雾》《客都》则开始注意将城市文明作为乡村文明的对照物进行审视。可以说《路上的祖先》是熊育群散文集当中题材最丰富、描写空间跨度最大(包括亚、非、欧三个大洲)的一本散文集。

熊育群特别强调"在场"的写作,他说:"我个人的散文追求是:……强调在场,就是写自己身体在场的事物,哪怕历史,也不是来于书本，而是来源于现实的存在，哪怕只是一物一景，也是一个时空的物证，是时空连接的出发点，重视身体，身体生理的心理的反应是我得以体验世界、表现世界的依据。"① 作者的"在场"保证了对特定现场的关注，从飘逸自然山水的"在场"到苦难沉重的人间社会的"在场"；从远方的轻盈怪异的异族异国异情的"在场"到扎实而动人心魄的本民族本国精神的"在场"，使得熊育群的《路上的祖先》的写作题材显得丰富、多样、开阔。

除了空间意义上的开阔外，《路上的祖先》还注意时间意义上的拓展，文章的历史感油然而生，文章也变得大气起来。这本集子中的代表性作品就是那篇与文集同名的散文《路上的祖先》，其中先后写了周伯泉家族、熊梦奇家族、张谷英家族等 5 个汉族家族在各自祖先的带领下繁衍到今天，成为拥有十几代传人、上千人口大家族的历史。另一篇有分量的作品《水上来的祖先》写了 800 多年前罗贵带领 97 户人家从广东南雄珠玑巷结伴南迁的故事。《奢华的乡土》则写了广东开平近 200 年来"金山客"们的苦难与荣光。

第二是表现手法的返璞归真。

散文是表现手法最为自由的文体，作家可以根据自己的才情选择适合自己的表现手法。或抒情为主、或叙事为先、或议论为本，但要想写得好，前提是作家对各种表现手法的使用均能从容娴熟。由于熊育群是以诗人的身份登上文坛的，因此对抒情手法谙熟于心，对议论也十分熟悉，所以在他此前的散文中我们常常可以看到各种形态的抒情、议论，但在叙事方面似乎没有太多出彩之处。张国龙

---

① 熊育群、张国龙：《重塑散文的文学品质——熊育群答张国龙博士》，见熊育群《路上的祖先·代序》，百花文艺出版社 2009 年版。

曾说:"他一碰触琐屑、庸俗的现实生活,目光便涣散游离,似心有旁骛,运笔凌乱,肤皮潦草,甚至有头无尾。从某种意义上说,他的叙事似漂浮于世俗尘埃之上。"① 然而在《路上的祖先》中,叙事的因素被大大强化了,熊育群的才情得以物态化的表达。以前是内心才情的自由书写,虽有天趣,但不免轻浮空洞;现在则是将才情融化在对事件的叙述中,其散文的风格来了个朴实的转身。通过对西南贵州的周伯泉家族、熊梦奇家族的家族史,以及以罗贵为首领的 97 户人家艰辛的迁徙史的叙述,作者在历史的维度上显示了文学叙事的厚重感。但纯粹的历史是构架性叙事,与文学丰富的肌质相比,历史叙事总显得过于粗疏。熊育群显然明白这一点,于是他通过许多细小的带有画面性事件进行叙述,使自己的叙事肌质丰盈。在《生命打开的窗口》中,对母亲的怀念被融入到为母亲奔丧的各种细节中,例如:"下半夜的锣声、唢呐声突然惊醒了半寐的我,我的意识在那一刻刷地被照亮了,突然之间我明白了我已经没有母亲了,我的母亲正在乡人的葬礼之中,等待着埋入黄土。一个道士的诵经声夜色一样凄然,像一个物体一样立于黑暗的包围之中。电流击中我,撕心裂肺的痛,心中大恸,我痛哭失声。我从床上爬起来,直赴母亲,泪如泉涌,多少年的泪水河流一样奔泻。"② 这段文字已不再是天马行空的想象,所有的情感都与现实性的锣声、唢呐声、葬礼、道士的诵经声这些景象结合在一起,因此那种悲痛之情变得具体、可感、实在。正如一个评论者所言,这样的散文,较之重理轻情的文字,无疑更具有穿透力,因为"理"有了"事件"的支

---

① 张国龙:《生命意识书写的新向度——熊育群散文论》,《文艺争鸣》2010 年第 7 期。

② 熊育群:《路上的祖先》,百花文艺出版社 2009 年版,第 85 页。

撑,"情"便自然生成。

第三是文字表达的大拙大巧。

在以前的散文作品中,熊育群的文字虽给人一种新奇敏锐之感,但同时也给人一种为文而文的感觉。在那本抒情意味浓厚的散文集《春天的十二条河流》中,有一篇深深打动我心灵的散文《悲情白色鸟》:一只受了重伤的鸟撞入熊育群所住的木屋,那只白色的鸟将生的希望寄托在熊育群手上,但熊育群却有心无力,最后他只好将鸟从窗口抛入山下。这件事虽是感人,但文中熊育群对强烈情感的诉说似乎多了些。"它是怎样的疼痛抑或灼痛?是否如针扎般的难受?""它受到了什么伤害?它在要求我做什么?"再一次听到哀鸣,又不由自主地追问:"弱小的生灵,你来自哪里?你为何如此哀伤,让人的心禁不住战栗!?你为什么要飞入人类居住的空间,把自己的生死交付人类?"当乡人纷纷涌入房间时,熊育群又感叹道:"我不能相信他们。尽管刚才我还在赞美乡人的淳朴、憨厚和善良,但对于一只鸟,他们还能以同样的善意对待吗?对鸟的生命的藐视,几乎是人性的黑夜,由人类弱肉强食的文化所延传。"① 这些文字将自己的情感反复强调,文字的力度和厚度却相应的被耗损了,给人带来的心灵上的冲击力尖锐却不厚实恒久。而在散文集《路上的祖先》中,熊育群将主观性的抒情议论文字做了浓缩,文字朴拙了,但灵气依旧在闪烁,冲击力反倒更强了。《迁徙的跫音》写的是福建永定县土楼里的客家人的迁徙史,文中虽也有议论性的文字,但较以前大大消减了,特别是对客家人居住的土楼的描绘、对当地客家人的交往、

---

① 熊育群:《春天的十二条河流》,贵州人民出版社2006年版,第43、44页。

对客家人迁徙历史的想象性叙述,一个个文字似乎都被熊育群按住了,不让它们随性而舞。但就是这种压制,却使得整个文字的力度、厚度得到了积蓄,文字变活了,显得厚实而有力。

文中写到在承启楼遇到了一群孩子时,有这样一段文字:

> 门口一群孩子向我夸赞,一个男孩用拳头捣捣一处裂开的墙,说,你看它多坚固,里面还有竹筋。
>
> 随便问了一句:会不会唱客家山歌?男孩张口就唱了起来:"客家祖地在中原,战乱何堪四处迁。开辟荆榛谋创业,后人可晓几辛艰。"曲调里有一份挥之不去的忧郁,淡淡的,像林中夹杂的风。那条路、那群在漫无边际土地上跋涉的人又让人思想起来了——他们到了汴河后,过陈留、雍丘、宋州、埇桥,在淮河北岸重镇泗州作短暂停留后,进入淮河,一路顺流直下扬州,一路则从埇桥走陆地,经和州,渡过大江到宣州,再由宣州西行,眼里出现的就是江州、饶州的地界了。鄂豫南部、皖赣长江两岸和以筷子巷为中心的鄱阳湖区,都是人烟稠密之地,大队人马抵达后,本想在这一带立足,但人多地少,一些人又不得不溯赣江而上,一程一程,抵达虔赣。大多数人在这里停下脚步,开始安营扎寨,仍有人不知缘由继续南下,直到进入闽粤。
>
> 我问男孩,知道祖居地在哪里,他答:"石壁。"石壁的祖先呢?"中原。"①

---

① 熊育群:《路上的祖先》,百花文艺出版社2009年版,第7、8页。

如果换成早年的熊育群来写这一段,可能是有许多感慨要发的,但这里除了对客家歌谣发出了"曲调里有一份挥之不去的忧郁,淡淡的,像林中夹杂的风"的感慨外,熊育群几乎没有再说自己的主观感受,但只这一句,就让人感慨万千,别有一番滋味在心头。

第四是古朴文化精神的复归。

作为在楚湘文化熏陶下长大的作家,熊育群自然深受以楚骚文学、道家文学为代表的浪漫主义艺术理想的浸淫,浪漫主义构成了熊育群最内在、最本质的审美追求,所有作品他的均染上了浪漫主义的色彩,这一点许多评论家都有过论述,这里就不再赘述。然而,从散文集《路上的祖先》开始,熊育群散文的风格似乎发生了悄然的变化,浪漫主义还是主要的,但以前那种华丽轻盈的风格,渐渐带上了朴实厚重的味道;在沉醉于个人生活的玄想的基础上,增添了对民族、民生、异域生活的体验;纷繁瑰奇而喷薄而出的想象,开始变得内敛而厚重;在抒情性想象为主要表达方式的基础上融入了越来越多的叙事性因素。看熊育群的《路上的祖先》给人一种看国家标准舞的感受,而读他的西藏系列散文、《随花而起》等早期散文集则似乎是看迪斯科的感觉。

在熊育群的早期散文中,《春天的十二条河流》是一篇最具楚骚浪漫色彩的散文,文章写了在汨罗江尾闾里有一片由十二条河流冲积而形成的荒洲,在那里发生了关于巫师、"他"、"我"和"我儿子"三代人的故事。在"我"和"他"野合后,"我"怀上了"他"的孩子,而且,"孩子在我的肚子里飞长,就像日子是尘埃在肚子里一层一层积淀,呈现了一个小抛物线。孩子已在这条抛物线里开始展示拳脚,一手撑起肚皮,试图破坏这条抛物线,我轻轻抚摸孩子好半天,孩子才停止这一行为。是孩子向抚摸妥协还是自己撑累了?孩子在肚子里拳打脚踢,打得我欢欣鼓舞,幸福得要让厚嘴唇来展示,打得我新奇难耐,夜不成寐。我就在一个月养成了摸肚皮的习惯。巫师就望着我摸来摸去,望着望着就走了神。巫师只知道每天罾鱼,每天煮一大锅,把我吃得快变成一条鱼了,孩子就是一条小鱼。"作者把孩子在娘肚子里长大比喻成"尘埃在肚子里一层一层积淀",把怀孕的肚子比作抛物线,这都是新奇独到的比喻,孩子在"抛物线"里的"表演"也写的新鲜、充满活力,但作为一个村姑把日渐隆起的肚皮看做抛物线似乎就有些牵强了,所以,这是一个灵动、奇特但有失真实、不完美的例子。在散文集《路上的祖先》中这样的想象就少了一些了,变得更加朴素真实了。例如,在描绘从汉人世界中迁出的周伯泉时,有这样的文字:

这是1494年,明朝弘治六年。这一年没有什么特别值得一提的大事。但历史对于个体,譬如这个迁徙的汉人,这一年却是石破天惊的一年,仅仅这一年在他一个人脚下所进行的艰苦卓绝的长途跋涉,就是我这样坐着小车长途奔波的人所不能想象的。但这只是他自己的历史,他走到了任谁怎样呼喊也不会喊醒历史的黑暗地带。深深的遗忘就像误入了另一个星球。这一年周伯泉为发生在自己身上的事件给了一个很抽象的命名——"避难图存"。至于"难"是什么,他深埋在自己的心里。这只是一个人的灾难,这灾难让他从南昌丰城出发,穿过三湘四水的湖南,其中崇山峻岭的湘西也没有让他停下脚步,他像劲风吹起的一片树叶,一路飘摇,人世间的烟火几近绝灭。

他悄悄停伏下来,在言语不通的伧佬人的土地收起了那双走得肿痛甚至血肉模糊的脚板。在那些孤独的夜晚,一个人抚摸着脚背,看着自己熟悉的生活变作了遥远的往事。那巨大灾难于是在群山外匿去了它深重的背影。他像一个原始人一样,带着自己的家人,在这个无人峡谷里开荒拓地,伐木筑屋。廖贤河峡谷第一次有了人发出的响声。①

在这段文字中,仍然有许多新鲜而奇绝的想象,"深深的遗忘就像误入另一个星球","他像劲风吹起的一片树叶,一路飘摇","巨大的灾难于是在群山外匿去了它沉重的背影",但这些想象与周伯泉的避难图存是那样贴切:误入另一个星球与陌生感相合,风预示着灾难的迅猛而又猝不及防,一片树叶连着强烈的无助感;灾难如背影显示出灾难对人的压迫已进入人的潜意识。这些想象已洗去了浪漫的华美、怪异,从而成为可以与时间赛跑的具有古典倾向的精美。

二、空灵飘逸舒卷自如

《路上的祖先》在开阔古朴、气象雄浑之中,并没有失去熊育群作品所固有的灵气。这本文集分为若干板块,"路上的祖先"板块中有《迁徙的蹬音》《路上的祖先》;"古老的屋檐下"板块中有《奢华的乡土》《荒野城村》;"灵视的世界"板块中有《生命打开的窗口》《神秘而日常的事物》《怒江的方式》《死亡预习》《灵魂高地》;"文明的脸"板块中有《脸》《复活的词语》《山脚趾上的布衣》;"漂洋的思绪"板块中有《多瑙河蓝色的旋律》《荒凉的盛宴》等,仅仅看看这些标题,就能感受到文字的灵动之气在闪闪跃动。

让我们进入文本之中,先来看看《迁徙的蹬音》吧。在这篇散文

---

① 熊育群:《路上的祖先》,百花文艺出版社 2009 年版,第 40 页。

的第四部分,熊育群写道:

> 那条路我是见过的,洛阳、皖赣长江两岸、鄱阳湖、赣州,很多年前,因为种种原因我都到过。最后岭南的一道山脉,也在四年前爬了上去——沿着宋朝的黑卵石铺筑的古道,从广东这边走上高处的梅关。古梅关,张九龄唐开元四年开凿,一条自秦汉以来就为南北通衢的水路打通了。赣州因此吸引了大批开拓八荒的"北客"。山隘之上,一道石头的拱门,生满青苔杂树,一副已斑驳的对联:"梅止行人渴,关防暴客来。"关北是江西的大庾,关南是广东的南雄,延绵而高耸的岭南山脉,这里是连通南北的唯一通道。我站在江西境内的关道上眺望,章江北去远入赣江。一条古老而漫长的水路,从这里北上,进入鄱阳湖,入长江,由扬州再转京杭大运河,一路抵达京城。
>
> 古道上,红蜻蜓四处飞舞,路边草丛里,蚱蜢一次次弹起,射入空中。秋风吹过山岭,坡上万竿摇空,无尽的山头与谷地在阳光下呈现一派幽蓝。黑卵石的路上,没有行人,只有稀疏的游客走走停停。
>
> 唐僖宗乾符五年,黄巢起义,攻陷洪州,接着吉、虔等州陷落,数代居住虔赣的客家先民,又不得不溯章江、贡江而上,跨南岭,入武夷,进入闽粤。他们多数从武夷山南段的低平隘口东进,首先到达宁化石壁,以后再从宁化迁往汀江流域直至闽粤边区。此后,无论是北宋"靖康之乱"南迁的中原人,还是元明清因战乱南迁的汉人,都是沿着这条古代南北大

动脉的水道南迁。当年客家人文天祥从梅关道走过,留下诗句"梅花南北路,风雨湿征衣。出岭谁同出,归乡如不归……"他被元兵从这条水路押解进京。跟随他抗元的八千客家子弟走过这道关后就再也没有回过头。

下山,楚进路边的珠玑巷,一条老街,赖、胡、周等姓氏的宗祠一栋紧挨一栋。宋代,客家人翻过梅关迁居到了这里,他们成了珠江流域许多广府系人的祖先。南雄修复了客家人的祖屋,不少来自珠三角的后人来这里祭祖认宗。鞭炮声不时响起,炸碎了天地间的宁静。①

这里写了很多史实,如古梅关是张九龄唐开元四年(公元716年)开凿;唐僖宗乾符五年(公元878年),黄巢起义,数代居住虔赣的客家先民不得不跨南岭,入武夷,进入闽粤;北宋"靖康之乱"大批中原人经由梅关南迁;元明清因战乱汉人过梅关南迁;甚至连具体的迁徙路线都写的很明确,"他们多数从武夷山南段的低平隘口东进,首先到达宁化石壁,以后再从宁化迁往汀江流域直至闽粤边区"。这些史料增加了文章的厚度、可信度,其文字的处理又充满了作者灵动的才气。熊育群采取了现实与过去对接闪回的写法,在对现实的梅关充满生机和诗意的古道进行一番描绘,让人心变得空灵清澈后,再来写较为沉重繁复的历史史实,使人们可以诗意地看待历史。至于深深刺激读者感官的现场描写则是熊育群一贯的作风:"生满青苔杂树,一副已斑驳的对联","鞭炮声不时响起,炸碎了天地间的宁静。"这样的文字怎能不刺激读者的感官和心灵呢?于是,"路上祖先的足印和现代文明的

---

① 熊育群:《路上的祖先》,百花文艺出版社2009年版,第8页。

印记,都深烙在我们的心上"。

熊育群爱文学,自1979年17岁写出第一首处女诗作后,便一发不可收拾,正是这种热爱使得他在大学"不务正业",作为学建筑的大学生却整日醉心于诗歌创作。在接受采访时,熊育群说:"我是在一种本能的引导下写起诗来的。""我的起点很低,文化素养与艺术的能力都很低。但我有疯子一样的热爱。""我走到今天,全都是自学,没有谁指点过。我的建筑学、新闻、美术、摄影和文学,全都自学得来。自己体会来的东西才是自己的。"①

熊育群不喜欢停留在一处,无论在生活中还是在艺术中,他一直在奔跑。从岭南到西藏再到欧洲、非洲;从诗歌到散文、从散文到小说;从文学作品的创作到文艺理论的思考。在奔跑的间隙他也在不断反思调整自己,在反思中他意识到自己的创作灵气有余而厚重不足。对此一些评论者也有善意的提醒,雷达认为:"他是个敏感的人,想象力、好奇心、梦幻感、追寻意识都很强。但是看多了会觉得,他虽没有文化大散文的古板和堆积,却也没有人家的系统和扎实;他追求生命力的高扬,但生命力背后的底蕴却又失之空泛;他注意细部的精雕细琢,但过分的形容和藻饰又使之接近阴柔,伤于琐碎。也许,有无更有力的思想的魄力和更广阔的视野,对于熊育群今后的创作有着重要的意义。"② 陈剑晖认为:"如果熊育群的散文语言能在'放荡'自由中再简约精确一些,或者说适当节制一点,可能他的'文调'会更

---

① 谭畅:《一个有悬念的作家——熊育群访谈录》,见熊育群《奢华的乡土·代后记》,花城出版社2009年版。
② 雷达:《有灵性的历史 生命力的高扬》,中国作家网,http://www.chinawriter.com.cn。

有魅力——也许这于我是期待，于熊育群却是苛求。"① 王兆胜认为："大多数文章还比较松散。"②

面对不足，熊育群不断进行调整，他的散文语言越来越精练，他的表达方式越来越丰富，他的题材越来越开阔，这样他的文章也越来越大气。更可贵的是，他的灵气并没有因此消失，行文依然空灵飘逸舒卷自如。他的空灵，他的飘逸，应该与湖湘文化和岭南文化的交融有关。

湖湘文化充满了灵气甚至鬼气，受这种文化浸染的人想象力通常繁复奇丽，但在天马行空的同时也使人感到不踏实、不扎实；岭南文化市井气较浓，受这种文化影响的人，行事实际、喜欢具体。熊育群先后受到两种面貌迥异的文化的浸染，这对他的价值观、审美理想、行文方式产生了重大的影响。熊育群说："湖湘文化生命意识要强烈一些，务虚一些，空灵、幻想、唯美、神秘；而岭南文化的务实、开放、注重细节，会更脚踏实地，更加厚实。很明显的区别，在我来广东之前，我的散文是短章，空灵、华丽，注重语言，但有时会觉得空洞。到广东工作后，散文明显长了，因为进入了较具体的事物，原来的风格并没有太多改变，但明显要扎实、厚重。"③

为什么反差巨大的两种文化都能对熊育群产生重大的影响呢？因为两种文化都有熊育群最向往的精神内涵——生命活力。湖湘文化充满了对生命活力的赞美，但这种赞美饱含着贵族色彩，尤其是精神贵族的气质，而生活中的艺术气质、精英意识就是这种贵族生命力的体

---

① 陈剑晖：《生命性灵中的湘楚浪漫》，《南方文坛》2006年第6期。
② 王兆胜：《谈熊育群散文的审美世界》，《文艺争鸣》2008年第4期。
③ 音希：《与鲁迅文学奖获得者熊育群对话》，《广州日报》2010年11月1日B2版。

现。岭南文化虽也充满了对生命活力的赞美,但那是一种多少浸润了平民色彩的生命活力,是一种在物质生活的艰辛之中生发的物质享乐文化,它具体、实在,甚至形而下。作为有灵有肉的人,这两方面的文化都是不可或缺的。湖湘文化能让人仰望理想天空的彩虹,而岭南文化却可以使人实实在在地俯瞰富饶感性的人间万象。作为一个纯粹的理想主义者,熊育群在经过现实意味十足的岭南文化的洗礼后,他的理想并没有陨落而是更丰富更完整了。因此,那种统一了理想和现实,其中理想又占据核心地位的客家文化和潮汕文化就更为熊育群青睐。所以,带着理想迁徙在现实的时空中,追求张家及其后代灵魂和身体安顿的祖先就成了《路上的祖先》着重刻画的对象。两种文化的碰撞使得熊育群的精神世界实现了新的升华,他充满深情地说道:"岭南文化的务实精神进入了我的血液,与湖湘文化的务虚精神融合在一起,一种空灵飘逸的精神与具体的日常生活交融在一起,悄悄改变了我写作的风格,我的作品不会因为空灵而空洞,也不会因为具体而失去诗性。我写具体的事物,却从中寻找到空灵的诗意。事情是骨架,诗意是灵魂。没有了虚荣,一种坚实、大气的品质出现在我的作品中。我从内心感恩这两种文化对我的哺育。"①

正是两种文化的交融使得熊育群的散文风格实现了从灵性散文向有灵气的大气的散文的脱胎换骨的变化。现在的熊育群的散文已从舒伯特的小夜曲变成了贝多芬的交响乐;他自身也像从创作《少年维特的烦恼》的歌德到创作《浮士德》的歌德一样,不断走向老辣与深沉。

---

① 谭畅:《一个有悬念的作家——熊育群访谈录》,见熊育群《奢华的乡土·代后记》,花城出版社 2009 年版。

第三章 黄咏梅论

第一节 引论：心灵旅行者的精神守望

出生于20世纪70年代的黄咏梅，受当副刊编辑的父亲的影响，很早就顺利地走上了文学道路，少女时代即以诗闻名。岁月流逝，人事变迁，黄咏梅从家乡梧州到桂林，在广西师范大学度过了自己的大学时光。1998年，研究生毕业的黄咏梅来到大城市广州，成为一家知名报社的编辑。诗人的光环渐渐隐去，生活的琐碎重复堆叠，令人感佩的是，黄咏梅并未满足于世人眼里的安稳，她开始了人生的另一次尝试，并一发不可收。2002年，黄咏梅在文学期刊《花城》上发表了第一篇小说《路过春天》。自此，她一系列的叙事性作品逐一问世，引起了读者和评论界的关注。

曾经的校园诗人成了如今的小说家。坚持在业余时间创作小说的黄咏梅，不算是高产作家，十年间写了几十个中短篇，唯一的长篇小说《一本正经》只有十几万字。以创作为副业，自然有时间上的限制，但这样的创作也多了一份纯粹。对她而言，写小说是因为想写，至于为什么想写？是因为享受写作的那个过程。黄咏梅在多篇创作感言和访谈中表示，自己正是凭借小说来对抗经验的重复。"我乐此不疲地重复这种心脏偷停的运动，享受这种精神出走的过程。我用偷停出来的时间，将自己当作不同的人，进入一个与自己的肉身没有任何关系的另外一个世界里，得以跟一些隐匿的东西团聚，跟一些隐秘的内心活动私语。"① 从这个意义上说，作为小说家的黄咏梅担当得起更久的期待和更大的寄望。

黄咏梅的照片和微博都予人低调而温和的印象。阅读她的文字，常常联想到这样的画面或场景：市井街巷，一个女人步履不甚匆忙地走过，偶尔驻足、发呆，若有所念，若有所感。她把眼光停留在身边的某处，开始观察、体悟、遐想。回到书桌前，她打开自己的电脑，在键盘的嗒嗒声中，展开一次又一次的心灵旅行。在文字的世界里，她认真聆听和记录着人物的生活和思想。每一个故事中，都有某种善解人意的声音。这个声音试图透过人物的生活方式和行为举止，不断地阐释他们的内心世界，并安抚可能正在阅读的读者。黄咏梅笔下的故事大多是悲伤的、疼痛的，情感却永远是安宁的、慰藉的。这位热衷于心灵旅行的小说家，在想象的世界里，默默地守望着这个时代形形色色的小人物。

---

① 黄咏梅：《精神出走》，《作品》2009 年第 1 期。另可参阅：《寄放在这个世界的另一地址》，《文艺争鸣》2008 年第 2 期；《内心的出走》，《作品》2006 年第 6 期；《写作也不苦了》，《南方文坛》2003 年第 2 期等。

第二节　小城居民的出走之梦

在各种访谈和创作谈中，黄咏梅多次提到自己的家乡梧州和广州之间一衣带水的关系。小城梧州的建筑、饮食、气候乃至人的脾性都有浓郁的岭南气息。《骑楼》《多宝路的风》《负一层》等小说都有着鲜明的岭南特色，黄咏梅有意在小说中运用粤语方言，以强化作品的岭南市井文化色彩。她笔下的岭南有着大城和小城的双重指涉，大城是发达的现代都市广州，小城是发展中的较为落后闭塞的梧州。前者是黄咏梅当下安居乐业之地，后者是其出生成长、每每于不经意间梦回牵系的故乡。有时候，大城和小城会虚化，未必直接对应着广州和梧州，而是在当今中国的现实版图中令人趋之若鹜的繁华都会和死水微澜中躁动不安的边远小城。

梧州是广西最富岭南文化特色的城市，特别是饮早茶、喝凉茶的饮食文化，以骑楼为代表的建筑文化，以及全市通用的粤语方言文化。梧州水运发达，自 1897 年开埠以来，已有一百多年的历史，曾有着"小香港"的美誉。梧州处于西江"黄金水道"的两广交界处，一度是岭南地区的政治、经济和文化中心。浔江、桂江在市区汇合为西江，三江交汇处黄绿分明，人称鸳鸯江。梧州与粤港澳一水相连，水路距广州 341 公里、香港 436 公里、澳门 384 公里，为广西距粤港澳最近的港口口岸城市。这种独特而紧密的地理和文化姻缘，使得梧州人有着天然的认同感和亲近感。黄咏梅的第一部小说《路过春天》中隐约可见其后一系列小说中的各种元素：都市背景、小人物命运、世俗遭遇、时代与人心交错的哀伤、不动声色略带疏离的笔调，等等。而表现最为突出的正是小城小民的出走之梦，以及梦之破碎，这俨然成为黄咏梅小说的重要母题之一。写作时间在后的《契爷》仿佛是《路过春天》《一本正经》等小说的前传，它描述了一个未能离开小城的女孩的出走冲动。黄咏梅笔下，那些或实指或虚化的小城中的居民，他们内心隐秘的出走冲动，乃是源于对某种更加现代、更加文明的生活的渴望。

《契爷》的故事场景是那个"只要沿着浔江出发，漂流整整一天一夜，据说一直可以流到香港"的小城。明眼人一看就知道，这个小城正是黄咏梅的故乡梧州。去过香港的卢本，给只知道"消息"的小城，带回了"信息"这个词。"上个世纪 80 年代初，他们给远方的亲戚写信，眼看着邮差将信装在一个大麻包袋里，扎紧，放到一艘邮政船上，沿着浔江发出去。慢船把消息送到外边的亲戚手上，大概需要半个月。同样，任何一个消息来到，就像台风从远远的河面上来到一样，满街的人都能收到。"16 岁的夏凌云怀着对外面世界的憧憬，在杂志上的"知音信箱"栏目里交到了一个笔友——来自广东鸿运机械厂 8 号信箱的杜志远。这些信在小城里掀起了轩然大波，夏凌云被软禁在家。但这个被小城人认为中了邪的女孩，竟然在自己的身体上给她的杜大哥写信。夏凌云与其说是给心仪的男子写信，不过说是给那个在她的想象中神秘而美好的城市写信。这个总是独来独往，能在旧书摊上一看就是一个下午的女孩，她对生活所有的幻想，都投射在似近又远的广州。在这个封闭的小城，她不时地走走、望望、停停、想想，"说不出来的满腹心事、踌躇满志"。1986 年，当杜志远终于出现在小城时，却被当成流氓扭送到派出所，只能狼狈离去。

时间来到 1988 年，梧州开通了国道，夏凌云一家率先在国道边上做起了买卖。路过的司机带来了外面的信息，他们随便说出一串陌生的地名，编造一些离奇古怪的事情，就能把小城人唬住。夏凌云被一个叫黎变的司机迷住了，这个矮小的男人除了头发油光发亮之外，整个人疲沓干涸，但他有一双见多识广的眼睛。黎变向夏凌云许诺，以后要开车带她走遍全中国。从16岁到20多岁，从国道开通前到国道开通后，对外面的世界始终不变的憧憬，使得夏凌云轻易地上了油腔滑调的黎变的当，她的肚子大了，黎变却消失了。这个小城姑娘的出走之梦尚未来得及实现，便已破碎。比夏凌云小五岁的叙述者"我"，通过高考的途径，实现了或许是所有小城女孩共同的梦想。"车一开，我的兴奋感就随着这蜿蜒的公路，一直崎岖地延伸。……我对前边所要经过和到达的地方充满了好奇和新鲜，我压根就没想到要往后看"，更没想到留在后面的母亲和夏凌云。

而在自己的小说处女作《路过春天》中，黄咏梅是这样开篇的："没有想到，那个夏天，我来到了燕塘牛奶的产地。然后，我有了这个城市的身份证，有了这个城市的一把钥匙。"这里的"我"不就是《契爷》中那个考上省会大学的"我"吗？大学毕业后，"我"到了夏凌云们渴慕良久的广州。叙述者以追忆的笔调描写了小城人对大城根深蒂固的情结："很小的时候，母亲就给我每天订燕塘牛奶，这是广州一种老牌的牛奶，名噪一时。因为广州离我生活的小城是一衣带水的近，这里的人一直有着'广州情绪'，他们自豪地对其他城市的人说'我们看广州的当天报纸'，以概括地理上的优势；他们也会得意地对其他城市的人说：'我们讲的话跟广州的是同一语系'，以形容文化上的嫡系。"当"我"如愿到广州工作后，母亲不免向人夸耀："那当然，从小就给她订燕塘牛奶，比本地产的贵好多我也舍得，多么有浓度的一个牌子啊，多么有营养的一块地方啊。"在带有作家自身经验和记忆的第一部小说中，黄咏梅不仅描述了梧州人对广州的倾慕之心,而且更为深刻地呈现了成为大城居民之后的那种隔膜感和陌生感。

在《路过春天》中,叙述者顺着燕塘牛奶的话题写道:"直到我来到广州安定下来,想起要定牛奶的时候才发现,门口塞满的许许多多的传单让我无从选择要哪个牌子。……从前我一直使用的一些广州产的日用品之类的品牌货,实际上在超市里已经寥寥无几,每次坐公交车经过这些品牌的工厂,破旧而简陋的门面实在让我诧异,就是它们包装着我曾经向往的繁华吗?"梦想之地只能在梦想中闪闪发光,一旦亲临现场,光芒必然黯淡。来到广州之后,"我"也不再是原来喝燕塘牛奶的那个"我"了,"我的真实姓名湮没在这有着近两百万外来人口的城市里,城市关怀地称我们这群人为'新客家人'"。对于从小城来的客家人而言,总有一种关于家的寻觅和迷惘。故乡只能思念,大城市让人迷失。"格林童话里一个小男孩被拐到森林中,要被抛弃掉,他硬是凭着自己一路上偷撒的面包屑做记号回到了家。回头看来路,月亮下面,一地闪闪的金粉,引我回家的吗?"情同姐妹的阿苟被人杀死,"我"平静得几近冷酷地对着她的身体拍照,酝酿着一篇轰动全城的新闻故事。

在黄咏梅笔下,小人物们的故事总是忧伤的,但情调并不悲痛。叙述者往往以对生活的理解和宽容之心,吸纳着忧伤,甚至转忧为喜:"人在时光里,有什么不是路过的?大概只有心里存着的那些春天的模样不是路过的吧"。只有内心的诗意和梦想的情怀是永恒的,城市和物质总在快速地变动着。小城居民一旦告别故乡,便永远地失去了自己的家。在第一部也是迄今为止唯一的一部长篇小说《一本正经》中,黄咏梅讲述了一个类似的故事,表达了相近的情绪。正如她自己所说的那样:"目前所写的小说里基本上都围绕着一个母题:一种无力挽回的遗失和一种陌生拾到的惶惑。"① 小说的主人公陈夕离开故乡,如愿来到广州,先当公务员,后辞职成了一名女作家。"如果需要一面镜子,照向未来,我但愿镜子里出现李平。"50岁的李平似乎有着神奇的魔力,总是令她浮想联翩。然而,笼罩在神秘光环中的李平不过是一个谎言,她在得知自己并不是上司唯一的外遇对象时,揭发了对方,自己也被判死缓。陈夕则在商业化的广州,为了成名而左冲右突,正如李平养了30年的乌龟被放逐到街上时,"一步一步,没有方向"。无论是《路过春天》中的"我"还是《一本正经》中的陈夕,都如愿从小城来到大城,并在广州有稳定的工作,但她们仍然不可避免地体验着所谓"新客家人"称谓后面的异乡感,并经历着物欲横流的大城市对诗意和梦想的挤压。

在黄咏梅笔下,大城市从来都不是一个实现梦想的地方,相反,它吞噬、扼杀梦想。特别是对于那些无法进入主流阶层的小人物来说,广州更是一个残酷的幻灭之地。《把梦想喂肥》是一个极富象征意味的短篇,最为充分地表现了小城小民的出走之梦及梦想幻灭的主题。小说采取了旁观者"我"的叙述视角,讲述了"我妈"的故事。在"我"的故乡梅花州,"我妈"虽然瘸了一条腿,却有着领袖般的江湖地位,被大家尊为"大家姐"。小说中的梅花州是一座距离广州只有六个小时大巴路程的小山城,铁皮天桥上刷着"学习大广州,建设梅花州"的口号。"这句口号对于学习着的人来说,绝对充满了暗示,以至于有点出息的孩子在想望未来的时候,一贯地把目标锁定了这个'大广州',当然也包括我这个在别人眼里一点出息都没有的孩子"。

---

① 黄咏梅:《广州不是一个适合诗意生长的地方》,《南方都市报》2002年11月8日第2版。

不仅是孩子,就连"我妈"在偶然搭载了一位从广州来的左右手各戴一只粗大金戒指的女人后,也毅然放弃了自己在小城拥有的江湖地位,决定到大城市广州去发展。

"我妈离开梅花州的场面,现在回想起来,就像一个预先举行的葬礼。"叙述者在故事推进到"我妈"出走的环节时,已经向读者预告了主人公最后的结局。这个仓皇出走寻梦的中年瘸腿女人,刚踏上广州的土地,就开始了自己的迷失之旅。"在混乱的省汽车站出站口,我妈眼里的广州就像一部无声电影一样,所有的喧哗和吵闹,都成了让人眼花缭乱的默片。"当"我妈"试图向路人打听"冼村"这个地方时,"人们像遇到一个乞丐甚至一个女骗子一样地绕过了我妈。就这一下,我发现我妈从一个瘸腿顿时变成了一个哑巴以及一个聋子。"而对于熟悉广州现实环境的读者而言,这个地名和这个场景,已经暗示了更多不言自明的信息。在黄咏梅的小说中,那些怀揣着梦想来到广州的小人物们,大多聚集在"冼村"、"石牌村"这些城中村里,经历着梦碎的辛酸历程。在小城或农村人的想象中,广州灿烂繁华,活色生香。黄咏梅似乎想提醒读者,广州不只有高楼大厦,也有鱼龙混杂的民工集中营。"只要一进入到冼村的深处,那些熟悉的贫穷的神经无一不被挑逗起来。从简陋的出租屋阳台上挂着跟我们梅花州没有任何区别的一经洗泡就变形了的衣服来看,这里就是广州的梅花州。在这里住的人,走出去是大城市,走进来就是故乡。"不难发现,叙述者有意使"大城市"和"故乡"成为相互对立的两极,大城市意味着繁华富裕,故乡等同于小城,代表了贫穷寒酸。"我妈"自以为从小城来到了大城,但她所进入的生活,不仅依然如故,甚至更糟。

"我妈"相信马千秋的话:她的梦想是一条小鱼,现实是一条大鱼,随时会把小鱼吞掉,只有把小鱼喂成大鱼,梦想才会实现!于是,

"我妈"加入了马千秋的传销计划，甘心以自己的残疾为噱头，发展新的会员。就在"我妈"兴致勃勃地做着在广州买房、定居、成为有钱人的美梦时，马千秋骗去了"我妈"所有的积蓄后消失了。"我妈"试图找到马千秋，或者用那套小鱼喂成大鱼的理论发展会员，然而，在日复一日的绝望中，"我妈"跳进了广州市区的一条臭水沟，她没能喂肥梦想的小鱼，小鱼被马千秋的大鱼吃了，她自己也被现实吞掉了。在小城人无比向往的广州，"我妈"不仅没有实现自己的梦想，反丢了卿卿性命。

在《骑楼》中，黄咏梅再次提到了曾有"小香港"之称的那个小山城。在这篇小说中，黄咏梅尝试分析小城人的出走之梦产生的历史与文化动因。这个历史上辉煌神气过的城市，随着航道优势的丧失，早已荣光不再。"那个百舸争流的时代过去了，留给这个城市的，是一些美人迟暮的伤害。"因为和粤港地区天然的地理、语言和文化姻缘，"这里的人，梦想比内地很多地方的人都要多，都要早"。虽然小城人沉迷于炒田螺这种骑楼小吃，习惯于"一盅两件"的早茶模式，但这种平静而悠闲的生活节奏早已被外来的文化和观念所打乱。本地电视台大肆宣扬着"建设大都市"的口号，新开发区的房子是"外墙上伤湿膏一样贴满了空调的那种房子"，那里的小吃全是外地风味。当了20年巡警的"打捞"因为没有办过大案子而被裁员，他做起了陪护工作，却在陪病人到北京时，在追小偷的过程中被对方捅死，"打捞"的女朋友阿菊也离开了小城。叙述者"我"也在这个被"现代化"浪潮所裹挟的小城，失去了自己的爱人。

坚持书写小城小民的出走之梦的黄咏梅，尝试着由小城推至更为偏远、闭塞、贫穷、落后的乡村。她的笔下出现了一个叫做"管山"的地点，如《档案》《瓜子》等小说，都讲述了在广州生活的管山人的故事。从小说所列举的诸如"同人不同命,同伞不同柄"等方言及"炮期"等风俗推测,管山大概是广西的某个山区。当然,这种考证并无意义,比起 W 市、"小香港"、梅花州这些直接指向梧州的地点称谓,管山显然更具虚构性。在近期发表的小说《瓜子》(《钟山》2010年第 4 期)中,黄咏梅进一步探讨了大城市农民工子女的心理认同和身份建构问题。《瓜子》以第一人称叙述视角讲述了一对管山父女在广州的经历。父亲王开成是一个怀揣梦想进城的农民工,住在石牌村的出租屋里,独自抚养女儿。对同乡孟毛事事顺从的王开成,在内心郁积的愤怒终于爆发之时,用刀砍伤了孟毛,被判了八年,"我"也面临着被大伯接回管山的命运。

《瓜子》在书写小人物梦碎广州的主题之时,着重思考了农民工子女的广州之梦的可能性。"十岁那年的某一天,我忽然不再愿意讲管山话,一个音也不愿发出来。"小说以"我"对管山人身份的摒弃及对广州人身份的认同开篇,带出了"我"的尴尬处境。"我"是广州人吗?反对的理由是户口本。"说几句广州话就是广州人啦?""没见过住在出租屋里的广州人!"赞同的意见则是强调时间。两岁来广州,"吃广州的味精比吃管山的米还多,幼儿园小学都在广州念,以后还要在广州念高中念大学,你说,她不是广州人是什么人?"不论父辈的看法如何,"我"还是在广州孤单地成长着。虽然"我"没有广州孩子拥有的游戏机、漫画书和巧克力,"我"仍然讨厌管山的村子,那里有什么呢?"有爷爷和奶奶,有牛和牛粪,有猪和猪膘,有穿得破破烂烂从没有见过城市的小孩子……在我看来,管山就像一只瘪瘪的破塑料袋"。作为农民工子女,"我"注定有着孤独的命运。

狐仙给"我"开的药方是一张纸片,上面孤零零地写着一个"孤"字。狐仙的妙解是,"孤"字既是命数也是解药。原来,"孤字顺着看是"孤",逆着看则是"瓜子"两个字,一个变两个,自然不孤了。黄咏梅通过对"孤"字的奇思妙想,点出题目中隐含的深意正是孤独。从小城和乡村来到大城市的人,无论如何也改变不了寄居的事实,他们既不愿回到自己离开的地方,也无法融入真正的广州生活。因而,长年累月嗑瓜子去孤命的人不只是"我",还有"我"老爸。"碰上出租屋经常停电的夜里,电视看不上,我和老爸两个人,坐在屋子里,就着黑,嗑瓜子,听到从我们嘴巴里发出此起彼伏的声音,就像一屋子都坐满了聊天的人,热闹得要命。"这是一幕相当平实而又颇有几分惊心的场景,大城市的出租屋里,凄清的外来工家庭,只能以嗑瓜子的声音来驱除内心的寂寞。上班的时候不能嗑瓜子,"我"老爸便在裤兜里放一把瓜子,没事时用手抖擞一番。老实的王开成把所有的梦想都寄托在女儿身上,希望她能够在广州安居乐业。为了接送女儿,他放弃再婚机会,放弃了守小区正门这个重要岗位去守几乎可以忽略的东门,甚至放弃自尊成了保安队队长的小喽啰。

"我"的成长却不像老爸期待的那么理想。因为多动的毛病,班主任把"我"单独放在教室后面距离同学一米多远的"孤岛位"上。由于学校生活不愉快,"我"动不动向老爸发脾气,还喜欢买东西、玩游戏。然而,当老爸入狱,13岁的"我"被迫结束在广州的生活时,"我"却不停掉眼泪。一方面有着"打死我都不想回广州"的念头,一方面却又从火车尾部跳了下去:"在那些纵横交错的轨道中,我试图辨认出一条通往广州的路线。我确信,只要沿着那列通往管山的火车的反方向走,就一定能回到广州。"这就是一个外来工子女的选择:往故乡的反方向行走。即使知道这个城市会带给自己孤单和伤害,"我"所热爱和向往的所在仍然是广州。这是现代化的大城市难以言说的魔力,再怎么混乱不堪,广州依然充满了制造并实现梦想的无限可能。

这种可能性对于小城或乡村小民来说，吸引力无疑是强大的，甚至是致命的。

第三节 边缘人物的超越企图

黄咏梅喜欢写也擅长写城市中的小人物，如清洁工、修理工、保安、地下车库管理员、癫痫病患者、待业青年等。她笔下的人物基本上都生活在大城和小城这两种类型的空间，绝大多数都是从生活中跌落下来的失败者，是世俗社会中的边缘人群。那些小人物很少有朋友，即使有，主人公也总是以一种旁观者的姿态，默默地打量思索，沉浸在自己的生活中。他们怀揣着某种隐秘的不为人知甚至不自知的梦想，承受着生活的挤压，以及觅而不得的虚妄，作家看似平静的叙述中往往蕴含着不动声色的残酷。

小人物们试图用自己的方式对抗现实，而现实总是坚如磐石。撞击的反弹力作用于试图或者说是胆敢反抗的小人物身上，结果无一例外，梦想幻灭。小人物们重则失去了自己的生命，程度稍轻者亦被疼痛感所袭而终于回归庸常平淡。那些小人物曾经有过的梦想只不过是世人眼里的幻想，在现实的不如意、不公平、不轻松中，显得脆弱、虚妄、不堪一击。叙述者没有嘲讽，不加批评，而是试图代替这些失意的小人物将内心的曲折娓娓道来。不是"哀其不幸，怒其不争"的矛盾，而是理解的同情、深广的悲悯，甚至包含着疼惜和敬畏。

这个在主流社会被忽视的边缘群体，有着各自卑微的生活轨迹，以及并不圆满的结局。黄咏梅尝试触碰并呈现这些沉默者的灵魂，想象并书写他们不为人知的超越企图。他们寻找着爱、希望、理解、沟通、温暖、尊严和意义，虽然经常性地寻而不获，但这个寻觅的过程本身，恰恰表征了其作为个体存在的价值。正如评论者所言："她的所有小说，都是将叙事空间不断地推向都市生活的底层，推向日常生活的各种缝隙之中，并从中打开种种微妙而又丰富的人性世界，建立起自己特殊的精神想象和审美趣味。"① 黄咏梅驻足于卑微而孤独的小人物面前，敏锐而耐心地倾听他们的故事，记录他们的不甘之志和寻觅之旅。

这类主题的作品中最有代表性的当属《负一层》，这篇小说登上了"2005年度中国小说排行榜"。小说中的女主角阿甘年近四十，在一间酒店的负一层管理泊车，微薄的薪水大半交给家里。她说话做事慢人半拍，下班后就靠沙发上翻遥控器，嫁人无望，老老实实待在家里做老姑婆。虽然在负一层做了13年，阿甘还是认不出总经理的脸，但是她能听见车说话的声音。在张国荣跳楼自杀后，阿甘开始迷恋他，房间里贴满了他的照片，她会在晚上抚摸他的眼和唇，哭得眼睛红肿。在被摩托仔搭讪后，阿甘把他幻想成张国荣。他给阿甘吃迷幻药，甚至和阿甘睡了觉，但是连名字都没留下就消失不见了。找不到摩托仔，又丢了工作，阿甘从30层的酒店顶楼跳了下来。从讣告上，读者才和阿甘的同事们一样，第一次知道了她的名字——杨甘香。

阿甘显然是一个生活中的失败者，一个不被人注意的卑微者。连她的母亲也认为，她是因为"迷张国荣迷得神神道道"的，才会跳楼。她内心的哭泣、焦虑、不安，以及对现实的质疑，没有人了解。就像她被后勤主管通知老板不再续约时，她站在负一层暗暗的灯光里，"死命想死命想都想不明白自己怎么一下子就不见了这份工呢"？正如她"用脑子死命想死命想的另外一件事"，摩托仔为什么不来找她了？他

---

① 洪治纲：《卑微而丰实的心灵镜像》，《文学界》2005年第10期。

到哪里去了？没有人给她答案，墙上的张国荣只会默默地看着她哭，卖烧鹅的母亲根本不理解她的困惑。

理解她的或许只有叙述者。在介绍她的年纪、工作、家庭等信息之前，叙述者关于她的总括性叙述是"阿甘心里总是充满了疑问"。只是，没有人愿意倾听并解答一个愚蠢的失败者的疑问。于是她只能在午休时，从负一层坐观光电梯一直升到30层顶楼，对着整个天空，把自己心里满满的问号挂上去。"就像母亲在烧鹅店里挂烧鹅一样，一只接一只，头朝下，屁股朝上，肥油亮亮地沿着鹅身一直流到了鹅头、鹅嘴，没等流到橱窗上，就被对应的一排漏斗接住了，这些回炉的油继续成全下一只烧鹅。阿甘的问号，也这样天天挂到了天上，那悬而未决的一个小店，总是沿着问号的流线体，滑了下来，继续成全阿甘明天要挂上去的问号。"然而，烧鹅可以卖钱，问号却是这个世界上最不值钱的东西。这个世界需要的是可以满足口腹之欲（买方）、可以赚钱（卖方）的烧鹅，不需要对于这个世界的质疑及存在价值的追问。

这是一个极富象征和寓言意味的设定，阿甘工作的负一层正是处于都市最底层小民或贱民的现实处境。负一层和天空的距离，正是梦想和现实的距离。她想飞，然而现实和肉身是沉重的，她只能掉下来。她不善言辞，头脑不聪明，但并不意味着她没有感觉，没有自己的内心世界，她缺少的是话语权、表达的渠道乃至言说的能力。当然，阿甘未必有哲学意义上的生命追问，她有的只是对日常生活中际遇的不公以及人性的卑劣冷酷的一点模糊的不满，她也会以一己的微弱之力尝试着寻找某种救赎，维护仅有的尊严。当她用自己迟钝的脑子"死命想死命想"的时候，她也在尝试超越困境，谋划上扬的人生轨迹。

继《负一层》之后入选"2006年度中国小说排行榜"的小说《单双》讲述了一个少女的赌博人生。"李婉芳生下廖小强,除了小鸡鸡没有弄错之外,其余全是错的;而我和廖小强却刚好相反,除了那个地方弄错了之外,其余全是对的。而我和廖小强是李婉芳犯下的双重错误。"李小多出生在一个暴虐的环境,父亲离家出走,母亲席卷周围人的赌本逃走,只留下了智障的哥哥、愤怒的债主和一大笔债务。李小多在冷酷悲惨的环境中形成了赌徒心理,人生对于她来说,就是一场赌博。如果说赌博的最终下场注定是输的话,所有的赌徒都在紧张地期待着赢的微弱可能。小时候,李小多相信只要放学回家的步数为双,自己就不会挨打。李小多逐渐对数字产生了病态的癖好,她沉浸在赌博中。但是,最想赢的那局,她输给了向阳,她杀了向阳和另一个目击者。李小多不惜破坏赌博的游戏规则,将廖小强遗弃在隧道中,自己也以赌博的方式自杀。"当我躺在路上,面朝天空时,我判自己赢了。"这个缺乏爱,也缺乏自我的女人,凭借着对数字的坚持,对赌博的执拗,试图超越绝境,赢得温暖、尊严和爱,但却遗憾地走上歧途,被命运击倒。她以赌徒的心态,以对万分之一、亿分之一的希望的渴求,一次次把智障的哥哥从父母的谋害计划中救出来,努力成为他的光亮和依靠。在她成为一个杀人犯,被迫抛弃哥哥时,她"颤抖着,泪流满面"。令人痛心的是,李小多超越现实的企图最终失败了,现实纹丝不动,甚至更加惨烈。冷峻的现实将李小多和她的智障哥哥逼上了绝路,但她至死不肯放低姿态,而是选择为自己宣判,判自己赢了。

正如有论者指出的那样:"卑微者的生存环境决定了他们有着某些先天性的匮乏与缺失,更容易遭到伤害与损毁。在对他们的观照中,黄咏梅着力于试探提取那些表现人物心灵自我满足和自我攀升的元素,赋予了他们超脱日常生活的诗性气质。"① 即使是以自杀对抗现实的阿甘和李小多,黄咏梅在描写她们或失败或绝望的人生处境时,依然极力捕捉其对情意和温暖的渴望。对于失败者超越姿态的暗示,使得主人公的死亡具有了意义,她们的自杀成为对现实的对抗和控诉,也是对自我不无绝望的坚持。

当然,黄咏梅笔下的社会边缘人物并非都如阿甘或李小多般走至绝境,也有不少人物在经历了挫败和幻灭之后,依然继续着生活的步伐。写作时间较早的《多宝路的风》(《天涯》2003年第6期)中的乐宜出生于广州西关一条古老的巷陌——多宝路。母亲因为隔壁的四川婆而遭遇情感的危机,每到七月十四鬼节晚上都要打小人,在父亲豆子死后更加变本加厉。乐宜做了耿锵的情人,日子过得平平淡淡,但终归没有未来。乐宜在30岁的时候,与第11次相亲的海员结了婚。在她36岁那年,海员中了风,她也就搬回了多宝路。目睹了母亲的情伤,乐宜渴望能够遇到自己的真爱。但是,她无法与另一个女人分享自己的真爱,于是她做出了最现实的选择——人有我有。只是,在她的内心,永远有风吹过,发出窸窸窣窣的声音,那是隐约而永久的缺憾,也是岁月流逝的伤感。她曾经想超越母亲的生活,却还是陷入了命运的轮回和循环。但是,又能够怎样呢?哪怕是带着不甘和无奈,生活还得在现实的轨道上继续。

《鲍鱼师傅》的表层故事是一篇外来工受挫记,但主人公鲍鱼师傅的经历蕴含了时代的罪恶和个人的超越之间的博弈。"鲍师傅从中原来广州,才知道自己有一个很金贵的姓。"于是,在成为925公司的一

---

① 曹霞:《卑微者与游荡者——评黄咏梅的小说集〈隐身登录〉》,《文艺争鸣》2010年第8期。

名保洁员后,他每每以"我姓鲍,鲍鱼的鲍"的方式,向客户介绍自己。这个身高接近一米八、三十挂零、体力旺盛的男人,因为服务质量好,而成为保洁界的奇葩。鲍鱼师傅愿意到骆生家搞卫生,主要原因是主人允许他使用家中的高级音响。某一天,鲍鱼师傅喝着洋酒听着音乐睡着的时候,骆生强奸了鲍鱼师傅的工作拍档小蔡,事情由此急转直下,之前在音乐中结下的主雇情谊瞬间崩塌。在金钱攻势下,小蔡选择了妥协,决心"斗争到底"的鲍鱼师傅却在口水的腐蚀下,最终离开了公司,成了保洁界的一名散兵游勇。在路边的牌子上,鲍鱼师傅的姓名被略写成"包某",但他依然是最抢手的钟点工。在一次闲谈中,从未吃过鲍鱼的鲍鱼师傅听到了关于鲍鱼的谈论:"鲍鱼什么味道都没有","鲍鱼是世界上唯一一种没有骨头的鱼",人们甚至用鲍鱼讲起了荤笑话。这个故事否定了鲍鱼师傅的个人奋斗思想,彰显出社会等级之间的壁垒森严,以及正义在金钱面前的脆弱。从奋斗之路上跌落下来的鲍鱼师傅,虽然由"金贵"而坠入"低贱",但他对音乐的热爱,以及无论身处何境都尽最大努力的态度,使得他卓然超拔于买得起高级音响却不懂音乐的有钱人,以及愚昧麻木的陶醉于荤笑话的老女人。叙述者既反讽了权力阶层的空虚和伪善,又戳穿个人奋斗的神话,但其对于边缘群体的超越企图,显然是赞赏和敬惜的。即使"鲍"破碎为"包",但内心的音乐和自尊仍赋予鲍鱼师傅以光彩。这就是黄咏梅笔下的失败者的魅力所在,他们带来的并不只是绝望和虚无,更有一种不甘之气和超越之姿,予读者以感奋和温暖。

  黄咏梅是一个相当接地气的作家,她的作品虽然经常有出色的想象,但无不以现实观察和时代体验为坚实基础。在黄咏梅迄今为止的一系列小说中,有两篇小说值得一提,分别是《粉丝》和《隐身登录》,其第二本小说集干脆以后者为名,不难看出作家本人的态度。

《粉丝》将笔触指向引人关注的追星族,《隐身登录》探索网络时代的虚拟生活和现实人生的碰撞,更早发表的《关键词》则已经在思考网络世界和现实世界里两个同名者人生轨迹的交织,另一个新近发表的短篇《三皮》更是进一步涉及青少年犯罪与网络聊天及游戏之间的关联。

中国于1994年获准加入互联网,并于同年5月完成全部中国联网工作。此后,中国互联网普及率一路攀升。2008年年底,中国互联网普及率首次以22.6%的比例超过21.9%的全球平均水平。随着3G时代的到来,无线互联网的增幅更是惊人,手机上网已经成为主流。电脑和手机成为这个时代很多人的基本日常装备,不少家庭环境较好的幼儿园小朋友已经完全处于电子产品的包围之中。毫不夸张地说,互联网在一定程度上改变了人们的生活方式和思维方式。网络在形成追星族乃至粉丝文化的过程中,起到了推波助澜的作用。只有通过网络,明星的各种信息才能得到广泛传播,分散于各地的粉丝才能被有效地组织起来,参与诸如购买演唱会门票、订购专辑、购买明星代言的产品、以各种名义给明星送礼物、接机送机、购买周边产品、投票等一系列应援活动。

《粉丝》的主人公王梦是一名当红歌星的粉丝,她最大的梦想"就是能得到他的拥抱"。在疯狂追星的过程中,王梦认识了职业粉丝黎轩昂。通过交流歌星的各种信息,分享和歌星有关的各种周边产品,两个人开始交往。黎轩昂以在演唱会上装死制造粉丝自杀事件为代价,换取了歌星领奖时穿过的一套礼服。终于,黎轩昂穿着过分宽大的二手礼服,和王梦结了婚。

在当下的媒体语境中,粉丝是一个在某种程度被妖魔化或病态化的群体。在周围人的眼里,王梦因为追星而毁了光明的职场前程和正常的感情生活。王梦狂热的追星行为不被正常人所理解，她对歌星的幻想和沉迷令受到周围人的嘲讽，也令曾经的男友愤而离去。但在黎轩昂看来，"王梦是个有信仰的人。信仰是什么？信仰就是专一和迷恋。"叙述者借黎轩昂之口，为王梦进行了辩解。名字中的"梦"隐含了作家的思考和判断，作为粉丝的王梦是一个心怀梦想之人。在追星的过程中，她的梦表现为对自己与偶像之间亲密关系的种种幻想。"她爱他，她相信，因为她用一生来爱他的所有决心和表现，终究有一天，他也会爱她。除此以外，她不知道爱是什么。"只不过，王梦爱上的是一个被商业社会消费文化包装起来的虚幻形象，她以假为真，最后迷失在真真假假的幻觉中。

"幻想是人类拥有的一种与困难情境协商的方式。当欲望被禁止，而对完全满足的渴望却仍然存在时，断裂产生了。幻想就在这个断裂上搭起了一座桥梁。幻想能够缩小我们需要的或想要的东西，与我们能得到的东西之间的距离。"① 主流社会只看到了粉丝们的疯狂、变态、不可理喻，黄咏梅却提醒读者，每一个粉丝自我奉献式的追星行为背后，都有自己的心理动因，都隐含着超越日常生活的欲望。但是，王梦们的热情和梦想往往被消费社会所利用和操纵，真诚的信仰和虚伪的表演掺杂在一起。偶像的光环终有一日会褪去，粉丝们的幻想不可避免地走向幻灭。这也正是黄咏梅在小说中反复书写的隐含主题：有着种种缺憾和偏移人生的边缘群体，也有着各自的热情和梦想，也试图超越坚硬如铁的现实环境。然而，因为缺乏足够的关注、理解和引导，他们的情感和梦想只能进行非正常的转移投射，甚至走上歧途，

---

① 斯蒂芬·海纳曼：《"我将在你身边"——粉丝、幻想和埃尔维丝的形象》，引自陶东风主编《粉丝文化读本》，北京大学出版社 2009 年版，第 155 页。

最后的结局往往是情感的幻灭和梦想的破碎。

现实生活中,又有多少类似王梦甚至更加走火入魔的王梦们,把自己的爱寄托在商业社会精心包装的偶像身上,义无反顾、无怨无悔,偶像的一个眼神、一个笑脸、一句暧昧的话,就足以让他们失声尖叫。粉丝是一个很复杂的群体,不能一棒子打死,而是要具体而微地面对他们,帮助他们,引导他们,才能使这个充满了幻想和热情的群体,找到自我,充实人生。王梦的结局,实际上是"亡"梦,无梦。"人生真的,真的他妈如戏。歌星出席大大小小场合,说了无数句套话、应酬话甚至假话,独独这句话,被他说对了。"在小说的结尾,叙述者言说了王梦走过疯狂追星岁月后的内心感慨。

《隐身登录》中的女主角莫末是个癫痫病患者,父亲为她挣钱,母亲为她积德,然而父母的爱并不能抚平她内心的伤痛。第一次爱上的纯洁男孩,在目睹了"我"疾病发作的场景后,消失了。莫末变得自私霸道,"'遭报应'这样的话,一点也没有杀伤力。因为我是一个病人。"这个有一张漂亮的脸的女人,开始在网络这个虚拟的世界里游戏人生。"在 QQ 上跟人聊天,上线的时候,我习惯性地选择隐身登录,这样,我就安全多了,我以不在的形式存在,我便可以在,也可以不在。于是,我成为秘密了。"莫末自以为这样的方式,可以使自己永远处于主动,比如将那个在 QQ 里抛出谜语——"谜面:什么东西总是说要来但永远来不了?"——的"高智商"踢进黑名单,并且在他带着同样的谜语化名"爱的就是你"出现时,再次将他送到黑名单。有一天,莫末在大街上发病,被市民用手机拍摄下来,并在名为"第一手真相"的电视节目中播放出来。"一个没有秘密的女人,就好像那件美丽的隐形衣服被强行脱了下来。"莫末陷入了抑郁之中。

不久,莫末在公园认识并爱上的直肠癌患者老 M 去世了。抑郁中变得烦躁的莫末坐在电脑前,发泄地将QQ上的人逐个踢到黑名单,唯独留下"猜到我了吗"。他给莫末留下了一段个性留言:"谜面:什么东西总是说要来但永远来不了?/谜底:明天。/朋友,我们虽然没见过面,/但是我们共同来到这个世界,/就没有什么可以害怕的,/因为明天永远不会来/勇敢朝明天走去吧……"这段留言使莫末认出他就是曾经的"高智商"和"爱的就是你"。一连好几个晚上,莫末都在QQ上等他,然而,他却一直没有出现。小说以莫末的哭泣结束了全篇:"我哭得如此用力,说得不过分一点,是如此惨烈,仿佛在等待一个总说要来却永远来不了的朋友……"

身患癫痫,自私霸道,游戏人间,在身体和道德的双重意义上,莫末都是一个边缘人物。她寄生在网络世界中,成为某种秘密的存在。然而,最后的哭泣暴露了莫末真实而脆弱的内心。她所期待于这个世界的,不过是一个可以理解并接受她的疾病的朋友。她在现实生活中唯一的朋友老M去世,在网络世界中以一段留言打动她的"猜到我了吗"始终未出现,她对朋友的期待仿佛那个重复出现的谜语的谜底——明天。明天总说要来却永远来不了,朋友总说会有却永远不出现,莫末的故事在某种程度上隐喻了现代人的处境。正如史铁生在《我与地坛》及一系列作品中所思考的那样,每个人的人生总有着这样那样的缺憾,没有人的人生是绝对完美的,在身体、才智、性格、心理等方面,多多少少都会有不足。

黄咏梅在《隐身登录》中暗示,我们总想隐藏自己的缺憾,是因为一旦缺憾暴露,我们将不可避免地受到伤害。于是,我们伪装,我们逃离,我们藏匿,网络也许是个理想的所在,因为在那个虚拟的世界里,我们有可能穿上童话中的隐身衣,以不存在的方式存在,以确保自己的安全。但是,以隐身的方式换取的安全,带来的是更大的空虚和孤单。毕竟，网络上的 ID 不是现实生活中的个体，我们的肉身始终在渴望真实的情感交流。玩世不恭的莫末，熟悉网络聊天的技巧和心理，懂得如何使自己的缺憾变成秘密，但她仍然在拼尽全力去等待一个可以携手走向明天的朋友。只是，在黄咏梅的小说中，极少描写梦想实现、超越成功的场景，《隐身登录》也并无例外地在莫末惨烈的哭声中戛然而止。

黄咏梅在小说中反复书写的此类主题，可以概括为一个情节模式：身处绝境——企图超越——再次跌入绝境。张大春在《看见太阳了——一则小说的主体说》的结尾，引用了陀思妥耶夫斯基在狱中写给哥哥的一段话："我身体里面还有着我的心，以及同样的肉与血。也能爱，能受苦，能希望，能记忆，而且这毕竟是生活。看见太阳了。"① 黄咏梅在想象和书写边缘群体的故事时，既想试图呈现他们在冷酷的现实环境中惨烈艰辛的生存状态，更想打破读者对他们僵化刻板的印象。因而，她孜孜以求的是，用自己的笔描绘他们的伤痛、热情、记忆和梦想。

第四节　文艺青年的现实困境

在黄咏梅笔下，小城和大城、过去的小城和现在的小城之间都存在着诗意与物质的差异。随着现代化进程的发展，无论是大城还是如今的小城，都已不再适合诗意生长。这个基本的认知当中，显然包含着黄咏梅的个人经历和文学感受。她从一个少女诗人转变为一个虚构

---

① 张大春：《小说稗类》，广西师范大学出版社 2010 年版，第 68、71 页。

故事的小说家，多多少少见证了这个从精神到物质的过程。相对于过去的梧州而言的今天的梧州，以及相对于小城市梧州而言的大城市广州，在时间和空间的维度上，有着相似的变化轨迹。黄咏梅在提及自己由诗人到小说家的身份转变时，曾直白地表示："广州是一个消费的城市，一个物质化、欲望化的城市，她很平和、理性、务实，同时扫荡人的梦想和内心的诗意，让人安居乐业，变得实在。这样诗歌就没有太多的生存空间，但这个城市滋生了很多故事。"① 在小说中，诗意既体现在写诗这个具体的行为中，也表现为对文学的纯粹态度。因而，黄咏梅在作品中，塑造了一批文艺青年的形象。

借由他们在现实生活中所遭遇的不同困境，作家表达了对过分张扬物质和欲望的现代文明的某种隐忧和批判。即便是黄咏梅多次以诗意眼光回望的小城，同样无法绕开现代化进程中的急剧发展和变化。《骑楼》中的小军曾是一名校园诗人，高考落榜后成了一名安装空调的技术人员。"我的手里仅仅保留着小军的几句诗，印在一张宣传单上，黑的底，白的诗：请带着我的诗歌上路，石头也开出了花；请念着我的诗歌回家，爱人在窗户眺望……"写出优美诗句的小军，却说"岸上再也没有诗人"。在新开发区安装空调时，小军遇到了住在23楼的高三女孩简单。青春美好的简单，令小军重新开始写诗。或许是忆起了自己的诗歌年代，或许是激发了热烈的爱情，但在小军和简单抑或诗歌之间，有着无法跨越的距离，于是他"骑着自己的想象飞走了"。小军的自杀，是对诗意和爱情的绝望表达。

"那是个冬天，小军穿着深绿色的灯芯绒外套，脸被风吹得很白，

---

① 黄咏梅：《广州不是一个适合诗意生长的地方》，《南方都市报》2002年11月8日第2版。

可是神情却很激动。他把一张张传单塞到不情愿接受的人手里,而我则负责在他附近的垃圾箱里回收一些还算清洁的,重新交还给他,然后他又继续派发。"诗歌在垃圾桶里的卑微,正如日常生活的卑微。早在小军清醒地意识到现实的残酷之前,小城已经容不下诗歌了。叙述者把并不写诗的阿菊也称为诗人,"她说她喜欢躺在船上听风的声音,可以听到水的声音,像家乡的麦浪;她喜欢看星空,密密麻麻的像童年的萤火虫阵"。在"我"看来,所谓诗人,是那些相信爱情、拥有梦想、亲近自然、聆听内心、保持自我的人。

在第一篇短篇小说《路过春天》和第一部长篇小说《一本正经》中,叙述者"我"多多少少带有一些黄咏梅的自叙色彩。两篇小说中的"我"在完成高等教育后,从小城来到梦想中的广州,却不无遗憾地发现,这个城市带给诗人或文艺青年的是深深的失落和迷惘。《路过春天》中的"我"曾是把诗歌和木棉花放在一起寄给报纸的文学青年,然而"一年又一年,我在和阿莳逛街的时候,把诗歌也走丢了"。广州是一个把邮寄诗歌和花瓣的纯真女孩视为傻B的城市,是一个不断制造新闻、追逐欲望、寻求刺激的城市。萌生于小城的诗意,在物质繁盛、消费流行的广州,是那样地脆弱,如此地不堪一击。

"广州也颇有一群民间立场的诗人,他们多半离乡背井。他们在广场散发自己印制的诗歌传单,他们在一条住满民工的街上租一间便宜的屋子作据点,抽烟,作诗;甩扑克,作诗;谈恋爱,作诗。"对于这些诗人来说,写诗与其说是抒情,不如说是宣泄,宣泄他们内心的郁躁和对这个城市的不满。一个小有名声的年轻诗人,"把自己的诗歌传单一张一张地跟一些治疗梅毒花柳尖锐湿疣等被称为城市'牛皮癣'的海报张贴在一起,最终被抓入了公安局。第二天的报纸上,他在头条,说知道这样做是犯法的,可就是要这样,来抗拒城市越来越多的肮脏，越来越匮乏的诗意"。这种诗歌的行为艺术，究竟是诗意的守护和传达，还是作秀的噱头，已经难以区分。真真假假、虚虚实实，这个城市，哪怕是诗歌，也不再纯粹。这样的诗歌带来的不是自我的发现和心灵的慰藉，而是更大的烦嚣和混乱，是诗人和读者更深的迷失。

《一本正经》中的陈夕原本是一名事业单位的公务员，在经历了种种变动和刺激之后，辞职当了一名枪手，并终于写出了第一部小说。"在今天，文学的东西是'物余'，就好像从前老师说，词在唐末被称为'诗余'，也就是非主流的那一部分。文学在今天的社会上，就是物质剩余的那一部分。"非主流的现实处境不免尴尬。陈夕的小说送到出版社后，就脱离了文学的范畴，成为一件商品。既然是商品，就需要遵循商业运作的规律，要迎合市场的需要，要炒作，要推销，要卖点。小说完成之后的经历，令陈夕心力交瘁，她甚至计划引诱肖一飞为自己的书写评论。当肖一飞冷然离去后，陈夕不禁自问"我还有能力喜欢谁？谁还有能力去喜欢一个人？"在叙述者看来，对文学艺术的信仰，意味着爱的能力。因而，在黄咏梅笔下，一个陷入爱情的人，本身就是诗人。

在目睹并身历了"文场现形记"后，陈夕真正欣赏的人只有肖一飞，"那个一直漫步在卡尔维诺的阅读小径里的知识分子"。这个不为职称等名利奔忙的大学老师，一年写一两篇论文，一心沉醉于自己的阅读和思考之中。第一次在校园偶遇肖一飞时，他正在朗读卡尔维诺《蛛巢小径》的序文。"对于那些因为经验了'令人有好多东西想说'（在这里指的是战争，在很多别的情况也一样）的事情而开始写作的人，第一本书立即变成了你和经验之间的障碍物。第一本书会斩断你和那些事件之间的联系，毁灭记忆的珍贵秘藏——所谓秘藏的意思是，它会成为一个你取之不尽的储备,只要你有足够的耐性加以节约,只要你不操之过急地去使用它,去挥霍,去把一种霸道的秩序强加于你寄存在那里的意象……"① 肖一飞曾反对陈夕写小说的计划,他援引卡尔维诺的观点,强调记忆或经验是每一个作者的财富来源,但记忆一旦形成文学作品,它就会凋萎、死亡,作者则将沦为人世间最悲哀的人。

叙述者对于卡尔维诺作品的大段引用和讨论,令人想起张大春在《卡夫卡来不及找到——一则小说的材料库》一文中表达的观点:"作品其实只是材料的流动、变体、模拟、易容、重塑、再生……不仅材料有机会成为作品,作品也永远有材料化的义务。"② 事实上,在这些关于文学的思考中,最能见出黄咏梅本人的看法。陈夕从一个大放厥词的枪手,到一名书写人生经验的作家,固然破坏了自己的记忆,但也借由写作得到了安慰,彻底告别过去,重回婴儿般的状态。第一本小说的写作,使她再次成为一名文学青年。只是,这个时代的作家,必然要面对炒作和消费的现实。如何能够不为名利的诱惑所动,坚守文学的本位,是每一个文艺青年的重要课题。

在《文艺女青年杨念真》中,黄咏梅讲述了一个理想情怀和现实压力角逐较量的故事。小说的主人公杨念真因为崇拜写了不朽名作《追忆逝水年华》的普鲁斯特,而被朋友小门戏称为"普鲁斯特杨"。这是一个标志性的称谓,它暗示了名字的主人有着文艺、小资、清高、挑剔等气质。普鲁斯特杨在二十六七岁上下,看上了有妇之夫,拉拉扯扯,拖到30岁出头,方才结束不伦之恋。待重头来

---

① [意] 伊塔罗·卡尔维诺著:《蛛巢小径》,纪大伟译,台湾时报文化出版企业股份有限公司1999年版。

② 张大春:《小说稗类》,广西师范大学出版社2010年版,第227页。

过,却发现好男人都被领走了,寻寻觅觅间,岁月蹉跎,36岁时依旧孑然一身。曾经同病相怜的朋友小门,迅速相亲结婚,两人渐行渐远。

"除了工作之外,普鲁斯特杨喜欢阅读。阅读使人宁静。像她这种处境的女人,难得平静。家人替她焦灼,同事替她焦灼,早早钻进围城里的朋友替她焦灼。说她从不焦灼,一点说不过去。"母亲"在电话里总是劝普鲁斯特杨,老窝在家看书有什么用,要多出去交际,多认识人,早点结婚"。在这篇小说中,黄咏梅试图探讨在当今社会日益引发关注的大龄剩女现象。小说暗示,文艺女青年杨念真之所以被剩下,主要的原因在于她的理想主义情怀。她不愿意将就,宁缺毋滥,坚持要找到理想中的爱情。

与此同时,因为有品位的阅读,她自视甚高,凡夫俗子自然难入法眼。她的MSN个性签名上写着"亭亭玉立,笑傲世人,善待自己,顺心自然"等四字真言。"她也不屑于与网友聊天,因为她的心事,她的智慧,岂是一般人能匹配的?"一向温和的黄咏梅,行文至此,已多多少少带上了几分嘲讽。当她重温《看不见的城市》时,惊叹于卡尔维诺的叙事能力。"她觉得如果可能的话,卡老师一定可以理解自己,甚至跟自己心心相印。可放眼看周围的男人,有谁能跟卡老师一样呢?"这段心理活动有着明显的矫情,文学有文学的时空,现实有现实的环境。所谓文艺青年,如果借作家的名气和作品的地位来自抬身价,不免虚荣,终究不过是个伪文艺青年而已。

果然,汶川地震的发生,使普鲁斯特杨得到了一个自我审视的契机。"她一直喜欢日本作家三岛由纪夫那本《金阁寺》所推崇的'毁灭之美',如樱花一般的朝花夕拾,美要毁灭才能升华为真正的美,现实里的美一旦成为记忆中的美才是永恒的美……此刻,她通过屏幕看到的那些由于遭难所带来的真正的毁灭,她哭得很厉害。什么'毁灭之美',统统都是些矫揉造作的屁话啊,什么凄美的情怀,什么永恒的美,都是些麻醉人的药剂而已。"于是,普鲁斯特杨申请加入地震心理治疗志愿者队伍,务虚的文艺青年由此转变为务实的助人者。

"普鲁斯特杨坚信,她将一些什么东西埋在了这废墟底下,那东西穿越泥土,穿越岩层,穿越地壳,穿越熔浆,最终沸腾地燃烧了起来……"小说以普鲁斯特杨由虚妄走向现实作结,这是黄咏梅小说中少有的积极而正面的结局。和早先创作的《路过春天》《骑楼》《一本正经》等小说相比,在写《文艺女青年杨念真》时,黄咏梅试图为陷于现实困境的文艺青年,寻找一条出路。然而,这种解决问题的尝试和努力,反而使人物面目模糊,并且清晰地凸显出叙述立场的自相矛盾。叙述者在赋予文艺青年理想情怀后,又对之加以否定,将其贬抑为麻醉剂。当然,我们也可以说,叙述立场的矛盾,恰恰从另一个角度,呈现了文艺青年的现实困境。在趋时、从众、媚俗的现代社会,文艺青年究竟该如何自处?文艺的位置到底在哪里?也许,这是每个文学爱好者都无法绕开的问题。

早在19世纪,恩格斯便在《英国工人阶级的现状:来自亲身的观察和一手资料》中写道:"伦敦人为了创造充满它们城市的一切文明奇迹,不得不牺牲他们人类本性中的最优良部分;有多少徙居于这座城市的人由之成了无用的人并被挤到了下层……这些交臂而过的、来自各阶级和各等级的成千上万的人,不都具有同样的特质和能力,不同样是渴求幸福的人吗?……可是他们彼此匆匆擦肩而过,好像他们之间没有任何共同的地方,彼此毫不相干一样。……所有这些人越是聚集在一个小小的空间里,每个人在追逐个人利益时的那种可怕的冷漠，那种不关心他人的独来独往就愈让人难受，愈使人受到伤害。"①黄咏梅对于城市有着类似恩格斯的观察和思考。对于无数在现代化进程及城市生活中追逐物质和欲望的人，对于他们的迷失、孤独、失败和庸俗，黄咏梅都有着宽广的理解和深深的怜惜。某种程度上，正是这种理解和怜惜，促使黄咏梅打开电脑，在键盘上敲击出这些小人物的命运。

在写作的过程中，黄咏梅的位置是记录和见证。她常常以一个在理智和情感两方面都显得天真单纯的视角，来讲述那些隐含伤痛的故事。这实际上是在选择一种不远不近、不浓不淡的叙述距离，以保持叙述者和人物之间的分寸感。因而，她的小说极少滥情和炫智，有的是徐徐道来的从容和隐忍。无论是小城居民的出走之梦，还是边缘人物的超越企图，抑或是文艺青年的现实困境，黄咏梅对城市中各色人物的想象和书写，始终带着旁观者的目光。她的观察和凝视，给不尽如人意的生活状态涂抹上温情的色调。无论是回望中的梧州，还是现在进行时的广州，黄咏梅都尽可能冷静而敏锐地描绘其背阴处的世界。

---

① 转引自［德］瓦尔特·本雅明：《发达资本主义时代的抒情诗人》，王才勇译，江苏人民出版社2005年版，第56页。

第四章 王十月论

第一节 "文学奇迹"的创造者
——王十月创作论

  王十月，本名王世孝，1972年生于湖北荆州石首市。他于1990年代初开始在武汉、佛山、东莞、深圳、广州等地打工，从事过流水线普工、调色工、编辑、广告公司艺术总监等多种职业。2000年开始发表小说，因创作成绩突出，被深圳市宝安区文化艺术中心《大鹏湾》杂志聘用，历任编辑、记者，编辑部主任等职。2004年开始职业写作，2007年加入中国作家协会，2008年就读于鲁迅文学院第八届高研班，现为广东省作协《作品》杂志编辑。

  迄今为止，王十月发表了长篇小说《无碑》《兄弟》《大哥》《活物》等五部；中篇小说《国家订单》《白斑马》《少年行》等三十余部；短篇小说《出租屋里的磨刀声》《烟村故事系列》等近百篇。此外，他还发表了散文作品数十篇。其作品散见于《人民文学》

《中国作家》《十月》《作品》《西湖》《鸭绿江》等刊物。众多作品入选《新华文摘》《小说月报》《小说选刊》《中篇小说月报》《长篇小说选刊》《作品与争鸣》《散文》（海外版）等选刊及几十种年度选本。

王十月以写打工小说崭露头角。但是他的打工文学不仅仅是写工厂、写车间，其涉及面非常广，比如《无碑》不仅写了打工者的打工苦，谋生累，还写了社会生活的方方面面，如治安员查"三无人员"、城管野蛮执法、无良者的招工骗局、香港回归前某些港商的不安情绪、世纪之交的千年虫问题、震惊世界的9·11事件、2003年肆虐广州等地的"非典"、孙志刚事件导致恶法"收容法"的废除、珠三角的产业转型升级、沿海工厂搬迁到内地等等。他除了写一线工人外，还写了南漂画家、刊物编辑、电台主持人、打工作家、书法家、政府官员等众多人物。《无碑》中的瑶台，由一个普通的村庄变成了一个工厂林立、店铺遍地的城中村，它是改革开放几十年的一个活生生的见证。

《民工李小末的梦想生活》的主人公有两个很卑微、很简单的梦想：找个女人回乡下结婚、去楚州城内看看。他在楚州城外干了十几年，却因没有通行证，进不了城。文中的李小末是一个非常可怜的人，谁都可以欺负他，但后来，他的身上却长出了一对翅膀，飞越了关卡，飞到了平时欺负他的那些人的头顶上，给他们的生活制造了恐慌和混乱。小说涉及不同阶层不同人群的心态：如治安员对李小末的刁难，关口边检人员的秉公执法，打工群体寄予鸟人申诉自身不幸的愿望，政界与学界达成诱捕鸟人的共识，三个猎人由于巨额奖金的诱惑而追杀鸟人，楚州动物园为了鸟人潜在的旅游门票价值而准备购买鸟人，楚州动物园与鸟人的父老乡亲对鸟人控制权的你争我夺，父母亲最后对变为鸟人的儿子的出卖……小说对俗世的人情冷暖、世态炎凉作了比较到位的展示。

《国家订单》更是以全球化的视野，讲述了这样一个故事："9·11"事件后，美国国民爱国热情高涨，国旗供不应求。一个濒临倒闭的小厂因为接到一个在5天之内生产出20万面美国国旗的"国家订单"而起死回生。工人张怀恩却因为日夜赶工而过劳死，小老板本来准备用8万元打发此事，但律师周城等认为这是"加班致死"，索赔80万，结果小老板被逼无奈爬上了高压线。著名作家、广东省作协副主席吕雷在《大哥》的序中写道："可以说，这是第一篇以全球化的视野审视珠三角中小企业和工人群体生存状态的小说，也是中国拥抱世界、世界拥抱中国的一个文学注脚。"笔者非常认同吕雷先生这个观点。①

孟子说过："食色，性也。"王十月的小说中有大量的性描写，比如《出租屋里的磨刀声》《印花床帘》《祭红》《我是一只小小鸟》等，写他们性饥渴，甚至性错位（如同性恋），写工友们为了和所爱的人做一次爱，是那么的费尽心机，有人为了性爱甚至付出了悲剧性的代价。《白斑马》中桑成与女朋友林丽情到浓时，想在香蕉树下完成人生庄严的仪式，这时却碰到治安队来查"三证"。于是两人落荒而逃，林丽不知所踪，而桑成落下了阳痿的毛病。桑成后来在木头镇寻找林丽的过程中，结识了洗脚妹英子，英子疯狂地想把自己珍藏的第一次献给桑成，这个卑微的愿望却没有实现。桑成无法进入，而英子却被他在无意识中掐死。

长篇小说《烦躁不安》对性的描写更是长篇累牍、淋漓尽致。这

---

① 吕雷：《王十月〈大哥〉序》，见王十月：《大哥》，中国社会出版社2009年2月版。

部旨在"揭示底层打工族的灵魂沧桑,书写当代都市人的精神困惑"的小说,曾被比作"打工文学有史以来最有特色、最具文学品质的一部长篇,是打工一族的《废都》"(《烦躁不安》封底宣传语)。这部小说有着明显的摹仿贾平凹《废都》的痕迹。《废都》的主人公作家庄之蝶,一度患有早泄疾病,为此,他曾被夫人牛月清百般奚落。后来,庄之蝶雄风再起,他遇上了唐宛儿、柳月、阿灿并分别与她们发生了多次性关系。此外,还有一位独特存在的女性,她就是汪希眠的老婆。庄之蝶和她感情甚笃,但他们两人倒是没有发生肉体关系。贾平凹的《废都》无论从标题、人物的取名,还是小说中纷繁的形象来看,都具有一种隐喻意义。《烦躁不安》中的飞碟、蝴蝶等也都具有隐喻性。王十月在《烦躁不安》中写了打工记者孙天一与妻子香兰、红颜知己简洁如、三陪女阿涓三个女人之间的爱。小说对"性"的三种处理方式独具匠心。正如王十月自己所归纳的那样:"孙天一和妻子的性爱是一种世俗的爱,而他和简洁如的爱是一种柏拉图式的精神之爱,所以他们最终没有成功发生性爱,而孙天一和阿涓的爱,是一种肉体的爱。但孙天一将三种爱分离了,所以妻子离开了他,红颜知己也离开了他,连阿涓也因他失去生命。"①

有些好心的研究者对王十月表达了他们的期待或担忧,他们认为王十月现在衣食无忧了,环境的改善是否一定可以促进他的文学创作呢?他们心里没底,因此他们呼吁:"王十月目前要做的,可能是坚守自己的道德立场,充分发挥自己的资源优势,不要陶醉于进入'主流'的巨大喜悦之中,不要让自己的原生态元素被成功所冲淡,继续

---

① 王世孝:《我不想把自己说得很拽》,见王十月:《烦躁不安》,花城出版社2004年版,第313页。

扮演好他为底层争取文化权利的角色。"①

其实,笔者认为这种担忧是不必要的。就写作题材和小说类型而言,我认为,王十月的小说有打工小说、"烟村故事"系列等乡土小说、成长小说、新笔记小说、"楚州"系列魔幻小说等多种类型。2006年年底开始,王十月写作了《烟村系列》,这个系列共有十三个短篇,一个中篇。《湿地》《绿衣》《子建还乡》《水中央》《驯牛记》等乡村记忆、乡民情感、乡土遗韵,是王十月笔下写得最自如的题材领域。正如一位研究者所说的那样,"'烟村'已成为他文学谱系中的精神符码,成为他小说创作中的某种贡献性象征"② 又说,"他的'烟村叙事'是对其底层叙事和世情陈说的补充和完善,也是传统写作对现代和后现代话语的反叛和纠偏。"③

笔者认为他的"烟村故事"系列中的《蜜蜂》《秋风辞》《落英》《汛》等乡风民俗扑面而来,小说中的人物充满着人情美和人性美,比他的打工小说更有回味和嚼头。王十月在回忆"烟村"系列写作时说:"我第一次在写作中,体会到了爱的力量,体会到了,发现爱,是一种能力,而许多的作家,有揭示恶的能力,却缺少发现爱的能力。一个心中没有爱的人,是不可能写出一个爱的形象的。我很怀念那一段写作《烟村系列》的时光。"④ 他的乡土小说《父亲万

---

① 周水涛:《王十月打工小说创作的精英化倾向及其他》,《小说评论》2009 年第 2 期。

② 胡磊:《打工文学的叙事向度——以王十月的写作为例》,《当代文坛》2009 年第 9 期。

③ 胡磊:《世情叙事中的经验确证——王十月论》,《中国作家》2010年第 8 期。

④ 王十月:《文学的小乘与大乘》,《当代文坛》2009 年第 3 期。

岁》《老人与狗》与长篇散文《父与子的战争》一样,具有感人至深的力量。

王十月还写了一些以少年儿童为视角的成长小说,如《夜行记》《童谣》《大鱼》《獐子、口琴与语文书》等。中篇小说《喇叭裤飘荡在1983年》和《少年行》后来成为长篇小说《大哥》中描写农村生活的全部章节。这是王十月影响较大的两部成长小说。《喇叭裤飘荡在1983年》中的大哥王中秋中考以一分之差没有考上中师,他继续读高中,准备三年后考大学跳出农门。不料阴差阳错,他过早地与张小芹一起做了父亲、母亲,过早地挑起了生活的重担。这喇叭裤像一个道具,把20世纪80年代的乡村和90年代的城市变迁联系在一起,大哥王中秋的成长与命运转变令人唏嘘。《少年行》以"我"(王红兵)、西狗、四毛、刘小手,赵大伟等一群生于70年代的乡村青年的成长为主线,生动地描写了改革开放前后,农民离开土地努力融入城市的过程中所遭遇的失落、痛苦、迷茫、梦想与欢乐。作者在《大哥》后记中写道,"这部书,其实就是一群乡村理想主义者的成长故事","而我,更愿意把这本书看做对我过去岁月的回望和祭奠"。① 笔者深以为然。

爱之愈深,责之愈切。毋庸讳言,王十月的创作也有不足之处,比如小说情节的雷同之处很多。《大哥》中,"我"王红兵误打误撞被林小姐招进工厂,当时厂里并不要招杂工,而是要招一名"菲林画房",而且"我"进厂后还受到林小姐的器重,使得办公室另一位女人不悦。在《无碑》也有同样的情节,就连人名也一样是"林小姐"。还有《大哥》中的《进关》这一章中,湖北通城籍的工友晚上偷偷带

---

① 王十月:《大哥》,中国社会出版社2009年版,第240页。

女友来厂里宿舍过夜，引发了一场冲突。在《无碑》也出现了完全一样的故事情节。《大哥》中那段拒绝在违规书上签字并撕碎解雇单后被迫捡起来的事件，与《我是一只小小鸟》中杨伟的遭遇一样。散文《总有微光照亮》中甲乙两个保安人员查证的情节与小说《九月阳光》中一模一样。长篇小说《烦躁不安》中打工者温志国讲述的离位卡的故事，也跟短篇小说《离位卡》一模一样，只是在短篇小说中给拉长取了一个叫金玲的名字而已。同书中简洁如谈她和徐帆的类似于同性恋的故事跟短篇小说《祭红》中的故事如同一辙。《烦躁不安》中打工记者孙天一和沈三白为争"十佳外来工"的称号，明争暗斗；《无碑》中的打工者书法家老乌与打工作家子虚也为争"十佳外来工"的称号暗中较劲，几乎闹崩。此外，在人物方面也有一些雷同的地方。《国家订单》中的周城是打工律师，专门为打工者维权，他获得了美国某个基金会的资助；《无碑》中的李钟是打工律师，专门为打工者维权，也是得到美国某个基金会的资助；《烦躁不安》中的高明军律师也是专门为打工者维权的。

王十月的作品还有一些刻意的模仿他人作品细节的地方。比如《大哥》中讲述爷爷年轻时的传奇："我爷爷的心也随之一颤一颤起来，眼里冒火地想透过那红帘看一眼里面坐的新娘，就在这时，那红呢小花轿的轿帘悄悄地掀起了一个角，露出了一个女子姣好的面容，这女子就是我后来的奶奶。"明眼人一眼就可以看出这是对莫言《红高粱家族》相关细节的模仿。

另外，王十月的小说中还有一些低级错误。《大哥》第 4 页中介绍，"我"叫王红兵，小名毛头，绰号飞毛腿，生于 1970 年。但是，在该书第 41 页中写道："走在南方的街头，我泪流满面。我永远不会忘记，那一天，是 1997 年 6 月 16 日，是我二十二岁的生日。"如果是22岁没有错的话,那故事应该是发生在1992年;如果故事是发生在1997年,那主人公应该是27岁。再看看该书第60页的一段文字,更能验证这个低级错误。作者写道:"我该说说1976年,也就是我六岁那年,我离家出走的那个晚上所看到的第一件让我当时怎么也想不明白的事了。"这些或许是作者或责任编辑一时的疏忽造成的吧。

王十月的作品笔者几乎全部阅读过,他经常会把作品换个名字重复发表。比如小说《战栗》中的沙和妻子到深圳来处理他们独子铁的后事,由于对别人和陌生环境的极度不信任,他们陷入了极度的恐惧之中。就是这篇小说,王十月曾以《一路惊慌》《你在恐慌什么》《战栗》《墙》等名字,前后在《当代小说》《星火》《红豆》《漳江文学》《朔方》等杂志上发表。写少年红狗走夜路上学的那篇,先是以《成长的仪式》标题发表在《作品》上,接着又换个名字《夜行记》发表在《西湖》杂志上。小说《刺个文身才安全》,又以《文身》之名发表。《噪音》在《江门文艺》发表后,又以《开冲床的人》为名在别处发表。《灰姑娘》在《福建文学》上发表,又以《无法悲伤》为名发表在他刊。散文《总有微光照亮》,又以《在南庄》为名在别处发表。散文《寻亲记》,与《大哥》中的《二姐》几乎一样。散文《烂尾楼》与另一篇散文《找工记》(包括"陷阱"、"黄昏"、"老乡"、"午夜惊魂"、"进厂啦")几乎完全一样。散文《烂尾楼》《冷暖间》与《大哥》中的《关外》《进关》等章节也是几乎一样。

尽管如此,王十月文学创作所取得的成就也是毋庸置疑的。他获得了众多的荣誉。2010年10月,他的中篇小说《国家订单》获得第五届鲁迅文学奖(2007—2009)中篇小说奖。他的长篇小说《无碑》入选《中国日报》评选的"2009年度10大好图书",以及"过去十年中国文学十五部佳作"（排第九名）。2011 年，在第八届茅盾文学奖（2007—2010）评选中，《无碑》以第 46 位的身份进入备选作品名单。2008 年 9 月 10 日第三届冰心散文奖在西安揭晓，王十月的《寻亲记》获单篇散文奖。《总有微光照亮》，名列 2008 年全国散文排行榜榜首。2008 年《北京文学》中国当代文学最新排行榜散文随笔类，他的《小民安家》榜上有名。2011 年 9 月 19 日，在上海复旦大学举办的第二届在场主义散文奖，他的散文《关卡》荣获新锐奖。

此外，王十月还分别获得共青团中央鲲鹏文学奖一等奖、《中国作家》鄂尔多斯文学新人奖、广东省新人新作奖、广东省鲁迅文学艺术奖、广东省五四青年奖。他的中篇小说《喇叭裤飘荡在 1983》和《国家订单》已改编成同名电影。

如果说，广大的农民工是"中国奇迹"的创造者的话，那么，只有初中学历，经过摸爬滚打近二十年，如今在文坛谋得一席之地的王十月就是当下中国文坛"文学奇迹"的创造者。

第二节　城乡二元社会的文学图景
——王十月小说阅读札记

2011 年初，根据官方公布的数据，中国正式取代日本成为世界第二大经济体，这被世界媒体誉为"中国奇迹"。中国又被称之为"世界工厂"，在"中国制造"享誉全球的同时，人们纷纷把目光投向了这些"中国奇迹"的制造者——千千万万打工者身上。如今在珠江三角洲打工的人就超过 3 千万人，反映他们喜怒哀乐生存状态的"打工文学"也应运而生，而王十月的打工文学就是其中较有代表性的。

一、打工苦、谋生累——底层生活的即时画卷

从 2000 年王十月在打工文学内部刊物《大鹏湾》发表小说《我是一只小小鸟》开始,他笔耕不辍,到如今他除了出版长篇及中篇小说集以外,还发表了数十篇短篇小说。《开冲床的人》中小广西的右掌被机器吞噬了,剩下了一根肉棍,却得不到应有的赔偿。最后他铤而走险,拿着一把西瓜刀到厂里索赔并临时起意劫持了一名女工,小广西瞬间由受害者变成了犯罪嫌疑人。《关外》中,"我"生活窘迫时,只能睡在烂尾楼里,喝自来水。为了躲避治安队员对"三无人员"的抓捕,"我"三更半夜像老鼠一样东躲西藏。《底色》中,刘冬妹在鞋厂打工,由于工厂没有采取任何安全防护措施,她乙烷中毒,最后离开工厂时,还不敢讨要赔偿金。《文身》中的阿锋等三个烂仔,在工厂"出粮"(广东话发工资之意)时,到工厂大门口公然收取每人十元的保护费。《示众》中的老冯在城里建筑工地打工十几年,现在五十多岁了,有些干不动了,准备回家前看看他参与建设过的、他在心中昵称为"小女儿"的依云小区,但大门保安却不允许他入内。他后来通过围墙松动的花窗进去了,却被小区保安以偷窃嫌疑人而扣押。面对要么被送去派出所,要么站在小区门口示众的局面,老冯选择了后者。于是,他胸前挂着一块纸牌,上书几个大字:"我叫冯文根,我是一个贼!!!"老冯做梦也没有想到,他回家之前会遭到这样的奇耻大辱!《我是一只小小鸟》中,杨伟撰写应聘包装部主管方案的同时,还给人事部的雷萌小姐写了一封深情款款的情书,被雷萌等人讥讽为言情小说。当他抢回"言情小说"并当她们的面撕毁以后,雷萌命令他在三分钟之内全部捡拾干净,还叫来了保安队长,如果不执行命令,连保安队长也要炒掉。

"屈辱、怨恨、忍耐、顽强、倔犟,是弥漫在打工文学中的主调。"① 笔者认为这种归纳毫不夸张。《开冲床的人》中的李响(理想?)的生命状态充满悖论:由于多年失聪,他在机器轰鸣声中如入寂寥的山村旷野,他甚至觉得自己和冲床已融为一体。他熟悉冲床,就如熟悉自己的手指一样。李响打工的目标很明确:挣钱、治病、找回失去的声音。十多年过后,他的理想实现了,他花了10万元在耳朵里植入了电子耳蜗。不料理想实现之日,就是噩梦降临之时。他万万没有想到冲床刺耳的声音给他的生理、心理造成巨大的冲击,他的右手掌也给机器吞噬掉了。《文身》中的少年打工者,为了保护自己不再受人欺负,省吃俭用去做了文身,文了一条龙,可是,文身不但没有给他带来安全,反而给他带来了不尽的烦恼:工友的疏远、经理的解雇、招聘人员对他的不屑、其他工厂对他关闭求职的大门、烂仔阿锋对他威逼利诱,后来他在被逼无奈的情况下,准备对下班打工者敲诈勒索时,被埋伏在此地多时的警察逮个正着。"这真是逼良为娼,欲罢不能。少年基本上是一个正面人物:可爱、可恨、可亲、可怜、可悲。"②《不断说话》中的守桥人也同样进退失据,处于无法自拔的生存悖论之中。由于"忘川大桥"经常上演跳桥秀,当地政府怕会有损自己的形象,派人守桥以阻止跳桥秀的继续上演。过了83天,没有人跳桥,守桥人担心再过一周还没有人跳桥,就会失去这份工作。但是,如果有人跳桥,他阻止成功了,还是等于没有人跳桥,还是无法证明他工作的价值;如果他不阻止,还有人爬桥跳桥,那么,说明派专人

---

① 杨宏海主编:《打工文学纵横谈》,社会科学文献出版社2009年10月版,第21页。

② 杨宏海主编:《打工文学纵横谈》,社会科学文献出版社2009年10月版,第222页。

守桥是做无用功，也许他还是要失去工作的。

王十月对打工者的生存状况十分了解。他深有感触地说："打工人的安全感可以被一张暂住证，一个保安队员，一个街头烂仔很轻易地粉碎掉，因为他们实在太弱小了。"①《厂牌》中的李梅由于丢失了厂牌，而失去工作。厂规规定：没有厂牌不能进厂，保安只认牌不认人。迟到半小时，按旷工论处，旷工者一律辞退。后来李梅借用同厂的老乡林小燕的身份证去找工作，晚上在街头遇到有人查暂住证和身份证，还遭到了恶棍胖子的奸污。《出租屋里的磨刀声》中，打工者天右的要求很简单：性的满足和住处的安全。可是，隔壁的磨刀声在威胁着他，这种威胁使他变成了"性无能"，女友何丽也因此离他而去。他在苦闷中加速开动冲床，结果左手四根手指被齐齐轧断。工厂以违规操作为名把他除名，并扣押一个月的工资作为损坏机器的赔偿。天右最后砍了磨刀人，然后他自己也在深夜里磨刀。《印花床帘》中，四个打工妹同住一室，已婚的"梅"为了和老公做一次爱费尽心思。"梅"的老公悄悄藏在她的床上，床的四周围上了厚厚的床帘。不料意外穿帮了，"梅"与未婚的"竹"之间差点掀起了一场轩然大波。《祭红》中的两个女工318和505之间类似于同性恋的感情纠葛，让人唏嘘不已。

打工者的付出和回报不能成正比，这是人尽皆知的事实，但也毋庸讳言，这个打工群体之间存在着几个带有共性的问题——"诸如人性冷漠的危机，法律意识的淡薄，拜金主义的作祟，猎奇心理的蠢动，

---

① 王世孝：《我不想把自己说得很拽》，见王十月：《烦躁不安》，花城出版社2004年5月版，第311页。

自省意识的缺席等等。"①《文身》中的烂仔在工厂门口收保护费，工友们却没有一个人反抗。其实，只要每人吐口水也能淹死他们。《离位卡》中规定：上班时间离位必须佩戴离位卡，员工每月离位次数不得超过五次（女工不超过十次），每次不超过五分钟。厂规督察为了向老板表示忠诚，说其实女工离位卡每月用五次就够了，因为余小兰几乎未用过。结果女工们将气撒在她身上，有人甚至将她的离位卡偷掉，结果导致余小兰的精神几近崩溃。《白斑马》中，英子在洗脚城中技术好，得到顾客的好评，让其他人的技术相形见绌。然而，她得到的好评越多，其他姐妹对她就越充满敌意。英子于是叹息："人与人之间，没有任何利益冲突时，是可以互相温暖的。当有了丁点大的利益冲突，一切马上就变得冰冷而无情。"《我是一只小小鸟》中的保安队长大侠经常监守自盗弄点厂里的铜芯线什么的去卖些钱用。当上包装部主管的阿操对待部属像对待自己的姐妹一样，但她们却不认真干活。结果阿操板起脸孔来，她们做事才井井有条。《失声尖叫》中的少年打工者天保没有任何兴趣爱好，却喜欢偷窥。当他在六楼楼顶俯看到斜对面女人房间的性爱场面后，由于兴奋过度，加上身体虚弱而使其失去平衡，结果从楼上摔下而死，死前发出了一声尖叫："好爽！"《不断说话》中的小芳，老公对她恩爱有加，她却傍上了主管。《九月阳光》中的民办窝棚学校（没有政府批文偷偷办起来的供农民工子弟读书的学校），因9月1日那天校长携款潜逃，连累到写招生广告（告打工家长书）的老师，结果那位老师被关押了半个月之久。

　　王十月的打工小说就是这样，像一幅幅即时画下的生活图卷，打

---

　　① 周思明：《打工文学：期待思想与审美的双重飞跃》，《文艺评论》2008年第2期。

工者的打工苦，谋生累，生存的艰难状况尽入笔端。

二、故土情、儿时梦——乡村生活的蓦然回首

许多评论家和读者认为王十月是专门写"打工文学"的，其实他的作品只有40%与"打工"有关的，更多的作品写的是打工以外的题材。①

王十月这些年来写了大量的以湖乡为原型的乡土小说，这些"湖乡系列"和"烟村故事系列"，描绘了优美的田园风光以及生活在那块土地上的父老乡亲，书写着人性中的温暖和美好。《蜜蜂》中外乡来的放蜂人周围找，他的女人眼睛不大好，只能看见一线光，他走到哪里，手上都拿一根棍子，棍子的一端在他的手上，另一端在女人手上。他们夫妇俩在烟村走来走去，成为乡村一道独特的风景。小人物之间的互敬互爱、相濡以沫让人怦然心动。周家婶娘患了不孕症，烟村人为她寻了许多偏方。他们夫妇对养女蜜儿疼爱有加，视如己出，为给蜜儿治病费尽心血。《秋风辞》中，瞎婶娘与哑巴丈夫老国相依为命，她觉得有口不能说话，是世界上最痛苦的事情，比她有眼不能看的痛苦还要深得多。她与马夫一起铡草，尽职尽责。天凉了，烟村开始变得萧瑟起来后，想到老国还在水利工地上劳动，她又揪心的疼。马夫快40岁了，还没有找到媳妇，瞎婶娘花了三天时间在天星洲走门串户，想找到那个故事中死去丈夫的女子，撮合她与马夫生活在一起。瞎婶娘觉得孤儿寡母生活非常不容易，而马夫孤身一人也不是长久之计。《汛》中的马广地老人谨记和践行"防汛大如天"的理念，恪尽职守，没有接到通知撤离，他绝不离开哨棚半步。《落英》中的民办老

---

① 王十月：《我看到了底层的人是怎样生活的》，《新快报》2011 年 4 月 12 日。

师落英,是湖乡最漂亮的女人。她的美貌、她的爱花、她的洁癖都成为湖乡一景。落英与邱林老师最终没有走到一起,后来她嫁给了吴家档的那个老实巴交的男人,过起了平凡世俗的家庭生活。人们感叹她的境遇是"瓜中选瓜,越选越差"。《绿衣》中春桃,17岁那年怀上了城里人的孩子,而那个男人是有家室的,这就注定了她命运不会太顺利。春桃将孩子绿衣生下后三个月,把孩子丢给父亲,自己外出打工。绿衣读初二时的暑假,城里来的钓鱼者让14岁的她怀孕了。懵懵懂懂的绿衣,在第二年生了女儿幸。幸出生100天后,春桃把绿衣接到深圳,母女俩一起打工,幸则留给爷爷带。后来人们看到的情景是,爷爷"每天背着幸,就像他多年前,他背着春桃一样,就像他多年前,他背着绿衣一样,背着幸。"三代女人的命运似乎在轮回打转,让人想起沈从文的小说《潇潇》,使人生出无限的感慨。《驯牛记》中马牙子(马旺财),一辈子未干过正经事,是名副其实的甩手掌柜。自从家里的母牛产下一头白色的小牛后,他突发奇想地要教小牛跳舞,这位快乐、懒散、甚至荒诞的农民的行为简直让人不可思议。他驯牛跳舞的理由很简单,也很充分——"人过留名,雁过留声。要不然,人生一世,草木一秋。生了。大了。老了。死了。埋了。有什么意思呢。"《向日葵的男人要回家》写到三个女人向日葵、一盏灯、黑芝麻的不幸遭遇。小说也表现了农村人的劣根性,如传播谣言、骂人刻毒、幸灾乐祸、见死不救等。

王十月的乡土小说中写得最多的是他儿时的生活甚至是更加遥远的过去的生活。当然,他还有一些小说写到了当下的农村。《马和驴》中写到了农村的征地拆迁和补偿问题。驴脾气的马有贵,最后还是斗不过村治保主任兼拆迁办主任刘一手,乖乖地签了征地合同并现场领到了补偿款。《梅雨》中的马广田老人认为,现在读大学也似乎没有什么用,从前读大学为的是跳农门,现在读了大学照样去打工。《子建还乡》中的岳父快60岁的人了,因为承包砖厂发了点小财包起了二奶,想与岳母离婚,这使在外打工的女儿女婿烦恼不已。《老人与狗》中的老人37岁时,婆姨采桑叶不幸摔死。一个大老爷们既当爹又当娘,把四个孩子拉扯长大成人。后来老人的儿子儿媳们都去广东打工,老人寂寞孤独,只能与小白狗相依为命。《父亲万岁》中年近七旬的父亲的三个儿子和他们的堂客都去广东打工了,他一人在家,既要耕作,还要照顾六个孙儿孙女的生活起居。后来父亲摔坏一条腿,生活难以自理,直到逝世前,老人始终没有等到儿子们回来。

王十月的乡土小说中,还有不少通过儿童的视角来探寻他们成长过程中的快乐、困惑、迷惘、忧伤、考验等。《成长的仪式》中,少年红狗只有十岁,父亲就已去世了,他觉得作为这个家庭中唯一的男人,应该有个男人的样子。他独自一人走过黑林子去上学,途中要路过一些坟墓,他克服了恐惧和犹豫,尽管哭泣了,摔跤了,但他最终战胜了自我。母亲一直远远地、悄悄地跟在他身后。看见这个小小的男子汉的成长,母亲泪花中露出了微笑。她似乎从儿子身上看到了那未来顶天立地的男子汉气概的雏形。《开满鲜花的梦境——湖乡记事》中的冯铁匠,毕其一生都没有打出绕指柔,老婆也跟放鸭子的麻师傅跑了,成为人们茶余饭后的笑谈。但是少年孝儿则为了所谓的绕指柔,为了那块能够打出绕指柔的神铁几乎到了灵魂出窍的地步。《童谣》中的主人公——少年王红兵对大千世界充满好奇和疑问。见多识广的叔叔告诉他,我们的地球就像一个西瓜,我们住在这一头,美国住在另一头。"我"一直纳闷:美国会不会掉下去?尽管叔叔告诉"我"地球有吸引力,像磁铁一样。对于童谣:"一二三四五,上山打老虎,老虎不吃人,专吃杜鲁门",他也很不理解。为什么"专吃杜鲁门"呢?父亲解释说是,因为他是美国人。后来父亲叫他不要再说"专吃杜鲁门"了,解释的理由还是相同,因为他是美国人。因为基辛格访华了,父亲觉得中美关系要改善了。生产队长发起的那场批斗会,无疾而终。而主人公突然醒悟道:"我觉得我长大了,我学会了像大人一样说谎,而且说起谎来面不改色心不慌。"笔者宁愿王红兵们像安徒生童话《皇帝的新衣》中那个小孩一样天真无邪,而不是相反。这些以儿童为主人公的小说,也可以看做是"成长小说",因为它们符合成长小说的叙述方法。"成长小说的叙述方法是:他人引导(情节方向)、饱经考验(过程)、长大成人(目标)。"①

王十月的出生地湖北与湖南一样,属于古代的楚国。楚人尚巫敬神怕鬼,楚地巫风盛行,人们从古代屈原的楚辞和当代作家韩少功、陈应松等人的作品中可以感受到。湘籍作家叶梦出版过一部散文集,名字叫做《遍地巫风》。王十月的乡土小说中,这类的描述也大量出现。乡亲们相信"人有三分怕鬼,鬼有七分怕人",相信狐仙专门迷惑那些胆小的人。(《成长的仪式》)大家被告知:晚上如果碰到鬼,和无常鬼比高,要把鞋子拼命地扔向天空,这样无常鬼就会感到自卑和害怕,就会从你的眼前消失。(《口琴、獐子和语文书》)在湖边行走要当心,因为湖里有水猴子会突然爬上陆地,将人拖入水中淹死。(《子建返乡》)烟村人传说,人会开天目(又称开天眼),开了天目就可打通生与死的关节,能看到阴阳两界的事物。(《梅雨》)烟村人信梦,认为梦可以预兆祸福。比如梦见雪,是要

---

① 张永禄、葛红兵:《兼类小说诗学观察》,《华中师范大学学报》2010年第3期。

戴孝；梦见屋倒，家里的顶梁柱要出事。(《透明的鱼》) 湖乡人认为，眼皮跳是会出事的。(《落英》)《隔梁上的黑柜子》中母亲为果喊魂。孝儿得了病，六婆为孝儿"下马掐时"、母亲为孝儿喊魂。(《开满鲜花的梦境——湖乡记事》) 乡民认为做人心太黑，死了都过不了奈何桥。(《父亲万岁》) 湖乡人迷信，认为青桩这种水鸟是鬼魂的化身，很多鸟都是鬼魂的化身，"日里青桩，夜里鬼汪"，是湖乡人的说法。(《湿地》) 看到小说中的这些描述，笔者感到很亲切，很真实，笔者小时候就被长辈喊过魂。笔者长于江西，江西在古代属于吴头楚尾。赣鄂两省山水相连，很多风俗习惯包括迷信活动都是相同或相似的。巫风是楚文化甚至是长江文化的一大特色。据悉时至今日，在一些地方"祭祖、祈神、禁咒、还愿、招魂等古代遗风犹在，野巫歌舞仍然流传在世，甚至还在进行不同形式的演变和发展"。①

  王十月的乡土小说很有民俗学的价值。在《秋风辞》中，一些风俗习惯很有泥土气息，体现了民间智慧。比如瞎眼婶娘的被子洗过后还要用米汤水浆一遍。用米汤水浆过的被子挺括括的，很新。烟村人把用竹条打小孩称之为"竹笋炒肉"，这非常形象生动。夏夜或冬夜，纳凉或围炉，听人讲古（烟村的土话叫作"粉白"），都是烟村一景。(《梅雨》) 荆南农村老人闲时唯一的娱乐是打抠筋，抠筋是一种细长的纸牌，上面写了"上大人，孔乙己，化三千，七十士"等字，有点像麻将的打法，吃、碰、和。在那里，清明祭祀不在清明节这天，即不讲究挂正清明，清明前后几天都行。(《父亲万岁》) 湖乡人说话很

---

  ① 陈金刚、李倩：《楚辞、汉赋中巫之称谓及巫风盛行的原因》，《江汉论坛》2007 年第 12 期。

有创意,比如说孩子出去玩,玩得不记得时间了,就会说"死到外面疯了"、"晓得野到哪里去了"。(《绿衣》)一个"疯"字和一个"野"字极为准确传神。父亲说,不学手艺一辈子"摸牛屁眼",(《开满鲜花的梦境——湖乡记事》)"摸牛屁眼",就是种一辈子田的意思。烟村人对种田还有别的说法,如吃泥巴的命,有时还说是上农业大学的命。(《少年行》)烟村人对捕鱼能力的最高夸奖是"像个鱼鹚子一样"。说人讲大话是"满嘴跑火车"。(《大鱼》)父亲有时"吹牛可以打得死老虎"。(《成长的仪式》)男人讲的都是一些"大得可以闪了舌头的事"。说父母对孩子疼爱的差异,就说"爷爱长子,娘疼幺儿"。《透明的鱼》"七八九,嫌死狗",(《绿衣》)意思是说七岁八岁九岁的小孩惹人嫌,人不嫌狗都嫌。因为七八九岁的小孩子最淘气,再大些就懂事了。

  湖乡人或烟村人的一些俗语和歇后语更是具有生活气息,比如说"猪往前拱,鸡往后刨,各有各的活法"(《驯牛记》)。又比如,"好男不惜金,好铁不打钉"(《开满鲜花的梦境——湖乡记事》),"黄泥巴落在裤裆里——不是屎也是屎","霜打过的茄子,去了势的公猪——蔫了"(《向日葵的男人要回家》),这些俗语有点粗俗,不那么高雅,但却非常鲜活和生猛。至于农谚就更多了,"过了惊蛰节,死鱼都咬铁","闰七不闰八,闰八过刀杀"(《绿衣》),"三月三,蛇出山"(《成长的仪式》),"正月雷打雪,二月雨不歇,三月干了田,四月秧长节"(《父亲万岁》),这些都是农民生产和生活智慧中的结晶。即便是骂人的话,也带有湖乡的气息或烟村人的特点,马婆骂老伴马广田:"你很年轻吗?你也是死了半截没有埋的人了","你这该死的,磨人的,挨千万杀。我真是上辈子欠了你的,这辈子要受你的磨"(《梅雨》)。这位强势的农妇形象跃然纸上。王十月的乡土小说忠实地为读者记录许多鲜活的农民语言，这是难能可贵的。

《增广贤文》曰："美不美，家乡水，亲不亲，故乡人。"湖乡系列或烟村故事系列是王十月离开家乡近20年以后深情的回眸。这些小说在民俗学上的意义，将会被越来越多的人所认识。别林斯基说风俗是"构成一个民族的面貌，没有了它们，这个民族就好比是一个没有脸的人物"。① 列夫·托尔斯泰更是说"小说家的诗"，是"基于历史事件写成的风俗画"。②

王十月的中篇小说《国家订单》获得了第五届鲁迅文学奖（2007—2009）中篇小说奖，长篇小说《无碑》则被评为2009年十大好书，并于2011年在第八届茅盾文学奖（2007—2010）评选中入选候选作品名单榜。可以说，他的中长篇小说的艺术成就已经获得了社会的肯定和推崇，相比之下，他的短篇小说似乎受到一些冷落。他以打工小说闻名，而又不局限于写打工文学。王十月有两个文学世界，一个是"31区"，一个是"烟村"，"两个世界的交织和互补，构成了王十月的独特性。前者是一种冷色调，后者是一种暖色调"。③ 就王十月的写作题材而言，这种概括是准确的。就小说类型而言，他的短篇小说内容丰富、风格多变、异彩纷呈、有打工小说、乡土小说、成长小说、新笔记小说、寓言小说等多种类型。我们有理由期待王十月在小说创作领域取得更大的成就。

---

① 《别林斯基选集》第1卷，上海文艺出版社1967年版，第27页。
② 《托尔斯泰日记》（1865年9月30日），载《古典文艺理论译丛》第1册，上海文艺出版社1980年版，第200、201页。
③ 杨宏海：《打工文学纵横谈》，社会科学文献出版社2009年版，第25页。

第三节　传统与现代的完美结合
——试论王十月小说的艺术成就

本节主要探讨王十月短篇小说艺术成就，也涉及他的几篇中篇小说。王十月的短篇小说数量不少，有近百篇之多，而且可喜的是，在小说创作艺术上他表现得越来越臻于成熟。

他的小说表现技巧大多比较平实，中规中矩，符合中国传统小说的写作规范。"公元二千零五年冬天，在南方谋生的设计师子建回到阔别多年的故乡。此番回家，并非衣锦荣归，只因一桩意外。"这是《子建回家》的开头，故事接着就徐徐展开。再如，"季二先生说的欠莫大一个天大的人情，是二十年前的事情了。二十年前……"（《还头记》）读到这样的文字，读者能够体味到传统小说"讲故事"的魅力。"好了，现在该说说牛了"，这是《驯牛记》两部分之间相互衔接时过渡语。偶尔作者也会跳出来，与读者直接进行交流。"行文到这里，有必要介绍一下，在深圳这个地方，什么都是高效率，包括爱情。""写到这里，我也不想给我的主角这样的打击，我只是想尽可能地原汁原味地把我知道的这个故事讲出来，我无法改变这一切。"（《出租屋里的磨刀声》）尤其值得指出的是，小说《灰姑娘》从头至尾，传统叙述手法运用得更是炉火纯青。小说开头写道："这一次，我来讲一对打工姐妹的故事吧，姐姐叫大玉，妹妹叫小玉。当然，故事中还有一个男主角，他的名字叫小唐。两个配角，是一对夫妇，女的叫向日葵，男的叫马有贵。好了，交代完这些，我们开始进入故事吧。"稍后，作者插叙道："这时，我们的女配角向日葵出场了。向日葵在南方打工有十多年了，当初她出门时，也和大玉一样，只有十六岁，那时的南方，工业区还很少,没有现在这样的繁华,到处都是荒山,是荔枝林,是渔塘,渔塘边都种着枝繁叶茂的香蕉树。"后来,作者又对小说本身的情节发展生发议论了:"按照一般讲故事的习惯,故事进行到这里,男主角该上场了。而在这时,我们的男主角小唐还在中山的一间工厂里打工,他要在两年之后才会来到东莞。"这在当代西方小说理论中被称为"元叙事",就是对叙事行为本身的叙述,其实,这种叙事在我们的古典小说中就已存在。紧接着,作者又写道:"这时,我们的男主角小唐辞去了中山的工作,他背着吉他,流浪到了东莞长安。来到了大玉打工的工业区。"在小说结束部分,作者更是将故事的发展方向给读者进行了一番预叙:"故事发展到这里,出现了我们常见的戏剧性,姐妹俩同时喜欢上了一个人。做姐姐的,这些年来,几乎就是为了妹妹而活着的,她把什么好的东西都让给了妹妹,可是这一次的爱情呢,难道连爱情也要让给妹妹吗?大玉几乎是一夜无眠。到了天快亮时,大玉下定了决心,为妹妹再一次作出牺牲。下定了这个决心之后,大玉就睡着了。"我们知道,在叙事作品中,叙述者可对他讲述的故事以及文本本身进行干预。叙述者的干预一般通过叙述者对人物、事件甚至文本本身进行评论的方式进行。叙述者的这种干预,可以指明作品如何划分篇章,如何衔接,以及相互间的关系。这种干预,在传统的中外小说中均十分普遍。叙述者以这样一种方式,强调他在讲故事,强调他对于叙述的充分控制权,他仿佛是木偶牵线人,寻找到了一种十分合适的方式,来操纵其木偶。① 可见,王十月对传统小说的表现技法谙熟于心,使用起来得心应手。在一些新笔记小说中,因为涉及古代的文人墨客、才子佳人、禅宗公案等内容,小说的语言则更是往古

---

① 谭君强:《论鲁迅小说的叙述干预》,《思想战线》2000年第3期。

典小说的语言那边靠，遣词造句都比较讲究文采。如"先生棋风凌厉，招招致命，追求的是最后的胜负。小娘子棋风淡泊，温婉平和，追求行棋的美感。"而"隐者的生活，自是有其风流之处，平日也有一二好友，往来于此，或吟诗，或手谈。"这是小说《黑白》中的文字，王十月只上过初中，能写出这样古典文雅的词句实属不易。

王十月的湖乡系列或烟村故事系列，从故事的讲述方式、行文结构、人物对话到语言风格都受到了汪曾祺先生小说的影响。《绿衣》中，王十月对湖畔和湿地的描写是这样的：

> 湖睡了一冬，开始风情万种，开始春色撩人。冬天的湖水，像是一块白亮的玻璃，春天一到，湖水就变颜色了，变成了绿玻璃。湖边的湿地上，那些在冬季里枯萎的草，没在了涨起来的春水中。芦芽，棒槌草，三角草，箭一样钻出水面，绿得鲜嫩，阳光泼在新绿上，新绿的草叶发着玉样的光泽。鱼们在水里活跃起来了，这里打个晕，那里打个晕。跳起来吃鲜嫩的草尖。鸟们也都开始回来了。长脚杆，弯脖子，尖而细长的嘴，它们一群群落在水田里。湖边的电线杆子上，那么多的黑点子，是山雀、燕子。油菜花无边无际，把金黄铺到了天边，远成了淡绿，湖乡就成了黄金和翡翠镶成的世界。湖乡经过了一个冬天的睡眠，醒来了，开始生机勃勃了。爷爷望着那湖，有那么一阵子就发呆了。

这里明显有着汪曾祺《受戒》《大淖记事》中江南水乡的风情。此外，王十月乡土小说中的人物对话简洁明了，单纯明净，朗朗上口。在《落英》中，邱林老师和别的女人结婚了，落英老师在湖边坐了一

个下午,似乎没有眼泪,也没有悲伤。建华老师不放心,找她来了。于是他们之间有如下对话:

你怎么来了。
不放心。
是吗,怕我想不开去跳湖?
天凉了,回去吧。
不用你管。
怎么会弄成这样。你和邱林……
我们别说他好吗?
真快,二十多年,一晃就过去了。像昨天。
那时,你喜欢吹口琴,喜欢吹这首《天涯歌女》。
嗯。
陪我坐一会,好吗?
嗯。
好冷。
快立冬了。
……建华,我想,你,抱抱我,好吗?落英老师说。
建华老师就抱了一下她。
亲我一下。
建华老师就亲了她一下。
谢谢你。落英老师说,我们回去吧。

这段对话与《受戒》结尾时小英子和小和尚明海在小船中的对话

极为相似!显然,王十月十分热爱汪曾祺并深受其影响。在一篇散文中,王十月写道:"把31区和汪先生的大淖联系在一起,实在是没有理由的,可是我却经常会这样想,可能是因为我太喜爱汪先生文字的缘故吧。"接着,他又写道:"汪先生的文字,我是常读的,有些篇章,读了不下数十遍。我有一本《汪曾祺自选集》,是漓江出版社出版的。隔一段时间,我会拿出来重读一次。能见到汪先生,曾经是我的梦想,可惜老先生走了,不然我也想去蒲黄榆附近捡破烂,不为别的,只为见一见我极喜的作家。"[1]

王十月在小说中喜欢用无引号的对话,比如《子建还乡》中的结尾,子建用以其人之道还治其人之身的策略,成功地阻止岳父包二奶企图的对话,以及《秋风辞》中的马夫与瞎眼婶娘之间的对话,都不用引号。再如《示众》中老冯与保安队长的一段对话:

> 老冯说他来这里不是来偷东西的,真的不是。保安队长说是呀是呀,没人说你是来偷东西的。老冯急得提高了嗓子,说,我真不是来偷东西的,这小区是我修的,不,我修过这个小区,我在楚州做了十几年的工了,现在老了想回家,在回家前,我想来看一看我修过的小区,我对这些房子有感情。……保安队长说,编呀,编呀,编得真好,你继续编。老冯说,我不编了。保安队长说,不编了,怎么不编了,编不下去了吧?老冯说,我不是编的,我真不是编的。保安队长笑了起来,说,你没有编,你刚才不都说了你不编了吗?可是你这个谎话编得太没水平了,你这样的鬼话,哄三岁的小孩子去吧。

---

[1] 王十月:《声音》,《黄河文学》2007年第7期。

这种无引号对话的大量使用最显著的效果就是:"淡化叙述的真实感,增强其间接性和虚构性色彩,打消读者对于真实性的追求念头,转而集中赏析故事的引人入胜和奇幻意味",并且造成"间离效果"。①

《不断说话》以法国小说家、哲学家、戏剧家、存在主义文学领军人物阿尔贝·加缪的名言:"真的无言并非沉默,而是不断说话"作为题记,以"那么,好吧,你听我说。这么多年来,我一直生活在南方"作为开头,以相同的这段话作为小说的结尾。贯穿小说始终的是作为广告公司艺术总监的"我"之所见所闻和日常工作生活中的一些磕磕碰碰。小说中反复出现的红衣打工男孩站在桥梁钢架上的意象给人印象深刻,他时常变换衣服的颜色和花色,变换面孔,但总是重复那句引诱"我"的话:"爬上来吧",小说因此具有后现代主义色彩。那位在街道工作的白领丽人告诉"我",她的工作就是为领导们写讲话稿。一次开会,十几位领导正襟危坐地大谈学习体会的稿子均出自她一人之手,而且领导们都知道这事。这种一本正经搞形式,认认真真走过场的中国特色的官场做法极具荒诞感和黑色幽默的意味。余华在《许三观卖血记》中,整章篇幅地用"许三观对许玉兰说"这样的句式。许三观过生日的那个晚上,他们一家躺在床上,许三观用"嘴"给每人炒了一个菜等段落,其叙事基本上是依靠"对话"来推动的。《不断说话》与之相比,有过之而无不及。《不断说话》中,不是"我"在自言自语、絮絮叨叨,就是"我"在与别人喋喋不休、家长里短。请看"我"去工厂大门口接到加晚班的妻子时的一段文字:

---

① 王一川:《间离语言与奇幻性真实——中国当代先锋小说的语言形象》,《南方文坛》1996年第6期。

不说吴姐了,清官难断家务事,管那么多闲事干吗?

妻说,也不是想管,也管不着,不就是发两句感慨嘛。你说咱们从家里出来打工,怎么不学城里人的好,专学了城里人的这些坏毛病?还有那个小芳,你也是见过的。

我说小芳怎么了。

妻说,小芳的老公对她多好啊,可是她和我们主管……不说了,反正不知道现在的人都怎么了,疯了一样,让人越来越搞不懂了。

妻说,好在你不是那样的人。

你是那样的人吗?妻在肯定之后,又来了一句反问。

我不知道自己是不是那样的人,我不知道自己是什么样的人。有时觉得自己是圣人,身在江湖,却心忧天下;有时又觉得自己是魔鬼,内心深处有着太多的破坏欲,我甚至渴望这世界来一场疾风暴雨,但另一方面,又渴望安宁。其实我们最不了解的人往往就是自己。

这样的小说叙事技巧有什么作用呢?很显然,"由于整个叙事由人物对话来展开,作者和叙述者让位给了人物,叙述主体消失在人物的背后,人物成了小说真正的主人公,不仅是叙述的对象,而且是叙述的主体"。①

《战栗》中的沙和妻子到深圳来处理他们独子的后事,他们的儿子到深圳打工不久因事故意外身亡。这对老年夫妇带着三万块钱赔偿

---

① 李平主编:《中国现当代名著导读》,北京大学出版社2004年版,第247页。

金和儿子铁的骨灰,由于对别人和陌生环境的极度不信任,他们陷入了极度的恐惧之中。小说结尾部分他们想找个安全的地方挨过今晚,最后找到一座山坡(坟墓群中),"女人说,管他哪里,没人就行。沙说,到处都有人。到处都不安全"。后来出现在他们面前的一个白影让他们紧张万分,虚惊一场后,"女人说,吓死我了,我还以为是人呢"。这个结尾极具震撼力和感染力!原来在这对夫妇眼中,人比鬼更可怕!这难道不是法国哲学家、作家、戏剧家、存在主义文学大师萨特的剧作《禁闭》中"他人就是地狱"名言的现实翻版吗?!

《民工李小末的梦想生活》中,李小末有两个梦想:找个女人回乡下结婚、去楚州城内看看。李小末还有两个毛病:胆小、爱过敏。李小末在实现梦想的过程中突然长出羽毛,飞了起来,他由人变成了一只大鸟。小说叙述了李小末变成大鸟以后的遭遇,揭示了金钱对不同阶层、不同人群的道德良心的侵蚀,揭示了整个社会道德乃至人文精神的颓败。这篇小说无疑受到了卡夫卡的《变形记》的影响。《变形记》里的推销员一觉醒来发现自己变成一只甲壳虫,卡夫卡向人们展示了,由于沉重的肉体和精神上的压迫,使人失去了自己的本质,异化为非人。小说描述了人与人之间的这种孤独感与陌生感,人与人之间,竞争激化、感情淡化、关系恶化,也就是说这种关系既荒谬又难以沟通。

《白斑马》以"你"为视角,以"白斑马"为意象,揭示每个打工者心中都有一个愿望——一匹白斑马,嘚嘚嗒嗒而过。这匹马是尊严,是希望,是幸福,是社会的认同,是所有打工者的梦想和追求。画家李固、菜农马贵、洗脚城的打工妹英子、刚从公司辞职的桑成,最终都一一死去,他们的非正常死亡反映了人性的可悲和沉沦,也揭示了社会的不公和世态的炎凉。这篇小说结尾时写道:"管他白斑马黑斑马,你现在只想好好生活,活在今天。"这篇小说极富传奇性,也具有象征主义和先锋小说的特点。

王十月不仅喜欢中国传统小说的叙事时间艺术,他和许多中国先锋作家一样,也很喜欢使用《百年孤独》式的句子——"许多年之后,面对行刑队,奥雷良诺·布恩地亚上校会回想起,他父亲带他去见识冰块的那个遥远的下午。"马尔克斯这样的句子,之所以深受新时期中国作家的喜爱,是因为这种句子处理叙事时间的艺术很高超,一个短短的句子就将过去、现在和未来紧密地结合在一起。叙事人的立足点是"现在",但是涉及的事情是在许多年以后,而又与许多年前的事情相关联。在《开满鲜花的梦境——湖乡记事》的开头,王十月写道:"我呆望着门外漆黑的夜,我的记忆一下子回到很多年前,回到了冯铁匠让我见识神铁的那个下午。"在《厂牌》中,他写道:"现在回头来看,李梅这个下午的想法太过于诗意,毕竟,李梅才十九岁,花一般的年华。李梅还没有预感到,这天发生的事,将会改变她的一生。"在《国家订单》中,小老板因为拿到一个生产20万面美国国旗的大订单,于是他踌躇满志,心花怒放。"迟早有一天,他会拥有自己的品牌,有自己的设计师,自己的专卖店,把他的品牌时装卖到北京,卖到上海,卖到美国,卖到巴黎。那时,当他回望自己的来处,回望那个清晨,回望那个背着蛇皮袋离开故乡的穷酸少年时,将会有着怎样的感慨?"王十月这种马尔克斯式的处理叙事时间的句子,使用得很娴熟。在小说艺术中,叙事时间(故事在叙事文本中呈现出来的时间状态)的顺序永远不可能与故事时间(指故事发生的自然状态时间)的顺序完全平行。由于叙事时间是线性的,而故事时间是多维的,线性的叙事时间纵横穿插、犬牙交错,织就了叙事空间。这种马尔克斯式的句子在小说叙事中除了能够完成复杂的结构组合,把不同时空中发生的事情组合在一起外,还能够创造出浓郁的历史沧桑感。由此可见王十月在小说叙事时间上的处理是比较得心应手的。

"楚州"系列小说《骑猫的女人》《魔鼠》《郁无忧的忧虑》等,则有着明显的寓言色彩和魔幻现实主义的特征,正如他的长篇小说《31 区》和《活物》一样,神怪轶事、民间传说等在小说中经常闪现,荒诞、反讽、象征等现代主义和后现代主义的表现技巧被高密度地使用。

当然,王十月的小说艺术并非完美无缺,正如有的学者指出的那样,仅从语言的角度,就存在一些缺陷:"他忽而信任质朴、直感的民间语言,又忽而穿插略嫌呆板的书面语言,有时候,忍不住抒情,泪流满面的场面也不少,描写起来又收不住笔头,欠缺沉稳感,写作趣味摇摆不定。"①

尽管如此,我们认为在小说艺术探索上,王十月既珍惜传统,汲取了传统小说的艺术手法,又与时俱进,不断学习西方现代主义和后现代主义的表达方式,使得他的小说在艺术上达到了较高的艺术层次,可以说王十月小说在艺术上是传统与现代的完美结合。

第四节 为打工者建造的一座丰碑
——评王十月的长篇小说《无碑》

王十月的 37 万字的长篇小说《无碑》,写于 2009 年 3 月 10 日至 5 月 18 日。《无碑》完稿以后,由广东省出版集团花城出版社于 2009 年

---

① 胡传吉:《未知肉身的痛,焉知精神的苦——王十月小说论》,《当代文坛》2009 年第 3 期。

8月出版,《中国作家》2009年第9期刊载。

《无碑》问世以来,先后入选《中国日报》评选的"2009年度十大好图书","过去十年中国文学15部佳作"(排第9名)。2011年,在第八届茅盾文学奖评选中,它以第46位的身份进入备选作品名单。

《无碑》扉页上的题记非常醒目——"谨以此书献给'中国制造'的奇迹的创作者,以及为此付出的青春与梦想……"显然,这是一部反映打工者生活的小说。

一、人物

小说《无碑》的主人公老乌,本名李保云,因为脸上长了一块乌黑的胎记,被工友戏称为老乌。1992年老乌从家乡湖北烟村来到南方打工,因长相丑陋,一直找工无着,后饿倒在小村瑶台,受农民企业家黄叔一饭之恩,两人开始了长达十余年的友情。随着黄叔作坊鸟枪换炮,工厂规模一日日扩大,老乌也做到总务总管之职,后因在一次罢工事件中,遇到两难抉择,内心不安,故辞工以作自我惩罚。于是,他又开始了艰难的找工历程。后来他做过杂工,当过主管,罢工回家后养猪致富梦也破碎了。后来,他又被骗南下,参加传销,不久,国家便宣布传销为非法活动。在山穷水尽之际,在黄叔的照顾下他做起了二房东,接着又做了二手家具店小老板。期间,一位南漂的画家刘泽走进老乌的生活。在和刘泽的交往中,老乌认识了一批文化人,当年的书法梦重新被唤醒,老乌开始把大量的精力投入到了书法修习中。刘泽又介绍老乌看了许多启蒙性的书籍。老乌开始由一个普通的打工者,转变为一个心中有着明确理想的理想主义者,并由对一己命运的关心,上升到对瑶台,对他们这个打工者群体,对这一代人归宿的关心。

房地产业如火如荼地发展着,瑶台的拆迁也轰轰烈烈地展开。老乌在瑶台打工生活了十多年了,如今的瑶台,却再无他的立足之地。一次酒醒过后,老乌看见瑶台的墙上写满了"拆"字,于是他借了工人的大刷笔,一路在瑶台的墙上写"拆"字。写到黄氏宗祠时,老乌写下了"不拆"两个字,大笑而去,不知所终。此后,刘泽举办了个人画展《中国梦——刘泽油画展》,一共展出他所画的99幅油画,原本计划的第100幅是画老乌,现在来不及了。当记者问他为什么要画农民工时,刘泽回答说:"我熟悉他们,他们的朴实、忍耐、善良感动了我。"再问他对农民工兄弟有什么话要说的时候,刘泽说:"我没有资格对他们说什么,站在他们面前,我只感觉到自己的卑微与渺小。"此前,刘泽对老乌说:"历史记得的是英雄与伟人,你们这个群体,是没有碑的,我这也算是用自己的方式,为打工这个群体立一座碑。"

这是一部关于正义,关于善良,关于爱,关于青春与梦想,关于苦难与苦难中人性伟大之光的小说。作者试图用这部小说为这一代人竖碑的意图显而易见。王十月说:"在写这部书前,我在纸上写下了一些词:正义。善良。坚守。青春。梦想。苦难。理解。宽容。爱。"① 小说中的老乌一直坚守着自己朴素的为人理念,"为人做事,但求无愧于心"。而他的命运,也因此跌宕起伏。《无碑》通过对老乌的道德坚守和精神困境的叙述,全面展示了中国社会变迁当中打工者不得不经历,也不得不面对的多种复杂关系,所涉及的生活内容无不充满灵魂折磨和血肉创痛。老乌惨遭招工骗局,陷入病困交加走投无路的绝境,是黄老板伸出救援之手。从此,对于老乌来说,黄老板就有了双重身份:一方面他是资方老板,另一方面,他一直是有恩于老乌的"黄

---

① 王十月:《理解、宽容与爱的力量——〈无碑〉创作谈》,《长篇小说选刊》2009年第6期。

叔"。这种复杂的双重关系令老乌经历了巨大的道德困惑与情感折磨。这使得老乌在工人维权斗争中陷入两难困境，并且直接导致了老乌的"精神危机"和生存危机。黄叔生病后，他心急如焚，并积极调停黄家父女之间的矛盾。在基德厂，他一个人的罢工最后无疾而终，也是为了报答林小姐的知遇之恩。在黄叔的工厂做总务主管，在这个"三年总务头，一座小洋楼"的肥差上，他没有贪财一分一毫，而是竭力改善工友们的伙食。他收养的工友的弃儿——乔乔成了他生命的一部分。黄叔只有三个女儿，没有儿子，他想收养乔乔并给老乌十万元补偿，拒绝黄叔的要求，这让老乌内心非常煎熬。美国的"9·11事件"让他心里感到难受，一是为在那场灾难中死去的人们，再有就是为那些在事件中欢呼雀跃的同胞们。他关心照顾打工妹阿湘，并且救了她一命。当阿湘悄然离开，他又无怨无悔地一个人抚养乔乔。后来，阿湘想要回孩子，他便收敛个人的情感，无私地将孩子送回给他妈妈。曾经的工友阿霞带着一双儿女余欢、余乐来投奔他，他没有拒绝，并且为这两个孩子上幼儿园、小学四处奔波。他被推荐参加"十佳外来工"评选，有人暗中使坏，他并不在意。落选了，他坦然接受。打工作家子虚也落选了，老乌却心生遗憾。王十月说："当老乌用他的善良、宽容与爱，让自己站立起来，站成一块碑，站成一个大写的人字时，他脸上的那块胎记，将丝毫无损他的荣光与魅力。"①

小说中的老乌、李钟、王一兵、周全林、阿霞等毫无疑问是农民工的杰出代表。2009年年末，"中国工人"作为唯一的群体入选美国《时代》周刊评出的当年年度人物。《时代》周刊刊发了四名在深圳的

---

① 王十月：《理解、宽容与爱的力量——〈无碑〉创作谈》，《长篇小说选刊》2009年第6期。

打工者肖红霞、黄冬艳、邱小院、彭春霞的简短故事,并评价说:中国经济顺利实现"保八",在世界主要经济体中继续保持最快的发展速度,并带领世界走向经济复苏,这些功劳首先要归功于中国千千万万勤劳坚韧的普通工人。"这一评价在后来的各种评论中获得了肯定。这里没有权钱交易,也没有财富的显摆,只有对劳动者的尊重。"①

二、叙事

《无碑》的艺术成就也可圈可点。作品从主人公老乌1992年到瑶台打工写起,一直写到2007年,小说中的时间线索十分清楚。作者在正式叙述主人公南下打工之前,还追溯到了故事发生的前四年,也就是1988年,干支纪年戊辰,龙司是岁。也就是说对本篇人物的前史作了一个简单的叙述。接着,作者按照时间顺序,一一道来。如"时间一晃到了1992年","现在,让大家随我的叙事,回到1993年底","老乌再次来到瑶台,是公元1998年初春","然而只是眨眼间,就是2000年了。生活的变化,远远超出了人们的想象","转眼到了公元2003年农历新年,干支纪年癸未,羊司是岁"。"转眼到了2006年年底","这一年,老乌的经济收入不错,就把二位老人接来一起过年(2007年春节)。"

王十月喜欢用"后来"、"多年以后"、"许多年以后"等词语来交代故事时间的起承转合,比如:"多年以后,老乌还记得阿霞回家那个清晨,老乌到村口送阿霞,阿霞瘦小的身子埋在包里。""后来老乌才知道,他一个电话,给了老板解决危机的时间。""后来,老乌想,他是幸运的,加入传销组织,成为受害者,却并未去害人。""多年以后,

---

① 韩方明:《实现体面劳动,请从善待底层员工开始》,《南方周末》2011年10月26日。

老乌一直记着李钟那句话:'不要挡住我的阳光'。""依然是在多年后,老乌结识了租住在瑶台的画家刘泽,才明白,从前云涌的水是石绿色的。"

小说中偶尔使用的插叙、预叙,也是传统中国的写作技法。比如插叙:"叙事到此,有个插曲要交代。"再如预叙:"不过,后来发生了一件大事,改变了老乌的看法,那时他才打心眼里服气黄叔,觉得黄叔当真是一条老狐狸,老谋深算。当然,这是后话,此时不提。""这次老乌没有见着林小姐,他顺利地结了工资,拿着行李离开了基德厂。而这一别,要到多年以后,老乌再次听到有关林小姐的消息,才断断续续对林小姐有了一个较清晰的认识。当然,这是后话。"

作者关于小说的缘起和人物活动的主要场所的叙述,也很有中国传统小说的意味。讲到小说人物,作者写道:"其中人物,大抵都有原型,有些人,甚至连姓名都未更改,不过事情却未免虚构,或将张三李四王五之事,合为一人,或将广州深圳佛山东莞各地,化为一处,因此,若有读者诸君,欲对号入座,或索隐求证,自然徒劳。"描写场所,作者也有这样的精彩语段:"以上,说了老乌来瑶台前后的一段生活。因了往后的林林总总,都是发生在瑶台一隅,为了让读者心中有数,读来不至于糊涂,现在,先不叙事,介绍一下瑶台的地理。"作者从容不迫,徐徐道来,别有一番风味。

小说在衔接和过渡上,也体现了传统的中国叙事方式。如"老乌一觉醒来,已是次日上午九点。""是夜,老乌辗转难眠,一次次设想明天和阿梅见面的情形。……实在无法入眠,老乌干脆起床,提笔练字平复心境。……不觉东窗欲白,乘着晨光,在工业区街道上,伸手踢腿,呼气吸气,顿觉精神焕发,一点也未整夜无眠而疲倦。"

《无碑》的叙事针线绵密、紧凑,在上下文衔接处,甚至语言都像中国古典白话小说的再版，如："说话间，春节就到了。这是老乌在外过的第一个春节。""老乌一觉醒来，已是次日上午九点。""兄弟二人相拥而别，颇为凄凉。""说话间，又到出粮时，厂里放假。""老乌一宿无眠，脑子里乱七八糟，次日天刚亮，便去做卫生，不料阿霞早已起床在拖地。"

王十月很佩服已故作家汪曾祺，很喜欢用一些短小精悍，富有韵味的句式，下面一些句子就是如此："老乌是头次到子虚的租屋，没想到，子虚这本市小有名气的作家，居然租住在一间不足十平米的单间，室内一床、一椅、一台电脑，如此而已。"再如，"李钟叹息：'几年不见，我是越发的敬你。世道变了，人心变了，但不变的是你老乌'"。"乔乔倒是越发聪明懂事，每当老乌心里不高兴时，他就会做出一副小可人样，偎在老乌怀里，老乌的心就被爱意融化，看老乌心情好时，又皮实得不行，什么坏事都敢做。日子就这样过着，似乎不咸不淡，又似乎精彩纷呈。"

小说结尾部分，这样写道："老乌刷得性起，一路刷将过去，不觉到了黄氏宗祠。……说罢，把那油漆桶和刷子扔在地上，一路大笑而去。"这段文字，也明显地借鉴了中国传统小说的技法。

小说中反映的生活内容虽然比较沉重，但是还是有一些富有诗意的描写片段，显现了王十月的文字功底："立春过后，天一日日热起来，高大的木棉树谢了红妆，换一身新绿，木棉的绿一日日深浓，待到木棉桃熟时，整个瑶台，好长一段时间都被纷飞的棉絮烦恼着，木棉花絮像柳絮样漫天飞舞，只苦恼了那些开大排档的，得拿罩子罩住菜，不然，一会儿工夫，菜上就落满白絮。"

作者在小说中成功运用了象征手法，胎记在这部书里就是一个象征。李钟对老乌说："脸上长了胎记不可怕，别让胎记长到心里。"乔乔经常犯过敏性皮炎,这在小说中又是一处象征,象征着这一代人对环境的不适应。搞电脑培训的唐老师说:"过敏其实是人的身体对所在环境不适应的一种表现。作为打工人的下一代,从某种意义上说,是寓言了一代人的命运。"又说:"过敏有什么可怕,可怕的是对什么都不过敏,对什么都麻木。"瑶台的标志之一,矗立在桥头百来年的那两棵古榕树最后被挖走,那座最终免除不了被拆除命运的黄氏宗祠,都象征着在当代中国城镇化过程中,这一代人所付出的代价。还有贯穿在小说中的几段关于华夏民族创世纪的神话,如"开天辟地"、"夸父追日"、"女娲补天"、"精卫填海"等,都将引导读者去触摸看似平常的生活下面,所蕴藏的精神空间和象征意义。

《无碑》也有借鉴外国的小说叙事手法。阿湘想要回她的儿子乔乔,但是老乌拒绝了。老乌说:"谁也别想把乔乔从我身边带走。"于是,老乌一路狂奔,他"跑过第二工业区跑过云瑶桥跑过瑶台的亲嘴楼跑过时间跑过空间,老乌不停地跑,不停地跑,感觉自己越跑越快越跑越轻感觉自己是那追日的夸父想把太阳抓住老乌在跑在不停地跑感觉自己是那填海的精卫鸟在沧海与苍山间以微木填沧海老乌不停地跑跑到后来已经是在飞他看见了进入天堂的路口那是瑶台是瑶池是仙人居住的地方是天上人间是人间天上那里有七宝琉璃黄金铺地佛光普照水银泻地那里是所有白光的来源老乌就迎着那白光像出膛的炮弹弹射过去"……这段文不加标点的长句子,出色地表现老乌内心活动和心灵的挣扎,跟国外的意识流小说的表现手法很相似。

著名作家陈建功谈到他对未来的打工文学的希望时,说过一段话。他认为这种文学"不应仅止于悲苦的揭示与惨烈的展示,而更应从中挖掘人性的光辉与人生的启示;文学也不应只停留于故事的陈述与遭遇的述说,而更应为时代的画廊奉献新的人物和新的情感世界;文学也不应只满足于陈旧的表现,而应借鉴中外文化的艺术成果,特别是从民间叙事中找到具有中国特色、中国作风的叙事特色,熔铸百家,自成一家,营造自己独有的艺术世界"。① 令人欣慰的是,王十月在这些方面,作了很好的尝试。

三、"大乘文学"

《无碑》无论在内容上还是的艺术表现上,都能称为一部成功的作品,这跟王十月创作的指导思想分不开。他在小说的《后记》写道:"我不反对有人去写小情小调的文学,写自我关怀的文字,但我一天比一天意识到,我们这个时代,更需要一种大情怀的文字,有着度己之外更兼度人之心的文学,这就是我所谓的大乘文学。"他关于"大乘文学"的说法,很值得读者玩味。有研究者认为,阅读《无碑》以后就会发现,打工是小说的大背景,底层为小说故事的大框架,世情叙事是它的主体和核心。"《无碑》最大的艺术特点就是用自己扎实的文本,通过日常生活的叙事描写'人情'和'世态',有力地显现了当代世情小说超越于底层小说的个性建构取向,不仅是世情文学的主要标志,而且奠定了底层文学朝着日常化和世情化方向发展的走向。"在王十月的数部小说中,"最具中国世情形象化的作品,最有潜质成为具有较高思想深度的小说应该是他的长篇小说《无碑》,从某种意义上将,《无碑》超越了底层世俗的价值,创造了一种新的文学道德:人情之美与生命叙事"。② 另一位学者,则相信"《无碑》和老乌,最终一定会在一个'无碑年代'中留下自己的名字,而历史,能够以这样一

---

① 陈建功:《打工文学是当代文学不可或缺的文学成果》,见杨宏海主编:《打工文学纵横谈》,社会科学文献出版社2009年版,第3页。

② 胡磊:《世情叙事中的经验确证——王十月论》,《中国作家》2010年第8期。

种独特的方式被铭记,这是属于文学的光荣"。① 写到这里,笔者不禁想起央视新闻主播白岩松对中国工人成为《时代》周刊封面人物的评论:"一方面为中国工人被世界尊重感到骄傲,也感到中国工人配得上这份骄傲。而另一方面也在想,为什么是《时代》周刊,而不是我们自己给予这份评价跟尊重呢?"② 幸好,我们有个王十月,他的小说《无碑》为这些千千万万、默默劳作的打工者建造了一座纸上的纪念碑。我想,这就是《无碑》存在的意义。

---

① 陈福民:《历史被铭记的另一种方式——关于王十月的〈无碑〉与"打工文学"》,《学习时报》2009 年 11 月 25 日。
② 《中国工人登上时代周刊折射历史转折》,中央电视台《新闻周刊》2009 年 12 月 28 日。

第五章 郑小琼论

第一节 时代的痛感与历史的惶惑
——郑小琼诗歌论

郑小琼在诗坛上崭露头角的时候,不少人把她称作"打工诗人"。这个过于关注身份的称呼,并不十分适合郑小琼和她的诗歌创作。这不仅是因为她的诗歌题材并不局限于打工生活,更在于她数量不菲的诗歌中飘浮着大量的宏大词语和奇特意象,沉积在其中的文化意义十分丰富。她早已超越了"打工者"这一身份的限制,而是不懈地寻求当代自由知识分子的立场和表达方式。

写作者靠文字跟这个世界对话,而对话无非是在两个层面上展开:经验和文化。前者是个体性的,后者则蕴含着更多民族甚至全人类的精神积淀,偏重于群体性。如果一个写作者过于依靠前者,他可能会凭着自身的阅历感动读者,但笔墨的拓展空间会受到限制,不可能走得很远;反过来,过于依靠后者,则缺乏亲历性的体验,会给人脱离大地凌虚蹈空的感觉。对于两者,郑小琼没有偏信和偏废。打工的经验是她一笔不小的财富,她也曾说过:"打工的疼痛感让我写诗"。但她并未满足于经验的书写,她如饥似渴地阅读各种书籍,文学、历史、哲学无所不读,她在不停地寻找认识这个世界的各种道路。虽然她声称"我没有找到与世界和解的方式",但是,在这句话背后,可以看到她试图与这个世界沟通的种种努力。

一、时代的痛感:批评与承担

读郑小琼的诗歌,都能感受到其中弥漫着的痛感,有人说她的诗表达的就是"时代的痛感"。我们这些生活在相同时代的人对这些痛感都有或深或浅的感受,所以郑小琼的作品总是能够打动我们。痛感来自时代的疾病,然而,就像生病一样,痛感只是一种表现,究竟是哪里生了病,病者自己说不清楚。因此,相对于这些痛感,我们更应该关注的问题是:病源究竟在哪里?郑小琼说:"那个异乡的生存环境,它那么真实地选择了我。无论肉体,还是精神。它控制我的言行举止,就形成了这样的诗歌。"① 根据这些话,打工生活的艰辛、贫困、孤独,以及不被城市接纳难以获得身份认同的精神折磨,就是痛感的来源。应该说,这确实是最直接最显在的因素,一些人对郑小琼的理解,就是集中于这一点,所以他们热衷于把郑小琼称为"打工诗人"。

然而事情又没那么简单,人们在感受到她经验中的痛感的同时,又发现她特别喜欢使用宏大词语。祖国、人民、真理、政治、主义、社会、历史、英雄、思想、信仰、理想、自由、命运、悲剧、时代、资本、真实、真相、黑暗、时间、权力、暴力……这些都是郑小琼诗

---

① 郑小琼:《郑小琼的诗歌及诗观》,《诗选刊》2007 年第 Z1 期。

歌的常用词汇。这些"大词"跟人们的具体生活相距较远，且都具有形而上的色彩，与郑小琼的打工生活并没有直接的关联。而且，自从文学挣脱政治桎梏获得独立品格之后，文学家们对这些词语颇感不屑，早已回避多年。那么，郑小琼为什么"固执地……与这些大词站在一起"呢？笔者认为，郑小琼分明意识到这些大词是搭建当代社会构架的基本材料，能够真真切切地显示着当下的"存在"。想要跳出自身经历的狭小空间，力争在更广阔的文化视界中审视当下的世界，以寻找痛感的根源，拷问甚至拆解这些大词，是必须要做的事情。也就是说，这些"大词"是郑小琼力图摆脱个人生活经验的束缚，试图在更深的文化层次上与世界对话的所寻找到的基本途径。

在很多地方，我们都能读到郑小琼被这些大词刺痛之后的强烈反应，这种反应最常见的就是质疑、批判和颠覆性表达。显然，郑小琼认为，时代的病源就在于这些大词所支撑的理念以及体制的倾斜性和荒谬感。下面我们以"社会""时代""资本"等词为例，考察一下这些"大词"是如何参与郑小琼诗歌的文本建构的。

"这些细小的元件/被赋予庞大的意义，经济，资本，/品牌，订单，危机"——《在电子厂》

"沉郁的木棉树下工业楼群的阴影/失业者的脸上隐藏了对资本的怨恨"——《木棉》

"时间像一枚痛楚的铁锤敲打着我们/痛苦犹如铁锈一般猩红，饱含热血/它暴烈，明亮，犹如一台大功率的机器，不停地运转/……构成/这个工业时代灿烂的容颜"——《时间》

"她的无奈，惊慌的眼神，悄悄的叹息/都被工业时代淹没，工业孕育的一切/必将吞没她的整个"——《午夜女工》

"工资,加班,欠薪,失眠/还有把立体的社会拆成平面的不幸……/激情被五金厂强大的力量拆掉/把人分解成零件,拧在社会的某个角落/某些工业的疾病是如何渗入我们的身体/这不幸是从属于时代,或者大众/我却仍爱着这个时代,工业的五金厂/……爱上它带给我清晰的痛苦,幸福与不幸"——《拆》

"我无法忘记的旧有风俗/被工业时代污染"——《清明诗篇》

"股市低落,尖锐的时代刺疼理想与梦"——《因》

"需要一枚铁钉,把加班,职业病/和莫名的忧伤钉起,把打工者的日子/钉在楼群,摊开一个时代的幸与不幸"——《钉》

"庞大的意义","工业时代灿烂的容颜","我却仍爱着这个时代"等,都带有明显的反讽色彩。在郑小琼的笔下,风俗"被工业时代污染",人的生活,从肉体到精神,都被"工业时代""吞没"。人越来越失去自身的意志,生活变得空虚而荒诞。郑小琼的作品很少使用"荒诞"这个词,但她时时都在揭示着这种荒诞。加缪在《西西弗斯神话》中这样解释"荒诞"感:"一个能用理性方法解释的世界,不论有多少毛病,总归是一个熟悉的世界。可是一旦宇宙中间的幻觉和照明都消失了,人便自己觉得是个陌生人。他成了一个无法召回的流放者,因为他被剥夺了关于失去的家乡的记忆,而同时又缺乏对未来世界的希望;这种人与他自己的生活分离、演员与舞台分离的状况真正构成荒诞感。"对这个荒诞的时代,郑小琼总是不失时机地给予抨击,抨击得多了,她似乎也感到有些偏颇。在《返乡之歌》的题记中,她清醒地认识到:"对于时代,我们批评太多,承担太少。"这是她自身矛盾的一种表露,从理性上说,她并不愿意一直扮演批判者的角色,她愿意做一个建设者甚至拯救者,渴望承担改造这个时代的责任。可是她不知道该做些什么,"该继续愤怒,谩骂,还是宽恕,原谅",在迷惘中,"我看到自己的一半/已沉沦,一半还在挣扎/像一个深夜的溺水者,抬头看见/命运似星辰布满天空,在现实的沼泽中/越陷越深"。在这首诗的末尾,她写下这样的句子:"黄昏的光线如同生活的重轭压了过来/我伸长脖子承担着这巨大的沉重。"承担倒是承担了,但她承担的是苦闷、彷徨和痛苦,从本质上说,这仍然是批评。或者说,批评就是一种承担。此外,郑小琼不知道自己还该承担什么。

我们说,对"大词"的拆解和颠覆是郑小琼寻求意义的一种方式。对此,论者评价不一。张清华的评价是肯定性的:"我们时代的诗人们已经放弃、甚至作践这些词语很久了。"通过这些大词,"她将一般的'底层'、'现实'、'生活'这样的主题与情境,非常自然地便升华到了'存在'、'生命'、'世界'等更高的哲学和形而上境地……"①"她具有这样的力量——具有将现实提升为生存、将生存还原为存在的力量","具有十分明显的形而上学能力,不是量的简单累积,而是源于其强大的建构能力","郑小琼具有'开辟空间'的能力"。② 张清华的意思是说,郑小琼通过这些大词,将自我遭际的倾诉升华到文化责任的承担,使作品获得了更宽广的空间。

而梦亦非则更多地看到了郑小琼运用大词建构文本时的缺陷,他

---

① 张清华:《语词的黑暗、抑或时代的铁》,《纯种植物·代序》,花城出版社 2011 年版。

② 张清华:《当生命与语言相遇——郑小琼诗歌札记》,《诗刊》2007年第 13 期。

认为这样的诗歌在审美价值上有所欠缺:"她尚未在诗学上准备好,就被迫面对一场世俗的盛宴","许多文本更多地在同一平面上游移而未能深入","在用词上,郑小琼的文本中充斥着大词和空词,而这些大词和空词却未被激活。"① 余旸的看法与梦亦非有近似之处,他认为郑小琼的作品中的"大词"众多的原因,是"更多地受到了抽象观念的塑造",导致判断与感受"趋于僵硬"。"诗歌中提供的判断自动脱离了来自底层的经验之地,而迅速地接受了来自思想文化上的抽象判断,方便地站在了'同情'、'悲悯'的道德高地上,缺少在'统概的思想'与丰富的真实经验互驳互动的复杂过程。"他不否认郑小琼力图表达社会现实的复杂性,但他指出:"在郑小琼试图包容复杂的社会现实时,却出现了对'苦难'的迅速简单地道德化处理,这也使她的诗歌尽管长度拉长、场景繁多,却变得僵化、简单,连充满活力的现实经验也在其越来越凝固的道德化的观念下,压抑为'混乱'的'单调'。"② 能对当下的诗人做出如此尖锐中肯批评的,不多见,因而也很珍贵。他们看到了郑小琼的不足,毕竟在每个"大词"背后,都隐含了太多的矛盾、纠结和无奈。即使是解构,是颠覆,也不能仅仅靠一种态度和立场。郑小琼虽然勇于面对当下的现实,在诗中直率揭露"大词"背后的荒谬,但她面对记者的提问时却说过这样的话:"对于这些有关当下中国等这些宏大的问题,我实在不敢回答。"这并不是一般的托词,坚定自信与犹豫不决,常常就是一个正常人的两面。

但是我们不能再有过多的苛求,一个诗人应该是一个思想家,但

---

① 梦亦非:《是谁制造了郑小琼》,http://book.douban.com/review/1453010/。

② 余旸:《"病痛"的象征与越界——论郑小琼诗歌》,《文艺理论与批评》,2010年第1期。

事实上，诗人永远只能在诗的层面上表达生活，只有这样，诗才能是活生生的人的喘息。郑小琼能够把时代的痛感和荒诞感传达给我们，她已经做得足够好了。当然她有自己的不足，她立于道德高度上对某些现象和人物的谴责，确实有些简单化，例如，她面对知识分子"发软的膝盖"和那些不配做诗人的诗人时一味地谴责。此外，她还精心维护着一些始终不愿拆解和颠覆的"大词"，例如"祖国"、"人民"、"真理"、"真相"、"自由"等，但是这些词在她诗中，总显得有些乏力。或许，当她不再一味高喊着索要真相和自由的时候，她的诗才会更有力量。

二、纠结的历史观：苦闷与惶惑

在郑小琼的诸多"大词"中，我认为最具空间纵深感的是"历史"一词。郑小琼无疑是读过许多古代和近代历史典籍的，她能写出以《魏国》为代表的七国记，以及带有家史色彩的组诗《玫瑰庄园》，就是明证。凭借着这些阅读，郑小琼对"历史"这一概念的理解，要比对其他大词的理解深刻得多。

什么是历史？在一些人的理念中，历史就是那些一经发生就不可改变的过去了的事实，它是正义邪逆、真理谬误、忠奸善恶的确切记录，它记录的是"真实"或"真相"，是可以精切把握而且不容置疑的，人们根据它，可以洞见社会发展的本质和规律。这样的历史观，是文明发展史上人类思想幼稚时期的一种表征。事实上，这种理想化的"历史"是永远不可能实现的。随着人类思想的不断成熟，克罗齐发现"一切真历史都是当代史"——只有被当代的观念审视并解释之后的历史才是具有真实性的历史，其中的"真实性"就是一个相对的概念了，"当代"是变动不居的，随之历史也是变动不居的，不同时代的人，会对历史有不同的阐释和描述。之后科林伍德又指出，"一切历史都是思想史",历史学家寻求的不应是事件的过程而是思想的过程。这些关于历史的理念,都与传统的历史观有着不小的差异。而当代的"新历史主义"学派的问世,则对"历史"及其性质做出了颠覆性的解释。新历史主义学者们悲观地发现,所谓的"事实"是不存在的,只存在现象和对现象的解释。所有的历史都只是文本,离开文本历史无法存在,正如詹姆逊所说的那样,除了文本的形式之外,历史是无法企及的,只有先把历史文本化,我们才能接触历史。而所有的文本都是特定历史的产物,是特定历史时期特定思想观念的构设物。同时,一切有关历史的文本,都是语言构成的,而一切语言构设物,都不可避免地具有虚构性。因此,所谓的历史并不是纪实的,它说到底是虚构的。"历史是文本的,文本是历史的","一切文本都有虚构性",这些都是新历史主义名言。

郑小琼的诗歌,对传统的历史观有着深刻的质疑,与新历史主义有着一定程度的呼应。我们可以在她大量使用"历史"这个单词的诗歌中,寻章摘句地作一番浏览:

"这涂鸦被我们称为历史/将它涂在纸页上,成为史书……/站在姓名者背后,是一群庞大的无名者,它们的哭泣/让我心中充满阴影"——《语言》

"历史被抽空,安置虚构的情节与片段/……在摇晃不定的远方,我想起/那么多被历史磨损的面孔,他们/留下那么点点的碎片,像在旷野/闪忽着的火花,照亮冰冷的被篡改的历史"——《交谈》

"我拎着汉字进入历史的深渊,它早已荒芜,那一具具的骷髅曾是我的祖先。他们已被大地记忆深藏。"——《人间》

"我以为流逝的时间会让真理逐渐呈现/历史越积越厚的淤泥让我沮丧"——《喑哑》

"历史的孤灯之下,英雄的阴影/有着模糊的可疑性······/······闪电之光/将照亮英雄们暴力的面孔"——《灯》

"我们从泥泞的历史中抠出腐败的真相"——《黑暗》

"他们拉着历史的船只······/肩上的伤口结痂着的历史被殷红的瘤质覆盖/······在甬道间的最艰难处,他们拖着历史船只上的英雄"——《人民》

"历史不在典籍中,在权力的臀部/哭泣······"——《立场》

"在历史与历史之间,颂歌与泡沫/逐渐失去重量,曾被碾压过的真相/像钻石样浮现"——《重量》

"历史如此冲动,它猛烈地追赶着过去/······从琥珀深处归来,真实的时辰/无法窥探黑暗中的真相"——《琥珀》

"历史在百姓中间散步,史书在皇帝们手中/篡改······/史书像一个木偶/它张口说,'我已无法代表我本身'/它扭动的腰肢背后有双权力的手"——《木偶》

"我坚持/从镜中寻找真理······/它像我对历史的怀疑/······所碰到的真相,逐渐远离真相本身"——《烙铁》

"它巨大的触须从历史的井中钩出帝国的往事/现实被过多推测出模糊的面孔,真相被搁在/黑暗的墓穴中,标上禁止挖掘的咒语"——《幻象》

"历史,在泥床上昏昏欲睡/······它们肢解的肉体被重新组装,谓之历史/形态迥异于真实,你无法辨认"——《时

间之书》

尽管只是一些断章取义的引用,我们仍可以从中洞见郑小琼对历史的理解和认识。历史被"涂鸦","被抽空","被篡改","已荒芜",她对"历史"的理解相当消极。在她的笔下,"历史"这一词语常常标示着两个不同的概念。第一,文本的历史。"这涂鸦被我们称为历史/将它涂在纸页上,成为史书","它们肢解的肉体被重新组装,谓之历史",都是在揭示"文本的历史"的不可靠性。郑小琼认为,文本的历史被权力或暴力扭曲,而天生软弱的知识分子在其间扮演着不光彩的角色。她因此而控诉暴力,时不时地对知识分子投去鄙夷的眼光。第二,原初的历史。郑小琼相信,在被文本的历史篡改之前,存在着原初的历史,或曰真相的历史。"历史在百姓中间散步,史书在皇帝们手中篡改",前者是指原初的历史,后者是指文本的历史。可是,原初的历史无法脱离文本而存在,我们无法通过阅读获得,只能靠想象靠近它。不知郑小琼有没有意识到,她在这里触及到文学的价值和意义。有一句话说得好:"文学开始于历史终止的地方",优秀的文学,有可能通过想象建构起比历史更真实的世界。可是郑小琼在这时强调的不是文学的历史价值,她有些固执地相信,原初的、真相的历史是存在的,我们真正需要的就是这样的历史。因此,她说:"我坚持/从镜中寻找真理",渴望"曾被碾压过的真相像钻石样浮现。"

然而她收获的只是苦闷和惶惑:"我以为流逝的时间会让真理逐渐呈现/历史越积越厚的淤泥让我沮丧","所碰到的真相,逐渐远离真相本身",即使"从泥泞的历史中抠出"真相来,那真相也早已"腐败"。这结论有些令人绝望:除了能够想象出来的"百姓们"或曰"无名者"的哭泣,"真相"并不能被我们的热情激活。虽然我们坚信人民创造了历史,可是在我们读到的历史中,人民却只能"在甬道间的最艰难处,拖着历史船只上的英雄"。在这些诗句中,郑小琼一边坚定地宣布着自己寻求真理和真相的信仰,一方面又怀疑着信仰实现的可能性。这是一个悖论,在悖论中,她在历史的维度上表达了自己深切的痛苦,这种痛苦跟她打工经历中的那些痛苦是绝然不同的。

  成名之后,郑小琼在回答采访者的提问时曾经说过:"一个没有勇气见证现实世界中的真相的写作者,肯定无法把握活在这种真实的现实生活中的人的内心。文学是因为人而存在,它应该关注人的丰富性,而'见证'意识正说明了写作者在贴近人,贴近真实的人,而不是虚构的人,想象的人。"① 她强调的是文学家的基本责任:对文化和历史的承担。她认为要实现这样的承担,需要"大的情怀"。这些观点无疑都具有深刻的价值。不过,对于什么才是"大的情怀",怎样才能"见证"社会,郑小琼的做法还有些不到位的地方。她诗中的人物,无论是打工者、卖淫者、官员、知识分子,都有些类型化,这是她过于依赖"大词"来分辨是非带来的缺陷。显然,在"见证"方面,她也还需要一些突破性的表达。此外,她指责贾平凹的《废都》《秦腔》等作品"充满小农意识的油滑与小聪明","没有一种大的情怀",也有些令人不解。贾平凹的《秦腔》运用"细节的洪流"刻画了当代中国乡村诗意的瓦解和秩序的迷乱,更早一些的《废都》则深刻地预见了当代中国城市精神的坍塌和道德的丧失。两相比较,《废都》更具

---

① 何言宏、郑小琼《打工诗歌并非我的全部》(访谈),《山花》2011年第14期。

有时代的特征,正如马原所言:"《秦腔》只是呈现了作家个人关心族群的一种文化意义,《废都》则描写了人类自身的困境,人类发展到一个阶段后更大的困境。"① 这个情怀还不够大吗?

表达大情怀,不一定要使用宏大词语。笔者大胆预测,若干年后的郑小琼,一定会找到与世界沟通的更好方式,也会自觉地远离"大词"。当然,她不会因此而摈弃大的情怀。

三、奇特的意象:隐喻与象征

有人说,小说是一种以情节结构为基本形态的文学,诗歌是一种以意象结构为基本形态的文学,这一说法大致可取。但是,中国当代诗坛怪象频出,一些所谓的"先锋"诗人,反音韵,反修辞,也反意象。反音韵倒也罢了,反修辞反意象则消解了诗歌本身的文体身份。笔者曾在一篇短文中指出:"中国当代诗歌已呈现三足鼎立的分裂局面。一方面,占据主流地位的新诗在经过 80 余年探索历程之后仍在迷惘之中寻找自我;另一方面,有着数千年文化传统的旧体诗词虽然长期处于非主流的'潜在写作'状态,但并未像预想的那样衰亡;第三方面,歌词借音乐的地盘自成一家似乎与文坛无涉可称为'偏安一隅'。旧体诗、歌词的文体规范清晰而稳定,新诗的文体形态却有些含混不清。当代曾有论者宣称:'诗,属于未来领域,一切已知要求都是对诗的束缚。'这话中固然包含鼓励创新的积极因素,但是,没有一定的文体自律,新诗拿什么维系自己的文体身份?正是在不断建设却又随建随毁的过程中,新诗逐渐陷入文体的困境。"②清代的吴乔,在他

---

① 李培、潘月圆《〈废都〉17 年后解禁》,《南方日报》2009 年 7 月 30 日。

② 孙春旻:《新诗,请不要迷失自己的文体身份》,《文艺报》2007 年 1 月 25 日。

的《答万季野诗问》中,把文与诗的体性分别比喻为煮饭和酿酒:"文喻之炊而为饭,诗喻之酿而为酒;饭不变米形,酒形质尽变。"这话说得很有道理。叙事性的文学,以"事件"为主体,事虽可夸张荒诞,但大体完整清晰,可谓"不变米形"。而诗歌为抒情性文学,其中的事理,皆为碎片,应以"意象"为主体,方可贯通脉络,成为整体。郑小琼的诗歌,讲究节奏感,讲究修辞和审美意象的建构,让我们对当代新诗文体发展有了乐观的印象。

  文学的审美意象,有原型意象、公共意象、自创意象之分。原型意象来自诗人精神深处的集体无意识层面。"大凡真正的文学艺术,总是与人类的传统文化有着深层的关联。那些被信仰过的理念,那些被遵循过的习俗,那些被传颂过的神话传说,永远都不会湮灭,它们恒久地积淀于人类的精神深处,凝结成一个个坚硬的颗粒,犹如泥土中掩埋的宝石,等待与艺术家心灵相遇时的闪光。因此,在优秀文学作品表层的形象和故事之下,常常会隐藏着极富精神内涵的文化密码,发现它并且凝视它,你很可能会在瞬间打开一扇神秘之门,进入一种境界,与民族的乃至人类的历史与文化相沟通,获得巨大的精神升华和审美愉悦。当代神话原型批评理论,对这一现象有过深刻的描述,理论家们把这种带领我们穿越时空,引起'全人类的声音一齐回响'的独具特质的艺术形象,称为'原型意象'。原型批评理论大师荣格认为,原型意象的创造源于一种沉淀在作者无意识深处的集体心理经验。"[①] 原型意象或许是诗人在文化的层面上与世界相呼应最便捷的途径。郑小琼诗中有几个常用的原型意象,它们寄寓在"风""夜""太阳""流水"等几个词语之中。例如, "在这样的清晨,面对寒

[①] 孙春旻:《一个神祇的背影》,《名作欣赏》2008年第6期。

溪/……水仙开花于窗台/蜘蛛结网林木,昆虫从青草丛里起飞/我将告诉你太阳正在升起",其中的"太阳"这一意象,就是人类集体无意识中的一个精神原型。

"公共意象"是一种从文化传统中沿袭过来的象征意象,例如中国古典诗歌中用"芳草"来象征分离,用"折柳"来表达送别,用"凭栏"来暗示思乡,西方用十字架来象征牺牲等。公共意象一般不具有原型意象的深度,一些诗人喜欢使用公共意象,主要是因为它有既定的意义归宿,便于理解。在郑小琼的诗中,"骨头"就是一个常用的公共意象,与中国文人笔下的"风骨"、"骨气"一脉相承。

自创意象难度较大,如果建构得不够精心,就很难给读者留下深刻印象。郑小琼诗歌中的审美意象,丰盈繁茂,数量众多,汪洋恣肆。其中,最为丰富、显豁的就是她的自创意象。郑小琼对意象的建构,主要采取重复出现的方式,让一个语词及其象征意义在不同诗作中反复现身,一遍遍地在读者的印象中不断闪回,不断巩固。其中,最引人瞩目的,是"铁"这一字眼所承载的一组意象。与之相关的还有"铁锈""铁钉"等。除此之外,还有一些非常独特非郑小琼莫属的意象,如"盐""伤口"等。

"铁"可以算是郑小琼诗歌的核心意象,也是论者最多论及的意象。关于诗中"铁"这个字眼的运用,郑小琼自己曾有过解说:"在五金厂待了差不多四年,天天与铁打交道,包括现在每天还是跟五金交往,这种日常接触构成我另一个词'铁'。在铁器的世界中生存,面对的机器是铁,来料是铁,最后的制品也是铁,你看到它被折弯,被机台噬咬,被轧形,你会感到坚硬的铁原来是这样的脆弱。……坚硬的个体在面对组织系统的无力与屈服感……在打工者之外的更广阔的社会也有太多这样类似的感受,让我不断写着铁。"① "可以想象,一块铁面对一台完整的具有巨大的摧残力的机器,它是多么的脆弱。我看见铁被切,拉,压,刨,剪,磨,它们断裂,被打磨成各种形状,安静地躺在塑料筐中。我感觉一个坚硬的生命就是这样被强大的外力所改变,修饰,它不再具有它以前的形状,角度,外观,秉性……它被外力彻底地改变了,变成强大的外力所需要的那种大小,外形,功能,特征。我从小习惯了铁匠铺的铁在外力作用下,那种灼热的呐喊与尖锐的疼痛,而如今,面对机器,它竟如此的脆弱。"② 在郑小琼的诗中,"铁"象征着工业时代的人,无论他们如何坚硬,都会被巨大的工业机器揉搓、轧形,失去原有的品格,成为时代的制品。有时,郑小琼也把自己意象化,成为一块铁的形象:"我看自己正像这些铸铁一样/一小点,一小点的,被打磨,被裁剪,慢慢地/变成一块无法言语的零件,工具,器械/变成这无声的,沉默的,黯哑的生活!"(《声音》)有论者这样概括"铁"的意蕴:"铁在机器的规制下变成产品,人同样的作为机器的流水线下被规训和制作成合格的现代人。"③

与"铁"相关的意象是"锈"——"铁在漆黑的雨水中生锈"(《给父亲》)。然而,不光是铁,在郑小琼的艺术感觉中,一切都在生锈。天空在生锈:"天空已生锈,我在铜镜中寻找/不锈的太阳";月亮在生锈:"明月在机台上/生锈";生活在生锈:"明亮的铁在时光的雨滴中喘息,生锈";理想在生锈:"理想在现实中生锈";青春在生锈:

---

① 何言宏、郑小琼:《打工诗歌并非我的全部》(访谈),《山花》2011年第14期。

② 郑小琼:《铁》,《人民文学》2007年第5期。

③ 韩振江:《两个经典隐喻的当代重述与创设——郑小琼诗歌中的两个维度》,《南方文坛》2011年第1期。

"她目睹青春沙沙地消失着/像一块锈迹斑斑的铁,加剧腐蚀着";组织在生锈:"红色铁锈的集体囚禁铁元素";时间在生锈:"急促而瘦长的铁/浸渍着时间的锈";感觉在生锈:"痛苦犹如铁锈一样猩红,饱含热血";语言在生锈"在生锈的词语震颤的阴影间";记忆在生锈:"像多年前的朋友,在时间中生锈衰老的/记忆"……套用当年郭沫若的诗句:一的一切,在生锈,"便是把金钢石的宝刀也会生锈!"如果说"铁"隐喻着现代工业社会里物质对人的挤压,那么,"锈"则隐喻着资本和物质对人的精神世界——包括道德、意志、理想、知识、记忆的全面腐蚀。

还有一个与"铁"相关的意象是"钉"。在不同的诗作中,郑小琼不厌其烦地运用了名词的"钉"和动词的"钉"。在她的笔下,作品可以是钉子:"也许只需一枚铁钉,便可以把一个庞大的帝国钉在诗歌的墙上。"(《诗意的可能性》)文字可以是钉子:"那粒粒汉字,那颗颗长钉,钉着,它们在我的灵魂间,将我钉在千年的史书间,钉在醉生梦死的忏悔间,钉在沙粒与盐间,钉在命与运的轮回间。"(《字》)情感可以是钉子:"有多少爱,有多少疼,多少枚铁钉/把我钉在机台上。"(《钉》)打工生活可以是钉子:"需要一枚铁钉,把加班,职业病,和莫名的忧伤钉起,把打工者的日子/钉在楼群,摊开一个时代的幸与不幸。"(《钉》)"在炉中,她把自己熔铸成一颗铁钉/在墙上安置好她有些孤独与冷清的/下半生。"(《铁钉》)自我的意识可以是钉子:"藏在我体内的那颗铁钉/会像一个巨大的锲子钉在时代的阴影间。"(《卡》)"铁在我身体里积聚,我将它打造成/一枚铁钉,将我钉在这浑浊的岁月。"(《在铁具上》)"我仍将再次回到炉火间,将自己锻压/成型,把自己拆成一颗尖锐的钉子/也将钉在时代的墙上。"(《拆》)

在这些诗句中,"钉子"有时候代表着一种暴力,一种劫持或胁迫性的暴力,不由分说地穿透着人的生活,通过对种暴力的展示,作者"把社会底层生存的镜像"固定在"冷硬的墙上"。"钉子"有时候又代表着一种正面的力量,一种能够确认并展示真相的穿透性的力量,它显示了作者意志的硬度,表达了抵抗的决心。作者要像钉子一样,实现对现实的批判和承担。

"伤口"也是郑小琼诗歌中常出的意象。这个意象显然是与"痛感"相呼应的。有时,是直接表达痛感:"伤口结痂,这颗习惯了疼痛的心";有时,是强调痛感的深隐:"那扇扇张开口的门,记忆的伤口";有时,是有关痛感的反讽:"它温柔伸出水袖,划出了黑暗帝国的伤口","春天依旧在伤口上灿烂";有时,是指出痛感的恒久性和弥漫性:"历史正用相同的文字测量着大地的伤口"。

郑小琼是有硬度的,一切风花雪月的传统意象都与她无关,这对于一个女性诗人来说十分难得。需要注意的是,最近的郑小琼,身份已经有了变化,她已不再处于底层,而是进入了"知识分子"的行列。在高楼林立现代感十足的广州"天河北"的写字楼里,她需要突破自我,不断建构新的意象,表达她对世界的最新理解。她已有的成绩让我们有理由对她的新作充满期待。

第二节 《剧》:用犹疑的目光审视自我

剧

她从身体抽出一片空旷的荒野
埋葬掉疾病与坏脾气,种下明亮的词

坚定，从容，信仰，在身体安置
一台大功率的机器，它在时光中钻孔
蛀蚀着她的青春与激情，啊，它制造了
她虚假的肥胖的生活，这些来自
沉陷的悲伤或悒郁，让她浸满了
虚构的痛苦，别人在想象着她的生活
衣衫褴褛，像一个从古老时代
走来的悲剧，其实她的日子平淡而艰辛
每一粒里面都饱含着一个沉默的灵魂
她在汉语这台机器上写诗，这陈旧
却虚拟的载体，她把自己安置
在流水线的某个工位，用工号代替
姓名与性别，在一台机床上刨磨切削
内心充满了爱与埋怨，有人却想
从这些小脾气里寻找时代的深度
她却躲在瘦小的身体里，用尽一切
来热爱自己，这些山川，河流与时代
这些战争，资本，风物，对于她
还不如一场爱情，她要习惯
每天十二小时的工作，卡钟与疲倦
在运转的机器裁剪出单瘦的生活
用汉语记录她臃肿的内心与愤怒
更多时候，她站在某个五金厂的窗口
背对着辽阔的祖国，昏暗而浑浊的路灯

用一台机器收藏了她内心的孤独

在人生的舞台上,每个人都既是看客,也是演员。你时时都在审视别人,也时时会被别人所审视。虽然采用的是第三人称,《剧》却是一首描写自我的诗。其实,想写出一个真实的自我,并不是容易的事情,想一想,文学史上,有多少人把自己描写得似是而非,甚至从内到外,面目全非。也许郑小琼对此深有感悟,所以她审视自己的眼光,颇为犹疑;从而写出的自我,也很复杂、矛盾。

"她从身体抽出一片空旷的荒野/埋葬掉疾病与坏脾气,种下明亮的词/坚定,从容,信仰",在诗的开头,她表达了自己曾有过的状态与愿望。她感到自己从生活到精神,都如一片荒原。于是她幻想着在这片荒原上,埋葬掉病痛,再将"坚定、从容、信仰"这些乐观光明的种子种在里面,然后,等待它们生根发芽茁壮成长,就像"在身体里安置/一台大功率的机器",带来生机和动力。可是,这台在"时光中钻孔"的机器,却"蛀蚀着她的青春与激情",带来"悲伤或悒郁",反而证实着理想的虚假,"让她浸满了/虚构的痛苦"。这种痛苦的根源,并不像别人想象的那样,仅仅是因为底层生活的贫困,"衣衫褴褛,像一个从古老时代/走来的悲剧",其实,它更多地是由于平淡、孤独、无尊严、无意义的现代生活所带来的精神失落,是由于灵魂的孤寂与沉默。出于倾诉的欲望,她用汉语这"陈旧却虚拟的载体"写诗,表达自己无法获得身份认同的忧郁,"在流水线的某个工位,用工号代替/姓名与性别,在一台机床上刨磨切削"。对这种丧失了自由和人格的身份,郑小琼在她诗作中有反复的表达:"你们不知道,我的姓名隐进了一张工卡里/我的双手成为流水线的一部分,身体签给了/合同,头发正由黑变白,……这丧失姓名与性别的生活,这合同包养的生活"。(《生活》)"我看到自己正像那些铸铁一样/一小点,一小点的,被打磨,被裁剪,慢慢地/变成一块无法言语的零件,工具,器械/变成这无声的,沉默的,黯哑的生活!"(《声音》)在这种"平淡而艰辛"的生活中,敏感的诗人"收集着爱,恨,青春,忧伤/正被流水线编排,装配,成为我无法捉摸的/过去,理想,未来"。(《安慰》)"让一些词/布满我的生活,它们是耻辱,忧伤/孤独,还有一个安静的词:诗歌。"(《给》)所有"明亮"的词都因虚假而暗淡了,只有一个"安静"的词还是真实的,那就是"诗歌"。是诗歌,给了郑小琼真正的生活,也给了她个新的身份。

然而接下来,郑小琼却对自己的作品给出这样的评价:"有人却想/从这些小脾气里寻找时代的深度/她却躲在瘦小的身体里,用尽一切/来热爱自己。"在这些诗句里,一方面可以看出郑小琼的"后现代"精神,她想拆除深度和意义;另一方面,也要明白这是一种反讽,不能完全地照字面意思来理解。如果只是"热爱自己",郑小琼的诗就不会有如此深远的意境和沉重的责任感。她所热爱的"自己",可以理解为"自由"和独立的人格,这些都是郑小琼诗作中反复吟唱的东西。总之,郑小琼不可能简单地"在运转的机器裁剪出单瘦的生活"中"用汉语记录她臃肿的内心与愤怒",她必然要为自己的书写寻找到一个神圣的单词,在其中寄托自己的意志。在这首诗中,这个神圣的单词就是"祖国"。"更多时候,她站在某个五金厂的窗口/背对着辽阔的祖国,昏暗而浑浊的路灯/用一台机器收藏了她内心的孤独。"虽然在这样的语境中,"祖国"一词的内涵显得很含混,但至少有一点是清楚的:"辽阔的祖国"与"内心的孤独"之间,存在着强大的艺术张力。

我说郑小琼审视自己的眼光是犹疑的,其根据主要有两个方面。

第一，她的立场，总是在批评和承担两个维度上徘徊不定，这导致她的思维和判断，也总在黑暗与明亮、平凡与神圣、自卑与自信、悲观和乐观之间飘移滑动，找不到精神的坐标。一如她在另一首诗中所写的那样："生活企图捂住我明亮的眼睛，在黑暗中/我仍能感受它是一个波涛汹涌的地方/那么奇异，那么多苦与欢乐，都会被一颗/比海洋更深的心灵收藏。"(《走着》) 这样的犹疑，也使得最后出现的"祖国"这一神圣字眼，不再具有强大的力度和精神拯救性。但我宁肯相信，这个犹豫的、抑郁的、孤独的、无措的郑小琼，才是真实可信的。

第二，诗中出现了两次换位式的审视，就是用别人的眼光来打量和评价自己。第一次是："别人在想象着她的生活/衣衫褴褛，像一个从古老时代/走来的悲剧，其实她的日子平淡而艰辛/每一粒里面都饱含着一个沉默的灵魂。"作为一个打工者，生活的艰辛是可以想象的，但郑小琼不承认别人眼光中的那种"衣衫褴褛"式的"古老时代"的贫穷，她告诉读者，她的病痛是现代的，是被"工业时代"剥夺了身份和自由之后的现代精神疾患，是"一个沉默的灵魂"所感受到的痛苦。应该说，对世俗眼光的否定，表达了郑小琼超越物质生活的高尚追求。但事实上，这种超脱作为一种姿态，并不能掩盖生活本身的贫困和无奈，只能说，从生活到精神，郑小琼的痛苦是双重的。第二次换位审视是我们前面提到了的："有人却想/从这些小脾气里寻找时代的深度/她却躲在瘦小的身体里，用尽一切/来热爱自己。"在这里，郑小琼表现出她特有的率真：不追求深刻和伟大，只想做一个真实的自己。但是，郑小琼诗中一贯具有的那种对资本的诅咒和批判，对工业机器主导下丧失自由和天性的所谓现代生活的否定，却真的都是些"小脾气"中藏着的"时代的深度"，并不像她所说的那样只是"用尽一切来热爱自己"。

　　所谓"反讽",就是诗歌中表面意思与深层意蕴之间的相互背离。郑小琼不太热衷于使用反讽,但诗歌的天性就是反讽的,在犹疑和自相矛盾的表达之中,这首《剧》还表现出了反讽所特有的魅力。

第三节　《黑》：在黑暗中与命运抱在一起

黑

在黑暗中用黑暗安慰着自己
黑暗也成为命运的一部分
用黑涂抹着恐惧而颤栗的黑
沾满黑的手与灵魂
黑色的药汁清洗着
尚未沦落的黑
黑与黑交替着它们湿漉漉的身体
黑色的内脏在黑夜中抽泣
黑色的激情像黑煤块点亮
淤黑的疼痛,黑在更黑中
绽开,没有谁安慰着黑夜中的石头
它们残破不堪的黑斑点
像黑马蹄铁布满黑色颗粒
它们摩擦着黑夜的脖颈
黑夜像一匹黑马低下头颅

在它黝黑的响鼻中

黎明正在洗澡

在郑小琼的诗歌中,"黑暗"这个词出现的频率非常高。对于我们生存的这个世界而言,"黑暗"是一个宏观的判断,所以诗人胡桑说:郑小琼喜欢用大词,"'黑暗'就是她常用的大词之一"。① 评论家张清华说郑小琼的"语言中有一种与生俱来的黑暗气质,这种黑暗气质使她在周遭的一片轻体的抒情或肉麻的叙事中产生了坚硬感,以及一种宽广而不明的体积与分量"。②

在这首诗中,除最后一行之外,作者刻意地将每行诗句中都嵌入了至少一个"黑"字。这是因为"太阳被黑暗征用"(《大地》),她只能"在黑暗中用黑暗安慰着自己",这样,"黑暗也成为命运的一部分"。而黑暗带来的是恐惧、寒冷和战栗。统观郑小琼的诗歌,恐惧是她恒久的感受。从某种意义上说,这也是当代社会全人类的共同感受。面对荒诞的世界、痛苦的人生、严酷的现实,人们常常处于惊恐不安、张皇失措的精神状态。人类的许多理想和正当要求是永远不可能实现的,恐惧感却长久地伴随着人们的精神体验。而郑小琼的恐惧感,又有其独特的一面。由机器构成的工业社会,造就了大批丧失家园的人,让他们找不到生存的现实空间,郑小琼就是其中之一。她曾在诗中坦率真诚地表达了自己对工业时代的恐惧感受:"渺小而孤独的生活,将被一台/运转的机器收藏,我内心有着/爱,蔑视,疼痛将被自己裁剪/

---

① 胡桑:《祖国的焰火将你灼伤——论郑小琼》,http://www.douban.com/group/topic/14771221。

② 张清华:《语词的黑暗,抑或时代的铁——关于郑小琼的〈纯种植物〉》,《纯种植物·代序》,花城出版社2011年6月版。

收割，剩下贫困，肮脏的现实/我一个人承担。"(《生活》) 她在经过机器轰鸣的工地，看到打桩机将钢管插进大地的心脏时，感觉到"大地把疼痛与颤抖传给我，从脚面到头/从肉体到灵魂，我颤抖不停"。(《颤抖》) 参考这些诗句，就不难理解郑小琼为什么会有"用黑涂抹着恐惧而颤栗的黑/沾满黑的手与灵魂"这样奇特的感受。

这一感受延伸下去，就有了下面的诗句"黑色的药汁清洗着/尚未沦落的黑/黑与黑交替着它们湿漉漉的身体"，这实在是一组震撼性的画面，充满动感的、纠结的、荒诞的、无解的、绝望的……种种难以名状的复杂体验。

但是，就像"雨燕在工业的城市寻找沦丧的家园"一样，诗人总是要用诗歌来寻找自己的家园，所以，真正的诗人永远不会彻底绝望。虽然周身都感到"淤黑的疼痛"，虽然连内脏也被染成了黑色，只能在黑夜中抽泣，但激情终究没有泯灭，它像黑色的煤块一样，一旦被点燃，哪怕发出的仍然是黑色的光亮，仍然会在黑暗中"绽开"。黑夜中的石头"残破不堪"，没有谁来安慰它，但它依然坚硬。在诗的最后，石头——马蹄铁——黑马，构成一组意象之链。"黑夜像一匹黑马低下头颅/在它黝黑的响鼻中/黎明正在洗澡"。终于，出现了一行没有"黑"字的诗句，而且，出现了一个温馨的词："黎明"，虽然它还在黑暗中沐浴。

诗歌中不能没有审美意象，否则就失去了诗的文体身份。郑小琼这首诗的意象具有"寓复杂于单纯"的特点。先说单纯，一个"黑"字，成为全诗意象的基本载体。在谈论诗歌意象的时候，我们常常不得不用一个名词来为意象命名，就像对传统诗歌，我们要使用"明月意象""流水意象"等说法一样。对于郑小琼这首诗中的意象，我们只能使用"黑暗意象"这样的说法。"从文本的意义上说，文学意象必须凭附在某一个或某一组文字符号之上,或者说,文学意象必须以文字符号为物质外壳,否则它无法在文本中存在。但是,文学意象所凭附的那个文字符号本身不是意象,它只是一个等待解读的话语节点,为意象的生成提供了可能。这一文字符号在穿越语境的时候,不断地与相关事物和概念发生碰撞,不断地搅动相关的文化积淀和想象视域,因而也就不断增添附加意义,最终从经验世界升华到诗性世界,文学意象才有可能实现。意象与其所寄生的语词外壳之间,距离可以是十分遥远的。""意象并不是先在地存在于文本之中的,那些有可能生成意象的符号、语象,至多是意象的潜在形态。文本中的个别语象随着作品的一步步展开逐渐生长为调度文思的枢纽,许多不可言传的深意靠它来聚集,许多精神内涵或文化密码靠它来运载,这个语象就有升华为审美意象的可能。意象的生成作为一个意义不断增值的过程无疑是极为复杂的。"① 从意象生成的角度看,"黑"这个单词和它的直接所指——一种视感中的色彩,构成语象。这一语象频繁地进入文本之中,与语境(这里主要是指前后文)发生碰撞,不断地增添附加意义,就生成了变动不居的审美意象。"黑"在这首诗中,可以视为一个"意象素",它不断地与其他事物结合,不断地生成整体意象和局部意象。

"在黑暗中用黑暗安慰着自己",前一个"黑暗"指向现实世界,构成整体意象,后一个"黑暗"则指向一种理解黑暗的意识,是一个表达理性的概念。对"黑与黑交替着它们湿漉漉的身体"也应做如是理解。"用黑涂抹着恐惧而颤栗的黑","黑"作为意象素开始与"药汁"组合成一个局部意象。"黑的内脏"、"黑的激情"可视为隐藏在

---

① 孙春旻:《文学意象的生成与命名》,《学术论坛》2007年第5期。

黑暗意识之后的不灭的理想,"黑煤块"、"黑马"则是这种理想的物化。总之,"黑"在诗中不仅是一个词,也不仅是一个语象级的形象,而是一个意象素,是不断生成意象的基本要素。

在诗的最后,"黎明在洗澡"一句,缺少必要的现实逻辑支撑,显得不够有力。同样的句子在郑小琼诗中还有不少:"黑暗中,总会有一些人在内心的/深海处点亮信仰的灯盏"。(《重量》)"词语是镜子或者钥匙,棉纱或者尘埃/……钥匙打开黑暗中的黎明,日出终结忧伤"。(《词语》)同样是写黑暗,相比较而言,《黑影子》中的一些诗句更有深度:"从黑暗中提炼出黑的影子,它朝着/光明行走的姿势让我感慨万分……/在黑暗中太久/已把思想与双眼丢失。"人都渴望光明,但谁能保证光明会像大自然的黎明一样必然如期来到?倒是由于适应了黑暗"把思想与双眼丢失"的可能,更让我们感到恐惧。

第四节 《玫瑰》:回顾过往时代表达现代迷惘

玫瑰

爱情的火焰冷却,在荒凉的庄园
它只是一株冰凉冰凉的植物,它的红
是压抑,它开着,它是血液
痛苦者的血液,鲜红地盛开

我见到它们,终于,虽然我从祖母的
回忆里找不到昔日的繁华,我知道庄园
只有病态的玫瑰和疾病一样的寂寞滋生

这个庄园已经盛不下一点点热情

只有玫瑰的阴郁在四处晃动，往昔的繁华
已经泣不成声，它怪异的气息
和被时光紧紧收藏的暮气都化作一股尘埃
只有它倒下时，我才会从家谱中翻阅，怀念

风刮过古老的树枝，雨打着荒芜的后花园
衰败的玫瑰还在开放，盛开的玫瑰
它一直开，将宿命的红开在庄园里
我从国外留学归来的祖父，西洋的崇拜者
他亲手种植的西洋花，让我满怀憎恶
它们热情地开放，像一盏灯诱惑着另一盏灯
高高挂在庄园的门槛上，它用手触及

古老庄园晚年的忧郁，一个人甚至一个时代
多么像这个古老的庄园，繁华落尽
只有背后的自然在嘲笑，一群杂乱的玫瑰
在后花园，让我怀想的不是爱情而是虚幻

郑小琼的诗，特别是她那些以打工者身份来描述自身经历和感触为主的诗作，以粗粝和"痛感的嚎叫"为特色，直接表达了对现实世界的批判，但缺少一些历史的纵深感。她也意识到了这一点，在《村庄史志》中，她写道："挖掘机伸出巨大的铁锯齿/从大地深处挖掘断了祖先与我遥遥相望的脐带/祖先走进了黑暗的深处。"为此，她努力摆脱当下现实的羁绊，试图与遥远的祖先对话，创作了一些回顾过往时代表达现代迷惘的作品，以组诗《七国》和《玫瑰庄园》为代表。《七国》宏大且粗放，《玫瑰庄园》则微观而缠绵。

《玫瑰庄园》是一组带有神秘色彩的作品，每首诗里都夹带有一些人物和故事的碎片，彼此呼应，合构成一个含混朦胧的情节构架：一座祖先遗留下来的六十多年前曾繁荣过、现在已荒弃了的"玫瑰庄园"，当年的庄园主是曾经留过洋接受了西方观念的"祖父"，他后来成为一个"沉醉于鸦片中"的"失意的老地主"。祖父妻妾成群，所以便有"五位如花似玉的祖母"，她们"在后花园苦度余生"。大伯父患有忧郁症，在幻觉中投井而死(《青衣》《猫》)。二伯父"不适应古老而守旧的庄园的阴郁"，"他血液里有着革命者与流放者的信仰"，他毅然离家，投身于祖国和革命事业(《奔》)。祖母在战火中捡来游民遗弃的婴儿，那是她第三个儿子(《雨中的婴儿》)。二祖母唱过青衣，戏里有她的爱情和梦想(《戏》)。咯血的三祖母在 1947 年的大雪中孤独死去(《雪》)。庄园里有一个管理花木的哑农，他在组诗中还是一个重要的角色(《落日》《哑农》)。这些支离破碎的片段，让人想起巴金的《家》和苏童的《妻妾成群》等现当代小说，以及曹禺的戏剧《雷雨》。它又很像一部长篇小说的构架，只需将诗中那些蛛丝马迹、草蛇灰线样的人物和事件用细节贯穿起来，即可形成一部规模宏大的叙事文学作品。

评论者很少有人提及《玫瑰庄园》，其实，与郑小琼那些粗粝直率的工业题材作品相比较，这组作品婉约缠绵、神秘忧郁，代表着郑小琼作品的另一种风格，不可忽视。通过对《玫瑰》这首诗的分析，我们可以了解一个别样的郑小琼。

爱情，是《玫瑰庄园》组诗中一个潜在的主题。在这组诗中，我们可以找到一个较为完整的爱情幻灭故事："那个守候你的佃农沿着大雪去了遥远的地方/他，除了能给你爱情，什么都没有/他，一个西洋的崇拜者，贫穷得只剩下物质/你的选择便是二者之一……你，一个让贫穷/伤害了自尊的女子，那个冬日的选择/让我至今抱怨不已，我，一个彻底的女权主义者。"（《祖母》）祖母选择了祖父，以牺牲爱情换来了富裕的物质生活。玫瑰庄园里盛开着玫瑰，玫瑰本是爱情的象征，但在这里不是，"它只是一株冰凉冰凉的植物，它的红/是压抑，它开着，它是血液/痛苦者的血液，鲜红地盛开"。从情感的角度看，玫瑰庄园从来没有繁荣过，"只有病态的玫瑰和疾病一样的寂寞滋生/这个庄园已经盛不下一点点热情"。孤独、寂寞、阴郁、荒凉、衰败、死气沉沉，这是郑小琼在描述玫瑰庄园时候反复使用的字眼。一个个失去爱情的生命，如玫瑰般在庄园里慢慢枯萎。

　　还有一条中西文化对撞的脉络，在诗中时隐时现。"祖父"是从国外留学归来的"西洋的崇拜者"，庄园里有"他亲手种植的西洋花"，"它们热情地开放，像一盏灯诱惑着另一盏灯"。因袭过度而创新不足的古老东方文化活力渐失，代表着资本主义文明的西方文化开始浸润中国的知识界。祖父在这个时候出国留学，接受西方文明几乎是一种必然的归宿。可是很奇怪，这个崇拜西洋的祖父，并没有在当时一穷二白的社会上留下任何艰苦创业或进取搏击的业绩，却在一个封闭的庄园里过着极端守旧的日子：娶来五房妻妾，将自己禁锢在一个狭小的空间里，靠鸦片烟度过余生，这完全是一种与他信仰的文化背道而驰的病态生活。我相信这其中隐含着这样的深义：中国知识分子对西方文明的接受，往往只限于表象，在意识深处，传统的、守旧的成分仍然占据主导地位。祖父对西洋的崇拜表现在哪里？大约只是一些时兴的观念，再加上西洋花和鸦片烟吧。至于自由平等、锐意进取、尊重女性、捍卫人权等等现代意识，在这个"西洋崇拜者"的身上全然没有体现。"祖父"是中西文化交融后产生的一个痛苦的怪胎，要靠大烟来麻醉止痛。

《玫瑰庄园》这组诗里，我们读到的核心意义是"禁锢"：爱情被物质财富所禁锢，生命活力被沉沉暮气所禁锢，热情被病态的生活所禁锢，语言和声音被禁令所禁锢。难怪大伯患上忧郁症，最终为寻找井中的"青衣姐姐"而死。庄园里的人都像哑农一样，无声无息地生存着，只有二伯父的离家出走，是这组诗中唯一的亮色。这是一个上慧式的人物，他走出去了，是否代表着希望和未来？或许是，但也未必是那么简单。

郑小琼的打工题材诗作，以"当下"作为时间坐标，以"流水线""机台"作为空间坐标，有着特定的时空视域。与之相比，《玫瑰庄园》是一次时空的大挪移。时间推溯到近现代，且有一个上下几十年的流动幅度。空间不大，只是一个并不开阔的庄园，却容纳了若干人物的命运历程：祖父从开放的西方回到封闭的庄园，将自己窒息在其中。"五个女子月光样的年华，如银子样/散落在地的幽怨，走进阴郁的玫瑰庄园"，（《蝴蝶》）她们埋葬了自己的爱情，在坟墓样的庄园里"苦度余生"。一个年轻的生命被扼杀（大伯父），另一个逃离（二伯父）。哑农没有话语权，一如中国无数代农民，沉默就是他们的命运。

《玫瑰庄园》，是中国曾经的一个时代的缩影。这组诗，代表了郑小琼的另一种兴趣，另一种视界，它是我们想要完整解读郑小琼不可或缺的重要部分。

第五节 《女工之周红》:实录当代,"小写的历史"

女工之周红

你向我叙述着,虚幻而摇晃的人生
命运像疲惫的车辆,转向肉体的寒冷中
突兀而至的现实将她刺伤,堕落的天使
或者夜间的流莺,红色的霓虹和暧昧的
身影,美容厅或者化妆店,小吃店挂着
招牌,辉煌的酒店,粉色的床铺……
繁华沉积的悲哀,沉默,孤独并且快乐着
人生,带着一点风尘的味道,风尘这个词
有点奢华,带着美丽的诱惑,微辣的天使
肉体与媚眼,那是1997年,17岁
在广东某个有些肮脏的发廊,黑色的沙发
黝黑的树木,有点迷茫的阳光照亮变幻着的
街景,是的,你的同伴向我说起你的笨拙
你坐在异乡,初次离家的忧郁,如今一切
都过去,在发黄的海边照片,你的笑,年轻
它似乎见证着一些事情,饱含着你的青春
对于这一切,你不耻辱,只是有点后悔
2001年,你已经堕了四次胎,腹部有些疼痛
三次是跟你所谓的男友,另外一次不知是谁

留下的，那团模糊的血块从你的身体里
掏出，你像丢掉了一个负担，你曾目睹
乡间流与刮的计生运动，它们只是一次很正常的
手术，2003年私处的疾病，2004年在湖南长沙
107国道边某个小饭店，向来往的司机出售着
肉体，2005年你想返回正常的生活，七年的
风尘生活，你有些疲惫，也有些厌倦
婚姻是一个隔家四十多里的村庄本分的男人
你的过去无人提及，也没有人想提及
这年月，在中国偏远的乡村，无数的女孩
有着与你相同的命运，她们在异乡出卖肉体
回到故乡是女儿，妻子，母亲的角色，2006年
你返回一个贤妻的角色，跟随丈夫返回广东番禺
丈夫在某汽车修理厂，你在某个超市当营业员
租住在城中村，对未来充满了想象，婚后一年
未孕，成为公婆唠叨的对象，独苗的丈夫
2007年在中药西药度过，年迈的奶奶
去求巫医，这一年终于怀孕
最终习惯性流产，2008年再次宫外孕
它们终于击碎了你的婚姻，2010年，在争吵与
打骂中结束了婚姻，你返回107国道的旅馆
半年后，你不知所踪……

郑小琼对"历史"一词相当敏感，这是她常用的一个"大词"。

她在自己的作品中,不断地质疑、解构着"历史"的真实性,表达着对"真相"的期待。可以说,郑小琼的潜意识中存在着一个"历史情结"。

当代学者将"历史"分为"大写的历史"和"小写的历史"两种。"大写的历史"是正统的、宏观的,有鲜明突出的意识形态性。"小写的历史"是个体化的、微观的,富于亲历性和体验性。"大写的历史"虽然冠冕堂皇,但它经过特定意识形态的反复梳理,是体制予以严密组织之后的结果,很可能已被时代的话语规则篡改或者抽空。而"小写的历史"则是每个写作者的必然归宿,如果他不是"无法代表自身"的木偶,他就必然要用自己的眼光打量世界,记录下他所看到听到,以及他所理解到的历史。这样的写作,能够尽可能地逼近历史的细部,实现历史的具体性,使历来高瞻远瞩的历史表达回归到实实在在的生活层面。这种"小写的"历史越多,历史的肌质就越丰盈,"大历史"文本中那种先天不足的笼统、空白、含混、矫情,乃至在权力压迫下产生的扭曲,就越有可能得以补充和矫正。郑小琼的诗歌,也可以理解为一种"小写的"历史文本。

《女工之周红》是郑小琼的组诗《女工记》中的一首。按郑小琼的设想,《女工记》要写出一百个当代女工的生存现状,这首《女工之周红》,是其中的第九十六首。这是一首叙事诗,有意采取编年史的写法,按时间先后依次顺叙,线条粗略,潦草地展示了一个女工同样潦草的人生境况。

用郑小琼的说法,周红的人生是"虚幻而摇晃"的。周红向郑小琼讲述了自己"像疲惫的车辆,转向肉体的寒冷中"的堕落过程,郑小琼再以第三人称的方式转述给读者。作为众多进城的打工女中的一员,周红的生活"带着一点风尘的味道",她如夜间的流莺,穿梭在城市"红色的霓虹和暧昧的身影"之间。堕落开始于1997年,她只有17岁,"在广东某个有些肮脏的发廊"里,周红终结了自己的纯洁和青春的理想。2001年,"已经堕了四次胎","三次是跟你所谓的男友,另外一次不知是谁",在周红看来,堕胎已不是什么大事,只不过是"一次很正常的手术"。2003年,"私处"患病,这是风尘女子不可避免的遭际。2004年,她又流落到长沙,在"107国道边某个小饭店,向来往的司机出售着肉体"。到了2005年,周红终于厌倦了七年的风尘生活,走上了正常的婚姻,努力扮演着"一个贤妻的角色",婚后与丈夫一起返回广东打工,对未来充满想象。可是,堕落的经历损坏了她的生育能力,在中药西药中度过一段日子后,2007年终于怀孕,但"最终习惯性流产",2008年又有一次宫外孕。到了2010年,婚姻终于在争吵与打骂中走到了终点,周红又返回到"107国道的旅馆"重操旧业。半年后,"不知所踪"。

有关周红的故事就这样讲完了,在当代物欲横流的世俗社会中,这样的故事已让人见怪不惊。周红的人生并没有走完,她以后将如何生存?她的一生还会有光明降临吗?郑小琼没有做出预测,也没有回答这个任何人也回答不了的问题。

上文说过,郑小琼对周红的生存状况,有意采取平铺直叙的、粗线条的、潦草的方式来叙写,与周红平淡的、无价值的、轻率潦倒的生活形成对应。"这年月,在中国偏远的乡村,无数的女孩/有着与你相同的命运,她们在异乡出卖肉体。"周红的经历,并不是个案。

在中国文学中,乡村曾经是生长诗意的地方,土地是充满神性的意象,是生命的象征。然而,在当下的岁月里,这一切全变了。贫瘠的土地不再能够维系当代人的生存,它早已失去魅力,走下神坛。年轻人纷纷离开土地,进城打工,试图在城市里寻觅生活的资源。但是,城市的物资同样有限，无法满足众多人的需求，不得已便有越来越多的人走上旁门左道，男盗女娼，不再仅仅是一个骂人的词语。《女工之周红》，包括整个《女工记》中的作品，都在不停地提示当代中国面临的一个重大问题：离开土地之后的中国人，如何寻觅生活的出路？旧的农业文明崩溃了，无数的人涌入城市，可中国的城市文明还十分孱弱，无力承载人们理想的重托。走投无路之中，人们的价值观念陷入迷茫状态，心灵坍塌成一片废墟，于是，物欲暴涨，金钱崇拜，贪污腐败，弄权谋私，乃至拐卖妇女，传销诈骗，职业疾病……种种病象显现出来，《女工记》犹如一页页病历，向人们展示时代的疾患。《女工之周红》，只是其中一个小小的案例。

"小写的历史"有它的长处，个体的视角，活生生的诉求，真切的命运感，给空洞的历史添上了淋漓的血肉。但它也有局限性，那就是每一个单篇都显得视域过小，有时难免褊狭。当代有一种较为典型的"小历史"书写方式，叫做"口述实录"，多是采访众多人物，原生态地记录他们的讲述，呈现一个个活生生的个体生命形态。多年前，女作家于秀曾经写过一部这样的书，采访的也是女工们，叫做《遭遇下岗》。郑小琼的《女工记》，与之颇有相似之处，只是采用诗的体裁，没用第一人称而已。不过，比起一般的口述实录，《女工记》的愤慨和控诉色彩更强烈一些。

第六章 梅毅论

第一节 不羁笔墨写千秋
——评梅毅的"大历史散文"

无论从哪个角度看,梅毅都称得上是中国当代文坛一个十分另类的作家。他大学读的是英语,从事的职业是金融,最大的成就却在于文学。而这文学又不是寻常的文学,是专心致志地书写历史的文学。按说,历史文学自古就有,编年体的有《左传》,国别体的有《战国策》,纪传体的有《史记》。他写的却不是编年,不是国别,也不是纪传。倘若套用现代文体概念,却又不是历史小说,不是传记文学,不是读史随笔。或许他也不知道该将自己的作品归入何类,便另立名目,叫做"大历史散文"。其作品规模之巨,令人瞠目:《华丽血时代——两晋南北朝的另类历史》《帝国的正午——隋唐五代的另类历史》《刀锋上的文明——宋辽夏金的另类史》《帝国如风——元朝的另类史》《纵欲时代——大明朝的另类史》《亡天下——南明痛史》《极乐诱惑——太平天国的兴亡》《铁血年华——辛亥革命那一枪》，上述八本目前已经问世，字数已达五百余万。他还有一个很另类的网络笔名"赫连勃勃大王"，这位"大王"把他所有的著作，一并放在网上，任人阅读，不取分文。然而出版社拿去印成纸本，又成了洛阳纸贵的畅销书。

前不久，第八届茅盾文学奖评审过程中，上海的一位主编曾说过：张炜的《你在高原》如果获奖，那就滑稽了，因为读完这套书的人，大概只有一个，就是责任编辑。可是此话说过不久，《你在高原》还真获了奖，而且是第一名。张炜这套书多达十本，四百五十万字，但与梅毅的"大历史散文"相比，规模还是要小一些。笔者却相信，读完梅毅这套书的人数，不会是一个小的数字。

梅毅和他的作品称得上是一种"现象"，值得研究、思考。然而，梅毅的读者在民间，而不在书斋。当下的文学研究者，绝少对他的作品发表意见。或者倒过来说，文学讲堂上的种种理论、律条，倘若拿来评说梅毅，都未必有效。然而，我们以"岭南文学新实力"为研究对象，对梅毅无可回避，只能勉为其难做些尝试。

一、究竟什么是"历史"？

既然梅毅以书写历史见长，我们就不得不讨论一下什么是"历史"，不然，我们的研究无法展开，更无法深入。

或许不少人认为这是一个简单的问题，不假思索就可以回答：历史，就是曾经发生过的那些事实，历史的发展有着自身固有的客观规律，对这些规律的理解可以帮助我们认识和把握当下的社会现实。这种历史观看似有理，却忽视了一个根本问题：所有的历史，都只能以文本的方式存在，都是叙述，都是语言构成物。也就是说，所有的历史，都不是事实本身，而是历史叙述者在特定时代，站在特定立场上,在某种利益的驱使下对以往的种种现象所做出的选择、理解和阐释。经过这样的运作过程之后,所谓的"历史"与那些曾经发生过的事实,已是不同质的东西,不可避免地存在着诸多的差异。

不可否认,即使是古代的统治者,哪怕是远古的统治者,对历史的真实性和可靠性,也是十分重视的。所谓"左史记言,右史记事;言为《尚书》,事为《春秋》"。可是这样的记录,只是编撰历史的原始资料,还不具有历史的连贯性。更何况,由于多种忌讳,这样的记录也未必可靠。各种记录、文告、表章,汇编成史。前世史家的撰述,又是后代史家的依据,被用来再选择、再理解、再阐释。由此可见,我们今天所读到的历史,不仅自身是文本,甚至是从文本衍生出来的,是多重选择、多重理解、多重阐释之后的产物,它距离当年的原本的事实究竟有多遥远,我们实在无法断定。

于是有人开始怀疑历史的真实性,他们认为,所谓历史,不过是"胜利者开出的清单",是"任人打扮的女孩子",甚至有人咒骂"历史是他妈的婊子"。

旧的历史观,已经不能适应当下的时代。于是,"新历史主义"观念,就在这种背景之下登上了时代的舞台。福柯的思想对新历史主义批评有着深刻的影响。福柯不认为历史是以往的忠实叙述,而认定历史是运作的产物,权力和经济的力量在运作中起着重要的作用。历史是一种话语,而话语即是权力,因此历史话语中不存在绝对的"真实",只存在着大大小小的权力。福柯还认为,每个时代都有其特定的"认识",这种认识决定并限制该时代构想和再现现实的能力。随着时代的发展,认识会发生变异,一旦认识发生突破性的变化,一个时代的知识结构就会跟着改变,新的知识结构将会对各种历史因素加以重新安排和阐释，从而导致人类对历史和现实都做出新的理解。福柯也不承认历史是一种按照某一规律循序渐进的发展过程。他指出，历史的"统一性"和"连续性"是一种幻想，真正存在的只是断断续续的话语区域。在任何一个貌似处于某个统一意识形态统治下的历史时期，都存在着被压抑的异己因素，历史学家和批评家的任务就是让那些被压抑的异己因素诉说自身的历史。

在新历史主义者看来，旧历史观对历史的看法本身就是非历史的。历史研究的主体是人，历史研究的工具是语言，而不论是人还是语言，都是特定时代的产物。任何一个具体的人把目光投向过去的时候，试图进行叙述和阐释的时候，他的视点和视野都被限制在此一时刻之中，都会受到当下意识形态的影响，展现在他眼前的只是他所看到的历史，而不是曾经发生过的事实本身。所谓历史的"真实"，实际上是"事实与一个观念构造的结合"，历史话语的"真实"则存在于那个观念构造之中。所有的历史研究者，都只能依据自己的观念来建构历史，而不可能还原"历史本身"。新历史主义批评家海登·怀特进一步指出，历史文本在本质上是一种语言的阐释，因此它不能不带上一切语言构成物所共有的虚构性。从这个意义上说，历史也是文学，它跟文学一样具有虚构性。在新历史主义批评的概念中，"历史"的传统意义已不复存在。历史是解释的而不是发现的结果，它不再被视为客观存在，而仅仅是一种"叙述"或"修撰"。

毫无疑问，新历史主义是新颖的，深刻的。它使人明白：没有任何话语可以引导我们走向固定不变的真理，也没有任何话语可以表达不可更改的人之本质。在历史话语中发生的那些事儿，并不等同于曾经发生的那些事儿；反过来，曾经发生过的事儿，在历史的话语中未必会发生。有关历史的文本不再权威,不再被人无条件相信,但是,因此也带来了极大的困惑:颠覆了旧历史观念之后,我们该怎样了解过去?

新历史主义的价值当然不是让人绝望。历史是话语,是文本,它构建出来的秩序十分可疑,但它毕竟提供了一些现象,这些现象必然会显现出一些与它建构的秩序不相吻合的分歧、不一致和不规则。针对这一点,福柯提出"知识考古学"的概念,主张对历史文本中没有发出声响的那些几近被湮没的现象进行发掘,努力找出分歧、不一致和不规则来,使它们发出声响,显出意义,从而对统一的意识形态支配下建立的秩序进行颠覆或矫正。福柯认为,揭示话语产生过程中有争议的方面,揭示历史中未被说明和未确定的东西,对现存的历史进行质疑,这些正是新历史学家,乃至一切思想家和批评家的责任。

历史是什么?现在我们可以给出答案了:历史是文本,是话语建构出来的秩序。面对同样的现象,因观念结构的不同,建构出来的秩序也截然不同。因此,历史的建构存在诸多的可能性。与一个特定时代的主流意识形态相符的,是"大写的历史";与之存在种种差异的,则是诸多"小写的历史"。将"大写的历史"与"小写的历史"相互参照,我们才可能接近事实或曰"真相"。

用了如此多的篇幅讨论了"历史"这一概念之后,我们树立了基本的历史观。下面需要关心的是:专心致志书写历史的梅毅,所持的是怎样的历史观?

首先,梅毅从来不把自己归入"大写的历史"的范畴,他多次声称,自己写历史相当于京剧的票友:"本大王就是来玩票的,我写历史如同满清王爷做京剧票友,专业的不叫票友,叫戏子。我玩的是兴趣。""我的历史写作虽然属于玩票,但是我乐在其中。"① 显然,梅毅想把自己同专业的、正统的、主流的历史书写者区分开来,将自己归入到"另类"的范畴。他认同的,应该是"小写的历史"。有些论者也把梅毅归入"'非主流史家'中的名流"中。

其次,在解释克罗齐的名言"一切历史都是当代史"的时候,梅毅说了这样一些话:"我私下忖度,克罗齐在上个世纪之初所提的这个哲学命题,原意无非是这样的意思:每个人的生命,相对于漫长的历史时间而言,都是非常短暂的,都不能摆脱个体所处的时间、空间那个特殊的位置。所以,独立的个体只能从'他'本身这个相对移动的点上,去观察过去的历史,其结果也只能是当下时代的'我'的那一刻的思想体现。"② 对于自己的历史写作,他说:"我只能说是尽我所能,不敢说我的选择百分百正确。真正的历史,只有'当事人'知情,我们后世所有的记叙都是'想当然'的回放和复制。"③ 他不敢断言自己书写的都是事实,他追求的只是"令人信服","符合逻辑"。

据此,我们可以说,梅毅的历史观带有新历史主义的成分,这决定着他的历史书写,必然带有一定的解构或颠覆的色彩。

二、"历史"应该怎样书写?

历史应该怎样书写?这是一个很难回答的问题。当下的历史的书写者们,不可能固守旧历史主义的理念。而新历史主义只是揭示了历

---

① 冯琬惠:《把生命当做一场庄严的玩耍——关于赫连勃勃大王的写作传奇》,赫连勃勃大王的博客,http://blog.sina.com.cn/s/blog_3f92ae050100dteo.html。

② 赫连勃勃大王:《煮酒论史》,天涯论坛,http://www.tianya.cn/publicforum/content/no05/1/128052.shtml。

③ 陈泽来、张何艳:《梅毅:我是一个严肃的写作者》,《郑州晚报》2009年7月24日第C08版。

史书写的复杂性，并没有提供新的历史书写方法。

"新浪读书"曾向梅毅提出如下问题："我们知道历史无法还原，所有的历史都是当代史，那么您觉得您对历史的叙述是怎样的叙述？是试图还原还是当代解读呢？您称自己为'历史的守望者'，可以理解为这是您对历史的态度吗？为什么要选择'守望'的态度？"面对这一系列的问号，梅毅的回答比较含混："对此，我只有一句话：历史的经验告诉我们，我们从来不曾汲取历史的经验！历史不能复原，不能追悔，不能改变，所以，我只能苍凉地'守望'了。"① 他没有正面回应"您对历史的叙述是怎样的叙述"这个提问，这确实不是一个容易说清楚的问题。

前面说过，梅毅的历史观有较多新历史主义的成分。但是，新历史主义在本质上是一种颠覆和解构的立场，而历史的书写主要是一种建构的行为。在解构与建构之间，历史书写在矛盾纠结中前行。

就梅毅的作品来看，这种矛盾主要表现在认同继承与颠覆重构、连贯性与碎片化、历史规律与人物性格这样既对立又统一的三个方面。

先说认同继承与颠覆重构这对矛盾。以"二十四史"（或曰"二十五史"）为代表的史学巨著，早已搭起了中国历史的框架。如前所论，这些著作都是"文本"而不是历史本身，只是那些成功的封建统治者炫耀自己的文治武功的方式。孔老夫子提出的"为尊者讳，为亲者讳，为贤者讳"，不仅是他编纂删定《春秋》时的原则和态度，也是中国千百年来尊崇的儒家"礼"文化的重要组成部分。受此原则支配，史家往往对于那些敏感的史实采取讳而不言的态度，至多用三言

---

① 新浪读书：《赫连勃勃大王是怎样练成的》，http://book.sina.com.cn/news/new/2009-07-29/1349258747.shtml。

两语作些蜻蜓点水式的褒贬,并美其名曰"微言大义",让读者自己去体味。而且,所讳者是有原则的:"为尊者讳耻,为贤者讳过,为亲者讳疾。""讳莫如深,深则隐。"一如唐太宗李世民,作为大唐帝国的皇上,自是尊者;有了"贞观之治"的政绩,自是贤者。当年玄武门之变夺权,诛杀兄弟子侄之事,便不可能在史书中记下真相。因此,历史之中便有不少谎言,甚至将后世读书人惹急了,骂出"历史是他妈的婊子"的粗话来。但反过来说,毕竟"读史使人明鉴",对历史的兴趣是人与生俱来的天性之一。史书如药,使人耳聪目明,即使明知"是药三分毒",你也别无选择。因此,无论是阅读历史、评论历史,还是像梅毅这样重写历史,都不妨采用将"大历史"与"小历史"作多方比照,对认同的部分,加以继承;对怀疑的部分,则予以颠覆重构。

梅毅写史,对前人史书认同继承者,不在少数。诸如西晋的"八王之乱",以及那个时代的英雄刘琨、祖逖、王导、桓温等;唐代之贞观之治、安史之乱,以及李世民、武则天、李光弼、郭子仪等人物;北宋的陈桥兵变、杯酒释兵权、王安石变法;南宋的主战主和两派及"隆兴和议",岳飞秦桧等人物;元代的蒙古铁骑横行天下,称霸欧亚;明代朱元璋、朱棣的铁血暴政,以及张居正、严嵩等治世能臣与乱世贼子;清代太平天国的天京内乱,杨秀清、韦昌辉、石达开、李秀成等人之间错综复杂的关系,等等,大多与正史保持一致。我们对此无可厚非,毕竟非如此无法治史。但反过来看,颠覆重构之处,也有不少。例如对隋炀帝杨广,不再简单处理成淫荡腐败的暴君,引用了他多首诗作,展现了他文雅风流、长于审美的一面。对李世民,则不讳其被后人"选择性遗忘"的"弑兄杀弟逼嫂霸弟媳"的种种行为。建成、元吉,也不再是奸凶丑恶的面目。宋代的潘美,被民间丑化为谋害忠良的奸贼，实际上却是战功远在杨业之上的开国功臣。明代的海瑞，"从某些方面说他是一个偏执狂"，而严嵩，"从某种意义上说是个真正的诗人士大夫"。太平天国的天王洪秀全，不再是光彩照人的农民起义领袖，被还原为荒淫无道的"邪教头子"。"历史是复杂的，历史的个人是立体的。没有什么纯粹的人。"这一理念证明了梅毅面对历史时头脑的清醒，保证了他能够不坠入人云亦云的窠臼。

　　当然，在颠覆重构方面，梅毅还有一些地方做得不甚到位。譬如写岳飞，仍是歌颂其大义凛然民族气节的传统立场，对其过于理想主义的一面缺乏深入分析。而且，仍然肯定"朱仙镇大捷"五百人战胜十万金兵这样的神话般的传说，事实上，"朱仙镇大捷"是宋孝宗时代为岳飞平反后由岳飞后人杜撰出来的，纯属子虚乌有，这是严谨的历史学家考证的结果。此外，有关明武宗徒手搏虎的描写，虽有所宗，实难置信。

　　再说连贯性与碎片化这对矛盾。历史的统一性和连贯性是史家建构的结果，其井然的秩序不仅是可疑的，而且是有害的。因果变得明晰，意义变得单一，思想也因此变得单调。真正存在的应该是含糊的、断续的碎片。后现代主义文学热衷于碎片化写作，就是源于这种认识。不过，历史的书写如果真正碎片化了，估计没有多少人愿意读。整理出清晰的线索，讲述出完整的故事，仍是史家不可推卸的责任。史家的写作，应该居于连贯性与碎片化之间，以连贯性维护基本的秩序，以碎片化显示历史的多元性。梅毅的"大历史散文"，就表现出这样的写作策略。连贯性的一面，与传统历史书写相似，无须多言。碎片化书写，也有明显表现。例如"大历史散文"的第一部《华丽血时代》中的八王之乱，是引起梅毅写史兴趣的原点，也是他笔下最精彩的段落之一。司马氏家族内部争权夺利的相互仇杀，真可谓"乱哄哄你方唱罢我登场"，最终不过是血花缤纷，一地碎片。再如"大历史散文"的最后一部写辛亥革命"铁血年华"，整体上就是碎片结构形态。此外，他不止一次地排列"镜头一""镜头二"……这样的场面序列，也是有意借鉴平行碎片展示的手法。"大历史散文"，除了"大"，强调的就是一个"散"字，碎片化书写增加了文本"散"的韵致。

不过，梅毅在"大历史散文"中的碎片化书写，远不如他在小说和杂文中运用得那么大胆。杂文集《群氓时代——当代生活七宗罪》，新都市小说《南方·爱》，都是比较彻底的当代人生碎片集纳。新感觉主义历史小说《玉体横陈》《南北英雄志》，因为文体换成了"小说"，解除了禁忌，碎片之间的跳跃便成为华丽的舞步，比起"大历史散文"来，随意挥洒，显出更多的文体自由来。

在历史规律与人物性格这一对矛盾中，梅毅更看重人物性格。台湾学者杜维运在论及史学家与传记作家的区别时曾有过一段精辟的议论："传记家与史学家自然有其分野。传记家密切注意人物的性格，史学家则在人物的性格影响到历史时，才密切注意人物的性格；传记家的世界，人物是重心，他尽可能地呈现，将人物性格的各个方面和盘托出，不惮其烦；史学家则不能如此，他无暇将人物的细节一一写到历史上去，他的工作园地辽阔，他必须知道精简与衡量，尤其重要者，他必须严肃，不能将无意义者写入，不能将过于琐碎者写入。"[①] 其实，传记也是一种历史，是以人物为中心的历史。杜维运这段话揭示了历史写作的一大不足：全力阐述历史规律，无暇顾及人物性格，缺少细节血肉，不够形象生动。史学始祖司马迁撰写《史记》，人物个个

---

① 杜维运：《传记的特质和撰写方法》，台湾《传记文学》第45期。

栩栩如生，在史学与文学两端，更靠近文学。唐代刘知几的《史通》一出，史学与文学彻底分家，人物性格就不再是历史学家注意的中心了。

梅毅确立了"历史是复杂的，历史的个人是立体的"这样的理念，强调"历史人物没有完全的黑和白"。他不满意历史教科书的"人物不是有血有肉、有感情、有贪欲的大活人，而是滚滚前行车轮中的一个个部件"的状况，坚持认为历史也可以写得更好看。"我的作品之所以受许多读者的喜爱，大概是出于差异性和陌生性的原理吧。我笔下的历史之所以好看，主要是我把历史人物当人——无论凶残还是软弱，英雄还是狗熊，当人变成人之后，人性的复杂多变被呈现出来后，历史也就变得好看起来。"① 他笔下的贾南风、孙秀、王导、刘琨、高纬、杨广、李世民、武则天、赵匡胤、朱元璋、朱棣、严嵩、张献忠、李自成、李成栋、洪秀全、杨秀清、曾国藩等人物，个个有性情有欲望，鲜活如生。梅毅将自己书写的历史称为"另类史"，这应该是一个重要原因。

不知史家评论如何，作家们对梅毅的文笔，多持欣赏态度。"有书卷味，无方巾气；有清新感，无腐儒气；有认真的学问，无肤浅的戏说；有深沉的思考，无庸俗的功利。"② 这是文史兼精的老作家李国文对梅毅的评价。同为广东"岭南文学新实力"代表作家的盛可以则说："梅毅手下的写史妙笔，如同神奇的'拭垢刷'，揩去了为时光积垢所黯淡了的真实的历史中的鲜活个体，让人在莞尔（或拍案）

---

① 陈泽来、张何艳：《梅毅：游走于"主流文化"之外的"历史狂人"》，《郑州晚报》2009年7月24日第C07版。
② 李国文：《并非"绩优股"的历史好书——读梅毅新书》，新浪读书，http：//forum.book.sina.com.cn/thread-933904-1-1.html。

之余重温那些早已逝去的音容笑貌，展现出那些耐人寻味的历史人物原本的、人性的、非戏剧的而恰恰又是最戏剧化的精彩一面。"①

三、历史文本与写作风格

"风格"，是谈论文学时常常使用的一个关键词。常规的历史写作是不讲究突出作者风格的。梅毅的历史写作介于历史与文学之间的，与常规历史迥然不同。"正是一直游离在文学和历史这两个学科之外，我的历史写作反而不受束缚和羁绊，眼光也与职业学者和教授截然不同。"② 在诸多不同之中，"风格鲜明"是一个重要方面。

梅毅的风格主要表现在三个方面：一是另类姿态，二是英雄情结，三是细节丰饶。

其中另类姿态最为显著。八部巨著，前五部都在副标题中直接标出"另类史"的字样。还有网名"赫连勃勃大王"，也很另类。有人问及为什么会起这样一个生僻怪异的网名，梅毅解释说："赫连勃勃大王是中国历史上一位'僭伪'暴君，匈奴族，建立过'大夏'政权，现在陕西靖边县的'统万城'就是他当年所建。此人相貌英俊，嗜血成性，我当时在网上起这个名，纯粹是为了好玩，没有特别的什么意思。如果从潜意识分析，也可能表明我最早对历史的兴趣，正是从西晋崩溃后那个'华丽血时代'各个蛮族的争斗仇杀中来，所以，才有这么一个名字。"③ 一个人对自己潜意识的分析，总是很难深入到底

---

① 盛可以：《历史，与功利无关——梅毅〈历史的人性〉读后》，赫连勃勃大王的博客，http://blog.sina.com.cn/s/blog_3f92ae050100dter.html。

② 新浪读书：《赫连勃勃大王是怎样练成的》，http://book.sina.com.cn/news/new/2009-07-29/1349258747.shtml。

③ 新浪读书：《赫连勃勃大王是怎样练成的》，http://book.sina.com.cn/news/new/2009-07-29/1349258747.shtml。

的，我们不妨再引申一步：取这个网名恐怕不只是为了"好玩"，应该还包含着对赫连勃勃这种英俊、嗜血、暴戾、强悍的人格的一种深层次的认同，或者说，对这种欲望化的"本我"的宽容。所以，才有了道学先生们唯恐避之不及的另类笔名。

"大历史散文"也是一个非常另类的文体概念。梅毅说："这个概念是我的一个朋友文华先生给我鼓捣出来的，他认为：'大历史散文'，贵在两个字——大和散。大者，视角之大也。用'广角镜头'看历史，不拘于一人一物一事之细节，而是把一人一物一事放入他们所在的独特历史时代去加以分析，加以叙述，加以议论。散者，素材之广也。梅毅的作品，往往突破了历史的范畴，文化的、历史的、哲学的、美学等等的睿智之言都在其中，作者很善于做整理的工作，很善于联想和比较，把一人一物一事放之整个社会科学的范畴，古今中外地进行比较分析。思维之活跃，可谓一'散'字。"① 其实，梅毅采用这一文体概念，还有一个重要原因，就是他不愿意进入已有的文体秩序之中。历史小说、历史随笔、人物传记、史论……这些常规的文体，在他看来都有些约束文思。他希望写得更率性、更自由、更叛逆、更新颖一些，又不认同小说的虚构和"戏说"的轻浮，于是采用了"大历史散文"这一很另类的概念。其实这个概念并不十分理想。在文学史上，有"诸子散文"和"历史散文"之分，《左传》《战国策》，包括以后的《史记》等名作，因有着很强的文学性，又不同于后世的小说，就被统称为"历史散文"。梅毅只加一个"大"字，摆脱得不够彻底。

---

① 新浪读书：《赫连勃勃大王对"中国历史大散文"的理解》，http：//book.sina.com.cn/news/new/2009-07-29/1358258750.shtml。

梅毅的另类还表现在他在题材上对仇杀和淫乱的偏爱。这不是说他在这些方面着墨过多，而是说他的八大本著作中，总是这些方面写得最为生动。

梅毅他自己是个心中一直有"英雄情结"的人，可以说，鲜明的英雄情结，构成了他的另一种独特风格。这一情结有如下征象：其一，行文中，他毫不掩饰对刘琨、祖逖、桓温、岳飞、文天祥、史可法等人的崇拜，无论是篇幅上还是措辞上，都明显有所偏爱。其二，他欣赏铁血性格，即使是疯狂嗜杀、狼性十足的人物，如晋之王敦，隋之杨广，明之李成栋，都不免惺惺相惜，贬中有褒。其三，他毫不犹豫地肯定主战派，尤其是对宗泽、岳飞等人赞赏有加。英雄情结也导致了他对《红楼梦》这部伟大著作无法认同，甚至不止一次地贬抑，认为远不如《金瓶梅》伟大。他认为《红楼梦》不过是一本铺陈华丽的爱情科普读物："《红楼梦》这部书，实话告诉你，2000年我在法国度假几个月，实在无聊，才完完整整看完了这部作品，而且我感觉《红楼梦》的文学和社会意义比起《金瓶梅》来，简直相差霄壤！"① 究其原因，无非是《红楼梦》中没有惊天动地之事，更无铁血强悍之人。这也算是赫连勃勃大王无伤大雅的一点偏见吧。

细节丰饶也是梅毅写史的独特风格之一。他说："我能把史书中真粹的细节钩沉出来给读者看。当然，历史的东西好多是文采卓然的东西，有时候比小说还精彩，历史最吸引人的就是两个字：细节——惊

---

① 陈泽来、张何艳：《梅毅：游走于"主流文化"之外的"历史狂人"》，《郑州晚报》2009年7月24日第C07版。

心动魄、勾人魂魄的、绕梁三日的细节。"① 为使细节真实动人，梅毅下了极大的工夫，对前人史书中的记载进行深入的辨析和考证。例如，关于宋代太祖太宗兄弟传承之际的那段有关"斧声烛影"的悬案，他考证出"斧"不过是当时作为文具赏玩的镇纸玉斧，与杀人毫无干系。梅毅对自己的刻苦也有所描述："细节方面，我对南北朝时代生活历史的描摹，细致人微到极点，可称是拿着放大镜为我们照视历史。"② 有论者也对此颇有感慨："我与梅毅几次交谈，知道他的写作，就是要得到历史的真相。这个真相很久以来是被一些概念和教条的坚硬的壳包裹起来了，通俗历史写作就是要用'细节'这个锤子敲开它的外壳，把藏在里面的真相和盘托出。"③

梅毅写史，已从西晋写到了辛亥革命。更早的春秋战国、秦与两汉，他还没有触及。他说过："根据历史写作贵远贱近的原则，写完明史我会回头写秦汉史，基本就差不多了。"④ 看来秦汉我们还可以期待。但是大清呢？除了太平天国和辛亥革命，梅毅没有正面写过清朝。虽然清朝已被写得很滥，电视上面的大辫子能把人晃晕，但那些不是颂歌，就是戏说，倘若赫连勃勃大王以另类的姿态提起笔来，大清又会是一幅什么景象？这不是苛求，而是我们对梅毅写史的新的期待。

---

① 新浪读书：《赫连勃勃大王对"中国历史大散文"的理解》，http：//book. sina. com. cn/news/new/2009-07-29/1358258750. shtml。

② 新浪读书：《赫连勃勃大王：别让历史成为庄严的杂耍》，http：//book. sina. com. cn/news/new/2009-07-29/1450258764. shtml。

③ 解玺璋：《我看通俗写史》，新浪博客，http：//blog. sina. com. cn/s/blog_ 475b6ef80100agsj. html。

④ 新浪读书：《赫连勃勃大王是怎样练成的》，http：//book. sina. com. cn/news/new/2009-07-29/1349258747. shtml。

第二节　历历在目地呈现遥远的血腥与迷乱
——评梅毅的长篇历史散文《华丽血时代》

梅毅的写作，初始时热衷于虚构，文体以小说为主。2003年前，他已发表《生命的伤口》《赫尔辛基的逃亡》等多部中篇小说，并出版"伪青春三部曲"——《南方的日光机场》《失重的岁月》《城市碎片》三部长篇小说。2003年年底，他注意到北齐统治者高氏家族的变态发家史和乱伦史，就想以此为题材写一部展示北朝末年的长篇历史小说。

北齐作为一代王朝时间短暂，只有28年，却以暴虐淫乱著称，素有禽兽王朝之谓。因高氏家族是鲜卑化的汉人，风俗习惯与行为方式受胡人影响，比较粗犷原始，在中原人看来，确属另类，看点多多。为了写好这部小说，梅毅以"北齐"出发，由北朝而南朝，再由东晋而西晋，一直上溯到西晋的"八王之乱"，写出了大量的笔记。后来，他把这些笔记放到网上，引起关注，最终无意插柳，成就了《华丽血时代》这部长篇。随后，一发而不可收，隋唐、宋、元、明、清，直到辛亥革命，竟写出了八部多达五百余万字的"另类史"，并以"大历史散文"名之。小说的写作，倒被拖延下来。不过后来他还是写出了《玉体横陈》《南北英雄志》两部"新感觉主义"历史小说，对那个"华丽血时代"再次进行描述。

一、再现乱世的疯狂与荒诞

两晋南北朝是中国历史最为混乱的时期之一，也是最有故事可讲、最有人物可说、最有感慨可发的一个时代。梅毅以盛大的、鲜活的历史现场感，给我们奉上了一场"华丽血时代"的历史盛宴，让我们看到了帝王公侯在刀光剑影中频繁更替，英雄豪强在时代舞台上的悲喜命运，文人名士在诗歌文赋后面的真实面容，美艳妇人在权力机器中的歌哭笑泪，苍生黎民在战火烽烟中的苦难身影。一场场的宫廷喋血，一代代的王朝倾覆，更兼虏骑胡马，横扫中原；城池灰灭，神州陆沉。在这个迷乱的时代舞台上，演出了无数场疯狂与荒诞的闹剧。有记者问梅毅："您最早写的《华丽血时代》是关于魏晋的动乱，您在写这些乱世的时候，最大的感触是什么？最大的收获又是什么？"梅毅回答道："张养浩的《山坡羊·潼关怀古》最能回答这个问题：'伤心秦汉经行处，宫阙万间都做了土。兴，百姓苦；亡，百姓苦。'"① 这确实是一个十分简洁的概括。

读完这部书，印象尤深的是西晋八王之乱，五胡乱华，以及北齐那几个疯癫帝王的宫廷秽乱行径，总之，都离不了一个"乱"字，可谓疯狂、荒诞到极点。

"八王之乱"是长达16年的皇族之间争权夺利相互仇杀的疯狂战乱。晋武帝司马炎死后，晋惠帝司马衷痴愚，太傅杨骏掌管朝政，皇后贾南风干政，发动政变杀死太傅杨骏，大权落入汝南王司马亮手中。接下来贾氏又唆使楚王司马玮杀汝南王司马亮，之后又矫诏杀楚王司马玮。赵王司马伦与齐王司马冏联合起兵杀掉了贾后，司马伦篡位。齐王司马冏、成都王司马颖、河间王司马颙起兵杀司马伦，重迎惠帝复位，齐王司马冏入京辅政。随后，河间王司马颙又起兵讨伐齐王司马冏，洛阳城中的长沙王司马乂举兵入宫杀司马冏，政权落入司马乂手。河间王司马颙、成都王司马颖合兵讨长沙王司马乂，东海王司马

---

① 陈泽来、张何艳：《梅毅：游走于"主流文化"之外的"历史狂人"》，《郑州晚报》2009年7月24日第C07版。

越与禁军合谋,擒杀司马乂,成都王司马颖入洛阳为相。东海王司马越对成都王司马颖专权不满,起兵讨伐。几经战乱,最终司马越杀成都王司马颖、河间王司马颙,八王之乱至此终结。十六年间,参战诸王多相继败亡,无数民众惨遭屠戮,社会经济严重破坏,西晋的力量消耗殆尽,民族矛盾爆发,终酿出"五胡乱华"之祸。八王之乱是导致西晋灭亡的重要原因,这一段疯狂仇杀的动乱,无非是同归于尽,没有最终的胜利者。梅毅对这段历史的书写,浓墨重彩,历历在目。

北齐统治者高欢、高澄、高洋、高纬之流的行径堪称异类,皇室不断上演着夺妻通奸、骨肉相残的荒诞戏剧。高欢擅权时,即将魏朝的宗室王妃照单全收,纳为己有。高澄不但不断夺人妻女,奸淫弟媳,还与父亲高欢之妃私通,最终竟然还娶了高欢之妻。高洋篡位后,报复哥哥辱妻之恨,奸淫高澄之皇后元氏,杀戮兄弟子侄。这个高洋还有露阴癖,常于大庭广众中一丝不挂,聚众宣淫。高湛当权时,逼奸高洋之妻李氏,还当着李氏的面残杀侄子高绍德。高纬则迷恋冯小怜,最后,"小怜玉体横陈夜,已报周师入晋阳",终于导致了亡国。

在疯狂与荒诞的史实之间,梅毅不露声色地揭示着权势与利益对人性的扭曲,探讨着人性异化的轨迹,这是梅毅书写历史的内在主题之一。不仅书写历史,他的两部采用现代主义碎片化手法表现当代现实生活的作品《南方·爱》和《群氓时代》,也同样是在探讨这一主题。梅毅认为,人们从来没有从历史中汲取教训,这不失为一个深刻的结论。

二、靠真实立足,以细节取胜

梅毅对历史写作,有许多自己的见解。考察一番他有关历史写作的言论,可以更深刻地理解他的作品。

作为"大历史散文"的代表性作品,《华丽血时代》特别讲究趣味性和严肃性。所谓趣味性,就是"让历史在读者心中变得有趣和鲜活"。① 他认为历史教科书趣味性不够,不能算是真正的历史。"相对来讲比较呆板和粗疏,有些内容由于断章取义,与真实的历史甚至大相径庭。所以,大家更对真实的历史有如饥似渴之感。""我笔下的断代史,每一部都以人物的活动为线索,如此一来,就能够全方位展示历史的纵深发展,并且把历史性和文学性、可读性结合起来,同时赋予历史人物鲜活的个性和复杂多变的人性,让历史事件的进程跌宕起伏和充满激情,这样一来,历史才变得好看起来。"② 所谓严肃性,"就是千万不要像电视剧编剧那样专门从演义和荒唐逸史中剔取'戏肉'哄弄读者。对历史笔记的把握,是一项很不容易的工作,从中去芜存精、剔误求真,确实是很需要功夫的事情。对此,我只能说是尽我所能,不敢说我的选择百分百正确。真正的历史,只有'当事人'知情,我们后世所有的记叙都是'想当然'的回放和复制,就看是否可以令人信服,是否符合逻辑"③。

《华丽血时代》所描写的两晋南北朝时期,历史资料是比较丰富的。仅二十四史中,就有《晋书》《宋书》《南齐书》《梁书》《陈书》《魏书》《北齐书》《周书》,占据了二十四史的三分之一。然而,要把这段历史写得通俗易懂,让读者喜闻乐见,并非易事。为此,梅毅才确立了"大历史散文"这一既非正史、亦非小说的概念。"大历史散

---

① 新浪读书:《赫连勃勃大王是怎样练成的》,http://book.sina.com.cn/news/new/2009-07-29/1349258747.shtml。

② 新浪读书:《赫连勃勃大王解读图书市场的历史热》,http://book.sina.com.cn/news/new/2009-07-29/1401258752.shtml。

③ 陈泽来、张何艳:《梅毅:游走于"主流文化"之外的"历史狂人"》,《郑州晚报》2009年7月24日第C07版。

文"与正史的区别,在于通俗性与生动性,不需多言。而对"大历史散文"与小说的区别,梅毅把握得相当认真严谨。他认为:"历史写作者一定要坐得冷板凳,要透彻研究历史之后,有自己独特的视角和观点。当然,为了能够使得历史知识普及到大众中去,也要亦庄亦谐,不能太死板,也不能太放纵变成了写小说。"① 梅毅"大历史散文"的写作策略介于常规历史与历史小说之间。常规的历史写作,是一种"构架性叙事",强调整体规律和基本事件,不重视细节和现场感。而历史小说,在细节现场感上下足了工夫,却有太多的虚构和变异。为此,梅毅要采二者之长,避二者之短。一方面,他重视细节,"细节方面,我对南北朝时代生活历史的描摹,细致入微到极点,可称是拿着放大镜为我们照视历史"。② 另一方面,他又反对为了生动有趣虚构细节,特别讲究真实可信。"像写小说那样写历史也是一种误区。说句实话,现在,绝大部分人,是不会耐着性子看那些注水猪肉似的东西。历史可以想象,但不能过于主观。"③ 有人看到梅毅文思滔滔平均一年有百万以上的文字产品,以为他的写作比较随意,这是对他的误解。看看梅毅自己的表白吧:"正是不想流于通俗解构历史,我才会这么真心实意地从大处入手,小处着眼,忠于史实写东西。""基于对历史的厚爱,我还是能有一种顽强的苦功夫,从历史的每个侧面,分析、钩沉、集成,把史事史实搞得一清二楚。我写作的初衷,就是力图让读

---

① 新浪读书:《赫连勃勃大王:别让历史成为庄严的杂耍》,http://book.sina.com.cn/news/new/2009-07-29/1450258764.shtml。
② 新浪读书:《赫连勃勃大王:别让历史成为庄严的杂耍》,http://book.sina.com.cn/news/new/2009-07-29/1450258764.shtml。
③ 新浪读书:《赫连勃勃大王是怎样练成的》,http://book.sina.com.cn/news/new/2009-07-29/1349258747.shtml。

者最终能用自己的脑子判断历史。所以,很抱歉,出于'职业道德',我不能用大词儿和'宏伟的'历史结构忽悠读者。"①

《华丽血时代》,充分地体现了梅毅的历史写作观念和策略。这部作品在史学与文学之间,走出了一条新路,它应该属于当代十分兴盛的"纪实文学"中的一个分支。

第三节 心理与现实的相互阐释
——评梅毅的"新感觉主义历史小说"《玉体横陈》《南北英雄志》

虽然梅毅的作品论字数以历史纪实文学居多,但是作为一个靠小说走上文坛的作家,他更亲近的体裁依然是以虚构见长的小说。在"大历史散文"之后,他奉献给读者的《玉体横陈》《南北英雄志之一·驺虞幡》,就是两部长篇"新感觉主义历史小说"。

晚唐著名诗人李商隐有《北齐二首》绝句,其一曰:"一笑相倾国便亡,何劳荆棘始堪伤。小怜玉体横陈夜,已报周师入晋阳。"小怜,即冯淑妃,本名冯小怜,是北齐后主"无愁天子"高纬的宠妃。据记载,北周武帝大兵伐齐,情况十分危急之际,高纬仍与冯小怜打猎玩乐,并且让冯小怜在宫中裸体横陈让大臣欣赏其美艳,终于贻误军机,导致国家败亡。梅毅取其事,并上溯到高氏家族相互淫乱仇杀的荒唐历史,再借李商隐名句为题,遂写成《玉体横陈》这部长篇小说。

《南北英雄志》计划写十部,之一《驺虞幡》写的是八王之乱。

---

① 新浪读书:《赫连勃勃大王是怎样练成的》,http://book.sina.com.cn/news/new/2009-07-29/1349258747.shtml。

这段历史，梅毅已在《华丽血时代》中有过精彩的描写，后以小说的形式再次叙述，并不是简单地重复，文本中生长出许多生动细节，犹如春天里的一棵大树，变得枝繁叶茂，与冬日里主干挺立的形态，大为不同。

一、"新感觉主义"与历史题材的全方位握手

梅毅将自己的作品定位于"新感觉主义"，显然有其深刻的内涵。

20世纪二十年代，受法国保罗·穆杭的影响，日本文坛出现"新感觉派"，代表作家是川端康成和横光利一。其后中国的上海文坛，也受其影响出现新感觉派小说，代表作家是穆时英、刘呐鸥、施蛰存。新感觉派十分注重心理分析，提倡作家要"纯客观"地挖掘与表现人物的深层心理活动，表现潜意识与理性意识的冲突，以及人物在特定环境中由某种客观事物引起的微妙心理和变态心理，着重刻画人物的双重人格或多重人格。一些对新感觉派持批评态度的人认为，他们的人生观，用一句话来说，就是人在走向毁灭之前，要为感觉上的享受而活。

以新感觉主义手法写历史题材，并不始于梅毅。当年的施蛰存，就有《将军的头》《石秀之恋》等作品。不过，梅毅的作品，称得上是新感觉主义与历史题材第一次大规模全方位的握手。

为了充分体现"新感觉主义"的特征，《玉体横陈》选择了在历史文学中十分罕见的第一人称叙述角度，整部书都是"我"在讲述自己的所见、所闻、所思、所感。但是，这个"我"并不是某个固定的人物，而是作品中的多个主要人物。就是说，不同的人物轮番出场，以不同的眼光观察，以不同的口吻讲述。这样，不仅获得了全方位的表现空间，而且便于显示众多人物的内心世界，在刻画人物心理方面，有着第三人称所不具备的独特优势。梅毅的朋友亚明在读到这部书的

手稿时赞叹不绝:"在作品中,赫连大王笔下有许多个、甚至无数个'我',如此,就把文学的奇特表现力,加以无限的放大。这些'我',全方位展现了那超越时空概念的个人潜在意识,交叉重叠,精彩递进,把一段段难以遗忘的故去岁月,点滴无遗地全部回放给我们看。在赫连大王不动神色的精巧叙述中,轰然引发起我们对逝去时代和历史流水中那些鲜活个人的无限怀念、无限神往、无限兴趣。"①

《南北英雄志》与《玉体横陈》不同,采用的是第三人称写法。梅毅是个充满自信的作家,他对自己的《南北英雄志》评价甚高。他认为自己的这本新书,在结构、细节、隐喻手法三个方面,都具有新颖性。单就结构而言,这本书一方面保持传统叙述那种连贯性情节,设置悬念,构造"八王之乱"中一个个以人物为中心的血腥又不失精彩的故事;另一方面,利用"新感觉主义"手法,通过人物的各种感想、议论、回忆以及不经意的言语串联起所有的故事,"恍若一串耀眼夺目的珍珠项链",使那么多华丽的历史碎片,"繁而不缛,杂而不乱",②从而在构建出南北朝时期让人叹为观止的绚丽图景的同时,透视人物隐秘的内心世界,体现了"新感觉主义"的风格。

二、全方位的物质现实与多层次的精神世界

老作家李国文对《南北英雄志》十分欣赏,他认为这部作品显示了"绚烂如水银泻地的叙述才能和回文织锦般的文采","能够在阴暗而无序的历史深洞中钩沉出清晰的脉络,披沙拣金,以极大的历史现

---

① 亚明:《玉体横陈·序言:奇幻而哀伤的历史美感——读赫连勃勃大王〈玉体横陈〉》,http://www.tianya200.com/18859_1.html。

② 新浪读书:《赫连勃勃大王:别让历史成为庄严的杂耍》,http://book.sina.com.cn/news/new/2009-07-29/1456258764.shtml。

场感,给我们奉上一场华丽血时代历史的盛宴"。① 他一方面肯定了作者的写作技巧,另一方面赞叹作品能够全方位地展现那个特定时代的物质现实。

对于南北朝时期的物质现实,梅毅所重视的,一是"本事"(本源性的事件),二是细节。关于"本事",他已有了《华丽血时代》的基础,无需重建,所以,在这两部"新感觉主义历史小说"中,他更重视的是细节。缺乏细节,物质现实就缺少逼真的质感。然而描写历史事件的细节谈何容易! 正如梅毅所言:"撰写历史小说,马上就有问题来到眼前。比如,当时人穿什么,住什么,吃什么,打仗怎么打,互相怎么称呼,弄那事的时候睡在什么样的床榻上……小说着重惊人的细节,对于这些,如果仅仅靠揣测和臆断,只能贻笑大方。"② 可见,虽然是小说,可以有一定程度的虚构,但在细节方面却一点也偷不得懒。抱着对历史负责的态度,梅毅对当时的"宗教、民族、战争、气候、地理、丝织业、巫术、制作业、饮食风俗、酿酒技术,所有能真切反映出那个时代特色和气息的东西"③ 都做了细致的考辨,以保证物质现实细部的真实性。亚明在读过《玉体横陈》之后感慨道:"在赫连大王这部历史小说里,我们看到,他对南北朝时代生活历史的描摹,细致入微,简直到了拿着放大镜照视历史的地步:北齐、北周帝王所穿鞋履质地的区分,北齐时代女人眉毛、头发的样式以及各种

---

① 李国文:《如蛹蝶异变一般去突破——读赫连勃勃大王的〈南北英雄志〉》,http://blog.sina.com.cn/s/blog_3f92ae050100dteu.html?tj=1。
② 赫连勃勃大王:《玉体横陈·前言》,http://www.tianya200.com/18859_1.html。
③ 新浪读书:《赫连勃勃大王:别让历史成为庄严的杂耍》,http://book.sina.com.cn/news/new/2009-07-29/1450258764.shtml。

化妆品的质地,北朝末期战争中军人铠甲的装饰……即便连那首脍炙人口的《敕勒川》民歌,他也言之凿凿地告诉我们这首民歌从敕勒语、鲜卑语到汉语几种语言的转换过程。"① 如此撰写历史,在物质现实方面达到的可靠程度,是一般作品难以企及的。

写小说,更难把握的是物质现实之上的精神现实。梅毅在这方面展开了大胆的推理和想象,例如,作品大段地描写了"八王"之一楚王司马玮无辜被戮临刑前与监斩的潘岳之间的对话、心理活动和感官印象,其中有这样一段:"有一瞬间,他隐隐约约闻到了某种与血腥气味完全不同的馨香,那是一种淡淡的醉人香气,是某种春天的野花香气,那样陌生,那样撩人……"而荒淫无度的北齐后主高纬在刑场上的最后时刻感受,与其异曲同工:"在高纬临死的眼中,他还看见,远方漫山遍野的黄红色叶子,让秋天的色彩变得那么丰富,它们燃烧着,跳动着,遥远的天边,似乎一下子被拉到面前。……他再次感受到四年前初次遇到小怜的那个秋天,那个晋阳的秋天……"这样的写法,力图表现历史人物性格的立体性,不失为一种有价值的尝试。

"此外,历史文学的人物心理描述,尤属艰难。愚不佞,迎难而上,恰恰想从历史人物的历史心理切入事件。"② 基于这样的认识,梅毅在《玉体横陈》中,让笔下的人物一一出场担任讲述人,不但高纬、冯小怜、和士开等主角,宁王高孝珩、兰陵王高长恭、皇太后胡氏甚至和尚慧可等相对次要的人物,都以其特有的阅世眼光和价值观念,对历史"本事"进行了一番描述。这样的叙述方式,有效地展现了人

---

① 亚明:《玉体横陈·序言:奇幻而哀伤的历史美感——读赫连勃勃大王〈玉体横陈〉》,http://www.tianya200.com/18859_1.html。

② 赫连勃勃大王:《玉体横陈·前言》,http://www.tianya200.com/18859_1.html。

物的本我、自我甚至超我，不仅人物形象变得丰富多彩，历史也由此变得多元化、立体化了，有了鲜活的气息，一如梅毅的希望："透过历史，透过文学，我们能够同时间抗争！我们最美丽、最宝贵的集体记忆，都能在华丽的历史作品中得以重新整合和回溯。"①

如果说历史"本事"是构架，附加的感官印象和心理描写就是肌质。有了丰富的肌质，叙事才会有血有肉。肌质的价值在于干扰构架的清晰性，就像一架繁花，人们注意的是盛开的花朵而不是花架和枝干。虽然梅毅的"新感觉主义"历史小说在肌质的丰盈方面与当下的现代小说还不能相比，但他的尝试仍然有益于历史叙事的发展。

第四节　时代之病：物欲的暴涨与信念的坍塌
——评梅毅的《南方·爱》与《群氓时代》

除了叙述历史，梅毅也有一些表现现实生活的作品，具有代表性意义的是《南方·爱》和《群氓时代》。

《南方·爱》是新都市小说，《群氓时代》，按梅毅自己的说法，是杂文。这里放在一起进行评论，有两个原因：第一，这两本书都采用碎片写作手法；第二，这两本书都揭示当代人的精神困境：物欲的暴涨与信念的坍塌。

一、都市的物质文明与精神贫困

当代小说名家贾平凹有一本长篇小说《废都》，争议颇多。不管

---

① 新浪读书：《赫连勃勃大王：别让历史成为庄严的杂耍》，http://book.sina.com.cn/news/new/2009-07-29/1450258764.shtml。

赞者弹者如何褒贬，有一点是可以肯定的：这部作品表现了当代都市生活的空虚与颓废。笔者曾在对《废都》的评论中论及：当代人，尤其是当代文化人，"灵感尽失，陷于肉欲的宣泄之中不能自拔。在与物欲的对撞过程中，文化发展的内驱力已消耗殆尽，高尚的理想和积极的进取意识已经泯灭，文化创造力随之衰竭"。"几乎人人都有精神病象。"① 在《废都》的结尾，主角庄之蝶准备逃离西京，到南方去。到南方又能怎样？看看梅毅的《南方·爱》就知道了：南方同样不是桃园。

《南方·爱》的背景是新兴的现代化都市深圳。在这座富丽华彩的城市里，我们看到的是一个个庸俗、猥琐的人，一件件荒唐、鄙陋的事。硕士林学明，性格怪异以虐杀耗子为乐；总监田红生，人格扭曲除溜须拍马外一无所能；副总古运和，公款赌博一掷千金；主编江学文，为领导发表抄袭来的文章。女职员卖弄风情，男职员沦为性奴。女作家以隐私为噱头捞版税，教授行为猥琐全无志气人格，网络写手点击率造假，画家空口许诺骗钱。性交易，脱衣舞，上万赌注的性交比赛。假结婚，假文凭，假货横行，尔虞我诈……如果说还有什么人物可以给人带来温暖的话，那就只有曾经的恋人林紫倩了，可惜这个纯洁的女孩又早已车祸身亡。对当代生活，梅毅或许有些过于悲观，他让主角、叙述人魏延最终也因飞机失事追随恋人而去，从尘世的种种烦恼中得以解脱，并没有给读者留下任何光明的希望。

《群氓时代》与《南方·爱》异曲同工，同样是着力于揭示当代都市人的病态生活。崇拜著名品牌，追求奢侈，贪图虚荣；依傍显祖

---

① 孙春旻：《〈废都〉：一个广阔的阐释空间》，《名作欣赏》2010年7月下旬刊。

名人，炫耀身份富贵，浅薄势利；可怜的"海归"、"海待"，精神焦虑；向往西方虚假浪漫，缺乏独立品格，行为恶俗；缺少真才学真性情，人格虚伪；放纵欲望，饮食男女，不加节制；有人自命大师，大众即在网络上盲目跟风，形同群氓。凡此种种，梅毅概括为当代生活七宗罪：奢侈、势利、焦虑、恶俗、虚假、纵欲、跟风。梅毅说："我看过莫斯科维奇的《群氓的时代》，那是一本心理学著作。而我的书，是一本针砭时弊的杂文。"① "我这本《群氓时代》，并不是一本十分严肃的社会学著作，否则，'群氓'们也不会去看。我处心积虑要时下的'群氓'反思、反省，所以，才以'群氓'们最能接受的修辞方式和调侃去教诲他们……" "当然，这绝对不是一本充满自上而下以高傲的姿态俯视别人的知识分子的书。冒犯别人之前，本人赫连勃勃大王狠劲地把我自己先挖苦了一番。"② 他把自己买名牌爱虚荣的行为也一并写了进去，勇于解剖自己，在当下自我标榜的时代，实属难能可贵。

早就有人指出，当代的城市文明是虚假文明，因为在物质高度文明的同时，精神却在堕落。梅毅的两部作品，直观地诠释了这一理念。

二、文明的碎片与文本的碎片

《南方·爱》和《群氓时代》这两部作品，都没有贯串始终的中心事件，采用的是集纳式写法，也就是当今现代派和后现代派采取的"碎片化"写作。文明的碎片转化为文本的碎片，满目琐屑，一地鸡毛。

---

① 陈泽来、张何艳：《梅毅：我是一个严肃的写作者》，《郑州晚报》2009年7月24日第C08版。

② 新浪读书：《赫连勃勃大王：别让历史成为庄严的杂耍》，http：//book. sina. com. cn/news/new/2009-07-29/1450258764. shtml。

碎片化写作自古就有，老子的《道德经》就是81个碎片的集成，孔子的《论语》也属于碎片状的语录体。不过，古代的碎片文本不是自觉性产物，也不是文学作品。到了现代主义以及后现代主义文学时期，碎片化写作才成为自觉的文学行为。现代与后现代碎片有两种形态：一种是文本相对完整，段落与句子连贯，语言逻辑清晰，但时空跳跃，转折频繁且缺少过渡，意识流小说就是这种碎片写作的代表。另一种是以文本段落与句子之间的无关联性为特征，就是说，在叙事中，前后段落或句子甚至语词之间缺乏时间、空间、因果等关联，逻辑呈现混乱形态，甚至不表现任何意义，这在后现代主义小说中比较常见。

梅毅并不跟风现代或后现代，也不模仿意识流小说或空洞能指写法，他的碎片写作乃是当代社会文明碎片的一种必然反映，主要表现为人物形象碎片、环境碎片、人格碎片、文化碎片等几个方面。

先说人物碎片。这两部作品中的人物，都缺乏立体感，更多的是物欲与消费造就的单面人。或追名逐利，或坑蒙拐骗，或空虚自大，或冒昧盲从，大多是蝇营狗苟，狭隘猥琐。没有理想，精神上缺乏广度；不讲道德，人格上不够完善。此类人物一个个出场，又一个个隐退，集纳成一堆人物形象的碎片。

次说环境碎片。作品中，写字楼、歌舞厅、高档酒店、豪华赌场、大型会议、海外名胜、异国酒吧，更有老总经理、教授作家、画家影星、文化名流、时尚美女出入其中，构成喧嚣的文明假象，人物的行径却是如此猥亵不堪。一如梅毅所描绘的：一位所谓的"艺术家"，赤身裸体，将胯下的那玩意儿醮些墨水，于跳动蹲踞中，在纸上印出些肮脏印迹，便美其名曰"行为艺术"。富丽繁华的环境恰与变态畸形的鸡零狗碎，反衬出物质与精神的极度不协调。

再说观念碎片。由于人物缺乏理想和道德，人格不完整，便形成欲望主宰行为，理性意识与感性行为分裂的情景。就像《群氓时代》的开头部分，作者将自己追求名包、名车的行为写进其中，首先解构自我形象的完美，再来揭露芸芸众生的荒唐。理想、人格，也不是没有，但凡一露面，便被欲望击成碎片，这或许就是当代人的精神矛盾。

最后说一下文化碎片。文化是文明的表征，当代社会不少人以文化人自居，甚至自命大师，实则一知半解，装腔作势而已。在这两部作品中，作家、学者、艺术家、影星出现不少，还有一些在"百家讲坛"上口若悬河的风云人物。这些人，包装华丽，外表光鲜，实质上却浅薄轻浮，缺少内涵。更加上抄袭、代笔、作假、狡辩……各色"文化人"的荒诞行为恰恰具有反文化特征，文明在精神深处已经破碎，有待修补和拯救。

梅毅这两部作品，从文学的角度看，不够含蓄，略显直白，这是不足之处，但仍不失为锋利的解剖刀，或许能切除毒瘤，疗治病症。

第七章 盛可以论

第一节 一道别致的风景
——论盛可以小说创作

2002年,被许多文学评论家称为"盛可以年",当年她"席卷了《收获》《天涯》《芙蓉》等国内一流文学期刊",并获得"首届华语文学传媒大奖最具潜力新人奖"。① 迄今为止,盛可以出版了《水乳》《北妹》《火宅》《无爱一身轻》《道德颂》等五部长篇小说,以及《可以书》《取暖运动》《谁侵占了我》《死亡赋格》《在告别式上》等多部中短篇小说集。部分作品被译成英、德、日等文字在海外出版发行。她曾获广东省第十四届新人新作奖、广东省第八届鲁迅文学奖,成为当代文坛的一道独特风景。

---

① 李凌俊:《盛可以漂在路上》,《文学报》2005年9月16日。

一、欲望与感情：灵肉分离，尊女抑男

"性，可能是观察中国近二十年来观念演变的最好的窗口"，"性禁忌与性泛滥所形成的强烈反差，构成了中国当代独特的性文化"。①盛可以显然意识到了这一点，在她审视下层人群的生存的眼光中，"性"几乎无处不在，她的描叙背后充满着欲望与感情的矛盾冲突。

从年轻白领的斯文女，单纯混沌的乡下妹，到知书识礼的中年律师男，博学多识的名教授，盛可以笔下的人物，多放纵性欲（至少不守贞）而淡漠婚姻爱情，或曰难于寻觅真爱。人人几乎都有同居者、暧昧者，但逢异性有些许的引人之处，无论熟不熟悉，心里都迫不及待盘算，如何把对方搞到手。《道德颂》中名教授与青年女子旨邑只不过是旅游路上的萍水相逢，整天忙碌的教授为了"直抵老巢"享受肉欲，出国讲学山长水远也要飞赴异地幽会旨邑。《干掉中午的声音》中的租客女孩偶然求助一过路男帮忙修保险丝，却因其"天杀的"帅气相貌，便丢魂失魄，多次想方设法引诱他。《白草地》中的外资白领男，家庭生活安稳却厌倦妻子的"不咸不淡"，成日魂牵梦绕与"淫而不荡"的刊物女主编纠缠鬼混。《北妹》中的打工妹、老板、医生、编辑、警察，各色人等都有自己的非婚或婚外性生活。

身处当下欲望时代，欲望话题自是文坛的个中之义。与《蜗居》等许多作品着意"物欲"横流不同，盛可以关注更多的是关于"肉欲"的享受。

在其作品中的人物看来，"性"是最高的欲望享受，听从身体的召唤天经地义，灵肉道德无须纠缠。长篇《无爱一身轻》中的未婚熟女朱妙，年近三十色相将衰却不忧虑，面对男色则"打定主意，享受

---

① 杨晓刚：《欲望时代的性观念》，《文化纵横》2012年第3期。

这些"再说。《北妹》中来自乡下的打工女钱小红经常跟身边不同的男人"搞",并宣称"老子不是卖淫的"!认定"情欲不是肮脏的,交易才是可耻的",只要"饿"了,见到男人就"很想饱餐一顿"。《水乳》中的白领女左依娜已为人妻却仍心猿意马,放任情感恣意享受有家室的律师男庄严之爱,而当偶遇初恋吉姆朗格时又与其纠缠不清,在感情漩涡中随性游玩却没多少自责内疚,显现出摒弃贞操专一,否定婚姻制度,反叛传统准则的倾向。

与同时代一般写欲望淫乱、情感纠结有所不同,盛可以笔下人物的性事活动具有鲜明的"强女弱男"特征。对肉欲的渴求,女性往往更强烈主动。一反习惯传统的羞涩内敛,女人口中动辄爆出"干""睡"这类特指性事的动词,直截了当,充满进攻、掌控的欲望。女人非婚性生活频繁随意,未婚守贞已了无踪迹。性事主动,颠覆体位习惯,显摆"叫鸭",放荡无忌……从知书识礼文化女、外企斯文白领女,到底层打工发廊妹,泼辣淳愚乡下妹,不论婚内婚外,年长年幼,女人内心的肉欲渴求都难以抑制,姿态主动进攻,言行狂躁淫乱,毫无羞涩顾忌。短篇《无爱一身轻》以女性的角度,描写对男人"卵"的感受、渴望,令人震撼的正面角度、戏谑式全方位的研究摹写,彻底颠覆了传统现实中男性的主动地位。对《水乳》中的左依娜直言,有家的女人更寂寞,女人也可以干男人。在《没有经验的世界》中经验老到的女作家在火车上面对邻座帅气的少年男孩,动物猎食般地渴望与之发生关系。作品女性视角下的叙事描摹动辄以性相喻,随手拈来天衣无缝,仿佛这世界万事万物都是"性"的象征。女性意识相当强势。

作为强势女性意识的反衬,作品中的男人,倒常常是性萎缩性无能的。饶有趣味的是,女性可周旋于多个男人乐此不疲,而男人如若用心不专、"脚踏两只船",却会被鄙夷唾弃。

《水乳》写到与丈夫吵架,挨了丈夫前进的武力惩罚之后,左依娜立马拎出性能力说事:"你,废物,无能!"一如蛇打七寸直击要害,颐指气使的前进,即刻嗫嗫嚅嚅地败下阵来。在《中间手》中,女友小影不满"我"的性能力,事毕后幽怨"下次得给你带小号的(避孕套)",最终更因其是"废人"而恨恨罢免。左依娜尽管自己的情感是"三线穿插"左右逢源,却要求男方个个都忠诚守一。她自己名义上已是前进之妻,暗中却向有妇之夫庄严投怀送抱,同时又与初恋纠缠不清。听闻庄严在外面洗"波洗浴"享受另外一个女人,她就心头"怒火旺旺地燃烧起来"。当得知初恋吉姆朗格跟自己的闺蜜好友苏曼同居,左依娜"忽然对他产生一股强烈的厌恶",爆出阵阵狂浪的笑声肆意讥讽。在现实男权社会中,盛可以通过张扬强势的女性意识,来抗争现实中男权社会的统治,追求现代女性理想。

盛可以创作中显现的爱情观,呈女强男弱的态势,以及"尊女抑男"模式,具有鲜明的女性倾向,然而又充满矛盾和无奈:既向往爱情的纯粹热烈,不受羁绊,又终归短暂虚无,悲观颓废。女人爱上男人,是纯粹热烈,真正的爱情,应全心追求而不受任何束缚羁绊;男人爱上女人,却多半为贪图肉体淫乐,往往虚伪卑劣。

《北妹》中未婚女钱小红率性地跟身边一个个男人睡,只要她感兴趣,不管对方有无家室。论者对此多有称许,肯定其为女性解放、勇于追求、实现自我之举。对此,笔者认为,作品评论的依据不宜与现实生活完全脱节,过于为主题而主题。《道德颂》文青女旨邑肆意插足他人家庭,居然还理直气壮地嘲笑批判人家的婚姻,认定只有她追求的才是真正的最纯粹的爱情,世上的婚姻家庭制度都不道德不合理。仅仅为了能与情人水荆秋呆在同一个城市,她可以舍弃赖以为生的玉器生意而不顾,只身远赴北方,不知她靠什么生活——也许,作家更在意的是某种理想。《水乳》中左依娜的感情之所以在丈夫前进与律师庄严之间摇摆不定,除了受庄严的经济诱惑贪图物质享受外,更重要的是,前进从骨子里瞧不起她体制外打工妹的身份,他的爱是一种强权的、居高临下式的施舍,他依照传统的模式价值观来期望妻子,希望她做饭洗衣,贤惠听话。这让渴求平等自由、喜欢时尚的左依娜非常反感。而庄严则明说:"美丽是女人一生的事业,我不要你做饭,像个厨娘。我要我的漂亮老婆精神焕发。"这让左依娜"心头一热"感动万分。理解、尊重,才是让左依娜倾心的最关键砝码,也是作家追求现代女性价值的由衷希望。

关于性与爱,盛可以的矛盾在于,女性追求真正的爱情,而男性心中实际只有肉欲享乐,这令女性的爱情追求终将归于悲剧虚无。婚姻、家庭是爱情的杀手坟墓,可见是不合理不道德的。故作品的婚姻家庭多为夫妻冷战、怀疑积虑,所谓的爱情美满、家庭幸福难得一见。在《水乳》中左依娜历尽沧桑,回到原点,而迎接她的却是狂风暴雨。墙上有裂缝的房子,喻示她的爱情风雨飘摇,前景难料;闺蜜好友也与恋人闹的闹,散的散,悲戚颓废之气四处弥漫。欲望的肆虐,爱情的失守,灵与肉分离的现实,是对现代社会悲哀与无奈的深刻揭示与尖酸讥讽。

二、理想与现实:敢爱敢恨,真情难觅

不难发现,《北妹》《水乳》等作家较满意的作品有一相似之处:女主人公都敢爱敢恨,反叛传统,张扬自信。盛可以在痛快淋漓地讥讽世风、宣泄愤激的同时,有意无意地营造了理想的爱情伊甸园。在"尊女抑男"模式导向下,男女间的爱情具有截然不同的标准范式。

女人理想的爱,应无所羁绊,想爱就爱。为了爱,可不计年龄、

不为交易、不谈道德、不求婚姻、不顾生活。《北妹》中的乡下妹钱小红，向往外面的生活，从偏远的乡村来到都市开发区，迫于生计四处漂泊。与一些女伴利用肉体换取好处解决工作不同，她跟男人是出于喜欢，与交易甚至婚姻均无关系。《火宅》中的乡村小食店服务员球球姑娘，明知老板娘的大学生儿子傅寒不会娶她，只因喜欢他那"好看的模样"和"青苹果的气味"，就顺从地把第一次给了他。长篇《无爱一身轻》中的熟女朱妙为勾引年轻男孩，找到了隐瞒年龄撒谎的理由："一个女人不应该让历史来损害现在的利益。""彼此快乐的机会，不能被坦诚剥夺。"展现出敢爱敢恨、个性张扬的女性新姿。

　　女人理想的爱，应激情四射，会玩会享受，要有男人的千宠百爱，最好吃饭进馆子，花钱不用愁，食有鱼出有车，清洁卫生有钟点工，衣衫靓丽精气神足，由着性子撒娇耍泼，兴致勃勃总想做爱。总之有爱还要衣食无忧、张扬个性、生活精彩。一旦步入婚姻成了家，生活归于平静琐屑程式化，夫妻之间"不咸不淡"，"成天在厨房，一身油烟气，熏都熏饱了"，就没什么兴致谈情说爱了。故女人理想的生活是，既要物质富足，还要精彩变动。小说中的女人经常在外玩乐，不爱居家做饭，没有孩子拖累，懒得操心饮食起居，不屑于传统女人的相夫教子贤惠持家。的确，越来越多现代女性挣脱围着灶台、相夫教子的传统束缚，敢于追求自己的理想，实现自己的人生价值观。但对现实中的普通女人来说，这种境界恐怕仅仅只是理想而已。

　　盛可以笔下的好男人则是以女人为中心的。他们要威猛帅气养眼，要生机勃勃性能力强；要有房有车有钱，欣赏女人庇护女人；还要懂得女人尊重女人，用情专一、担当负责。《水乳》中的律师庄严本来已是完美男，仅仅因他与前妻所生女儿分享了父亲应有的爱，左依娜就无法忍受而决然分手。至于一般男人，能满足女人的肉欲享受是首要的，不然其他方面再怎么样都"没用"。在作家笔下，爱情的完满，首先在于男人的性能力强，在于感情专一，即灵肉俱佳且灵肉合一。可叹的是，作品中几乎所有的男人，或"不行"或随便跟人乱"干"，令女人的爱情理想无处安身。

盛可以男女爱情的理想模式，阐释了爱情情感靠不住，肉体享受才现实的意指。两性关系的灵肉分离实质，体现了对两性关系传统价值、生活模式的强烈反叛。理想现实的巨大反差，激发出辛辣的反讽与终极的悲剧意味。

三、心理与情节：恣意个性，情节疏朗

心理活动强势恣意、个性突出，情节疏朗不以故事取胜，是盛可以小说创作的又一特色。

诚如论家所言，盛可以小说情节一般不太以曲折引人取胜，然也有例外。长篇《水乳》结构由数线推进而交叠自如，虽非曲折起伏却也微澜频起，作家结构驾驭情节的能力才华足以窥斑见豹。左依娜从未婚到已婚一环一环的人生体验，以及与丈夫与情人与初恋的纠纠缠缠。闺蜜苏曼、袁西琳，以及朋友温倩、王东等一众人物的复杂情路个个演绎，自然清楚，纷至沓来而穿插迤逦，各自精彩且交相辉映。初读盛可以，震撼于其心理活动的气场强势而对情节印象不深，读至《水乳》则原先的疑虑一下释然。

当然也有个别情节结构跳跃，转折稍欠顺滑圆熟。如《火宅》中"县长"的身世、现状交代不足，其与女主人公球球的关系就略显突兀牵强：她原来真的是"县长"吗？若是，则当地政府组织不可能放任其流落街头；若不是，则其称呼从何而来？不明于此，让人感觉"县长"这一角色有游离、外贴之感。

强势的心理活动才是盛可以小说情节的有力推手，此处闪亮聚焦着作家过人的才华成就。

盛可以之于心理揣度、刻画描写，可谓长袖善舞，游刃有余。她尤擅依据不同角色不同情境把握人物的不同心态，随时转换合适的叙述视角，展开无羁的联想想象。或扩大延伸人物心思，或具象固化无形情绪情感，或阐释赋予人物复杂心理，人物内心世界缤纷异彩，角色感精准到位，在场感逼真强烈。如《水乳》中左依娜与前进到民政部门办离婚手续——

> 干瘪女人把所有表格全拿出来了，堆在她自己面前。就像一个屠夫，宰杀前把刀子等工具备置齐全了，然后对前面的一男一女说：你们想清楚啊，盖了戳就没办法改变，就解除关系了，唉！屠夫对牲口惋惜，好像说，不是我要杀你们啊，谁让你长一身人爱吃的肉啊！……

形象的喻说，描绘出当事人及办事者内心对一桩婚姻即将解体的复杂感受，并不露声色地表达出一个全息叙述者对婚姻制度的恣意讥讽。

盛可以笔下的女性多聪明犀利，敏感多疑，自信能干，甚而尖酸刻薄，说话看问题直戳本质核心；面对各色男人，她们或欲生发瓜葛而心思如麻、心如撞鹿；或为争风吃醋而想象过度、极尽讥讽；或论曲直是非而心如针尖、刁钻刻薄；或谋财利而心深似海、费尽心机……作品的故事情节并不特别曲折引人，然其内心世界的纷繁多彩、活色鲜香，简直令人目不暇接、拍案叫绝。出场的人物或察言观色、评头品足；或幻想谋划、示好试探；或接招应对、警戒防备；或纠结忐忑、抚慰宣泄；或欺蒙吓骗、撒娇撒泼等。大段大段的内心活动，却无冗长沉闷之感。其挟裹强势逼人的气场氛围，浑然化成作品的筋脉血肉，并强力推进作品的情节进发。走进盛可以的人物内心，你会不由得感叹人心似海、宇宙无边；作家笔走龙蛇的恣意洒脱、挥洒才情的动感活力，如同推推搡搡的潮水迎面扑来。

四、感受与表达：精准在场，质感洒脱

盛可以小说语言的精彩独特，受人称道。有人说，盛可以"靠她的才华写作，这才华表现在语言上，她的语言感性、敏锐、辛辣，有时还很深刻，形象的深刻"。① 具体体现为：

第一，观察感受精确敏锐，联想想象强化意蕴。观察感受是写作主体与客观对象交流时所作的信息交流和主体反应，两者有所不同而又相互关联涵融。观察感受能力是写作的前提，是决定一个作家创作水平高低的先决条件。盛可以对生活事物的观察总能准确捕捉到关键细节，即蕴含事物意味最集中最丰富的片段，同时展开联想、想象，沿着作家意指的轨迹方向做合乎特定语境及意义关联的演绎、阐释，实现作家对该片段意味的挖掘、凸显、延伸和放大，完成其寓意、调控及生发、融和的创作环节。在长篇《无爱一身轻》中，电梯间，熟女朱妙碰到闺蜜的情人拿着玫瑰准备走进别人的房间：

朱妙说："我见过你"——男人手中的玫瑰颤了一下，把小眼放圆……朱妙却不说话。出电梯门时，男人抱玫瑰的手没那么虔诚了，玫瑰东倒西歪，如男人的精神一样溃散。

---

① 李子荣：《漫谈盛可以小说语言艺术》，http://blog.sina.com.cn/s/blog_ 670c01470100rwhs.html。

这里，男人的眼睛及他手中玫瑰花的细微变化，可能是作家现实生活中观察的结果，更可能是作家移植生活积累，根据闺蜜情人性格及作家的寓意目标所作的想象，东倒西歪的玫瑰跟男人溃散精神作比，强化了"男人"用情不专、精神委顿的状貌，在延续故事的叙述中不露声色地予以讥讽。

第二，描叙感性表象，喻指源于感觉。作家的所思所感，须用合适的语言表达。对内心世界表达的失真是写作者常有的遗憾。盛可以笔下语言顺畅自然，仿佛源自于每个人物实时情形的感受，仿佛源自全知全晓叙述者的全息扫描。其勾勒描摹出全方位的特定情境，读者能从中还原想象并体味到质感真实的情景意味，产生逼真的在场感，与小说规定的语境场景高度融合，实现意义的增值。

感性、表象、丰满、简洁，是诸多论家对盛可以作品语言的评价。个中的秘诀源于作家个性化的比喻——喻体不仅生活化、情绪化、个性化、意指化，更可贵的，是源于作家生命深处灵魂律动的"感觉"，而非生命外在习得的"技巧"。例如，她是这样叙述《鱼刺》中老婆买衣服跟时装店女人吵架后脱身后的情形：

她把对那个女人的敌意与愤怒指向了我。她根本不和我说话……我就像她这辆大卡车的一个拖厢，随着她的方向拧转了身子，跟在背后一声不吭地向前滑行。

一个温吞男人此刻难于言说的种种无奈，无需抽象界定无需翻译阐释，借助一个贴切的比喻，读者就全然会意了。

再如，《惜红衣》中的打工妹董葡萄想通过肉体交易来帮下岗

父亲找一份工,跟着老板来到一个梦幻场所:

> 灯光幽幽,粉香扑鼻。一堆一堆的肉,笑脸如绽开的银子。董葡萄感觉进了妖精洞。……领路的妖精推开一扇厚重的门,里面就像捉了唐僧似的热闹。

在这里,一堆一堆的"肉",散发着铜钱气的笑脸,饱含打工妹迫于生计的无奈挣扎以及对纸醉金迷贫富悬殊的厌恶。这种独特感受,是董葡萄这种处境可能有的,然而归根结底是源于作家自己的感受和想象。

叙述描写中,盛可以总能不时拎出形象恰切、个性十足的"盛式"比喻来,仿佛渔民养在网箱里的扇贝,随手一提就是一串,这在很大程度上得益于她特别的"感觉"。文学需要感觉。存在主义文学大师加缪认为,解释是多余的,只有感觉长存。盛可以一下笔,任何事物似乎都有能成为她言说的喻体,其喻意也是恰到好处、浑然天成。

第三,传递感官印象,犀利质感畅快。能否运用表象语言,是决定文字语言描摹效果的关键因素。"表象语言是大于概念的语言,跟主要传递信息的日常语言不同,它还具有情感、审美等功能,与小说作者、叙述人或小说中人物密切相关,它是人的心灵世界的投射和影像。"[1]

盛可以小说擅用表象语言,尤其在其熟悉的生活领域。她不堆砌形容词,而是注重感官印象传递,融汇思考感受。《水乳》中两口子吵

---

[1] 李子荣:《漫谈盛可以小说语言艺术》,http://blog.sina.com.cn/s/blog_ 670c01470100rwhs.html。

架。丈夫前进失控掌掴左依娜:

> 左依娜没有听到声音,她只觉得自己的脑袋往右边歪了一下,一扇风从耳边吹进左眼里,凉飕飕的,片刻间,她睁不开眼睛。……慢慢地,左依娜觉得左脸有无数针尖扎刺,然后,像棉花一样弹了起来,接着她就失去了这边脸,手摸上去毫无知觉。

作者并没有用"狠狠"一类常见而空泛的形容词,甚至连关键动词"打"字都未见,只写了人物外在的以及内心的"感觉"。读者仿佛能随时将灵魂附着于人物,看其所看想其所想做其所做感其所感,犹如出入其情其境,略无所隔。

不仅仅是"形象"、"质感",在描写表象、选择喻体的思维过程中,盛可以还同步进行着辨析思考,融入并传递自己的意趣情感、审美准则,使她的表象语言在完成作品表层肌体、生成故事言说的同时,激发作品内在意蕴的凝聚、延展、提升、裂变、投射与衍生,实现作品表层与内蕴的融合共生。

盛可以小说语言的犀利、精准、质感、淋漓,描绘出真实在场、印象饱满的生活情景和人物形象。这主要得益于其叙述善于直指内核、语含讥讽气势逼人。作家目光锐利、胸有成竹,且寓意深远、思绪绵远,其感受绵密、质感细腻,思如泉涌而气场强盛,收放自如而舞弄随心。简言之,在于其认知精准、感受绵密、思维敏捷、语言恣肆。雷达说过,"现在文学的缺失,首先是生命写作、灵魂写作、孤独写作、独创性写作的缺失"。① 盛可以的创作，因源于生命灵魂深处的激情涌动而生机勃发，独立潮头。

90 年代中后期以来，"祛魅"风潮盛行中国文坛，关注民生、关注政治等文学创作应有的主流主题遭遇时代消解。"以娱乐的自由和消费的自由取代政治的自由，以娱乐消费领域的畸形繁荣掩盖政治公共领域的萎缩，以消费热情取代政治冷漠"。② 然而盛可以的创作有所不同，她关注改革开放中都市下层群体的生活境况与精神状貌，尤其是打工妹在城市化浪潮中的生存境遇与心灵蜕变，通过对新的两性关系、人生理想以及生活追求描写，反映当代都市下层女性的生活状况与人生价值观，呈现出当下的在场感和历史的使命感。作为 70 后女作家，在消费时代女性"欲望写作"风靡一时的情形之下，其独特的关注角度及生活面，突出的艺术成就和独树一帜的艺术风格，使盛可以注定成为文坛特定时期的一道独特风景。

一般认为，与众多 70 后女作家创作相似，盛可以小说也存在社会背景不甚明晰，时代感不强的特点；存在着人物社会生活面较狭窄，故事情节简单平淡，人物公共意识社会责任不明显等局限。笔者认为，作家超强的语言驾驭能力，在精彩描摹心理之时，似也偶有过于恣意放纵之感；个别人物的言行逻辑相对偏弱。如，都市女白领小资生活总不缺经济来源，个别女性感情变动及后续人选的交代稍欠自然。再者，有些作品性意识性描写有过猛过滥之感。虽深刻反映了灵肉分离的现实，但过分的渲染也与当下社会普遍的道德观念和主流生活状态不太相符。

---

① 雷达：《当前文学创作症候分析》，《光明日报》2006 年 7 月 5 日。
② 陶东风：《文学的祛魅》，《文艺争鸣》2006 年第 1 期。

第二节　使命意识·骨感神韵·质感风范
——从《北妹》看盛可以长篇小说创作

长篇小说《北妹》,① 是盛可以的处女作,"是原生态的、野生的、本质的、粗糙的、生机勃勃的生命呈现",② 展示了作家比较明显的个人风格。读盛可以,不能不读《北妹》。

一、生存状貌与深层喻示

"北妹"是广东人对广东以北的打工妹、漂泊女的习惯称谓。生活贫穷、缺少文化、社会地位低是她们的共同特征。《北妹》写乡村少女钱小红及其同伴,随着90年代的南下潮流,从偏僻的乡村来到深圳打工。几年时间,几乎经历了打工妹可能遇到的所有劫难与艰辛:骚扰、失贞、性滥、堕胎;脏乱、劳累、拮据;卑微、无知、受欺、奔波、无望……乡村不想回,城市融不进,前途无望,痛苦迷惘,然而依然坚韧生存。

视点的选择、景深的调适,乃独特风景读取的前提。"性是我们面临一切问题的核心",作品的叙事以性意识性经历描写贯穿始终。③ 面对都市物质、文化的重重压力,处于社会底层的北妹们,除了廉价的体力、粗拙的技艺,能够引起城里人尤其是男人兴趣的,恐怕还是她们年轻活力的身体与单纯淳朴的性格。北妹要生存,自身的资源本钱十分有限,因而"性"乃是北妹人生中无法摆脱现实纠缠的一个基本

---

① 盛可以:《北妹》(原名《活下去》),《钟山》2003年第11期。
② 盛可以:《北妹·再版后记》,天津人民出版社2011年版,第171页。
③ [美] 凯特·米利特:《性政治》,江苏人民出版社2000年版,第29页。

话题。

观念主导思想言行。对性的认识和态度，很大程度上决定着北妹的生活方式。作为钱小红的映衬，李思江出来前，完全是年幼天真，稚气未消。刚到城里，马上被男人盯上骚扰，没几天，她就贱卖了童贞，换回两张暂住证——她和钱小红打工生活最起码的栖身保障。李思江虽也曾因失贞而暗中垂泪，但毕竟身处开放地区，李思江的性价值观早已发生了急遽变化，再加上迫于生存，她已经顾不得那么多了："处女膜是什么东西？我不觉得失去了什么啊，明天起我们就自由了。"① 传统社会女性最为珍贵的贞操，连同父辈女性价值观最核心的堡垒，与现代都市的开放观念一交锋，三下两下便土崩瓦解。李思江与村治安队员坤仔的短暂甜蜜，使她自以为找到了爱情，却马上被怀孕、打胎弄得灰头土脸。更不幸的是又被人用来顶替计生结扎而被强行手术，连生育能力都被野蛮夺走。李思江向往城市，最后却希望破灭，一无所有地逃回乡下。

钱小红在性问题上，却是特立独行，旗帜鲜明。她不卖肉，不为爱，只"为欲望服务"，我的身体我做主，随意与人滥交，恣意放纵欲望，借以蔑视世俗传统，反抗社会男权规则，一时倒也淋漓痛快，最终却致乳腺病恶化，身体垮了。不仅如此，钱小红身边的发廊洗头妹、工厂打工妹、宾馆服务员、歌厅三陪女，甚至是区妇幼医院的女职员……形形色色的下层女子，也动辄与人乱搞，或借此谋得些许好处，力图改善生存窘迫，或发泄无聊寻求刺激，偷取片刻欢愉，追求自身欲望的满足和享受。

对此，不少论者多从"身体写作"、"女性自由"等层面来审视，

---

① 盛可以：《北妹》，天津人民出版社2011年版，第37页。

只注意其远离现实生活的理论文化意义,并给予过多的肯定。而笔者觉得,谈论作品的性开放性自由,不能完全无视文学的社会功能。时下,理论界不时兴提"反映论"、"言志说",但现实生活中,人与性、人与社会的关系密不可分。性与爱的割裂,灵与肉的分离,违背了社会人性的基本法则,并不符合人类社会的公序良俗,对人是一种精神损害、健康摧残,从某个角度上看,于社会风气是一种堕落倒退。若一味纵容性自由而无所顾忌,则与动物世界何异?毋庸讳言,在特定时代国门乍开、泥沙俱下的开放地区,这种现象并不罕见。钱小红们不无偏激的、杂乱的性观念、性意识性际遇,正是一出特定时期社会风气的文学映象。

我们的文学理论不能只偏重于新潮理念的阐释,而过分地远离现实生活和传统道德,随意轻蔑文学与生俱来的社会功能,如此易将文学导入狭窄之路,引诱作家为了迎合某种所谓现代理念,抛却作品应有的生活质感。事实上,类似的情况并不鲜见。笔者曾揣测,盛可以后来的创作,如长篇小说《道德颂》《水乳》等,相对的写实少而喻理多,是否多少也受到这种影响。这类作品,在普通读者看来,确实没《北妹》真实引人。作家也曾表示,"在后来的写作中,我无数次回过头重新审视这部作品,很奇怪我很难回到这个状态,很难再有这种如非洲鼓点一样兴奋密集的语言节奏和目空一切的行进态度"①。在笔者看来,这是否与过分追求理性表达,忽略现实生活的真实丰满有关呢?

二、生活世界与人心世界

"好的文学它所要追索的,永远是生活世界发生了什么,人心世界

---

① 盛可以:《北妹·再版后记》,天津人民出版社 2011 年版,第 171 页。

发生了什么。"①《北妹》从"生活世界"与"人心世界"两道基准线出发，筑构打工群体生存的区域风景线，具有特殊的人生维度，使作品发散出一种登高统览的宏大气度，和长幅彩卷的斑斓质感。

(一) 打工世界的生态图谱

笔者以为，好的小说，首先故事要好看吸引人，要能令人身临其境眼界大开；要能引发感触，令人如痴如醉；要能唤起觉醒，增加信心希望；同时还要能引人思考，予人启迪……若故事讲得虚无缥缈或枯槁无味，总归算不得什么好事。然而眼下创作界似乎对真实的生活逻辑颇为不屑，更热衷于凌虚高蹈，神秘深奥。于是乎我们的一些作品，成天纠葛感情，坐而论道，不用工作不见生活，不知有汉无论魏晋，不食人间烟火，无关世间痛痒，抽象艰涩不知所云。弄得写小说必得编排很假很干巴的故事以演绎玄妙；看小说往往就是琢磨领悟作家隐藏在字里行间的深意；评论小说常常只剩下少数专家学者高深莫测的自话自说梦呓把玩。若此，小说将会严重脱离实际生活而导致大众的疏离。

《北妹》则不。作品围绕钱小红打工的生活轨迹，写了她身边不同群体类型的各色人物各种生活，其形象类型之真实多样，情景场境之鲜活经典，包罗生活之全面丰富，体现出作家内心深处对底层社会的悲悯情怀。

与常见打工妹的柔弱、悲苦、隐忍不同，主人公钱小红书没读多少，但阅人处事却无师自通。她向往城市，为人灵活犀利、率性自信，放纵欲望而又不失自己的底线。在这个辣妹子身上，凝结着北妹们的生活状况、酸甜苦辣；她那痛快淋漓的湖南话，道出了打工妹不敢说、

---

① 谢有顺：《此时的事物·序》，江苏教育出版社2005年版，第2页。

不知道怎样说的话……比起一般卑微隐忍的打工妹，钱小红更令人振奋和期待。她"成长于一个传统价值受到商品经济严重侵蚀的时代，既残存有农业文明时代禁忌身体的顽固流毒，又受到了工业文明时代身体解放思潮的浸淫，更孕育了现代社会身体自由的新锐意识"，① 代表着特定群体的特征和希望，是文学作品中一个真正具有时代性色彩的"北妹"。

钱小红们的打工生涯，一路犹如浮萍漂水，随缘漂泊。她们跟着老乡栖身废品收购站，误打误撞闯入妓女聚居的便宜小旅馆，懵懂跟人到 K 厅陪酒，试过给不怀好意的小老板做公关，怀揣梦想到发廊当洗头妹，招聘到手袋厂做小企业的流水工，被抓到流动人员收容拘禁过，做过宾馆总台服务员，区医院打杂的临时工……其类型之丰富，经历之曲折，于当下作品中实不多见。

与不少视点较窄、人物不多的打工作品不同，《北妹》写主人公奔波辗转的打工生活，以远阔的景深、收放自如的大视角扫描深圳打工群体，活画出众多行业的各色人物与生活场景。那不甘拘束向往城市的湖南乡下妹子，势利泼辣的乡邻大嫂，心怀欲望而憨厚的乡村汉子，小县城招待所俗野妩媚的女服务员，粗痞率直的北方住客男，县城郊区小餐馆艳俗凌厉的老板娘和精瘦有心计的老板，废品收购站方头方脑好色的小老板，油滑可怜成天温习封面女郎的单身男小工头，恃宠撒泼的小三和悲苦无能的妻子，便宜小旅馆或艳丽或麻木或慵懒的卖笑女，夜总会凶神恶煞的嫖客及扫黄被抓的妓女，色情按摩勾搭顾客的发廊洗头妹，脱下制服鬼混的警察，小手袋厂流水线上机械木

---

① 马玲丽：《身体自由：欲望与反抗的双重沉沦》，《名作欣赏》2010年第 5 期下旬刊。

然的打工妹，刁滑苛刻的车间主任，身穿斯文制服私下截留房费的宾馆总台服务小姐，夜总会 K 厅熟门熟路的三陪女，区妇幼医院表面严肃私下勾搭女下属的院长，擅与同事钩心斗角的挂号员，热衷打探八卦消息爆猛料的化验员，刻薄冷漠的妇产科医生，医院宣传科受人排挤的临时工，绝望跳楼的性病女，乘人之危的土财主村长，虚情假意玩弄打工妹的村治保队员，正直有同情心的派出所警察，阴冷专横的黑头目，街头缠人的卖花女，出租屋闲居的代孕妈妈，豪宅里年轻落寞的宠物保姆，口若悬河很白领的培训师，精明如耐磨砖般的保险推销员，装模作样鬼心鬼事的文化局官员……他们的生活各有自己的精彩，宛如旋转舞台中的一幕幕经典场景，筑构出打工世界、底层社会乱象横生的丛林生态。

一段时期以来，不少作家笔下的女性，动辄美酒咖啡、恋爱小资、无病呻吟。钱小红们的面世，使当下女性文学朝更贴近生活的现实回归。盛可以曾深有感触地说："呈现这个群体的生存状态，是有意义、有价值的。"[①] 的确，打工群体为中国的经济腾飞、国家发展作出了巨大奉献，他们的生活状况、忧喜悲欢，关联着这个时代中国城乡变更、农民境况巨大变革。若无视于此，文学将自我矮化自我萎缩。盛可以的使命感源于她清醒的认识与自觉的社会责任意识。

（二）急遽变迁的心路历程

打工生涯是怎样将本质纯朴的"北妹"一步步异化为所谓的"城里人"？打工者的内心常常荡漾着怎样的涟漪怎样的波澜？盛可以超越一般的浮泛叙述，直抵人物的"心"底，开启北妹内心独特的窗口，展现世人所不曾认识的风景，作品的人生哲理思考因而达到相当的高

[①] 盛可以：《北妹·再版后记》，天津人民出版社 2011 年版，第 281 页。

度与深度。

　　单纯的乡间少女外出打工，向往都市而不被接纳尊重，抛弃故乡遭邻里轻蔑鄙视。没见过世面的李思江们，在接受现代文明洗礼的同时，无可逃遁地遭遇了都市环境的污染。在一步一步经历了期待、新奇、不安、无助、恐慌、愤怒、厌恶、无奈、麻木，再到适应与依赖的蜕变过程之后，身体容貌也由原来健康活力气色红润的"苹果脸"变为苍白瘦削的"瓜子脸"，整个人也从以前的单纯质朴、充满期待，变为开放成熟、庸俗市侩。

　　内在的变化往往缘起于见识的改变。生长于改革开放之初的乡下妹子，初次出门谋生，新异而杂乱的东西扑面而来：车门拍得山响屁股冒着黑烟的破中巴，黄沙尘中刚拱起的立交桥，进深圳时的落车验证（边防证），派出所抓"三无人员"，摩的搭客要收钱，大白天躲床上睡觉的"乖妹子"（三陪女），"棉絮"乱飞的卡拉OK夜总会，一条红领巾能做两条的三角裤，天天温习的地摊杂志烈焰红唇封面女郎……随时随处的种种乱象令人眼花缭乱、瞠目结舌、猝不及防。这些所谓的潮流时尚为乡下妹子开洋荤长见识，进行了现代都市的洗礼，使她们逐渐褪去了乡土气，成为城市里的倚零人。

　　事实上，到了都市，乡下女不仅仅是"开眼界"，环境的浸淫加剧了她们心灵的蜕变。深圳到处都是听不懂的粤语，说惯了的家乡话无处可讲，让她们感到魂不着地，内心惴惴不安。"开苞""打洞""饮夜茶"……莫名其妙的暗语、黑话随处可闻，恣意的挑逗、暗示污浊不堪，这个人欲横流的世界令她们深受侮辱而无处逃遁。李思江到深圳没几天，就用自己的贞守换了暂住证。身边的洗头妹，也一个二个不惜凭借色相拉住客人、谋求出路。乡下妹们或企求遇到真爱，或希望被人"包"养，或希冀得一笔钱财……收入低微、劳作繁重等生活艰苦，复又加人格侮辱等精神摧残伤害，城市底层社会的杂乱环境，迅速无情地摧残乡下少女也许原本就不那么完善牢固的道德精神防线，深刻改变了她们的内心世界乃至人生轨迹。钱小红们的变化，真实记录了一代农村青年在历史浪潮中的无奈转身。

三、骨感神韵与质感风范

真正的艺术，应具备"生命的质感"，即其塑造的形象、表现的生活应当如在目前、如可触摸，让人能感受到冷热粗细，让人产生活生生的真实感。"有质感的不一定是艺术，但没有质感却一定不是艺术，至少不是好的艺术"。①

如同真实生活般的质感，是小说"好看"的前提之一。一段时间以来，评论界比较热衷于高深理论，不太提及"反映生活"、"讲好故事"等文学作品的基本特质功能，淡忘文学立足的基点所在。文学作品理应关注人类一些最基本的哲学命题，但也不可忽略与普通民众的沟通与共鸣。笔者并不排斥一些先锋探索作品的面世，但任何真正的文学都应该与民众的审美理想融于一体而不是相互对立的。

质感离不开骨感。所谓骨感，指抓住事物最本质特征的东西，能用最具概括性的材料、最具表现力的语言，简洁、明了、生动地表达出其精神特质与内涵。骨感是质感的内涵支撑，是质感的底蕴，质感层次的高低很大程度取决于其骨感的质量。当然骨感也离不开质感——必要的情节、细节熔铸成的活生生的真实感。脱离生活真实的故事因其不像生活而不可信，只是借题布道、抽象说教而已。

内具骨感神韵而外显质感风范，是盛可以长篇小说的突出特点：其质感因骨感而直截、有力；其骨感因质感而鲜活、温润。她写人说

---

① 王文革：《艺术需要生命的质感》，《中国艺术报》2012年2月3日。

事总是定点到位、拿捏够劲,间或还来一点点尖刻,犹如针灸扎着阿是穴,酸胀、刺痛然而过瘾。其顺手拈来的生活细节,仿佛生活本来的样子,纷繁、自然而有味。

仿佛本能一般,盛可以写人物写生活,总能抓到最具特征、最要害的细节,人物的性格风采活灵活现,骨子里韵味无穷,随处闪现着盛可以观察、感受及表达的过人才气。例如面对粗俗老板直指"波"的难堪话题,钱小红"故意腼腆地笑,不告诉你……"既保护了自己,又不得罪人,主人公那娇媚的音容跃然纸上。写李思江初到夜总会:"服务小姐推开厚重的木门,音乐鼓点哗地蜂拥过来……人影一晃一晃,灯光像嬉戏的孩子到处奔跑。光线好暗,衣服上好像沾满了白棉絮……看不清人的面容,只见牙齿惨白,眼里的白色一翻一翻,也辨不清谁是谁。"这些描写,把一个未谙世事的乡下妹子初涉繁华娱乐场所的新奇、惊讶、不知所措及种种复杂感受十分传神地表达出来。

环境是人物生活的场景。盛可以笔下的深圳郊外有着浓烈杂乱的开发区气息:生长着白顶屋棚和平房的偏僻荒地;突突黑烟中卖票员一只手在窗外拍得嘭嘭响的中巴车;贴满前列腺炎梅毒老军医小广告的电线杆;里三层外三层围着人群的工厂铁门……这样的环境,令北妹们的仓皇无着,于忙碌和艰辛之中失却了本真,也令所有的人物都有了性格生成的根基。

小说骨感与质感的相生互益,必须借助于语言载体。盛可以摒弃平铺直叙的琐屑,以特有的精准与果断,得心应手地调遣人物,痛快恣意地挥洒胸臆,字里行间充溢着一股强盛的气场。人物用自己的眼光看世界,用自己的语言说话讲故事,没有修饰繁复的书面语言,不见空洞的熟语形容词,口语化而不滥俗,这也许不完全是作家刻意采用的语言策略,本质上是她语言才华的挥洒奔放。

第三节 展示荒诞时代的畸形人格
——析盛可以《白草地》的内涵与程序

作为女性作家，盛可以对生活的感受和表达敏锐而新异，常能给人留下极为深刻的印象。她的《白草地》，① 就是一篇能够将人带进沉思的作品。在这部短篇小说中，真实与荒诞，常态与畸形，现实与隐喻，彼此交织在一起，形成一股巨大的张力，让读者浮想联翩，胸中似有无尽感慨，最终却唯有一声叹息。

《白草地》中女性对背叛的男性的报复，隐蔽、阴狠，甚至有几分残忍，无论是人物还是故事，都有些极端色彩。有人据此认为这部作品"有强烈的女权意识"，但这一判断却有些似是而非。作品中充满了象征和隐喻，富于弹性的语言也有着广阔的阐释空间。跟所有的优秀作品一样，它需要一些引申性的解读。

一、故事、情节、人物

研究小说，有一件重要的事情就是要把故事和情节区分开来，否则你就无法认识叙事的奥秘。对这一对概念的区分是从弗斯特开始的，他在《小说面面观》里提出，将若干事件按时间顺序叙述出来，就是故事；按因果关系叙述出来，就是情节。俄国形式主义学派则认为，作为小说叙述对象的一系列事件，是故事；对一系列事件的组织安排，是情节。笔者的观点是：遵循自然形态的叙述是故事，创造艺术形态的叙述是情节。弗斯特所说的时间叙述和因果叙述，都是遵循自然形态的叙述，不体现作者组织艺术程序的创造力，都应归入"故事"。而

---

① 《收获》2010 年第 2 期。

情节，虽然也要以一系列的事件为构架，但精髓在于运用多种技巧、方法和手段对事件所做的组织和安排。诚如一些名家所言，故事只是小说中较简陋的成分，作为艺术，小说的叙事，重心不在于"事"，而在于如何去"叙"。情节决定着读者用什么样的方式了解作品中的一系列事件。

显然，小说作为一种艺术，情节是根本性的要素，但是小说毕竟离不了故事。现代小说无论运用了什么样的组织手段使文本呈现什么样的结构形态，诸如时空破碎、因果颠倒、穿插倒叙、隐喻象征等等，无论怎样无序化、碎片化，都必须以能够恢复出一个大致完整的故事为前提。就是说，读者读完一篇小说，能够按时间和因果的秩序将一系列事件复位，恢复出一个相对清晰的故事，否则，这篇小说在事理逻辑上就无法被人理解。

情节具有不可复述性，除非你把作品完整地读一遍。而故事则可以简略地复述出来，也就是所谓的"内容梗概"。现在我们把《白草地》的故事复述一下，这样，可以让我们理解故事与人物的极端性，进而认识作者的立场和作品的内蕴。

小说以第一人称展开叙述。"我"叫武仲冬，在一家外企做 sales（销售），公司不许用中文名字，于是"我"又叫 Jason。"我"的妻子叫蓝图，是个"不咸不淡"的女人，除了工作，还开了一个网店。为了得到福斯公司"从牙缝里挤出来的小订单"，"我"对多丽曲意逢迎，因为她是福斯公司的 buyer（采购）。多丽说我的眼睛令人柔肠寸断，我当然明白她的意思，可是当看到她失去乳房的胸脯时，我逃走了。继而后悔转回，多丽却已经离开。"我"喜欢的女性是玛雅，一个"淫而不荡，天真而不幼稚"的小脸美女。"我"占有她，却什么也不能给她。而玛雅什么都不索取，即使我渐渐失去性能力，她也不嫌弃，反而常送些名牌领带、袜子、内裤给我。就在我马上要被公司裁掉的时候,多丽的电话打到公司,用一笔订单挽救了我。我买了水晶项链感谢多丽,并"做好了被她蹂躏的准备"。多丽收下了我的礼物,却没有任何性的要求,只是告诉我要警惕玛雅。因为与前夫的感情破裂,玛雅恨男人,"前夫给她的钱花不完……她只想搞破坏,不想得到任何东西……沾上她的男人没有不遍体鳞伤的"。可是"我"想不出玛雅对"我"有什么不好。多丽又说,她已从福斯公司离职了,这让"我"无比失望。不久,多丽就因乳癌扩散死去了,"我"才知道她离职的原因。"我"再也得不到订单,只好辞职,去找玛雅,玛雅不再给我开门。"我"不但失去了性能力,乳房也在发育,医院检查后,说"我"在长期服用雌性激素。原来,玛雅送"我"的那些用品,都是从我妻子蓝图的网店里买来的 A 货,她送给我,我再带回家,导致我无论怎样撒谎,都不可能瞒住蓝图,奸情早已被她发现。可是蓝图并不声张,只是每天让我喝一杯"盐水",在不动声色之中,她已把我变成了不男不女的废人。

"复仇"是文学的母题之一,可是盛可以的这个复仇故事格外的与众不同。无论是玛雅还是蓝图,性格都十分极端,下手都相当凶狠。有人因此做出的"强烈的女权意识"的判断之所以似是而非,是因为对盛可以的立场认识不准。对玛雅和蓝图这两个人物,盛可以所持的并不是肯定的态度,她们证明着人性的险恶。相反,尽管武仲冬是一个不中用的东西(谐间"无中东"),作者很看不起他,但却不无同情和怜悯。还有多丽,虽谈不上多么正面,到底还有几分善良和真诚。盛可以是想告诉读者,当下的社会都是病态的,病态的社会又造就了病态的人,无论男人还是女人,人性都已发生畸变。

对于《白草地》中讲述的故事,我们可以做出上述解读。至于情节，那就需要做文本分析了，我们姑且放到后面再立专节探讨。

二、男性、女性、人性

套用一句开玩笑的话，《白草地》讲述的是"一个男人与三个女人的故事"。这四个人物，形象都相当鲜明。

该小说的叙事视角是男性的。武仲冬，也就是 Jason，是一个在艰难生存困境中迷失自我的人。他"在外企做了三年的 sales，每天要打七八个小时的电话，憋尿、忍渴、寻寻觅觅，为得到一张订单磨破嘴皮，有时两只耳朵都被话筒堵住，下了班脑海里苍蝇嗡嗡乱飞。"他娶了蓝图，却买不起房，连当房奴也无望，只好当租客。他欠着蓝图一枚钻戒，只有在梦里才买得起。他还想把蓝图带到国外去旅游，那更是一个遥远的梦想。他与多丽交往，完全是为了订单。在"一次喝得胃出血，一次酒精中毒，两次住院之后，我们建立了牢固的伙伴关系"，尽管得到的不过是福斯公司"从牙缝里挤出的小订单"，但为了生存，"你就不能不感谢一条牙缝了"。多丽是他的"母财神"。在残酷的生存竞争之中，他的价值取向渐渐趋向于纯功利主义。作为男人，他也有性的贪欲，但与生存相比，性还是很次要的。在床上，他看到多丽裸露出平坦的"疤痕闪亮"的胸脯，吓得落荒而逃。在得到多丽的帮助后，又觉得"如果多丽有需要，我适当地献出一点温情也未尝不可"，并且"尽量将多丽想成一个迷人的娘儿们"，甚至"做好了被她蹂躏的准备"。从道德角度看，这样的做派无疑极端庸俗可耻，他甚至不配做男人，因为他完全失去了男人的刚性。在与玛雅的交往中，他同样缺乏自主性。他喜欢玛雅，是因为这个"小脸美女"率性、自由、独立、大方，而且对他有着强烈的"哺乳冲动"，就是说，除了玛雅无所顾忌的性开放之外，他潜意识中还需要强势的玛雅所给予的母性保护，他有着潜在的恋母情结。不幸的是，他是一个没有出息的男人；更不幸的是，他面对的女人个个十分强悍。在家庭生活方面，他需要蓝图的照顾；在养家糊口方面，他需要多丽的施舍；在精神安全方面，他需要玛雅的庇护。怪不得有人说，《白草地》是一篇让男人感到不舒服的小说。面对这样一个没骨气的男人，我们的感受很复杂，有些"哀其不幸，怒其不争"的味道。毕竟，生活中这样的男人实在太多了，生存竞争压垮了他的精神。可是，精神世界坍塌是当代人的普遍状态，成为精神侏儒的不只是他。不是有人感叹过吗？男人就是"难人"！

作为女性，玛雅和蓝图两个形象会给人惊出冷汗脊背发凉的感觉，似乎应了那两句并不公允的老话："最毒莫过妇人心"，"千万不要惹怒了一个女人"。玛雅有花不完的钱，轻而易举地将男人玩弄于股掌之间，她不想得到什么，只想破坏男人的家庭，而且做得很有技巧。她有本事让男人认定她真实、天真、没心没肺地让人怜爱，进而对她大动真情，甘心做她的宠物而不自知，有滋有味地啃着她赐予的几块骨头。等男人发现她的真实目的时，"想退出恐怕迟了"，以至于"沾上她的男人没有不遍体鳞伤的"。蓝图是"无可挑剔的，容貌、素养，操持家务有条不紊，对我的照顾不可谓不周全"，事实上她却躲在暗处不动声色，用暗器伤人。

无论是作为男性的武仲冬，还是作为女性的玛雅和蓝图，其人格都不健全，人性都有大幅度的畸变。应该说，盛可以并不想渲染两性的对立，也未必想表达强烈的女权意识，她更想揭示的，是当代病态的生活造就的病态人格。生存的压力，物质与地位的追求，使人与人之间失去了起码的相互理解与尊重。武仲冬与蓝图，名为夫妻却同床异梦咫尺千里；武仲冬与玛雅，似为情人却各怀心思各有所图。在表面的和谐温情后面，埋伏着仇恨的暗箭。只有那个同样不太讨人喜欢的多丽,在生命即将终结的时候,还多少表达了一些真情和善良。当正常的人性趋于泯灭,宝贵的生命卷入仇恨和伤害不再具有正面的意义和价值的时候,作家所能做的似乎只有哀叹:人有病,天知否?

三、象征、隐喻、反讽

《白草地》是一篇文学性很强的优秀作品。如前所述,故事和思想都不能决定作品的文学价值,真正赋予作品文学性的,是将故事提升为情节时所运用的一系列技巧、手段。盛可以所运用的文学技巧,有三个方面比较突出:一是象征,二是隐喻,三是反讽。

"白草地"这个篇名,与故事和人物都很遥远,它是作者在文本中加入的一个充满象征性的审美意象。文中有一段文字写道:"一块小木板上写着'青青绿草,脚下留情',但草地是白色的,一片白色的草地,几只宠物狗在那儿撒欢。"小说结尾处又写道:"穿过一片白草地时,几只互相追逐的宠物狗也跟着我疯狂地奔跑起来。"这两处关于"白草地"的描写,属于"点题的照应",与标题相呼应,给人以悠远的暗示和启发。作为审美意象的"白草地"在这里象征着本应充满活力的人类栖息之地已经凋敝了荒芜了,变成死气沉沉的寸草不生的不毛之地,只剩下一群狗在狂欢。这个象征,有些类似于《红楼梦》中所说的"落一片白茫茫大地真干净"。

小说中有两个相互交织、贯穿全篇的隐喻,一个是人向狗的渐变,一个是男向女的异变。其中,人向狗的渐变带有荒诞色彩,在文中反复被强调。小说的开头说:"二月的早晨,发生了一件蹊跷事,我的眼睛突然变得白多黑少,并且显露凶光,打个比方,当你与一条狗狭路相逢,狗便是拿这样的眼神瞄你。"武仲冬不断地表现出"狗化"的行为:"我把毛巾在脸上扫来扫去,吐出舌头往鼻子上方舔";"胡子三天没推,平时乱草蓬勃的,现在满下颌全是细软的绒毛";"我满面谦卑,嗓子里却发出呜呜的声音";"我一句话也说不出来,喉咙里呜呜地,像要吠出声来";"我已经没什么胃口了,只迷恋带肉的骨头,在嘴里嚼来咬去,发出嘎崩嘎崩的声响";"在家里我把骨头藏好,夜里爬起来,偷偷啃上一阵";"现在连小区里一向友善的狗也对我狂吠不止,完全是见到同类所表现的亢奋或者挑衅……它不躲闪,竟然笑着摆起了尾巴";"我抬起一条腿对着树干洒尿,一定是肾虚的厉害,不足五百米的距离一路尿了八次";"我张开嘴,舌头伸出来长得吓人"。在卡夫卡笔下,销售员葛利高尔变成了甲虫;在盛可以这里,人则异化成了狗。这些都隐喻着当人的尊严被物质所剥夺之后,人已经异化成了非人的动物。而男人向女人的异变,虽然有人为的原因并不是荒诞情节,也同样具有隐喻性:"最近几回我都不能进入玛雅","玛雅说,你最近不发情,是有原因的","你瘦了,胳膊像女人的一样,呀,胡子又细又软,喉结都平了,你不会变成女人吧?"蓝图每天所投放的雌性激素,真的在一步步把他变成女人,玛雅的关心背后是幸灾乐祸,而武仲冬浑然不知。除了表现蓝图这个人物的个性,作品还想告诉读者:阳刚之性一旦缺失,便不是一个真正的男人。这同样隐喻着人在强大的物欲面前天性的泯灭与本真的丧失。

《白草地》中的话语,反讽甚多,因而产生出一种特殊的张力。所谓反讽,是指文学文本中那些表层意义与深层的、真正要表达却又未说出来的意义之间的错位。与实用语言相比,文学的语言总是一种很不老实的语言,说出的话与真正要表达的意思之间,常会有一定的距离甚至相反,所以新批评理论家布鲁克斯认为,反讽是文学的基本品质。例如写蓝图的一些文字:"我当然知道她也曾甜酸苦辣有滋有味的,只不过到我这儿便进了不咸不淡的境界……她有一副难得的安静脾气,我甚至不能分辨她的满足与未满足,她总是微笑着擦拭身体,套上睡衣，呼吸平稳地进入梦乡，不忘与我手指相扣。从结婚那天起，我就感到已经与她生活了一百年。对于我这样的男人来说，她是无可挑剔的。""我只得绞尽脑汁向蓝图解释每件物品的来源，幸好蓝图不是那种猜忌的小女人"，"她没有什么好奇心"。这些话语塑造了蓝图贤妻良母般温柔敦厚宽容的形象，于是到小说最后读者看到蓝图的真面目，在震惊的同时，才会明白前面的这些话语都是反讽。写玛雅也是如此："玛雅淫而不荡，天真而不幼稚，表面柔弱，骨子里坚强。""玛雅是真实的，她的生活里没有为订单装腔作势的时候。其实玛雅的最大特点在于不俗，她不会闹着你给她名分，她甚至害怕你缠上她。倒是我偶尔觉得离不开她。""我在乎的是玛雅，如果我有点责任心的话，真该好好替她想想。……我这个混蛋，只是和她睡来睡去，仿佛爱着她，什么也给不了她，什么也拿不出来。玛雅有十分的条件傍个款爷，但仅仅因为我昧着良心长着一双婴儿般的黑眼睛，她就跟了我。""她对我的哺乳冲动会延续多久呢？"玛雅的形象美丽、单纯、真实、可爱，是个十分理想情人，甚至还有母亲般的慈爱。直到最后，读到"你应该立刻明白，心狠手辣的玛雅，她并不是忠诚的阿拉斯加雪橇狗，她是一只仇恨的母狼"，读者才明白前面对玛雅的描写也都是反讽。从天使到母狼，这个巨大的反差形成了强烈的张力，带给读者的除了震惊，还有深沉的反思：究竟是一种什么力量，使人性产生了如此可怕的异变？

在网上读到《白草地》的评论，有两句印象深刻："整篇小说闪着的冰冷锋芒，非常冷冽相当动人"，"充斥着令人恐惧的病象"。无论是故事还是情节，都能让读者过目不忘，这一切都证明着盛可以创作的成功。

第八章 盛琼论

第一节 探求描述"世界"和"心灵"的方式
——盛琼小说创作论

新时期以来,一大批女作家脱颖而出,地处"岭南圈"的两广(广西、广东)地区的女性创作群体的崛起让人精神振奋。以杨映川、黄咏梅、蒋锦璐为代表的广西"70后"女性小说家,"眼光不仅投向女性也投向男性的生存",她们"怀着同情和关怀切近男性生存的真实和生命的本质,体现了女性写作的人文关怀"。① 而广东的魏微、盛可以、张蜀梅、张念、盛琼等女性作家,包括后来在广东发展的黄咏梅等,在创作上也都表现出不囿于女性个人经验的,开阔的社会视野和现实情怀。其中广东女作家盛琼近年来的写作在人文关怀和叙事方

---

① 梁慧艳:《广西"70后"女性小说家群崛起之探究》,《时代文学》2010年第8期。

式上的不断突破更是令人关注。《生命中的几个关键词》获"广东省新人新作奖",并入围"华语文学传媒大奖"最具潜力新人奖提名。长篇小说《我的东方》获广东省"五个一工程"奖。《老弟的盛宴》则斩获 2010 年度第五届"鲁迅文学奖"。

盛琼说她太热爱文学了,敏感、内向又有些孤僻的性格,似乎天生与文学的幻想气质契合。盛琼 20 多年前在安徽安庆一中读书时就是个小才女,1985 年成为安徽省高考"文科状元"。她曾经在电视台做过十多年的记者、编辑;后转行到金融行业当白领,但她最终抛弃高薪,选择了"寂寞"的文学事业。她在《望月的女孩》中说:"是的,当这一天到来的时候,她听到自己的灵魂发出了一声欢呼。因为,从 5 岁开始,她就知道,文学是她生命里的东西,像呼吸,像眨眼。"从 2003 年第一部长篇小说发表至今,她共创作有长篇小说《生命中的几个关键词》(2003)《我的东方》(2005)《杨花之痛》(2006)和《小城小街小女人》(2009)等四部;中短篇小说集《苏醒》《我的叔叔余乐》《我爱北京》《二女》《大道》《仙翅》《胡子问题》《老弟的盛宴》和随笔集《舍弃的智慧》等。2011 年新作有短篇小说《蹊跷的病》和《像植物一样活》等。她说,"我理想中的作家是这样的:他的心地最柔软、感情最丰富、对尊严最敏感、对真相最坦诚。他对复杂、多变的人性,洞悉明察。他对虚妄、荒诞的命运,深谙彻悟。他对丑陋、残缺的生活,包容悲悯。他的目光像智叟,他的心灵如孩童。他的作品呈现出一种奇妙的复杂性、无限的丰富性、独特的个性和让人过目难忘的美感"。①

---

① 盛琼:《我懂得一切"苦难"的滋味——〈老弟的盛宴〉创作谈》,《南方日报》2011 年 4 月 18 日。

盛琼在创作中始终坚持"用心灵写作"的原则。在《杨花之痛》的"后记"中，她曾说，坚持"用心灵写作"就是"仍然坚持对生活的真诚表达，不虚伪，不掩饰，不夸张，仍然坚持对经验的超越、对生命的意义和存在的价值做出严肃的思考和追问……小说的真实不是生活的真实，而是本质的真实"。因此，探求描述"世界"和"心灵"的方式就成为盛琼创作的主要特点。这在她的几部长篇小说中表现突出。

这位女作家的创作一开始就关注了人生最基本的命题。在《生命中的几个关键词》中，作者通过"等待"、"妥协"、"欲望"、"孤独"、"梦幻"这五个关键词来搭建她心中的世界。小说扉页上的题记昭示了探索的主题——"时至今日，我们还能剩什么？唯有心灵。我们还能做些什么？唯有探究心灵。"事实上，这是一部关于女性成长的小说，同时也充满了哲理的思考。女主人公是18岁的女大学生甘霖，理工科大学建筑系的学生，在屈指可数的女生中她被公认为最漂亮的。她有众多的追求者，但她却不可救药地暗恋上了"建筑历史"课的老师吴天明，一位已有家室的中年男人。她等待着他对自己的关注，一个美丽骄傲的公主变成了一个带有羞耻感的等待"被看"的人。"等待"带给她的是无尽的痛苦，令人心急如焚，又深感自己的渺小和无力。就在这样的等待中，大学生的光环已经脱落，在饥不择食地寻找饭碗的时候，大学生们盲目的自信连同自尊也消失殆尽。正如小说所描写的："他们开始笨拙地尝试、痛苦地蜕变、屈辱地妥协，向着等级分明的社会、向着铁面无情的金钱、向着人生里那些必须承担的重负。"（第51页）作者笔下的甘霖在经过了少女梦幻般的憧憬而又无奈的等待后，意识到"社会这个大课堂，其实只教给了我们一个词，那就是妥协。妥协里浸透了对别人和对自己的理解和包容"。（第74

页）这个人物的复杂性，表现于她始终在欲望与理智之间挣扎。与她有过关系的卢森（男朋友）章华中（男朋友）、郭医生（丈夫）、蔡副市长（情人），其实都是她向世俗投降的产物，最终结局都不圆满。其悲剧性在于，她始终是一个想要到达彼岸世界的理想主义女性，与世俗社会始终有着隔膜。这个世界其实是双重意义的，一个在于现实，一个就在人的心里。正如书中人物所感受到的："光明和黑暗永远相伴而行。你想拥有完全的自由，摆脱一切羁绊，那你就得忍受物质的贫瘠、孤独的考验；你想品尝物质的盛宴，陶醉欲望的美酒，那你就得牺牲思想的安静，接受潮流的冲刷。"（第237页）作者最后让甘霖逃离了家乡去南方发展，并在精神上获得了新生的力量。三十多岁的她，成熟、宽容、开阔，那些曾经的痛苦，在她的生命里，终于孕育出了一棵苍翠葱茏的大树。小说以女性成长为载体，探索了世界和心灵的本真状态。

事实上，《生命中的几个关键词》奠定了盛琼之后创作的一些基本主题。《我的东方》在某些方面依然延续了"成长"的主题，但它已不仅仅是女性的成长或某个人的个体成长。陈苏氏的几个孩子和孙子从童年、少年到青年，其心灵与精神都在随着家庭生活、社会变革、历史进程的变化而蜕变、成长。其家族的历史又和民族的历史密切关联，在此，作者的人文视野显得愈加宽广。

盛琼认为："小说就应该正视这些生活中最尖锐的矛盾和灵魂里没有出路的痛苦。"她试图在第三部长篇小说《杨花之痛》中探讨"幸福在哪里"的问题，作品依然围绕着女性心灵成长的命题，只是它也同时涉及了"欲望"这个关键词，欲望的多寡直接关乎人的幸福指数。小城中的绝色女子夏云不甘平庸，离开小城来到大城市当了电视节目主持人，利用美色结识各种男子谋求一切发展机会，终于获得了短暂的世俗成功,成为方书记的情人。但她在理想和现实的激烈冲突下,还是难以适应,陷入困惑。小说的独特之处在于描写了人物在"镜像"之中的欲望之痛。小说第一章开始就出现了关于"镜子"的描写:"盯着镜子中真实的你,认真地盯他(她)几分钟,你就会得到关于'真实'的真实感受"。(第3页)最初镜子中是"我"的影像,而后的"我"却可能是集合了周围人的目光和形象反射到镜子中的"我"的影像。分析这部作品,首先,是镜像之虚,即是女主人公在"他者"注视下的自我认同。晚会上的成功主持,为"我"赢得了满堂喝彩,"我为自己的光焰而迷惑了",有着一种妖媚的魔力,对每个人都诱惑地微笑着。"我"就喜欢这种浮华的生活,在同事们的目光中登上了各式来接我的豪华靓车。这是镜像中的"非真实"的自我。其次,是欲望的缺失,成功后的夏云并不快乐。本我与角色的分裂带来了痛苦。她在秘密情人方书记面前成功"表演"一番后,竟然没有一点儿兴奋,哭了一夜。那是"演员"谢幕之后的巨大空虚。她觉得自己是一个可耻的女人,清醒地可耻着,无奈地堕落着。可第二天她仍去见了方书记。"我难道真是人们所说的那种水性杨花的女人吗?"这里,本我的良知与角色的欲望,因为都基于"我"的本体,而显出了自杀式的人格冲突。其痛苦犹如"毒品"效能,"变成了一种恶性循环,一种无法停歇的危险游戏,剂量越来越大才能获得药效"。就好像西西弗斯那个永远也推不到山顶的大石头,那个石头的名字,其实就叫作:欲望。欲望缺失,人就会永生痛苦。小说叙述的既是一位年轻女性的奋斗史,也是其精神心灵发展的历史,更折射出现实的残酷性。

在现代社会中,人与人之间的真情更多地体现在爱情、友情和亲情等方面。在2009年的第四部长篇小说《小城小街小女人》中,盛琼叙述了年轻漂亮的寡妇阿美和她身边3个男人的情感纠葛。在题记中作者说:"没有什么能在我们的心里留下痕迹,除了那一点一滴的真情。"小说没有采用什么现代叙事手法,平铺直叙,娓娓道来,生活写得琐碎而平凡,风格朴实、宁静。正如作者所言:"如果说我还有什么奢望,那就是,我们的文字还可以建构一个像星空一样辽阔、像灵魂一样神秘、像春花一样繁复、像秋水一样静美的世界。一个让我们泪流满面的世界。"① 事实上,盛琼的作品一直都具有这种打动人心的力量。

第二节 以悲悯情怀为底色的现代叙述
——评盛琼的《老弟的盛宴》

中篇小说《老弟的盛宴》获得了2010年第五届鲁迅文学奖。《老弟的盛宴》颁奖辞说:"'平瞎子'从生下来一直在接受着极限考验,现实生存的极限考验,个人意志力的极限考验。当他过了生存这一关后,依然要面对亲情的极度冷漠和个人的深度孤独。老弟的盛宴,就此成了老哥见证人情温度、人性深度和人生自我调试能力的考场。"作品探讨了弱势群体在解决了温饱后,更需要社会心灵的接纳和关怀的问题。小说讲述了一个盲人按摩师回乡下参加自己弟弟的婚宴,并由婚宴上的遭遇联想到自己的一生,深感悲凉和屈辱,从而引发了他对爱与温暖无限憧憬的故事。

小说的悲悯情怀来自于作者的真实感受。"一个普通的日子,一个无意的时刻,我在收音机里听到一段无头无尾的采访。关于一个先天

---

① 盛琼:《杨花之痛》自序,北京十月文艺出版社2006年版。

的盲人。他说,自己此生最大的愿望,就是想看一眼自己到底长什么样。他说得非常恳切,死不瞑目的感觉。他还说了一些让人心碎的期盼,都是最基本、最简单、我们正常人视为理所当然或者完全忽视的小事。我惊呆了,感到有一种巨大的悲怆袭倒了自己。泪流满面的我,那一刻,决定为盲人写一篇小说。"① 对处于社会边缘地位的盲人小人物如何写才能取得最悲悯感人的效果?作者采用了"反讽"的叙事结构,"暴力性目光"注视叙事角色,以及使"主体性"丧失的陌生化等艺术手法。

一、"同构逆向"的反讽叙述结构

《老弟的盛宴》具有双重情节结构,两条线索平行同构但却逆向发展,一条是平师傅(因为看不见,人们也叫他"平瞎子")的线索,他的遭遇、感受、他从乡下进城得以生存,最重要的是他老弟居然向他借钱了,他有一种被人需要的尊严感,他怀揣着钱准备回乡参加老弟的婚宴。另一条线索是老弟和家人对他嫌弃、冷漠的态度,老弟向他借钱,老弟和家人在婚宴上对他的漠视。两条线索最后在婚宴上汇聚在一起。作品在结构设置上充满了"反讽"意味。在英美新批评派那里,反讽与悖论往往体现在一部作品中,两个对立的价值观被交织在一起。老弟盛宴的热闹、喜气,与平瞎子的孤独和忧伤,形成了巨大的反差,彰显了悲剧力量。它引导观众洞悉真实而远离虚假。

"家"在中国人眼里是温暖、母爱的象征,也是人生可以避难的港湾。但在这部小说中作者却赋予了它强烈的"反讽"色彩。这主要表现在两个方面:其一,平师傅渴望逃离"家"而得以生存。因为遭

---

① 盛琼:《我懂得一切"苦难"的滋味——〈老弟的盛宴〉创作谈》,《南方日报》2011年4月18日。

遇家人和村里人的嫌弃和白眼，尤其是周围那些放肆的笑声，他觉得自己的心破碎得无法收拾了，最后是村支书的儿子大荣把他带到城里当了一名盲人按摩师，他能自食其力了。这里，"家"是他逃离的原因。其二，平师傅渴望融入"家"但却遭到遗弃。多年来，家人都是围着"老弟"这个陀螺转的，现在老弟又先于他要结婚了，他心绪不宁，五味杂陈。不过最后还是决定参加老弟的"盛宴"，他幻想着得到家人的尊重，老弟的感激，但在婚宴上他还是被家人冷落抛弃了。这两个关于"家"的情节的反讽性设计，揭示出现代社会人心不古的残酷性。

　　作品中平师傅和老弟，这两个人物靠得很近同时又相距遥远，被血缘连在一起同时又被不同的价值标准分隔开来，从而形成反讽与悖论。"盛宴"在小说的情节设计中是高潮。婚宴上出现的突然场景，将小说要表现的主题凸显出来。在婚宴上没有人招呼平师傅，他又不敢贸然走动，怕引起别人的关注，他还没有勇气接受他人的调侃和玩笑。但老弟的婚宴，他也算半个主角；再说老弟的婚事能这么快定下来，和他"借"给老弟的那几千块钱彩礼是有密切关系的。他就这样在"盛宴"中一次次思考自己所处的边缘位置，最终他选择了用"哭"来传达心中的诉求，他要的是——新娘子给他亲手下一碗喜面——一个正常人应有的尊严。其"反讽性"正在于，老弟的"盛宴"成了践踏平师傅"尊严"的场所，成了展示亲情缺失、人性沦丧的所在。这种"反讽"手法帮助小说产生了悲剧力量。

　　小说的悖论在于：最简单的事物却能承载最重大的意义；通过抛开重大的主题，将注意力集中到人类平凡的事物上来。

二、"暴力性"目光注视下的叙述角色

　　小说中主人公"平瞎子"是生活在"他人"注视下的角色，是盲

人对周围世界的心理感受的"叙述者"。拉康在《精神分析学的四个基本概念》中指出:"盲人可能完美地构想,他所知道的空间领域,以及他认为是真实的领域,可以从远距离感觉到。对他而言,问题是如何理解时间的空间,当下性。"在他看来,甚至盲人也是那儿的主体,因为他知道自己是别人目光的对象。而在萨特的"他人注视"理论看来,目光就是"暴力性的压力"。"我对我自己感到羞耻,因为我向他人显现。而且,通过他人的显现本身,我才能像对一个对象作判断那样对我本身作判断,因为我正是作为对象对他人显现的。"① 平瞎子"因为看不见,所以实际上他是"被注视的存在",是一种"为他"的存在。

他人和"我"(盲人)发生关系是通过"注视",我在他人的"注视"下,我会感到自身的异化。因为生下来就是瞎子,这个世界对于他,懵懵懂懂的是个恐怖又奇怪的东西,穿,穿不过;撞,撞不动;想,想不出。他不知道父母长什么样,不知道自己长什么样,不知道自己爬的这个院子是什么样,不知道阳光、雨水、树叶、小草,所有这些奇怪的名词背后到底是个什么东西。他只能用他的一双手小心地触摸着,一点一点地感觉着,然后竭尽全力地去想象。作品的高潮是老弟的那场婚宴,有三个场景将平瞎子在"暴力性目光"注视下的盲人的心态表现得淋漓尽致:

场景一,婚宴之前:平师傅有点拘束地缩在院子的角落里,人们问他何时结婚,他脸上就有了"尴尬之色";人们调侃他在城里不愁娶不到老婆,笑他,他"也跟着难为情地咧咧嘴"。

---

① 萨特:《存在与虚无》,陈宣良译,生活·读书·新知三联书店2007年版,第298页。

场景二，喜宴开场后：无人招呼他，"他迟疑着，不知是否还该站在原地。他怕冒失地走上前去，引起了别人的关注，让大家把话题都引到他的身上了。他还没有勇气，在这样的场合接受别人的调侃和玩笑。他想把自己藏起来，可是又觉得那也是不妥的。好歹是他老弟的喜宴，他也算半个主角"。

场景三，被大妹随意塞在一桌后：一桌人"看他那么一种奇怪生分的打扮，缩手缩脚的样子，就从心里把他视为'不受欢迎的人'了"。他坐下后"尽量将自己的动作幅度控制在最小范围里，唯恐引起了别人的注意"。可他不知筷子伸向哪里，"难道让他对着一桌子不认识的人坦白交代，我是新郎的大哥，我是个瞎子，我吃饭是需要人帮助的，请你们帮我夹夹菜吧。这些话，在这样的场合，他如何有勇气说出来？如果说出来的话，会不会引起一桌子人的窃窃私语和暗自嘲笑呢"？

依靠感觉感知这个世界的盲人，长久在这种"暴力性"目光的注视下会怎样呢？平师傅一生有两次爆发，哭得最狠。第一次是离家出走碰到大荣那一次，第二次就是在老弟的喜宴上。如果说第一次哭是因为生理上的残缺导致身体上受难，那么第二次就是在喜宴上人们的"暴力性"目光的压力下，心理无法承受的总爆发。

"家里人，包括用了他那么多钱的老弟，恐怕早就把他丢下了，像垃圾一样丢下了。他们只会在用钱的时候，才会想起他来。也许，老弟让他回家，只是为了那一个红包呢？这么一想，他仿佛被抽空了似的，一下子就薄了，薄得像纸一样。他在桌子旁不断地矮下去，矮下去，哧溜一声，就滑到地上了。""大水终于漫上来了，转眼，水就汹涌了，泛滥了，成灾了。"那"哇——"的一声"仿佛晴天霹雳，把周围的人都吓成了傻子。所有的声音好像被掐断了脖子一样，只剩下半截在空中飘着"。那声音"简直有了防空警报的威力了"。

对于"平瞎子"来讲,他能时刻体会到那种"暴力性"注视的目光,其实他并不能知觉到那一双双看他的"眼睛",而是通过周围人对他的某些态度,来感受自己的羞耻、焦虑,从而把握自己的存在。当他感觉到自己的价值就是那一个"红包",他也不再被家人需要,人们似乎已把他遗忘时,这个可怜的小人物就被彻底击倒了。他是被可怖的"暴力性"目光击垮的。

三、"主体性"丧失的陌生化叙述手法

什克洛夫斯基曾在《作为技巧的风格》一文中指出:"艺术的技巧就是使对象陌生,使形式变得困难,增加感觉的难度和时间长度,因为感觉过程本身就是审美目的,必须设法延长。"[1] 盛琼的陌生化手法主要体现在用比喻的修辞手法,将人物贬低为动物——即将描写对象陌生化,使其丧失人作为人的"主体性"特征。

《老弟的盛宴》将我们置于一个我们不习惯的盲人的语体与经验世界中,"平瞎子"生活在正常人的体面世界的边缘。为了强化盲人的这一社会性特征,作品中有大量的将人喻为动物的描写,如:

狗——"他平日就像狗一样蜷缩在院子里,用父亲剖好的竹条编着竹席。"

鸡——"穷人家的孩子本来就像狗尾巴草似的,何况又是个瞎子,父母便拿他当条狗养着。下田干活的时候,就用一根绳子将他拴在院子里,让他自己在地上爬着玩,经常是烂泥鸡屎地糊了一身……有时家里的鸡闻着味儿也来抢他的食,他看不见,手胡乱地挥舞几下,就

---

[1] 朱立元主编:《当代西方文艺理论》,华东师范大学出版社 2005 年版,第 45 页。

在鸡啄过的碗里继续吃。"

鱼、蝉——"他吃力地张大嘴,像个濒死的鱼那样,嘴巴绝望地一张一合。""他觉得自己的心破碎得无法收拾了,脑袋里像是有一只蝉在尖利地鸣叫着,叫得他几乎要发疯了。"

蚂蟥——"但是平瞎子不为所动,他仍然扑在大荣的腿上,死死地抱着不松手,好像他是一条蚂蟥,就吸在大荣的那条腿上了。"

马——"记得老弟小时候最喜欢欺负他了,总爱让他趴在院子里,给自己当马骑。老弟折一根树枝做鞭子,一边抽打他的屁股,一边发出'嘚—驾'的声音。他爬得慢了,老弟就拽着他的头发,让他爬快点。"

上述这些段落中分别用了狗、鸡、鱼、蝉、蚂蟥、马等不同动物来比喻"平瞎子"受尽苦难、绝望悲惨的生存状态。事实上,用动物喻人的手法中外作家如残雪和马尔克斯都有运用,但在马尔克斯那里,它并不承担小说的叙述功能,与人物性格的深化也有一定距离,更多的是拉美魔幻现实主义手法使然。而在残雪小说中,则是人物心理的一种感觉的"外化",与作家探究人物的潜意识的理念密切相关。盛琼的不同之处在于,这种明喻既是一种"陌生化"手法,也与人物角色的"边缘性"社会地位吻合,它参与了人物性格的刻画。

由于作品主要描写的是平瞎子与家人的关系,因此这种以动物喻人的手法愈加强化了现实对于盲人的残忍与不公。父母因为他生下来便是瞎子,不是唉声叹气,就是互相埋怨。他们都说自己瞎了眼,都骂对方造了孽。父亲给他取名叫"平","平安"之意。"有时一群厉害的鸡叽叽喳喳地一拥而上,将他的碗打翻在地,将他的手啄得出血。他撵不走那些鸡,气得只有哭。母亲走过来,没有一句安慰,反而恶狠狠地打他一巴掌:'哭什么哭?连鸡都抢你的饭吃,你有什么屁用?'"喜宴上大妹临时性地将大哥安排到一个空座(糊涂席)上,就旋风般地跑开了,一直就没再想起来招呼他。可见,在家人眼里,平瞎子已丧失了"人"的特点,无异于动物,所以也就没有权利享受"人"的待遇。事物的本质特征由此获得了强化凸显,并直击人的心灵。也就是说,"由于用来命名事物或直接交流思想的语言的通常的指示性用法被破坏了,文学也就陌生化了世界。文学语言打破了已经机械化了的感知模式,使规范化语言呈现给我们的现实变得奇特。"① 这让我们想起了卡夫卡笔下有着同样命运的格里高利的遭遇。事实上,读者的阅读体验正来自于"陌生化"手法创设的艺术氛围。

作者描述"盲人"生存境况的艺术方式背后是女性深沉悲悯的人文情怀。盛琼曾表示过:"因为我做过多年的记者,所以,我对现实生活、对社会的各个阶层,是比较了解和熟悉的。很久以来,我一直关注着底层,关注着弱势群体,对他们有一种刻骨的同情。这种同情不是居高临下的,而是感同身受的。由于作家的本性都是敏感和敏锐的,他的感受力是不同一般的,所以,我懂得一切'苦难'的滋味,而这些滋味并非都需要自己亲身经历。"②

第三节　现代人视角下的东方史诗

——评盛琼的《我的东方》

如果说盛琼的长篇小说处女作《生命中的几个关键词》是以散文

---

① [美]迈克尔·莱恩:《文学作品的多重解读》,赵炎秋译,北京大学出版社2006年版。
② 盛琼:《我懂得一切"苦难"的滋味——〈老弟的盛宴〉创作谈》,《南方日报》2011年4月18日。

的文笔和诗人的激情,来表达作家对个体生命的独到思考,那么《我的东方》则主要着意于对地域性群体生命,即处于东方文化背景下的中国人生存历史和精神取向的总体剖析"①。盛琼由在都市喧嚣中坚持着对生命的追问,走向了对"东方"博大精深的文化家园的守望。这部小说获得了广东省"五个一工程"奖。

长篇小说《我的东方》通过古城一户普通人家几代人长达百年的坎坷命运和爱恨情仇,折射"东方"所特有的精神、伦理、道德、文化。作者以现代人的视角,选取历史和现实的若干片段,于平凡的日常生活中展现东方真实而梦幻的特质,舒张普通人美丽而又动人的温情。其中历史与传奇,现实与记忆交相辉映,组成了一幅既写实又写意,既温情又伤感,既凝重又灵动的斑斓画卷。作者以与传统长篇小说迥异的新颖结构,精致考究的语言,展现了丰厚迷人的东方文化精神内核。本节拟从《我的东方》的叙事结构、叙事身份和叙事意象等几方面,解读作品所展示的一个普通家族的生存史与历史影像,孤立抵抗中的个体与集体群像,以及抒情写意中的东方符号等现代人视角下的现代"东方史诗"的内容,从而更深刻地理解作品的审美意蕴。

一、"史记式"与"复调式"叙事结构

被称作史诗性的作品无疑应该具有历史的纵深感和规模恢弘的艺术构思。虽然盛琼曾表示她在写作形式上不是追求时尚的作家,但她还是承认《我的东方》在结构方面使用了"史记式"和"复调式"的新颖的结构方式。她在接受记者采访时坦言:"《我的东方》在内容上涵盖比较大,人物和故事也比较丰厚,因此必须采用一种大开大合、

---

① 安裴智:《诠释文学的纯正、尊严与美丽——长篇小说〈我的东方〉作者盛琼访谈录》,中国作家网,http://www.chinawriter.com.cn/2009/2009-09-02/76400.html。

磅礴大气的构思方法……现在看还是这部小说的特色和优势。"① 盛琼所谓的"史记式"是指区别于编年体和地域国别体来穿越历史的"人物列传式",而"复调式"则是具有现代叙事特征的"多元共生"结构。

现代小说的结构明显不同于传统小说的线性方式,更为自由和灵活,如博尔赫斯的"迷宫式",略萨的"镶嵌式",还有阿特伍德的"东方套盒"式等。盛琼的这部作品虽使用了中国传统的"史记式"结构法,但显然融入了现代叙事因素。作品的每一节重点讲述一个人的故事,如上部第一章《牌坊》重点讲述陈苏氏和陈兴旺的故事;第二章《孩子》中的"灵魂"、"绝望"、"远方"三节分别讲述了陈苏氏家的小三、小四阿美、小妹老八的故事;第三章《记忆》中的第一节"匮乏"讲述陈苏氏的故事,第二节"残缺"是小五的故事,第三节"动荡"是讲小七的故事。这种"史记式"的人物列传表现手法其实是一种片断组合式的多元结构。美国学者苏珊·S.兰瑟认为:"无论从形式上和社会意义上讲,现代派都确认多元的叙事视角,让叙述声音告别那种我觉得是属于19世纪的一统天下的个人主义精神,走向一种新的叙事结构。"②《我的东方》的新的叙事结构特点主要体现在三个方面:一是作品避免了传统的一贯到底的"全知"叙事视角,而采取了"有限"视角和"全知"视角的交叉使用,且多以追忆为主;二是作品中众多人物都发出自己的声音,在内容上又相互补充、参照,

---

① 安裴智:《诠释文学的纯正、尊严和美丽——长篇小说〈我的东方〉作者盛琼访谈录》,中国作家网,http://www.chinawriter.com.cn/2009/2009-09-02/76400.html。

② 苏珊·S.兰瑟:《虚构的权威》,黄必康译,北京大学出版社2002年版,第290页。

形成"互文性";第三,历史片段与家族百年生存史两条线虚实相叠。这几点说明作品在运用"史记式"片段组合方式的同时,又加入了现代"复调式"的叙事因素。这里的"复调式"是指多层次、多声部、叠合交叉的结构。

因作品采取了"有限"和"全知"的成年人视角讲述家族生存史和人物成长史,这就决定了作品多以追忆、感悟为主,从而形成时序倒置的多层次结构。作品从陈苏氏嫁到"状元街四牌楼"开始了这个家族的故事,最后写陈苏氏与她众多儿孙一起吃年夜饭,在这种大开大合的传统模式中,采用了类似于福克纳《熊》的时序倒置的结构模式。这里举三例如下:

第一例:上部第二章《孩子》第一节"灵魂":

> 从我有记忆开始,我的父亲都是凌晨即起的……后来逼着我又不得不想起"灵魂"这个字眼的,是因为父亲的去世。那是我经历的印象最深刻的一次死亡。
>
> 不过那是很久以后的事了。

第二例:上部第三章《记忆》第一节"匮乏":

> 现在,陈苏氏就坐在她大儿子家的松软的沙发上,安静地想着心事。那些心事都是断续的,可也按照自己的逻辑连贯着。……那是很多年前的一个冬天了。陈苏氏回了趟娘家。……她的这个病一直留到了现在。现在,家家的生活都富裕了。人们再也不愁吃了……陈苏氏是彻底懂得这些的。她命运里的悬崖峭壁,并不是出现在那段缺乏粮食的最艰苦的岁月

里,而是她的丈夫去世的那一天。……

现在,陈苏氏坐在她大儿子家的沙发上。许多事情都想不起来了……

第三例:下部第二章《流光》第一节"聚会":

> 小凤此时正坐在房间的沙发上,她一看就是那种精心打扮过的样子。人到中年的她,跟年轻时的样子出入还是挺大的……那些往事开始在脑中闪回。隔了那么长时间的往事啊,为什么还无法淡忘呢?为什么还像鱼刺一样地鲠在心里呢?……小凤坐在火车上。那么漫长的旅途。……她想起自己第一次坐火车的情景,那时候……过了这么多年,她早已将他(指小五,笔者注)不知埋在哪里了。她以为他已经在自己的生命里完全地消失了。可是,现在,他突然就回来了。

上述三例中第一例的叙事者是"我"(小三),而第二第三例则是以第三人称的叙事人视角写陈苏氏和小凤对往事的追忆,且第三例中小凤坐在火车上的回想,是追忆中套着追忆。三例的共同点是都用了回忆与现实交替,而又以过去为主的叙事方式。这种方式不仅提供了"过去"与"现在"的时间结构,也提供了"心理"与"现实"的空间结构。作者所运用的手法已具有了柏格森所谓的"心理时间"的"绵延"特点,这股连续不动的"绵延"之流,使得"许许多多的瞬间,由一种统一性像一根线似的把它们连成一串",因而也就是"无始无终的,全都是互相渗透成一片的"。这种时序倒置交替的手法,不仅丰富了作品的结构层次,也使作品中的"时间"具有了一种前推后涌、流动缓慢的恒常性，从而赋予小说以历史的纵深感、厚重感。

"复调式"小说理论的核心是指作品中众多人物都发出自己的声音。小说里众多人物都有着自己的人生态度和处世哲学：陈兴旺要做合乎"天地君亲师"及"君臣父子夫妻兄弟"之道的"模子"的好人。小三爱思考生与死等人生悬置的命题，也迷恋古典文化。小四的美丽与不幸使她比一般人更敏感，也有更多的人生感悟。其他如小五的实用哲学，老八的叛逆与梦想，小凤的无奈与绝望等，好像是众多地位平等的意识，连同他们各自的世界，结合在某个统一的事件中。他们互相之间并不完全融合，每一个人物都是自己意识的主体，作品人物的意识成了一种可以称之为"他人意识"的东西。虽然如此，作品中的人物片段在内容上却又相互补充，形成"互文性"，从而成为一个大的整体。例如对一家之长陈兴旺的描写分别出现在"牌坊"、"灵魂"、"绝望"和"匮乏"几节中。"牌坊"中主要讲述陈兴旺与苏姑娘喜结良缘；"灵魂"一节是从儿子小三的视角来讲述，详细描写了父亲的病痛、去世，以及送殡下葬的整个过程，这引发了小三对"死亡"的哲理思考；陈兴旺的病逝在"匮乏"一节中则是从妻子陈苏氏的角度描述，重在写她失去丈夫后的艰难与心理感受；"绝望"一节细腻地表现了小四阿美对父爱的温暖记忆。这里的人物或事件虽有重复，但侧重点和视角不同，不仅丰富了陈兴旺形象，也更突出了每个叙事者的主体意识。

作为史诗性作品，历史性内容不可或缺。该作品还表现了家族生存史与历史片段的叠合交叉的结构特点。这里的历史片断是作为人物的背景出现的，例如关于日本人侵略中国的历史事件，是这样描述的：

> 这是一支浩浩荡荡的队伍。有赶马车的，有推独轮车的，

有坐黄包车的,但更多的是徒步走路的人。城里那些琐碎而平和的日子被打破了。这些人才第一次那么深深地感到,那些平凡的柴米油盐的日子是多么珍贵啊。那些牌坊下面熙熙攘攘又一成不变的生活是多么温馨啊。可是,日本人、东洋人,那个个子小却野心大的凶残的人来了。他们在举手之间就摧毁了城市,烧毁了家园,剥夺了生命,他们几乎不像人了,而像从地狱里放出的阎罗。传说中那些人都是喝人血、吃人肉、扒人皮的。①

这段描述了陈苏氏和丈夫陈兴旺一家人及乡亲们因为日本人的入侵而被迫逃难的往事。作者将这一历史片断处理成了一种历史"影像"。文学作品虽然没有"可视性"的图画风景,但在词语的沉默中,也会传递出铭刻在对象中的意义,如此,文学的"不可见性"便具有了"影像"的可视效果。作品还涉及60年代初的大饥荒、十年"文革"、知识青年上山下乡等重大历史事件。这些片段式的历史"影像",不仅仅提供故事的背景,在作品中还是一个个"触点",用于激活已成过去的潜藏于灵魂深处的爱以及追忆那段往事的痛苦。历史影像的闪回在作品中与现实形成了虚实"复调",从而强化了主题的历史意蕴。

盛琼将传统的"史记式"与现代的"复调式"融合运用,赋予小说以多种声音、多种音调、多层结构的特点,它们在某种程度上会威胁到常规小说形式里所谓"一致性"和"连续性"的观念,这可能会导致作家在写作上的矛盾心态。盛琼就曾在作品中发出感慨,有时

---

① 盛琼:《我的东方》,人民文学出版社2005年版,第33页。

"既想完整,又想破碎。既想连贯,又想逃离"。① 然而,这也恰好构成了小说在结构上的内在张力。

二、个体与群体的双重叙事身份

在创作《我的东方》之前,盛琼曾出版过《生命中的几个关键词》,这部作品的成功,给女作家的启迪是:"写作,是一项心灵的事业,你必须从自己心灵的心灵出发才能达到读者的心。……所以在写第二部长篇小说《我的东方》的时候,我仍然坚持'心灵写作'的路子。"② 她说,在这部具有"历史画廊"般意味的长篇小说里,"我没有对其进行戏剧冲突式的夸张处理,而是忠实于底层百姓的真实生活体验,写出他们的爱恨、善良、愚昧、琐碎和庸常"。③ 作者关注个体的生存境遇,洞察人性的复杂,让我们记住了陈苏氏、小三、小四、小八、小五、小凤这些鲜活的人物形象。与作者其他作品不同,这部小说采用了"个体"与"群体"的双重叙事身份。

《我的东方》有多位年轻的主人公分别是以"我"的"个体"身份发言的,如第二章《孩子》中的"灵魂"、"绝望"、"远方"三节,就分别是从小三、小四阿美、小妹老八的个人的叙事身份讲述故事的:

我的小名叫小三。我的爸爸叫陈兴旺。我父母养了八个孩子……而我是一个光头。(第二章第一节《灵魂》)

我是小四。人家都叫我阿美。从小,大家都说我是我们家

---

① 盛琼:《我的东方》,人民文学出版社2005年版,第268页。
② 盛琼:《杨花之痛》后记,北京十月文艺出版社2006年版,第278页。
③ 盛琼:《杨花之痛》后记,北京十月文艺出版社2006年版,第279页。

> 最漂亮的孩子,长大后一定会是大美人……(第二章第二节《绝望》)
>
> 好了,该我来说说了。我是我们家最小的一个孩子。大家都喊我小妹。(第二章第三节《远方》)

可以说,作者在第二章主要人物登场时"放弃了作者型的叙述声音,目的在于构建出内心独白,最终把三种叙述声音合为一个集体型的声音"。[①] 盛琼擅长于对个体心灵世界的细微观照,以"我"的身份叙事有利于展示人性的复杂与深度。这里以小三、小四阿美和老八为例:小三是家里唯一酷爱读书的人,他是某中学的语文老师,痴迷东方文化,内心世界非常丰富。他身上具有现代人的某些心理特征,像个悲观的哲学家。总是"感到一种对生活力不从心的无奈,还有一种对灾难讳莫如深的恐惧"。他对生活有一种厌恶感,认为"我们的日常生活总是充斥着太多的不堪打量的东西,比如烦躁,比如破旧,比如争吵,比如匮乏,比如庸俗"……儿时好友小勇的死亡、父亲的死亡更是让他经历了生命中的最痛,他对死亡的认识,对生命的思考都颇具现代意味:

> 喔,这就是死亡呢。至亲的死亡。一个人经历了这个,就会透彻地明白,人生其实是多么的冰凉啊,透心的冰凉。没有谁是真正快乐的人。没有谁。我们是那么渴盼快乐,渴盼幸福,其实我们知道,那只是因为我们永远也无法完整地拥有快

[①] 苏珊·S. 兰瑟:《虚构的权威》,黄必康译,北京大学出版社2002年版,第299页。

乐和幸福。①

在小三看来，死亡是最彻底的决绝，最冷酷的后果。人是生命的玩偶，也是神秘主宰的玩偶。小三的孤独寂寞感也非常强烈，在他的记忆中，"成长的过程是多么缓慢啊。童年似乎是没有边际的寂寞和漫长"。他"对春天的记忆就是从寂寞开始的"，因此，他渴望思想的自由，"这个世界上最丰富、最自由的就是一个人的思想了。实际上我们每个人都可以成为上帝的。我们是自己大脑的上帝"。小三最后在中国古典哲学中找到了精神依托，他陶醉在中国古典文化博大精深的海洋里，觉得自己真是太富足了，他将自己毕生对"东方"的情感都凝聚在了退休后创作的小说《我的东方》中，他是这本书的作者。

小四阿美是家里最漂亮而命运却最悲惨的女孩。她在八岁时被父母送到乡下的远房亲戚家。精明小气、最懂算计的大妈对阿美冷酷无情，每当阿美做错一点事，她就会发疯一样折磨阿美。所以，在阿美的记忆中，童年是酸楚的，是一生不幸的开始。而她最不幸的是嫁了一个有显赫家庭背景，脑子有病，又有怪癖的变态男人。"而我无法与他沟通，与他讲理，也无法改变这一切。我唯一的道路就是只能屈辱地忍受。——当然，我还有另一条路，那就是死亡。"生活的残酷几乎使她成为一个"疯女人"。一个美丽女人的那种孤独感、无奈感、绝望感撞击着我们的心扉。

老八的性格叛逆，对周围环境嫉恶如仇，"我对蟑螂的几乎变态的仇恨，其实夹杂着我对自己周遭环境的强烈不满和无奈"。她厌恶小城

---

① 盛琼：《我的东方》，人民文学出版社 2005 年版，第 88 页。

人的目光短浅,"一想到他们那千人一面的既没见过什么世面又沾沾自喜的样子,我就从心里涌起阵阵厌恶"。所以她总想离开家去远方流浪。后来考取了省艺校,早早地离开了家。

书中小三、小四和老八的个人心灵话语体现出了某种共通性,即对生与死的诘问、对生存环境的拷问及对个体孤独的无奈与抵抗,体现了平凡的小人物在本质上对生命的意义和存在的价值所作出的严肃思考和追问。几个人物从不同角度发出了作为底层人的"集体"的声音,因而读者能够产生强烈的共鸣。也就是说,《我的东方》中"叙述者固然保持'第一人称'叙事的句法,但她们的文本却避开以私人化声音为特征的个人性质标记,因此也就避免在叙述者和主人公之间画等号。与此相反,叙述者成了集体型的身份。她是社群权威的中介表达者"。① 盛琼实则借"个体"而发出"集体"的声音。苏珊·S. 兰瑟认为,集体型叙事技巧有两种,一是同时性叙事,即一种以字面的"我们"为形式的第一人称复数叙事,各种不同的声音统一发出一个声音;二是顺序性叙事。这种方法即"每种叙事声音轮流发话,'我们'于是在一系列互相协作的'我'中产生"。②《我的东方》显然属于后一种。

这里的问题是,如何从"我"中产生"我们"?即"个人"身份怎样转化为"集体"身份?从现代叙事学来讲,关键是叙事的小说人物应表现出"目的性和同一感",人物的成长应依靠"相互合作"的

---

① 苏珊·S. 兰瑟:《虚构的权威》,黄必康译,北京大学出版社 2002 年版,第 274 页。

② 苏珊·S. 兰瑟:《虚构的权威》,黄必康译,北京大学出版社 2002 年版,第 291 页。

环境。①《我的东方》的"集体性"叙事身份除了上面所谈到的由于小说中人物对生活本质的感悟而带来的"共通性"外,主要来自于人物的成长基于共同的家庭环境和文化背景。小说中主要人物都属于一个共同的大家庭。在丈夫得癌症去世后,陈苏氏就独自撑起了这个大家庭。她在丧夫的极大痛苦中站起来,承担起将八个孩子抚养成人的重任。终于,她熬到了四世同堂、苦尽甘来的好日子。这是个普通的女人形象,失去丈夫的日子让她感到无法排遣的孤独。成为寡妇的她头发乱了,性格躁了,也让她嫉妒一切女人,一切有男人的女人。但她同时也是个伟大的母亲形象——她勤劳、勇敢、坚强,敢于面对一切困难,"她是一个母亲。她永远都不会倒下去。是她的孩子们给了她无穷的力量。一个女人可能是脆弱的,但一个母亲绝不会脆弱,因为她没有脆弱的权利"。陈苏氏是这个家族的核心,而孩子们也给了她生活下去的勇气和动力。正如书中所说:"平凡的日子想一想,终归是有些乏味的,无奈的,但因为有了亲人们的温情,有了不忍放手的责任,倒也一天天地过去了,过得还有些分量和滋味了。"书中以陈苏氏为核心,所有人物形成了不可分割的整体。书中"风波"一节的设置让几乎所有主要人物都汇聚在一起,但冲突不断,先是第二代陈荣英与第三代陈旭东之间因相互不理解而起的父子冲突。然后是围绕母亲陈苏氏的房子问题,八兄妹之间有了矛盾,大妹小二、三妹小六觉得母亲从来都是重男轻女,分家产应该算女儿一份:"我们姐妹几个人在家里也要有一个该有的地位和名分!"结果房子没卖而是出租,钱则交由母亲收着,兄弟姐妹几个还像过去一样,孝敬母亲。八十多岁的陈苏氏

---

① 苏珊・S. 兰瑟:《虚构的权威》,黄必康译,北京大学出版社 2002 年版,第 291 页。

依然在儿女们的孝顺里，衰老而顽强地活着。落后的传统观念与现代思想的碰撞最后还是以"东方式"的智慧得到"圆满"地解决。

小说的"集体性"叙事身份还来自人物成长的"目的性和同一感"。盛琼特别喜欢思考关乎人生的"终极意义"的命题，无论是《生命中的几个关键词》《杨花之痛》，还是眼前《我的东方》，都涉及了"等待"、"妥协"、"欲望"、"孤独"、"梦幻"这些关键词，有评论家指出，这五个词"是青春梦想与成人恐惧之间的一种共同物"。①陈苏氏的几个孩子和孙子从童年、少年到青年，其心灵与精神都在随着家庭生活、社会变革、历史进程的变化而蜕变、成长。小三、小四、小五的性格与命运轨迹各不相同，小三在中国古典文化中寻找到了精神归宿，小四嫁人后虽衣食无忧但内心痛苦，小五最不喜欢思考问题，他活得坚定、实际而直接。他是一个讨厌虚伪但自己有时也会虚伪的人。"在他看来，这个世界，就是势力的世界。"他爱东北女孩小凤，但却娶了工商局副局长的女儿。小五后来成了这个城市的工商局局长，他是家里最有出息的男人。其他如小七，曾经的"北门老大"，作者在他身上表现了青春的躁动。陈苏氏的大儿子、家中的长子陈荣英厚道、善良、孝顺。长孙陈向东，陈家的第一个博士的"与时俱进"……他们性格、思想、人生轨迹不尽相同，但在"成长的主题"下，表现了"目的性和同一感"。如此，小说在这些层面上便拥有了"群体"身份的史诗性质。

三、符号与意义指涉的叙事意象

盛琼以艺术的方式发现了代表东方精神的事物、意象符号。《我的

---

① 阎晶明：《青春成长期的痛感》，见盛琼《杨花之痛》，北京十月文艺出版社2006年版，第288页。

东方》涉猎到诸多与中国文化息息相关的符号性事物如古典建筑、先哲思想、自然景观、传统节日、古典诗词、武功、民间艺术等。卡西尔认为,"所有在某种形式上或在其他方面能为知觉揭示出意义的一切现象都是符号"。① 即是说,符号作为对象的观念性存在,它的功能具有生成和塑造人类文化的作用。上述所提的意象符号在作品中既承担了叙事功能,更在深层次上指涉了作家想要表达的"东方"情怀。

小说里具象符号最为直观的是富有东方特色的古典建筑。作品上部《家园》一章中三节的标题分别是"状元街"、"牌坊"、"天井",作者立意颇为明确,显示出作者是一个地域性作家。这让我们想起黄咏梅笔下的梧州"骑楼"(如《把梦想喂肥》《骑楼》),不过黄咏梅笔下的"骑楼"更具有写实性,而盛琼的这些建筑在作者心目中已幻化成代表东方的意象符号,带有更多的象征意味。当然,这里的牌楼、天井无疑也具有写实的叙事功能——作品中的人物故事就发生在古城里的一条名叫"四牌楼"的街上。因为街头立着一个四进的牌坊。它残破不堪,历经风雨变幻,阅尽人世沧桑,于是这样一个标志性的地方,渐渐就成了一个紊乱的自发的集市一样的地方。在这里上演着中国底层社会最普通的一个家族生存奋斗的历史。但作者选择这些古典建筑具有更深的文化意蕴。"牌坊"是一种中国特有的门洞式建筑。千百年来,牌坊繁衍发展,不仅遍及华夏城乡,而且还远涉重洋,屹立于异国他乡的许多地方,被视为中华文化的一个典型标识。所以,作者发出感慨,真正的牌坊"它要在风雨中孤寒地肃立那么多春秋。它要吸取那么多的日月精华,它要见证那么多的人世沧桑。它要将无

---

① 恩斯特·卡西尔:《符号形式的哲学》,转引自朱狄《当代西方美学》,人民文学出版社1984年版,第122页。

数颗鲜活的心铸成坚硬的石头,它要将无数代人瞻仰的目光融成凝固的花纹"。作品中所描写的"天井"也是中国的传统建筑,如北京的四合院,安徽的"四水归堂",云贵地区的"四合五天井",福建的"土楼",广东的"碉楼"等,形式各样,但是,一个很重要的特点是,都有天井的设计。作品中详细描写了"天井"的格局和功能。作者选择天井是因为它也体现了中国人的智慧。中国传统住宅的建筑理念以"合家团聚"为居住特点,同时,房子围起来,安全、保暖、遮阳、避雨,因此,汉字"家"的最上面便像一个"屋顶"。① 作品中的东北姑娘小凤是"天井"一节的故事主角,在南方姨妈家当保姆的她,生活圈子很小,但因为她所住的是几家共有的露天的院子,"天井"便成了连接她与世界的"纽带"和"桥梁"。具有反讽意义的是,那里并不是她的"家",而是她坐"井"观天,失却自由,痛失初恋的所在。她与小五的爱情故事凄婉而美丽。这里"天井"的寓意既和故事中人物的命运巧妙融合,又与"天人合一"的中国传统理念有着密切的关系。

儒家、道家、佛家是我国文化史上三种重要的思想资源与思想传统。盛琼在接受记者采访时曾说,"我在这部三十万字的小说里是融进了一些儒、释、道的精神内涵,这也是东方精神的基石",② 儒、释、道思想是《我的东方》所要表达的核心内容,凡涉及这部分内容,作品所用语言均充满哲理意蕴和浪漫色彩。当然,作者不是直抒胸臆,

---

① 阮仪三:《中国传统建筑的绿色智慧》,《中国建设报》2011年3月24日。

② 安裴智:《诠释文学的纯正、尊严与美丽——长篇小说〈我的东方〉作者盛琼访谈录》,中国作家网,http://www.chinawriter.com.cn/2009/2009-09-02/76400.html。

宣道明旨，而是将其编织在人物故事中，巧妙自然，不露痕迹。作品第一章第一节开头有一段状元坊的二小姐和欧阳叔叔之间的对话，欧阳以充满诗意的语言将老子与庄子作比较，他说："老子有道，庄子有禅。老子育化万千又万宗归一，庄子无边无形又诗意浪漫……老子包罗万象、朴厚岢然，庄子随风化缘、纯真自然。"一席话道出了他对老子和庄子的无限敬意与热爱，也衬托出二小姐心目中对欧阳叔叔的崇拜、钦佩和爱慕。作品的结尾，作者让做语文老师的小三去拜访心印法师，探讨有关儒、释、道的同与不同，在师徒二人的眼中，儒、释、道三教的哲学，充满了普遍和谐、圆融无碍的智慧。中国人文精神，也尤其表现在人生智慧上。这时的陈苏氏家在经历了分房风波之后，也重归和谐。可见，这种意象的选择充满了写作的深意。

盛琼这部作品中的浪漫主义气息很大程度上源于对"自然"的应景抒怀。作品中的大自然皆为人物眼中所见，心灵所感，是为情景交融。事实上，她的这种形式感极强的写作方式更接近符号美学家苏珊·朗格的艺术创作理念。苏珊·朗格认为："当我们以'画家的眼光'看待自然，以诗人的思维对待实际的感受，在鸟雀欢舞的动作中发现舞蹈的主题时——就是说，任何美丽的事物激励了我们的时候，我们就直接地感觉到情感的形式。"① 爱情是美丽的，也是残忍的，当状元街的二小姐在深感单恋绝望后带来的伤痛时，她眼中的月亮就"有一种透彻的直逼灵魂的如水的力量……那轮明月分明懂得她那些无法说出的伤痛、哀愁，它无限包容、无限仁慈地看着她"。大自然的"美"也让小三那颗敏感、躁动、焦虑的心灵安静，因为大自然"在

---

① 转引自姚杰编著《艺术综合》，中国传媒大学出版社2011年版，第309页。

任何时候任何情况下,哪怕只是不经意地一瞥,都有着惊心动魄的魅力、亘古常新的魅力以及镇定得如冰川一样的永恒的安宁"。陈苏氏家最美丽的女儿小四——那个在大伯家受着煎熬,慢慢枯萎、憔悴、倦怠以致想了却人生的阿美,她的最好的"朋友"就是"像个小小的湖泊"的"池塘",它默默地见证了阿美的几乎"狂躁的孤独",接纳了她"委屈的眼泪",也教会了她如何煽动一双想象的翅膀。在阿美的生死纠结中,大自然给了她抚慰与坚强的力量。小三在作品中几乎是作者的代言人,大自然如何给人以思想的力量,这在小三身上体现得最为明显。在上部第二章的"灵魂"一节里,作者描写他曾痴迷地、长久地望着星空,浩渺无垠的星空让小三感叹:"它单纯到繁复,又冰冷到温柔。它沉静到热烈,又高远到抚摸。它的深度和广度,以及任何一个维上的'度',都是我终生不能抵达的地方,又是我终生探求的地方。"若从创作的角度看,上述无论是月亮、池塘,抑或是星空,盛琼都将它们主观化了,而中国文化"天人合一"的核心思想无疑是作者进行这种主观化处理的内在文化资源,"也正是这种主观化,才使得现实本身被转变成了生命和情感的符号"。① 也就是说,当这些自然符号透过二小姐、阿美、小三等人物的主观过滤,赋予它们以生命和情感后,便具有了文化意义的功能。

  作品中颇具东方色彩的传统节日也是不容忽视的意象符号。节日是中华民族悠久的历史文化的一个组成部分。传统节日的形成过程,是一个民族或国家的历史文化长期积淀凝聚的过程,我国的传统节日,无一不是从远古发展过来的,从这些流传至今的节日风俗里,还可以清晰地看到古代人民社会生活的精彩画面。作品重点选择了清明、端

---

① 吴风:《艺术符号美学》,北京广播学院出版社 2009 年版,第 89 页。

午、中秋、春节等四个传统节日。这些节日与人物、情节发展自然扣合,作品最后以中国传统的春节年夜饭作为大团圆结局,陈苏氏一家四世同堂,气氛和谐,其乐融融,这正是中国典型的传统大家庭的艺术写照。此外,小说的"英雄"一节中还以传奇的手法,在闪电李和影子赵及赵妻身上凝聚了中国武术和京剧的内容。总之,"《我的东方》通过故事的符号和表象,揭示和穿透的是东方华夏民族几千年生生不息的根本文化精神,是对东方文明的载体——中国人生存方式、情感习性、文化特征、伦理思想的形象诠释和独特拷问。"①

在21世纪的今天,小说以更复杂的现代形式讲述着故事。可贵的是,盛琼的创作探索没有为形式所累,而是深深扎根于当代生活的土壤,女作家表现了博大的艺术胸怀和文学家的使命感,正如她自己所言:"在西方文化取得了辉煌成就的今天,我们实际上更需要发现东方的魅力。尤其在环境问题、民族宗教问题、局部战争、恐怖主义、贫富分化等诸多问题纠缠不下的今天,我们更需要重新认识东方的智慧、伦理、道德、文化,那是一个无穷的宝藏,那是一种'和而不同'、'自然和谐'的博大精神。"②盛琼的这部作品在极具个人标志性的抒情写意表象之下,从容地建构起了一个"恢弘的艺术大厦",其叙事蕴含了丰富的东方历史文化的内涵和独特的东方民族心理的积淀,从而彰显了它的"现代史诗性"特质。

---

① 安裴智:《诠释文学的纯正、尊严与美丽——长篇小说〈我的东方〉作者盛琼访谈录》,中国作家网,http://www.chinawriter.com.cn/2009/2009-09-02/76400.html。
② 安裴智:《诠释文学的纯正、尊严与美丽——长篇小说〈我的东方〉作者盛琼访谈录》,中国作家网,http://www.chinawriter.com.cn/2009/2009-09-02/76400.html。

第九章 吴君论

第一节 专注于描写底层的心灵病相
——论吴君小说中的"深圳叙事"

吴君是一个有特色的作家,"深圳叙事"就是她的突出特色之一。她说:"除了一部长篇,我所有的小说都以深圳为背景。通过深圳叙事,我有了成长,学会了宽容。"① 评论家洪治纲说:"很少有人像吴君那样不遗余力地书写深圳,也很少有小说中的人物像吴君笔下的人物那样对深圳爱恨交加、悲欣交集。深圳,这个带着某种抽象意味的特区符号,已成为吴君审视中国乡村平民寻找现代梦想的核心载体,也成为她揭示现代都市内在沉疴与拷问潜在人性的重要符号。"②

---

① 吴君:《〈亲爱的深圳〉跋:关于深圳叙事》,花城出版社2009年8月版,第239页。
② 洪治纲:《深圳:一个理想或隐喻的符号》,中国作家网,http://www.chinawriter.com.cn/2009/2009-09-03/76411.html。

在当代中国的政治和经济生活中，作为改革开放标志城市的深圳，无论形象还是意义都有相当清晰的一面。但是，在当代文学中，深圳还没有建立起自己的"城市意象"，或者用时髦的词语来说，没有自己清晰的文学"镜像"。虽然吴君"不遗余力地书写深圳"，可是，深圳作为一个新兴国际大都市的"城市意象"，在她的笔下并不完整鲜明。吴君自己也说："时间过得特别的快，好像为了拖住时间，我总想写点什么。于是写了一批反映特区生活的作品。有的人看了认为这不是深圳的生活。而我知道这不是深圳的全部生活，但却是我眼里的生活。"① 她书写的深圳，不是一个现代的、国际的、新兴的大都市，而是一个欲望的对象，一个梦想的载体，一个精神的病源。吴君笔下那些以深圳为背景的人物，几乎全部身处底层，且都有着残缺的、病态的心灵。可以说，在有意无意之中，吴君就是在描写他们的心灵病相。

一、身份迷失精神焦虑

吴君所刻画的大多是底层人物，且都有着"移民"的身份，被人歧视地称为"乡下人"。他们因此而自卑，渴求一纸深圳的户籍从而在法律的意义上成为深圳人，可是这一愿望总是难以实现，导致他们的精神总是处于焦虑和痛苦之中。封建时期，统治者为了政权的长期稳定，曾制定严厉的法律限制百姓的流动及身份的改变，朱元璋及其子孙们将这一政策做到了极致。然而，空间的流动性应是人类生存的常态，人为的限制是不可能长久的。近现代，中国的人群就有若干次较大的迁徙行为。例如，旧社会以"闯关东"为代表的求生迁徙，20

---

① 《深圳商报》访谈：《深圳的写作和生活》，中国作家网，http://www.chinawriter.com.cn/2009/2009-09-09/76647.html。

世纪80年代开始至今仍然热度不减的"出国潮",以及当下还在持续进展的乡下人"进城打工"潮等。城与乡,是当代中国区别人群的最基本的分界线。"移民",表面上只是生活空间的转移,从深处看则是身份的置换。吴君在她并非"深圳叙事"的长篇小说《我们不是一个人类》中,对此也曾有过相当深刻到位的描述:那些生活在东北某城市"灰泥街"的人们,是从河北、山东逃荒来的移民,被当地人视为"关里人或农村人",是被人看不起的"异类",生活范围被限制在"灰泥街"这样类似于贫民窟的狭小空间里,大多无业,或从事着低贱的营生。他们梦寐以求的就是与当地人通婚,或者搬出灰泥街居住,说到底,无非就是取得与人平等的地位。在强烈的自卑之中,他们无法认同自己的身份,这是他们精神痛苦的根源。

中国是一个封建时期特别漫长的国度,封建社会的特征就是"等级制度",人们被分为贵贱不同的若干等级,上等人可以作威作福,下等人只能逆来顺受。因此,中国人自古以来就有着强烈的"身份"意识。在当代,"身份"一词成为学界用来表达人类的精神困境的关键词,无法说出究竟有多少人因"身份认同"问题在心灵的漩涡中挣扎。所谓"身份认同",无非是对"我是谁?我是什么人?我拥有什么样的权力和社会地位?"等人生基本问题的追问和确认。孔夫子提倡的"君君臣臣父父子子"是一种身份伦理,"安分守己"被视为基本的道德规范。一个人如果认可自己当下的身份,他的精神就处于相对平衡、健康的状态,否则就是身份的迷失、精神的失衡。然而,当代人并不认可"安分守己"的道德准则,他们渴望身份的提升,心灵为此骚动不安,天长日久,渐成疾患。吴君的小说,包括她的"深圳叙事"系列,都是从这一角度切入当代社会生活,揭示当下人生病相的。

"深圳叙事"系列的所有作品都在演绎一个母题,追寻。所有的

人物,离乡背井来到深圳,无一例外都是为了追寻一种新的生活。其追求的具体目标,又可分为两种类型:

第一种类型是"寻爱",此类人物集中于中篇小说集《不要爱我》之中。有评论家说,女人写小说,绕来绕去,总是绕不过"爱情"二字。这话有些绝对了,但爱情确是女性作家最关注的话题。《爱情的方程》《爱比冰更冷》《不要爱我》《与爱无关》,单看这些标题,就可以感受到"爱情"在其中的分量。《不要爱我》中的作品,基本都是以年轻女性为主角,女主角的来路多少有些含混,但她们的追求都很明确:爱情和婚姻。但是,越是渴望的东西越是难以得到,爱对于她们,称得上求而不得的奢侈品。在《阿米小姐》中,因为停电,阿米与"我"的"爱情鸟"突然飞临。但是,这"爱情"却没有结出任何正果,因为对于"我"来说,爱情远没深圳户口更有价值,为了户口,"我"留神的都是当地的丑女人。阿米曾经是优秀的女大学生,最终却堕落到向老外出卖色相的地步。"如果有人爱我,我就爱他",这是《爱情方程式》中李媚的爱情标准。可是即使按照这个完全没有高度的标准,也仍然得不到爱情。李媚的丈夫钟培元暗中与人偷情,李媚也在偶然的机遇中邂逅了同自己一样有婚姻没爱情的梁显。"钟培元不把我放在眼里,但总有人把我放在心上了。"就在李媚的爱情生活即将重现光明的时候,梁显却脱身而去,为了保住自己的身份回到老婆身边去大秀恩爱。《爱比冰更冷》中的孙南,真诚地追求自己的爱情,她所爱的人却只把她视为一个晋升的阶梯。这本书中的女子们,要么堕落,要么轻生,结局都很灰暗。她们所追求的,说到底也不是真正的爱情,还是一种身份的认同。她们就在这样的漂泊之中失去了灵魂,其命运结局,也只能随风而去,归入堕落或虚无。

第二种类型是"寻梦"。吴君的主角们所寻之"梦"各有不同。

有一些很实在,譬如追寻职位,如《亲爱的深圳》中的张曼丽;追求户口,如《福尔马林汤》中的程小桃,《复方穿心莲》中的方立秋,《樟木头》中的陈娟娟。也有一些不太具体,比较抽象,譬如追寻尊严,如《陈俊生大道》中的陈俊生;寻找一方能够放置理想的彼岸世界,如《出租屋》中的孙采莲和《十二条》中的曹丹丹。追寻本身并没有错,从某种意义上说,人生也就是一个寻梦的过程。问题在于,这些人物的追寻,大多处于一种偏执、病态的状况之中。例如《亲爱的深圳》中的张曼丽,基本算得上一个病入膏肓的人。为了地位和虚荣,她不承认自己农民的出身,不惜与亲人割断联系,时时向人虚构自己的"高贵"出身,她不是在生活,而是在表演,虽然演得并不高明。《福尔马林汤》中的程小桃为了摆脱自己"打工者"的身份,直言自己的理想"就是想找一个当地人结婚过日子",有爱无爱是无所谓的,对方是离婚的还是分居的也无所谓的,她甚至认为"暂时做个二奶也不算委屈"。然而程小桃的理想并没有实现,她遇到的都是一些骗子。可即使实现了,又能怎么样呢?《复方穿心莲》中的方立秋和《樟木头》中的陈娟娟,都是嫁了当地人的,却依然没有任何幸福可言。公婆歧视,丈夫偷腥,梦寐以求的户口还是得不到,她们在家中的地位还不如奴仆。《出租屋》中的孙采莲,只是在深圳关外城中村的歌舞厅里做过清洁工,染上脏病后被迫回到老家,却整日在做深圳梦,把深圳作为圣地一样膜拜,灵魂已极度扭曲、畸形。相比而言,《十二条》中的曹丹丹和她的梦想,还不算那么变态,只是有些浪漫情调。她厌倦了在深圳的没有爱情没有活力的生活,记忆中总是浮现北京一个平平凡凡的胡同"十二条",那是她在读大学时曾经去过的地方,在潜意识的作用下,那里居然升华为一个能够放置理想和趣味的心灵栖息地。好在她最后明白了,那只是自己在内心建造的一片家园而已，人还是只能在当下的"此在"中生存。如果说在追梦的旅程中，还有人的精神基本处于健康状态的话，那就只有陈俊生了。这是个孤傲的人，卓尔不群，虽然只是个打工仔，却并不悲观厌世，甚至有些精神胜利式的乐观情怀，比如他在心中把自己常走的一条小路命名为"陈俊生大道"。他其实也是一个白日梦者，只不过多些达观而已，也就没有上述那些薄命女子身上令人绝望的悲剧气息。

是的，"令人绝望"，吴君笔下的人物，就是处于这种身份迷失精神焦虑的绝境之中，她们在命运的漩涡中挣扎，无法自救，也没有救世主拯救她们，只能在挣扎中不断沉沦。读吴君的作品，很难有一个明净的好心情。弗莱认为，文学在经历了以神为主角的神话、以英雄为主角的传奇、以领袖为主角的高模仿、以凡人为主角的低模仿之后，会以智力和能力都低于凡人的人物为主角，我们会以俯视的姿态审视他们。吴君的不少人物，当可归属此类。他们的病态，乃是全人类之病，只不过其症状比普通人更严重而已。身份对他们的扭曲，是他们不可抗拒的命运悲剧。吴君对他们的态度，决不能简单地归之为批判和讽刺。吴君同时也以慈悲的情怀，表达着对他们的同情和关怀。

二、理想下移原欲膨胀

然而，批判是不可缺失的，否则，文学就失去了现代性。吴君笔下的人物，还有一个共同之处，那就是只有欲望，没有理想。理想与欲望，都是需求，都是向往和憧憬，但二者有着本质的不同。理想属于精神层面，是超我性的精神升华；欲望则更多隶属于肉体，是本我式的动物本能。伴随着理想的，总会有光明的前景、英雄的行为、崇高的责任、奉献的乐趣、诗意的氛围、健康的情趣。穿上这些外衣，理想才是健康的美丽的，脱下这些外衣，理想就蜕变为赤裸裸的欲望。某些当代人的精神空间日益萎缩，物欲则日益增长。或者说，理想不断下移,不断祛除崇高的色彩,也不断强化本能的成分,终于,理想彻底被欲望所取代。

吴君笔下人物虽然有时也畏惧伦理、渴望尊严,但强大的欲望还是占据了主导,他们追求的对象无非是户口、股票、房子、财富。为了获得这些对象,他们不惜利用婚姻、性、谎言、引诱、欺骗、告密等种种手段。按照弗洛伊德的理论,被原欲驱使的"本我"是被压抑在无意识深处的,原欲必须通过伪装才能在意识中浮现,否则会受到超我严厉的道德谴责。可是在当代,一些人的人格中已没有了"超我"的位置,只剩下赤裸裸的"本我",欲望已无需升华,可以在光天化日之下狂奔,道德标准已在相当程度上失去了约束力。

《海上世界》不能算是吴君的代表性作品,评论界和吴君本人都较少提及。在这里,却有必要把这篇作品作为一个案例分析一番。这个故事发生在师生之间。老师与学生的关系,大概应是世界上最纯情的、最具有记忆珍藏价值的关系之一。尊师,也是文学常见的主题。吴君创造的这个老师形象,却是颠覆性的,它揭示了一个老师的人格中如果丧失了理想的成分,将会怎样失去尊严、失去人性、失去起码的道德意识。主角依然是一个从北方来深圳的年轻女性,这个名叫胡英利的女孩子,曾在一家公司做广告员,日日为工作发愁,生活很不得意。现在,她正在赶往"海洋世界",去见自己十年前读大专时的老师,那个曾经年轻潇洒、风度翩翩、曾经写过朦胧诗和自由诗的老师张爱国。张老师也到深圳来了,并且因为写了一首歌颂"海洋世界"的"特别美"的歌曲,成了这个地区的名人。张老师是胡英利的暗恋对象,他写给胡英利的励志信,影响着胡英利的成长岁月。在胡英利的心目中,张老师仍然是优雅的、高尚的、乐于助人的。胡英利甚至想着，见到才华横溢又有社会地位的张老师，必能获得他的帮助，自己就不用再为工作发愁了。可是，凭借着早年留下的电话联系到张老师并且约定相见的时候，胡英利就感到张老师已经变了。"想不到，他们在异地见面，最后也要上床。""这个问题差不多在电话里就已经谈好了。"尽管张爱国用的不是"上床"，而是"休息"这个较为文雅的字眼，但是，他在电话里已经"把话说得很直接了"。胡英利"不怕与人上床。不去跟人暧昧，哪有饭吃？"但是师生这种关系，让胡英利觉得"这件事要比强奸来得更痛苦"。见面之后，张爱国在迫不及待的行为中露出庸俗、猥琐甚至卑鄙的一面。他完全没有了当年的洒脱，一面行着苟且之事，一面像失去金钱的守财奴一样向胡英利哭诉：欣赏他的老板因贪污已经倒台了，他失去了靠山。他失去的岂止是靠山，连男人的阳刚之气也荡然无存了。虽然他还能做出当年朗诵自由诗时的潇洒手势，但胡英利再也不会被这个动作迷倒了。这是一个为师不尊的故事，同时也是一则理想在人格中消失、原欲赤裸裸地现身的故事。在此消彼长的过程中，张爱国由一个风度翩翩的少女偶像，堕落为一个肮脏猥琐的丑恶男人。

在程小桃、方立秋、陈娟娟等人的头脑里，只有"深圳户口"，其他一无所有，精神世界已彻底成为一片荒漠。记得一位作家曾说过一句精辟的话："什么是城市？城市就是让乡下人自卑的地方。"无论是物质还是精神，城市都是进城的乡下人可望不可及的高地。城市因程小桃们的身份背景对他们采取拒斥与漠视的态度，程小桃们则为自己的身份背景而自卑。他们在怀疑、悲观、焦灼、痛苦的精神状态中不断地寻找自己的家园，"我要做城里人，我要做深圳人！"这种欲望在压抑中越来越强烈，在黑暗中疯长，一直到决堤泛滥淹没一切的程度。在《亲爱的深圳》中李水库和程小桂这对还算恩爱的夫妻之间，也在半真半假地讨论相互分手各找性伴以图留在这座城里的可能性。除户口外，还有股票，这东西曾经让许多到深圳淘金的人一夜暴富。小说《红尘中》里的离异女人泊其，之所以被许多男人想着，一个重要原因是股票。从澳洲回来的前夫阿林想着泊其的股票。邂逅相识的大学生李鸿问泊其"你有多少股票"时，"很响地咽了一口唾液"，还"低头看泊其半透明的衣袋里的纸张，极力想辨认它的分量"。前夫的朋友阿轩，似乎很关心泊其的生活，总是以借书为借口来看望她，还称赞她的美丽。这个家伙最后终于露出了底牌，他问泊其，"你不是有很多股票吗？"然后搓着粗糙的手掌狡黠地笑了："我知道你有的。不要以为自己老了就自卑。"《岗厦14号》中石春雨的父亲，一门心思想找回岗厦人的身份，无非是看到了岗厦村拆迁的巨额补偿金。而石春雨，则又因此成为中年弃妇胡玉则的性欲发泄工具。所有这些人生乱象，用"人欲横流"四字来形容绝不为过。

在理想原则的支配下，我们生存的世界曾被想象得十分美丽。到如今，仍有人相信人们可以在天地之间"诗意地生存"。而现代艺术执著地终结着这种"诗意"，用一个时尚的词语来说就是"去魅"。有学者说，"去魅"是指使"那些充满迷幻力的思想和实践从世上的消失。"在"去魅"的过程中，与非诗意相伴的，还有非英雄、非崇高、非爱情、非理性的态度，表达着对终极意义、人类理性的质疑。再也没有英雄来拯救，正如克尔凯郭尔所说："为真理作判断的公众集体已不复存在"，"个人已从群众中回了家，变成了单独的个人。"周思明认为，对孤独的克制，对世界的憎恨和使个性丧失都是消极的逃避方式，结果就成为弗洛姆所说的"失去自我"。人一旦处于极端孤独的状态，无法获得崇高的光照，自身也只能隐藏在猥琐的阴影里，甚至连自救也变得不可能。从这个意义上说，吴君的小说表达着一种具有现代感的文化态度，因而显出了特有的深刻。

三、伦理缺失情感破碎

当代人的心灵病相除身份的迷失、原欲的亢进之外，还有一个重要方面是伦理的缺失和人性的泯灭。当"一切美好的友情、亲情和爱情，被无情的肢解"① 的时候，人类的情感世界就已支离破碎，在人与人之间维系和谐关系的纲常伦理也日渐疏松。对此，吴君也有着相当悲观的描述。

在吴君的小说中亲情是极度匮乏的，在"深圳叙事"之外，也是这样。如果你随着她走进东北某城市的那条"灰泥街"，你会明显感觉到，最令你窒息的不是物质的贫乏、身份的低贱，而是亲情的缺失。无论走进灰泥街的哪一家，你都找不到亲人之间的温馨和关怀，而只能看到相互厌恶相互仇视的目光。也许你忘不掉那段描写：小英被一个变态的露阴癖调戏，她哥哥二宝正巧撞上，赶走了变态佬之后，二宝竟骂妹妹是"骚货"。小英也用最恶毒的话语回骂："他妈的，你为什么不死了，谁让你来坏老娘的好事"，"你他妈的才是骚货呢，你的祖宗八代都是骚货！"二宝居然接着骂出"你这种人，天生就是给人强奸的"这样的话来，兄妹俩的对骂实在令人瞠目结舌。还有小利骂爹娘的那一段，也同样令人崩溃："他考上考不上关你个屁事，你有什么权力对我的事说长道短？""你先管好你自家的门，不要一天到晚往家里招野汉子还装着看不见，不就是想让人家帮你养老婆孩子吗！"亲人之间，恶语相伤，居然到了这般礼义廉耻全然不顾的地步，仇恨完全压倒了亲情，这灰泥街哪里还是人

---

① 洪治纲：《深圳：一个理想或隐喻的符号》，中国作家网，http://www.chinawriter.com.cn/2009/2009-09-03/76411.html。

待的地方？真如小利自己所言，这是个"狗屎街，婊子街，窑子洞"。

在"深圳叙事"之中，亲情缺失这一点仍然被吴君一再强调。《亲爱的深圳》中的张曼丽，对乡间父亲的重病入院、无钱交医药费，完全无动于衷，却向人表白自己的"爹地"住在别墅里，"是位高级领导，每天工作忙得很，除了周末家里举办的宴会，我并不是总能见到我爹地"。在《深圳的西北角》中，四舅的两个女儿之间，姐妹相妒；母亲与四舅之间，姐弟互骗；老家亲人传言王海鸥是"干那事儿的"，恶意诋毁。最终，表妹夫刘先锋强奸王海鸥，还要强占她的美容店，将王海鸥逼上绝路。《念奴娇》的主角皮艳娟，靠在风月场卖笑来养活一家人，包括父母和哥嫂，却又不断地承受着母亲和哥哥的指责和辱骂。最终，为了报复，皮艳娟把自恃清高有所谓"知识分子"身份的嫂子杨亚梅也拉入风月场中，让她也失身堕落，直到离家出走。值得注意的是，皮艳娟的母亲，堪称一个"恶母"，这种母亲形象在文学史上并不多见，但在吴君笔下，却不罕见，如灰泥街上的那些母亲，还有《出租屋》中那个没有给过女儿燕燕哪怕一丝母爱的孙采莲。《樟木头》中的陈娟娟，倒是对女儿百般关爱，可是女儿却对她十分冷淡，亲情依然缺席。这个名叫江南的还在读初中的小女孩，为自己没有当地户口，险些被遣送回老家的母亲感到耻辱，她当面羞辱母亲："你们北方人除了脏、老土，还有什么，如果还有那就是穷。"陈娟娟偷着攒钱买了间单身公寓，为的是能够通过购房获得"蓝印户口"，她女儿竟然说："如果你真爱我，就应该换上我的名字。"最终，单身公寓被兑换成美金，成为女儿到异国读完初中的学费，"她已经和六约街上那些小流氓混在一起，如果不出去，可以预见接下来的事情，吸毒、打架……"家庭，数千年来都是人们遮风避雨的港湾，一旦失去亲情，家庭就只剩一个躯壳，没有关爱，只有孤独。

爱情曾是文学的基本母题，可是吴君显然不再相信爱情，或者说，不再相信以往文学中那种纯洁的、浪漫的、忠贞的爱情。她所塑造的男男女女，并不缺少性，但基本没有爱。阿米 14 岁就勾引语文老师，"从容地向一个女人的道路上提前迈进了"，她"是一个无情的女子"，却又"太喜欢制造一些邂逅的事"。她勾引一个有妇之夫，仅仅是因为那男子对女人从不正视，有神秘感。可是，"只用了两招就抓到手了，你说我还认为他神秘吗"？在小说的结尾处，阿米"和一个冒充美国人的阿拉伯人在酒店里被抓住"，她已经跟暗娼没什么区别了。（《阿米小姐》）曼云可以在网上与男人做爱，可以向公司老板投怀送抱，可是恐怕连她自己也说不清，这里面有没有爱情的成分。（《不要爱我》）离异女人泊其的性生活相当混乱，她可以和保安、搭客的摩托仔、卖水果的丑男人苟且，只有和阿轩的那一次可以依稀看到爱的影子，"阿轩伏在床上眼里流着爱慕说：'阿其，我要娶你，我发誓'"。可泊其的反应却是："她一面穿睡衣一面拉窗帘：'好吧，那你讲一讲你有什么本事养活我。'"爱就这么轻易地灰飞烟灭了。（《红尘中》《有为年代》）阿媚的情史乱到了难以理清的地步，但她最终什么也没有得到，她没有向别人付出真情，别人同样没有向她付出真情。（《伤心之城》）情人之间没有爱，夫妻之间同样也没有。杨亚梅靠色相在酒楼当上了经理，有了靠山，立刻离开丈夫，连一句告别的话都不肯留下。（《念奴娇》）方立秋的丈夫歧视外地来深圳的妻子，在外面偷鸡摸狗，还恬不知耻的向方立秋说："其实，男人堆里，我算是好的了。"（《复方穿心莲》）陈娟娟的丈夫江正良，没文化，腿脚还有残疾，陈娟娟嫁给他，纯粹是为了一张深圳户口。而江正良却迟迟不肯办理妻子的户口随迁，逼得陈娟娟只好走购房入户的路子。(《樟木头》)孙采莲指着身上的疤痕告诉女儿："这颗是你爸那死鬼烫的……他始终是个没用的男人，窝囊、没钱，还没骨气。"(《出租屋》)有一个当代女作家也写过无爱的性史，却用了一个很有震撼性的说法："有爱无爱都刻骨铭心"。而吴君的作品与之相比，却完全不同，不过是随意苟且，利益互换，可谓之"一地鸡毛"，连一点刻骨铭心的记忆都不可能留下。

被吴君颠覆的还有友情。《福尔马林汤》中的程小桃与方小红，曾在共同的打工生活中结下了深厚的友情，无话不谈，相互倾诉着共同的欲望：找一个本地人结婚过日子。也正是这个共同的欲望，驱使方小红背地里做手脚、耍伎俩，最终把那个一起吃过田螺的司机搞到手。《樟木头》中的陈娟娟，遇到的是另一个方小红。她们曾在不同时间、不同地点被带进那个"关押过一些三无人员和特殊职业的女性"的小镇"樟木头"。是陈娟娟用 800 元钱将方小红赎出来的，但陈娟娟同样的经历也瞒不过方小红。两人曾经是患难与共的好友，同病相怜的姐妹，但终因相互妒忌形同陌路。陈娟娟怎么也想不到，方小红为了报复，竟将陈娟娟不光彩的经历讲给陈娟娟的女儿江南听，导致江南从三好学生堕落为问题少女，还将母亲视为仇敌。总之，吴君笔下的人物，是朋友同时又是敌手，他们之间那些琐屑庸俗的明争暗斗，惊心动魄。谁都没有真正的朋友，因而都处于孤独无助的境地。看看《有为年代》中的那个泊其吧，谁也不知道她是"死在中秋节的晚上"，"至于她为什么死，在小镇没有多少人问过，因为她实在太普通了"。是的，世界是荒诞的，人生是痛苦的，他人即地狱，找不到家园，无处安放自身，在情感的世界里，除了孤独，一无所有。吴君说：

"在我看来,现在是价值观最多元,人心最孤独又最浮躁的一个时期。"① 她把这种孤独和浮躁表现到极致,深刻中带着残酷。

结　语

"人有病,天知否?"揭露当代人的精神世界的病相,并不是一个新鲜的话题。连上帝都已死去,人的心灵早已无处皈依。鲁迅先生曾经说过,他揭露国民的病况,是为了引出治疗的希望。吴君是否也有这样的愿望呢?恐怕没有,否则她不会采取这种令人绝望的笔触来书写,不会采用非理性、非崇高、非诗意、非爱情、非英雄的写作立场。曹征路说:"吴君看到的现实实在太粗粝太原始太不优雅了,当然也就谈不上'纯'。我相信吴君并不想启蒙谁同情谁,她只是捧出了这碗'汤'(小说《福尔马林汤》),不管你能不能接受——让它在每一个细节里都散发着令人不忍卒读的真实和作家的主观批判精神。"② 在阅读吴君的过程中,我曾想,为什么固执地不肯给一点暖色调、给一点安慰?但我马上又质疑自己:难道还回到理想原则上去吗?没有提供医治的办法,说明作家没有那种乐观和自信。如果吴君也像过往时代宏大叙事中的那些作家一样,向你指点一个光明的前景,你肯相信吗?

通过文化的冲突、人与城市的冲突,吴君刻画了当代人的生存困境,这毫无疑问是深刻的。深刻归深刻,吴君创作的不足之处还是有的。她的视域不够宽,看到的都是底层的、日常的生活和卑微的人群。吴君说,她之所以主要刻画这一群体,是因为"对他们的痛苦体会得更深切"。作家写自己熟悉的生活和人物,当然没错,可

---

① 傅小平:《吴君:由开阔走向"狭窄"》,中国作家网,http://www.chinawriter.com.cn/2009/2009-11-20/79401.html。

② 曹征路:《另类的城市想象》,中国作家网,http://www.chinawriter.com.cn/2009/2009-09-09/76651.html。

是底层生活如果不能与现代生活的其他重要领域（譬如官界、商界、知识界的生活）相互渗透，作品就比较单一，人物的多样性也不够。许多人物出身相同，欲望类似，性格也难以区分开来，看得多了，不同作品中的人物容易串到一起去，真正留在记忆中挥之不去的，不多。还有，次要人物和枝节事件过多，导致有些作品有漫漶芜杂之嫌。这些情况在早期的深圳叙事中比较明显，在近期的《十二条》和《十七英里》中，已经有了不小的改善。此外，作为"深圳叙事"，深圳这座城市的都市面貌、独特风情及现代品性，都没有得到应有的展示，以至于深圳只是作为一个揭示"现代都市内在沉疴与拷问潜在人性"的符号，缺乏城市应有的质感，令人遗憾。不过，我对吴君的创作前景充满期待，相信吴君这种对写作有着敬畏之心的作家，作品只会越来越好。

第二节　灰泥街：一个难忘的空间意象
——评吴君的长篇小说《我们不是一个人类》

《我们不是一个人类》是吴君唯一的长篇小说，曾被媒体评为"2004年中国最值得记忆的五部长篇小说"之一。这部作品卓尔不群，用一种近乎残酷的笔墨呈现了当代底层社会的灰暗生活。评论家白烨说："作者在作品中表现出的眼光之冷峻，手腕之强劲，当得起'心狠手辣'这四个字的评价。"① 吴君对写作的理解是："写作就是跟自己过不去。"在这部作品中她显然大量动用了自己的生活记忆，逼着自己

---

① 白烨：《另一种真实》，中国作家网：http://www.chinawriter.com.cn/2009/2009-09-09/76652.html。

重新回到一个曾经熟悉的生活空间,在那种粗俗、卑微、龌龊、阴暗的生活体验之中,审视病态的人生,表现现实的荒诞,以及"他人即地狱"的孤独感。篇名"我们不是一个人类",源自马克思的一句话,表达的是不同人群在身份认同、经济地位、文化修养、行为模式上的差异,以及因差异导致的相互不能理解不能沟通的隔膜。

一、一个狭隘的生存空间

"灰泥街"在《我们不是一个人类》中是一个十分重要的关键词。这条位于东北某中等城市的肮脏贫瘠的街道,限定着一个人群的身份、地位和人格结构。在灰泥街上,居住着20世纪50年代末期从山东、河北一带逃荒来的人们,他们被当地人称为外地人、乡下人、盲流子。这条街是自发形成的,"满街的烂泥,黑黄色的、黑褐色的,下雨的时候粘在脚上非常像屎,不下雨的时候就变成了灰尘沾到脸上、衣领上、袖口上、耳根后,而另外一些灰泥却在太阳的照射下开始散发一种难闻的味道,路过的人,远远地就捂住了鼻子"。因此,这条街就被称为"灰泥街"。这个名字是灰泥街人最不喜欢的,他们试图为这里改一个名字,但是无论怎样改,"到头来人家还是把这里叫灰泥街"。这个街名是他们心中永远的痛。

灰泥街就像一个紧箍咒,时时带给他们痛感,于是灰泥街人就产生了浓厚的自卑情结。个人心理学的创始人阿德勒给"自卑情结"下过这样一个定义:"当个人面对一个他无法适当应对的问题时,他表示他绝对无法解决这个问题。此时出现的便是自卑情结。"[1] 他们的自卑感源于自身的身份背景,同时也来自城市对他们的拒斥与漠

---

[1] [美] A·阿德勒:《超越自卑》,百度文库,http://wenku.baidu.com/view/a6f4631555270722192ef7f1.html。

视。他们对自己生存的城市采取的是仰望的姿态,渴求能够真正成为其中的一员。"让他们觉得出息的事,莫过于自己的儿女们娶了或嫁了灰泥街以外的人,只有这样,他们才觉得与这片土地有了真正的联系,才真正是这片土地的一个主人。"可是,当地人用歧视的眼光打量他们,对他们保持着足够的警惕,使他们想要通过婚姻的方式改变身份的愿望总是落空。例如谢小利,她在网球场上结识了有些"与众不同"的夏军,果然,夏军是驻军某部政委的儿子。小利"被一种巨大的幸福笼罩住了,认为她离开灰泥街的日子已经为期不远了。"然而,当夏政委冷漠而客气地接待小利得知她家住在灰泥街时,"难以显露声色的领导干部的双眼里却流露出一种不屑或者叫轻蔑的神情"。小利的美梦立刻破碎了。

评论家雷达指出:"灰泥街是一个意象,是高于人物之上的典型境遇。小说试图向我们提供一幅底层民众的浮世绘,一个草根阶层的内在世界,一部20世纪70年代以来中国某个角落的盲流及其后代的生命史。"① 灰泥街限制着灰泥街人的身份,将他们的社会活动舞台压缩为一个极其狭隘的空间里。狭隘的生存空间又压缩了灰泥街人的精神空间,于是,灰泥街的人们,只有欲望,没有理想。他们的生活中没有阳光。

二. 生存的压力与人性的畸变

灰泥街上的大部分人没有什么正经职业,主要靠出卖体力挣些微薄的报酬。灰泥街靠近铁路,为了生存,连孩子们也要到火车上去向旅客兜售物品。"白天抢锹抢镐干了一天,回了家还要去剁馅儿蒸包

---

① 雷达:《浑沌,陌生充满野性的街道》,中国作家网,http://www.chinawriter.com.cn/2009/2009-09-09/76650.html。

子、洗黄瓜、腌咸菜、煮玉米大碴子粥让孩子带到车上去卖。"身份的卑微、生活的困窘,使得这里的人们心理阴暗、性格狂躁、民风日益粗鄙化。在这里,几乎没有正面的、健康的、阳光的人物,鸡鸣狗盗、打架斗殴、污言秽语、寻欢作乐,差不多算得上男盗女娼。正如有人所指出的:"这类人在文学作品中并不鲜见,但这么集中,集中于一个社区,集中地跑进小说中成为人物,却并不多见。"这也正是《我们不是一个人类》给人留下深刻印象的地方。

通过对人际关系的考察,我们更容易看到人性的畸变。在灰泥街,家庭缺乏亲情,邻里没有互助,朋友失去信任,邻里之间互相仇视,父母与子女以及兄弟姐妹之间恶语相向,使得整个灰泥街充满低俗的漫骂,是"一个变态、混乱、贪婪的成员"组成的社会。"你骂我王八蛋时,我就可以骂:我操你祖宗!……平时兄弟姐妹也是当着父母的面骂粗口,而且都是什么婊子养的,狗娘养的。你不是人造的,是狗日的,几乎每句话都涉及了'性'。父母听了也不生气,因为他们自己就是这样骂人的。"老何居然能够把儿子大宝心爱的狗送给别人吃了狗肉,大宝则当面血红着眼睛用最恶毒的语言痛骂父亲:"怎么没有人杀你呢,你这个老不死的!"大宝对母亲也是同样:"你也不看看自己的岁数,我看你怎么越来越像一个妖精!"总之,一切纲常伦理、亲情友谊都被赤裸裸的欲望所解构,每个人都以自己的利益为中心,"他人即地狱"的理念在这里得到了充分的阐释。对此,评论家温远辉的感受是:"起码的道德观和价值观给拆解掉了,滋生而出一种怪异的'盲流社区'的文化味,这味儿盘桓在小说里,挥而不去。面对这样一群人物,你已无法'哀其不幸,怒其不争',只能瞠目结舌,手足无措,一口压抑之气堵在胸口里。"①

相对而言,文学批评中常用的"小市民"、"世俗"等词语,面对吴君的这篇作品时都显得平淡无力。身份的压抑和欲望的暴涨使灰泥街的人有着兽一般的赤裸的疯狂,他们在相当程度上脱离了人性,有着明显的兽性特征。

三、逃离"异乡"难觅"我城"

从某种意义上说,人的一生都在寻觅和建设着自己的家园,包括物质的和精神的家园。而"没有家园",是灰泥街人精神痛苦的根源。因此,逃离灰泥街,重建自己的家园,是灰泥街人的一个集体无意识理想。"他们总是认为灰泥街就是一个码头,虽然他们嘴上不是这样说,但他们的内心是慌乱的、不安的、没有底儿的。他们并不知道自己的下一站是在哪里。"他们有时候会想:"百年之后自己的骨头到底埋在哪里呢?总之,他们不会把自己放在这个让人感到不踏实的城市里。"

他们在精神中重建的家园意象有若干种,其中比较重要的一个是"故乡"意象。在这种漂泊的精神状态中,他们自然而然地会怀念故乡,把那里想象成安稳、温情的伊甸园。"灰泥街的人最喜欢的事就是背家谱,背自己老家的地名,从小到大,一喝酒了就让小孩背,一来人了,就又让小孩背。灰泥街的人喜欢认老乡:'咱们山东人是最了不起的'是他们的口头禅。等有了钱,咱就打回关里家去。不在这里受这份冷,遭这份罪,这儿是什么地方呀,西伯利亚,懂不懂?过去是犯人待的地方……"作品中的老何,娶了本地女人还是不甘心,时时

---

① 温远辉:《不是与己无关的另类的生存文化》,中国作家网,http://www.chinawriter.com.cn/bk/2005-01-27/19610.html。

怀念着故乡的"二妮子"。他们把立足的地方视为异乡,并因而期待着返回故乡。可惜,故乡只是一个理想的产物,真正的故乡并不是伊甸园。老何的二叔、兄弟来到灰泥街探亲,却反而羡慕这里的生活,他弟弟甚至把东北的一把土装在自己的口袋里,表达了对这里的无限向往。老何还不死心,到底还是回了趟老家,但是从此再不提老家的事——故乡绝不如想象中的美好,反而十分冷漠。显然,故乡只是一个理想的肥皂泡而已。

故乡是回不去了,那就继续移民,重建"我城"吧——这正是人们在精神世界构筑的第二个家园意象。80年代,改革开放了,灰泥街人终于有了机会。最先是小莲,她结识了深圳来的黄建业,成了灰泥街第一个到深圳特区工作的人。在深圳,她始终没有得到自己梦寐以求的爱情和事业,反而被牵扯进经济案件之中,最终绝望自杀。走出灰泥街的还有李北志,他被一个已婚的佛山女人带到了南方,最终为这个女人成为杀人犯。小英算是灰泥街走出的最成功的人了,她在深圳失过恋,当过小官员,推销过警报器和水果,终于做到了一家独资公司的老板,还为家乡捐过一笔不小数目的资金。然而,她仍然没有任何幸福可言。一方面,家乡人并不认可她,不信她的钱是从正当地方来的,不信她的爱心,反而从相貌到人格百般地诋毁她。另一方面,南方人也总在有意无意之中表达对她这个北方人的蔑视,什么你们北方人"一年洗一次澡","一天到晚吃窝头","喜欢做鸡婆"……逼得小英不得不用最恶毒的语言加上最温柔的语气进行反击。吴君说:"一次移民,终生移民。"这些移民和他们的后代,既回不了家乡,也建不起"我城",只能在灵魂的漂泊之中,或堕落或消亡。当代人啊,你们究竟从哪里来,要到哪里去?什么时候才能结束你们的迷惘?这正是作者启发我们思考的地方。

在小说的最后，吴君写下了意味深长的精彩一笔：在灰泥街靠做皮鞋生意成了有钱人的小发，出钱把灰泥街的名字改为"菩提街"。然而他没想到的是，"公共汽车一到这个地方的时候售票员还是扯着嗓子喊：灰泥街到了。"不但如此，灰泥街人的脸上这时反倒有一种小发认为是幸灾乐祸的表情。是的，一个名字，不可能改变一个人群的精神困境。

《我们不是一个人类》中的人物偏多且杂，也比较接近，以至于区分他们有些困难，这是作品存在的不足之处。

第三节　都市的诱惑与本真的畸变
——吴君中篇小说《亲爱的深圳》中的三个人物分析

在吴君数量不菲的中篇小说中，《亲爱的深圳》比较引人瞩目。2009年，中国作协颁发首届中国"小说双年奖"，共有13位作家的长、中、短小说获奖，吴君凭借这篇作品，与陈忠实、迟子建、毕飞宇、赵本夫等著名作家一起登上了领奖台。这部作品还被改编拍摄成电影。

《亲爱的深圳》集中写了三个人物：李水库、程小桂、张曼丽。这三个人物，都是从乡村进入都市的"新移民"，他们有着同样的特征：无力抗拒深圳这个现代化的大都市具有的巨大诱惑力，心灵一步步走向异化，逐渐失却本真。因其异化程度的不同，这三个形象呈现阶梯排列、逐层递进的形态。

一、张曼丽：自我的完全迷失

小说追随着李水库的所作所为一步步展开，但给读者留下印象最深的却是从含混朦胧到逐渐清晰的人物形象张曼丽。张曼丽不但长相出色，而且拥有"高贵"的身份，她是这座商务大楼里一个部门的经理，是李水库等一干人仰视和敬畏的人物。大楼里的人都知道，张曼丽的"父母都是北京的高官，一个哥哥在外交部，一个姐姐还在日本做生意"。作为这座大楼里最引人注目的女人，张曼丽对保安、清洁工相当傲慢，除了偶尔拿点旧衣服施舍一下，基本不予理睬，对李水库，"连眼皮都没撩过一下"。李水库是大楼的保安，偶然的机会，他见到了一封寄给张曼丽的来信，就拆开偷看了，这才知道张曼丽根本不是什么高干子女，而是来自河南农村，以前的名字很土，家里贫穷，而且父亲得了重病，急需张曼丽寄钱救命。李水库深感自己行为的罪过，想方设法接触张曼丽，想把这封信交还给她。但他毕竟只是一个保安，不敢造次，只能慢慢寻找机会试探、暗示。无意中，李水库看到了张曼丽"结过老茧的大脚"和"关节异常粗大"的手，更确定了张曼丽农民的身份。然而，李水库意想不到的是，张曼丽拒不承认自己的真实身份，也不愿接收家里的信息。她甚至操着广东腔污辱老乡李水库："你们那边的人特别不讲卫生，一年到头也不洗澡……总是喜欢吃窝窝头"，她声称自己的祖籍就在深圳，自己的父母"当然住在他们的别墅里面啊，不过我的爹地是位高级领导，每天工作很忙，除了周末家里举办的宴会，我并不是总能见到我爹地"。李水库后来才知道，张曼丽的手机换了好几次，就是为了躲开家里人。张曼丽意识到李水库掌握了自己的秘密之后，打电话威胁说："记住，从现在开始，你要给我闭上嘴！否则我会让你们家连你的全尸都找不到。"色厉内荏，强势后面分明是害怕失去地位的恐惧感。

张曼丽是一个极端虚伪的人，她不是在生活，而是在演戏。为了掩饰卑微的出身，为了避开都市人歧视的眼光，她按照现代都市丽人的标准，为自己制作了一套身份的壳，然后把自己套在里面。她认为，这个壳可以保护自己。事实上，这个壳是她沉重的枷锁。可以说，她是一个活在壳里的人，完全迷失了自我。

傲慢只是张曼丽面对下层人的态度，面对上司或者比她身份更高的人，她会"发出娇滴滴的声音"。毕竟没有真正的人脉资源，在伪装的后面，她时时暴露自己的恐惧感和孤独感。她年龄不小了，但没有婚姻和家庭。李水库偷听到她跟一个男人讲话，那显然是一个玩弄过她又不愿意负责的男人。张曼丽说："你以前不是这样对我的。"男人说："记住不要再这样对我说话，别忘了，你是一个什么身份。"作品中几次暗示她的孤独与性苦闷，甚至在与李水库的对话中都曾经"声音显得有些缠绵"。

张曼丽这个虚伪得令人生厌的人，同时也是一个可怜而又无助的人。吴君对于张曼丽这个人物，并不只是简单地采取嘲讽和批判的态度，而是寄予了深切的同情，体现了当代作家应有的宽容态度和人文关怀。吴君对电影的某些改编不太认可，因为她去片场时，正在拍从乡下赶来的父亲揭穿女儿说谎的那场戏，这是小说中没有的。"父亲誓死捍卫真相的态度让我难以接受。""作为父亲，忍心揭开吗？"其实，张曼丽也有她深刻的一面，当李水库描绘农村的乌托邦式的美丽景色时，试图唤醒她的思乡之情时，张曼丽"冷冷地说，现在农村还有新鲜的空气吗？到处都在挖山挖石头，大片大片的土地荒掉了，你在哪儿见到了美丽的庄稼"？显然，她已经意识到，那个充满诗意的美丽农村早已不复存在了，那里已经是回不去的家园。然而，由于身份的限制，都市又没有真正接纳她，这使她的内心充满了无处立足的恐惧。

张曼丽是一个现代都市中完全失去本真的畸形人物。

二、程小桂：痴迷的都市文化认同者

《亲爱的深圳》中另一个深刻的人物是李水库的妻子程小桂，她是一个痴迷的都市文化认同者。

程小桂生长于河南农村,是一个有文化的高中毕业生。她争强好胜,好高骛远,敢于大胆追求。李水库虽然初中都没毕业,但人长得比较帅,程小桂就主动追求,成了李水库的妻子。但李水库的父母看不上这个媳妇,因为程小桂留了长指甲,不爱干农活,而且"一天到晚看书,有时还用一个小本子写一些什么情啊爱呀的肉麻诗歌……父母总是认为程小桂不是一个想好好过日子的女人"。在老家,李水库是不怕程小桂的,因为程小桂家比他家更穷,他说:"什么诗啊,那就是屎。"动手撕掉了程小桂写诗的日记本。想不到,第二天天还没亮,程小桂就离开了家,到深圳打工去了。程小桂打工挣的钱,并没有乱花,都寄给了家里,帮李水库家还了一些债。她在家里不愿干农活,在深圳打工却吃苦耐劳,在那座商务大厦当上了清洁班长。

李水库是在父母一次次的威胁下,才到深圳接程小桂回去生孩子的。对于能不能成功带妻子回家,他也没有把握。见到程小桂时,李水库就明显发现了妻子的变化:头发黑亮,人变白了,而且"总戴着一副白手套"。程小桂见到丈夫:"用标准的普通话说了一句:你好!"让李水库感到十分别扭。她虽然只是个清洁班长,却总是说着白领的语言,李水库感觉到,她的一切都是装出来的。在深圳的程小桂很强势,对李水库有着明显的威慑力。李水库没能带她回家生孩子,反而被她安排在大厦做了一名保安。她警告李水库,为了这份工作,他们必须以老乡的身份相处,不能暴露夫妻身份,否则会把一切都毁了。于是李水库住进了八人一间的宿舍。虽然见到妻子的李水库欲火中烧,可是程小桂却没有太多的热情,分明可以看出她对"性"没有太大的兴趣,更别说生孩子。她梦寐以求的,是身份和财富。在一次偷偷摸摸的性事过程中,她甚至对丈夫说出这样的话:"如果你找了这个大楼里的一个女的去相好,我又和深圳的一个男人结婚,你说我们还会这么穷吗?家里的老人还会一天天唉声叹气吗?"

程小桂不像张曼丽异化得那样彻底,她身上还有不少本真。例如,她的生活依然简朴,她戴着白手套并不全是为了装,而是因为手上的皮肤已经磨坏了。再如,她没有放荡也没有移情别恋。在跟丈夫半真半假地商量"换偶"的时候,居然说"我们将来的孩子一定也不用发愁了,到时候就可以一会儿住在你家里,一会儿又住在我家里,你说那是多好的事情啊。"搞得李水库都感到好笑:都换了配偶了,怎么还会有共同的孩子?在李水库去接触张曼丽的时候,程小桂难得地流露出了真情。

但是,程小桂这样的打工者的命运,注定将是一个悲剧。农村,她是不可能回去了,她已经痴迷地认同了都市文化,迷恋都市的物质生活和精神文明,她的志趣和行为,已经跟农村生活格格不入。可是,都市并没有真正接纳她,她没有户口,也不可能享受应有的待遇。连张曼丽那样的白领地位,她都不可能得到,她没有那么高的学历,只是个临时工,连个真正的蓝领也算不上。无论是乡村还是都市,她都是一个异己者,一个找不到灵魂栖居地的精神漂泊者。在当代中国的城市里,程小桂式的人物很多很多,她们的命运归宿在哪里?我们跟她们一样迷茫。

三、李水库:难以坚持的乡村文化守卫者

李水库是一个质朴的形象,他身上还有着很多的本真,容易得到读者的认同。

李水库"本来就没想过要到深圳打工,他只是想把程小桂带回老家去,完成人生的第二件大事——生孩子,否则的话,结了婚等于没结。"可是到了深圳,他就没有了话语权,比他早到而且已经适

应了城市生活的妻子程小桂,处处都比他强势得多。程小桂认同的都市文化,在李水库这里遭到了抵抗。当程小桂见到他用普通话向他问好的时候,李水库的心理活动十分有趣:"你好你好!这是人话吗?这是一家人说的话吗?这是孩子娘对孩子爹说的话吗?这是要过日子的人说的话吗?"

在妻子的安排下,李水库迫不得已当上了保安,他根本没打算长期干下去。城里的一切,他都不适应,也不喜欢。在他的感觉中,电梯很可怕,"只一秒钟就让人没了根……他最喜欢的还是家里崎岖的山路"。

虽然质朴,那些人性中固有的恶习还是有的,而且很快在新的环境中以新的方式显现出来。因为无聊,李水库凭保安的便利,偷拆别人的信件,以满足偷窥的心理。他还接受小贿赂,帮助别人"加塞"办事。他曾经使出小伎俩,将安全套扎上几个小洞,试图让程小桂怀孕。性的要求在妻子那里遭到冷遇,他便有着种种关于异性的幻想,包括对邂逅的女孩子以及张曼丽……这些无伤大局的人格缺陷并不十分影响他的形象,整体上说,李水库还是一个正派善良的人,是传统的中国乡村文化的坚守者。他热爱朴素的乡村亲情,孝敬老人,总是惦记着乡下的父母。他怀念乡村的新鲜空气和美丽的庄稼,甚至想以此来唤醒张曼丽。当他发现自己不可能改变张曼丽,也不可能把妻子带回老家生孩子的时候,就毅然辞了工,搭上长途汽车准备回家。他要离开这个令他伤心和迷惘的城市。

可是现代生活的魅力和都市文明的感召,对于李水库并不是没有效果的,他最终真的能够成为乡村这块麦田的守望者吗?作者最终给出否定的回答。小说的最后一笔相当精彩,出人意料又在情理之中:"扬起一阵黑烟后,汽车重新开走了,早晨的关外大道上停着李水库和他的行李。"他还是留在了深圳。他理解了妻子程小桂的奋斗,但是同时,他也将陷入跟程小桂一样的悲剧命运之中。以今后的岁月中,他将为获得一个"城里人"的身份而奋斗、而痛苦,在不断的失望之中再不断地点燃希望,却无法到达理想的彼岸。

城与乡的对立与互渐,以及所带来的文化冲突和内心矛盾,形成了中国当代生活一个不可忽视的重要地带。乡下人进城,绝不仅仅是一个故事母题,更是考量人性的一把尺子,可以测出众多人物从本真到异化的不同程度。如果说张曼丽是过度异化,程小桂是中度异化,李水库则处于异化感染的初期,他们形成了一个梯次。异化得越深,活得越累,越难以自我解脱。城市的繁华和现代使人兴奋,城市的虚伪和冷漠又令人心寒。城市中人口众多,比肩接踵,城里人却又难以沟通,倍感孤独。城市就是这样一个充满悖论的地方,却又是当代人的唯一去处,别无选择。或许正是由于作者吴君自己深刻地意识到这一点,或许正是由于她自己也处在矛盾和痛苦之中,她才能够将作品写得如此真实而生动,她才能够对笔下的人物如此同情和宽容。

第四节　一个隐喻背后的母题:追寻、孤独、异化
——评吴君的短篇小说《十二条》

《十二条》是吴君的短篇新作。这篇作品仍然是以深圳为背景,但有一个逆向的变化。与《不要爱我》《亲爱的深圳》中那些拼命想进入深圳、为得到一个深圳人的身份不惜采取一切手段的主角们不同,《十二条》的主角曹丹丹时时刻刻都想逃离深圳,她向往的是北京一个叫做"十二条"的地方。"十二条"是一个象征,是曹丹丹人生观的一个载体,是一个并不宏大的理想,即使如此,这一理想也只能在

现实中坠落，最终成为一个虚无。联想到吴君众多作品中的人物及其追求，差不多可以说吴君是一个悲观论者，她笔下的人物总是无法得到理想阳光的照耀。不过，我们却不能以此指责吴君，她的笔触虽然有些残忍，但她从来不肯为迁就、安慰读者而低于理想。

正像一位评论者所言，在小说中，"十二条"是一个隐喻，是一个曹丹丹无意识建构起来的象征性意象。与一般人美丽华贵的理想不同，曹丹丹所向往的"十二条"，只是北京的一个平民区。十五年前，曹丹丹还在读大学，班上的一个同学病了，学校把他送到北京做检查，需要细心的女同学跟着照顾，曹丹丹因此去了北京。没钱住酒店，只好住二十元的地下室。"下火车，慢了性子走，路上见到有人遛鸟，唱京剧。过了两条街，便拐进一条胡同，胡同边上有个椭圆形的水坑，积着雨天留下的脏水。虽然是脏水却能映出天上的云朵。为了方便过路人，那里永远放着几块石头或砖头。坑的另一头便是那地下室的门了。进了门就能见到被水泡得卷了皮的墙壁。要弯了身子走路，否则被会被头顶上的水管子撞到。"这就是"十二条"，一个简陋、朴素甚至有些寒酸的地方。可是，曹丹丹一下子就喜欢上了这个地方，从此，翻来覆去睡不着的时候，她都会用卷舌音把"十二条"念上好几遍，那里成了她在梦里去过无数次的地方，是她的精神家园。

十二条的简朴与曹丹丹性格和人生观相契合。曹丹丹虽然也免不了有许多欲望，但总体上说，她是一个比较低调，对生活没有过多奢望的人。她渴望在十二条过着那种平凡、悠闲、安静的生活，与当年陶渊明"此中有真意，欲辩已忘言"的境界，多少有些相通。十二条就是曹丹丹想归去的田园。

除此之外，曹丹丹对十二条的向往，还带有性欲升华的性质。曹丹丹身份不高，只是深圳的一个代课老师，而且离过婚，带着一个女儿生活。从来没有人向她表白过爱情,在女多男少的深圳,她想得到爱情几乎不可能。无奈之下她跟一个无业的台湾佬同居,"台湾佬身体和钱包都不行,连买个小东西都要她出钱。如果结婚,自己很不合算,等于白养一个人"。在她脑海里反复映现的那段十二条的记忆,总包含着这样的画面:"洗漱室大镜子上的水蒸气和一个个半裸着上身的男人。看不清人的相貌。那些雾气,很是难忘。"还有一段更深刻更生动:"她在胡同里见过一个长得像小流氓一样的人,骑了辆自行车,一只脚平放在地上,另一只则踩在脚蹬上。他冰冷着声音问曹丹丹想不想跟他回去。曹丹丹当时傻气,学着对方的卷舌音问,跟您回去干什么啊。做我媳妇儿呗,对方换了只脚放在车蹬上说。当时天气异常闷热,不远处好像还有知了和另外的一些鸟在叫。天上灰蒙蒙的。曹丹丹记得那男孩长了双细小的眼睛和胖胖的脸。不行!曹丹丹撒欢似的跑了。她比什么时候跑得都快,不是害怕,而是快乐。那是她平生第一次有人跟她说这样的话。"

很显然,十二条与曹丹丹当下的性压抑、性苦闷有关,带有浓重的性幻想色彩。作为一个文学意象,一个精神避难的家园,十二条就是曹丹丹的乌托邦。

前面说过,虽然做不到无欲无求,但整体上说,曹丹丹是一个淡泊宁静的人。她的朋友江艳萍,特别虚荣,追求名利。

曹丹丹与江艳萍既不是老乡,也不是同学,只是在饭局上认识的朋友。曹丹丹并不喜欢江艳萍,"她觉得这个女人矫揉造作,又喜欢抢别人风头",所以曹丹丹即使空虚,也忍着,不愿联系她。江艳萍自称是个营养师,"平时总是飞来飞去,在全国授课,难见人影,每次都是她约曹丹丹",就这样交往了四五年。后来江艳萍离开深圳,去了北京,告诉曹丹丹她嫁了人,住在三百平方的大别墅里,在阳台上放风筝，而且，离十二条很近。这些都引起了曹丹丹的强烈羡慕。然而，江艳萍所说的一切都是假的，她在北京过的是流浪生活，靠出卖色相为生。

曹丹丹的淡泊与冷静使她成功地避开了一场劫难。一位身在北京的自称"罗老师"的人跟她联系，自称教过她还追求过她，曹丹丹出于"十二条"情结，与"罗老师"有了恋情。"罗老师"提出要帮曹丹丹在北京买房，可是曹丹丹在到达北京的一瞬间，就凭着直觉判断出"罗老师"的不可靠。她打定主意，"一定不跟他有任何事情发生，哪怕内分泌继续失调。更不会让他帮自己找房子了。"江艳萍则因为名利和虚荣，替曹丹丹承受了这一劫难。那位所谓的"罗老师"不过是个骗子，曹丹丹没有上当，江艳萍却被他骗钱骗色，最终回到老家生下骗子的孩子。

《十二条》中蕴含着三个文学母题：追寻、孤独、异化。

追寻是文学常见的故事母题。不少作品的主角们都在作品中展开着自己不懈追寻的故事，寻亲、寻友、寻爱、寻宝、寻信仰。曹丹丹身在深圳这个"一天不去赚钱心就慌就会死的城市"，却把心灵寄放在北京的十二条，虽然她懂得"把愿望藏起，让自己现实起来"，但十二条代表着她的信仰和爱情，内心的渴求从来没有终止过。江艳萍也在追寻，只是目标比曹丹丹要世俗得多，更多地偏向于名利。除了供人娱乐的寻宝故事，当代叙事作品已经很少有寻啥得啥的完美结局了，因为那太虚假，已无人相信。所以，无论是曹丹丹还是江艳萍的追寻，都以失败告终。失败让曹丹丹成熟，以后她还会梦想十二条吗？作品没有说，应该不会了，毕竟，十二条只是一个虚无。

当代生活中的一个悖反现象令人寻味。信息发达，人与人之间沟通的方式越来越方便，而人与人之间的沟通却越来越困难，同情、宽恕、理解、帮助，在人与人之间越来越难以实现，竞争、猜忌、仇视、欺骗却越来越普遍。每一位作为个体的人，都能够体验到深刻的孤独感。曹丹丹就是这样，她没有真正的朋友，也没有恋人，不得不忍受着空虚和内分泌失调。江艳萍何尝不是这样？再扩大一下，吴君笔下的人物，哪一个不是如此？孤独感的表达，是吴君一个永恒的主题。

　　世界的荒诞，精神的痛苦，理想的坍塌，物欲的暴涨，生存的压力，心灵的孤独，这一切所产生的力量，足以使人的本性产生异化。江艳萍的异化是十分明显的，真诚廉耻在她那里已不复存在，赤裸裸的欲望主宰着她的命运。曹丹丹算是比较真诚纯洁的人，但她何尝没有异化的地方？看看她"十二条"幻想背后的功利内容吧：她"瞬间便明白了女儿将来报哪个学校了。哪怕是大专，也要在北京读，郊区都没所谓。北京，连空气都弥漫着营养啊。"还有她不算明显的性幻想。结合吴君的其他作品不难看出，异化，也是吴君作品的一个主题。

第十章 宋唯唯论

第一节 唯美、感伤、世情的文学
——宋唯唯创作论

宋唯唯，女，1978年深秋生于湖北荆州市监利县程集镇，中师学历，后分别就读于鲁迅文学院和深圳大学作家研究生班，现为深圳作家协会签约作家。2001年开始文学创作。历年于《人民文学》《青年文学》《十月》《作品》《长江文艺》《芙蓉》《中华散文》《苏州杂志》等纯文学期刊发表长篇小说、中短篇小说、散文、读书随笔100余万字。其散文先后获得《作品》杂志2004年"全国女作家散文大赛"、2006年"南方经验散文大赛"。《小镇风月》获得《小说月报》2005年中篇小说奖。长篇小说《麒麟峪》获得2008年"我和深圳网络文学长篇小说大赛"金奖。2010年长篇小说《一路歌哭》获得"第三届深圳原创网络文学拉力赛"长篇小说类的金奖。

一、擅长写女性的女作家

宋唯唯从事文学创作十余年来，其题材非常广泛，当下都市的风云变幻，今昔乡野村落的淳朴民风，在她的笔下都有精彩的映现。她所呈现的都市镜像，既有北京、上海、武汉、广州、深圳，也有处于城乡结合部的小县城、小圩镇。她尤其喜欢写深圳，自 2007 年第一部以深圳为题材的中篇小说《不与梦交往》发表以后，她描写深圳的小说就一发而不可收。长篇小说《麒麟峪》写了这个城市孩子们的故事，《一路歌哭》则写深圳家政工和小保姆以及与她们打交道的各色人等的生活状况。中篇小说《浮花浪蕊》中的三个女性寒冰、杏子、丹丹是在深圳的夜总会里谋生的。《月如荞麦花如雪》中的舞蹈演员明明，是在深圳演出时认识雷灏的，几年后她又从北京南下深圳工作。这些小说中出现的罗湖海关、深蓝大道（深南大道）、万象城、梧桐山、盐田港、深圳书城、世界之窗等，都是现实的镜像。《不与梦交往》中女主人公长孙凌从东北长白山下的一座小城南下深圳，因为她认为深圳"这座城市，是一个传奇的江湖，是人世间的大投奔、大颠簸、大是非、大起伏的大集合，它展展辽阔的土地，一半是削平了山，一半是填平了海。人也是，自泱泱大地四面八方，蜂拥而来，怀得都是梦"。她为什么喜欢深圳？因为"这城市充满动感，随时机遇，就地变化，符合年轻人喜欢的一见钟情、一见倾心，它的阳光和高楼，大海和繁华，都是先俘虏了你再说"。深圳确实是一个创造奇迹的地方。《浮花浪蕊》中三个人上了火车，列车的终点是广州站。但经过一番思索，三个人心有灵犀一点通，齐齐脱口而出一个目的地：深圳！对，就去深圳！他们认为"深圳多吸引人呀，和香港仅仅一江之隔，那是繁华、自由、资本昌盛之地啊！最大最发达的移民城市，遍地充满黄金和掘金者。深圳是一定要去见识见识的！"拿定主意后，三人在广州下了火车后立即坐上直奔深圳的城际高铁。当然,这座城市并非人们想象的那么容易生存,竞争之激烈非一般人所能想象。"深圳这城市,胆大包天者是人群的宠儿,当你投入这城市,它只恨你太贫乏姿态太谦虚不够彪悍。"(《月如荞麦花如雪》)在深圳,一切皆有可能,"劫财劫色,死于非命,在这个城市,真是司空见惯,生死存亡,人财散尽,香车美女,转眼成空,什么都不是个传奇"。(《不与梦交往》)宋唯唯定居深圳多年,对深圳比较熟悉,窃以为她对深圳的描述是比较准确的。

作为女性作家,宋唯唯热衷并且擅长写女性命运。她的第一部长篇小说《花低蝶》中主人公秋蝶,以及《麒麟峪》中的玉霞、朱云和兰珠,《一路歌哭》中的牵藤和荷荷,都是女性。《曾是双髻问字来》中的两个女子是形影不离的朋友,她俩在大学学的是法语专业,因为爱走上了不同的人生道路,并且都没有读到大学毕业就放弃了。林朦朦分别经历了与肖岳宸、胡东的感情生活,终因不能放弃自己那最初的、无望的爱而用酒瓶割腕自杀走向死亡。杜雯雯最终选择了那个爱她的人夏骞,并且生下一个可爱的女儿,她还将文字变成自己的精神归宿。《花发》中17岁的袁可意从湘西一所艺校毕业后,独自一人闯荡北京,她的理想是成为一位名模,艳压群芳。她先与38岁的国企老总池似川有过一段感情生活,后来与金哲相爱。《旧友如水》中的林青来自桂林,她是一所工艺美术学院的学生,为了支撑繁重的学业与贫困的家境,她偷偷出来到KTV包房打工。《寻找柳词》中的柳词是一个年轻的文学女孩,她从西北来京城闯荡,后来她的三部书稿连存底都被浪一这个不良书商给骗走了,之后她便失踪了。《老族长的女儿》中想姑与叔叔这一对有情人没能终成眷属,想姑出嫁一年后,丈夫患病死了,乡人说想姑的掌纹是断掌,命中注定要克夫,想姑最终遁入空门，到远方的一座观音庵出家修行了。《邻家媳妇》中民办教师玉庭是独子，他的老婆是春桂。春桂来到婆家五年里生了三个胖嘟嘟、黑乎乎的丫头，她在家中的日子越来越难过。只有老祖母常叹气安慰她：儿啊，托女人身就是来世上受罪的，你忍着过吧，等生了儿子日子就舒展了。后来春桂在大家的期盼中终于生下一个白白胖胖的小子，她作为女人的使命才完成。这个初嫁时水灵灵的新媳妇，过早地变得人老珠黄了。此外，《寡妇和她的女儿》《从前的妻》《17岁遇见她》等小说，仅仅看标题就可判断出主人公都是女性。作为女作家，在作品中表现女性比起男作家有着不可比拟的优势。中国文坛有许多女作家擅长写女性，如张爱玲、张洁、铁凝、王安忆等，宋唯唯也是如此。

二、古典的唯美与感伤

宋唯唯的文学作品，具有她自己独特的风格，即古典诗意般的唯美。比如《花低蝶》的书名和各章节的名字就很唯美，富有诗意，如："万里河山，有缘重逢"，"花低蝶新小"，"宜室宜家"，"桃之夭夭"，"人生若只如初见，何事秋风悲画扇"，"豆蔻花时"，"蝶翩翩"等。这些名字或目录都脱胎于古典诗词或古典名句。还有其他小说的名字，如《月如荞麦花如雪》就很有诗意，它包括"谁家女儿"、"京华朱梦"、"碧琉璃之城"、"蔷薇光阴"、"白雪茫茫"共五章。再如，《曾是双髻问字来》《浮花浪蕊》等小说的名字都概括准确且诗意盎然。

更令人称道的是宋唯唯小说和散文中的文字，她笔风唯美、趣味典雅的句子比比皆是，不可胜数。小说《花低蝶》的结尾，秋蝶不满足现状，"她要去寻找一个地方，穿过布满风霜的冬天的山峦和河流，穿过关于宿命和轮回的片段记忆，沿着沧溟之中的神启，跋涉，跋涉，所有的抵达都只是路过，所有的停泊都只是漂泊。她在这条路上已经走了很久很久，几生几世的时光，红粉成了骷髅，沧海化作桑田，她多么疲惫，又多么执著"。诗意的句子，唯美的画面，让许多读者怦然心动。有人说，这部小说的叙述语言，像是民国时期白话运动过刚过后的语调，有着唐诗的意象、宋词的韵律、元曲的节奏。

《月如荞麦花如雪》中年纪轻轻的明明，不知哪一天开始，变得喜欢看老戏了。那些"悠长，缠绵，婉转千百回依然迤逦缠绵的唱腔，慢悠悠的前朝的时光，杨柳枝映着白粉墙，远远的一影青山，桃花渡口，那些清雅的山长水阔的布景前，才可一生一世，几生几世，一个人爱着另一个人，一个女子等待一个男子。地老天荒，矢志不渝，从不更改，从不质疑，从不否认，从不估价。爱是仁义礼教里，最恒久最绵长的等候。"作者用这样古典诗意的文字，来描写主人公对古典戏剧的痴迷，妙不可言。

江南是美的，江南的枫桥无疑也是美的，粉墙黛瓦，小桥流水，还有四季分明的各种花花草草。宋唯唯笔下的枫桥美得让人惊艳："雪融了，春天又来了，黄灿灿的油菜花又铺到了天涯，桃花开过，桃花又落了；梨花白了，梨子结青果了；蔷薇花开过一迭，栀子花又开了，香呀，妖娆的缠人的香，你若是在黄鹂鸟叫的五月来到小城，才明白，什么样的花事，才是香雪海。后院菜园里的青菜，茄子，西红柿，豆角，也茂盛起来，开花的开花，挂果的挂果的，荷塘里的荷花香了，夏天已经过去一半了。"（《月如荞麦花如雪》）这简直是人间仙境！

宋唯唯的小说和散文除了语言的古典诗意以外，还有一种悲悯感伤的情怀，一种挥之不去的淡淡的哀愁。

《浮花浪蕊》中的女孩丹丹，中断在银行学校的学业与刘小光私奔到深圳。丹丹为了她和刘小光的生存，在风月场上拼命赚钱。刘小光却甘愿在"女人吧"中当"牛郎",并最终离丹丹而去。丹丹本着和爱人相依为命的心,来到深圳这座城市,什么都还没有得到,却先丢失了对方,只剩下自己黯然神伤!

《月如荞麦花如雪》中的明明六岁丧父,孤儿寡母相依为命。她念完初中,就考入一所艺术学校,学舞蹈。17岁毕业时,明明被一舞蹈团选中,签约三年。在演出中她遇到了IT业成功人士雷灏。后来已厌倦了舞蹈的她,在雷灏的资助下重新上学,不料雷灏的妻子打上门来。在京城待不下,她就南下深圳,在一份周刊杂志里供职。雷灏和他太太离婚不成,明明只好与之分手。25岁时,明明的妈妈去世。母亲走了,从此这人世,走到哪里都是异乡。幸好,后来建筑设计师司哲走进了明明的生活。他们新婚半年后,司哲去塌方的工地解决技术难题,不幸被泥头车撞击身亡。明明回到枫桥,将家变成一间小客栈和咖啡屋。这端庄肃静的老板娘,这一年才28岁。雷灏一路踏雪来到枫桥,找到明明。她柔和地说:"太晚了,我和你,都回不到从前了。"自古红颜多薄命,明明的命运令人唏嘘。

《女孩小馨》中八岁的小馨,上小学三年级,她的学习成绩在班上是最好的。她的爸爸是老实本分技术过硬的剃头师傅,一条腿有残疾,只有小馨是世界上最看得起爸爸的人。妈妈做卤菜贴补家用,她是从远方来的异乡人,几乎不和小城里的人说话。有一天,妈妈不辞而别。小馨知道妈妈不会回来了,因为她开始长大了。这对相依为命的父女令人牵挂。

《长河边的兄弟》中,哥俩在学校读书,爸爸在广州一家工厂里做搬运送货工。暑假里哥俩穿新衣服去外婆家做客,他们很开心。冬天,孩子们吃爆米花,像过节似的快乐。农忙时,妈妈天不亮就起来干活,一直到小雪时节,妈妈的油菜秧苗种完了,一年的农忙,才算收尾。本来一家人的日子过得平平淡淡，也算和美，可腊月十六夜晚，爸爸骑摩托回来了，头上包着厚厚的卫生纱布。原来在广州，他被治安员抢走了钱财，打破了头，打坏了腰，又打断了脚踝，他还是骑摩托在路上走了一天一夜，不吃不喝地回家来了。邻家老婆婆和三岁的小孙子相依为命，她儿子外出打工三年，杳无音讯，生死未卜。老婆婆眼睛都快哭瞎了。"儿啊，你是死是活，晚上托个梦给你娘吧。"这样的哭诉，令人揪心。这篇小说问世后，读者给予了很高的评价："微妙的留守少妇情怀、纯真的童心世界、率真热辣的水乡民风都被她描摹得入木三分。更主要的是作品开创了一种崭新的打工题材小说的写作风格，让人切实体会到另一种柔软而有韧性因而也更具有杀伤力的批判力量。作品写到了幽怨、愤激、谴责、但却是以一种委婉温柔、波澜不惊的笔调徐徐呈现，让人在作品之内不闻嚎啕大哭，不见捶胸顿足，作品之外却不由得暗自垂泪、心痛至极。这是一种以柔克刚、难以穷尽的艺术魅力。"① 宋唯唯小说中这种淡淡的，挥之不去的哀愁，很有韵味。正如古诗所描述的："顿觉眼前生气满，须知世上苦人多。"

三、烟火味与世态人情

宋唯唯的许多作品是描写乡土的、市井的，充满人间的烟火味，给人一种真实感和亲切感。可以说她的小说，除了唯美和感伤外，还是属于世情的。"世情"既指世态人情，也指世俗之情。长篇小说《花低蝶》是宋唯唯的成名作，小说中充满幻化气息，从"栖月城"、"花息道姑"这样类似"太虚幻境"般的用字，就可认定其内容是非

---

① 杨宏海主编：《打工文学纵横谈》，社会科学文献出版社 2009 年版，第 115 页。

写实。即便如此，《花低蝶》中也有"世情"生活的描写，姚仕良把美丽的妻子，当成摆设和对外炫耀的资本，他是道貌岸然、薄情寡义的。此外，姚家婆媳、姑嫂之间的家长里短、你争我斗；栖月城爱看热闹、传播流言的众多女人；在海边小镇夜总会混生活的80后小姑娘翩翩对无赖男友的一片痴情；市井无赖对小商户的敲诈勒索；古惑少年橙仔的死于非命；女孩豆蔻暑假南下千里寻母的辛酸与温情……诸如此类，无不具有世俗生活的气息。

《小镇风月》里，镇上的首富陈好发勾引了木匠的老婆玉霞，掀起了一场轩然大波。陈好发和玉霞逃到广州，度过了一段艰难的打工岁月。风平浪静后，他们回到小镇，各自的生活重新步入正轨。小说通过玉霞的婚姻故事，探讨了婚姻和人生的真谛。婚姻其实就是过日子，过安宁的日子。放纵风月，摧毁的只能是美好的家庭生活。这篇小说仿佛是一幅当代小城镇的浮世绘。

《你是表哥》中，月蓉的父母对自己的女儿是那样的深恶痛绝，不屑一顾；而干女儿金碧是那样的乖巧伶俐、富有心计；平伢子是那样的志存高远、自强不息；平伢子的父亲是那样的游手好闲、嗜赌成性；平伢子的妈妈是那样的任劳任怨、勤俭持家；老外婆是那样的通达事理、善解人意……除人物鲜活之外，这篇小说中的田园风光也散发着泥土的芬芳。

《地母》中的那个"鸭母"是能给所有的人带来快乐的人。她容貌不好看，却心地良善，她是所有妇女们深爱的，离不开的，安全的朋友。鸭母厨艺了得，一个人在厨下，整得出几十桌客人的宴席来。四乡八里没有一个女人，比她更能干，更喜庆，她的嗓门更是讨人喜欢。她是一位很有世俗色彩，敢说敢干的农村妇女。

《一路歌哭》中，村民在水边木枭上淘米、择菜，嘤嘤地说着话。来了个捶衣服的堂客，水声登时热闹起来了，哗啦哗啦地，床单扬起来，撒网似地投到水里了。这在农村，是常见的生活场景。

小说《怀想一座城市》，写到了主人公喜欢武汉的小吃，喜欢菜场上新鲜的肉菜，活鲜的武昌鱼，洁白的莲藕，清早的街道上随处可见的早点摊，沸腾的油锅里捞出的糯米团，油条，苕粑粑。细细的面条放进开水锅里烫一下，舀起来撒上芝麻酱、榨菜丁和醋，这就是著名的热干面。在这里，武汉的市井生活气息更是浓得化不开，笔者不禁想起池莉笔下的武汉，想起了吉庆街，想起了鸭脖子等武汉标志性的风味小食。

宋唯唯在农村呆过很长一段时间，她的散文里散发出浓郁的乡村气息，如《挚爱祖母》《黄昏里温柔来到的老妪们》《菊婆婆和小木偶》《还乡》《十九岁》《深圳简笔》等。在散文《当青柚子落在你头顶》中，宋唯唯写道："我家的老房子屋顶上，扔着我童年时脱落的乳牙。菜园的李子树下埋着我出生时候的胎盘。"在《是花都开了》中，宋唯唯写道，乡村的生活充满了各种各样的气息："祖父的气息是田野里麦浪的醇厚，水田翻浆的愉悦而沉重的犁铧破开泥水的声音；孩子们的气息是小小的豆荚在膨胀长大，是庭院里的指甲花开出歪歪的一朵二朵，是新春里家什上贴着的歪歪扭扭的五谷丰登的春联；老妪们的气息，哦，我告诉过你的，那是黄昏燃烧过的草木灰的芳香，是冬天没有太阳的洁白的黄昏和醇厚的黑夜里金红的火堆的气息，是温情的，衰弱的，在时光里老去的瓷器和丝绸的气息。而少女们，她们的气息，是熏风艳阳里，满树的桃花，满树的梨花，藤上的蔷薇，池塘的荷花，各据一角，弥漫盛开的香气，清凌凌的芳香四溢。"宋唯唯所理解的散文"是悲欣交集的生存境地之中，来自岁月深处充满伤恸，竭尽全力的安抚。……我的散文是开在时光的墟落上的花朵，你阅读我的散文,会看见,我的灵魂翩翩地起舞。"① 从散文《闲妇日记》《年夜饭》等篇什中,我们发现,宋唯唯其实是一个热爱世俗生活,很懂得过日子的女人。

四、古今中外的文化滋养

宋唯唯并非科班出身,但是她很爱读书,有着海量的阅读量。她喜欢的作家有许多。在西方文学里,这几年她很爱读美国的现当代作家,着迷福克纳、索尔·贝娄、斯坦贝克、纳博科夫、卡波特、托尼·莫里斯等。她对中国古典文学一直很喜爱,很小的时候,她就喜欢读《红楼梦》,现在正在读《资治通鉴》。她说自始至终影响她的写作、渗透她命运的一个人,是唐朝大诗人白居易。"我在孩童时就读他的诗,至今打开他的文集,依然沉醉,有新的汲取和感怀。白居易是我眼里最具叙事才华的古代诗人。着重细节、情味,那些路途中遇见的人,辛酸的卖炭翁,浔阳江上的歌女,天宝年间的宫隶,新丰折臂翁,采莲蓬的孩童,都会入他的笔下。"②《花低蝶》中,主人公的名字叫秋蝶,小说名字来自"花低蝶新小,飞戏丛西东。"这都取自白居易的诗歌《秋蝶》,其诗云:"秋花紫蒙蒙,秋蝶黄茸茸。花低蝶新小,飞戏丛西东。日暮凉风来,纷纷花落丛。夜深白露冷,蝶已死丛中。朝生夕俱死,气类各相从。不见千年鹤,多栖百丈松。"看来宋唯唯是真正喜欢白居易的了。

宋唯唯的小说还深受张爱玲的影响。她写过一篇散文《沪上·看张》,毫不掩饰地表达了她对张氏的喜欢。在小说《怀想一座城市》中,作者借女主人公的口吻说:"我们谈起读书,谈及许多共喜欢的作

---

① 宋唯唯:《开在时光墟落上的花朵》,《岁月》2005 年第 4 期。
② 钟华生:《浸润在深圳创作沃土中》,《深圳商报》2011 年 6 月 2 日。

家,后来我说起我喜欢读张爱玲的书,没想到这个男人居然也读过她的所有作品。"

《你是表哥》的开头是这样:"在天空的底下,或许,每一个小姑娘,都会是一个人的表妹。而每一个表哥,都会有一个或亲或疏,或远或近的表妹,当她来到世上时,他已先到。"小说的叙述语调不疾不徐,娓娓道来,很有张爱玲小说的叙事风格。

《长河边的小兄弟》是这样开头的:"他们是一对小兄弟,生活在平原上一个叫做潘渡的小村落里。哥哥叫潘霄霄,弟弟叫潘乔乔。有一条长长的水波粼粼的大河,从很远很远的地方流过来,经过台上的人家。河上曾经走着很多很多小船的,如今都不见了,因为划船的男人们都出门打工去了。"而其结尾写着:"这长河边絮语的一对小兄弟呵,没有人听见他们的说话。连念珠儿也不晓得她正在被隔壁家的小男孩打歪主意呢。村庄睡着了,长河睡着了,只有他们躺着的树枝上翠绿的叶苞,只有春风吹着漫野的油菜花的香,只有深蓝的天空上满天的繁星,眨巴着眼睛,闪烁着光芒,温柔无语地陪伴着他们。"年轻的宋唯唯,用这样老道的笔调叙述,让人惊讶不已。眼尖的读者可能会发现,这是不是有些张爱玲《沉香屑:第一炉香》《金锁记》等小说的味道?还是在小说《怀想一座城市》中,主人公感叹道:"如今的我,也早就不同人谈张爱玲了,现在是满城争说张爱玲,连那些小报和时尚杂志吹捧起女明星来,也一定要和张爱玲扯上关系,似乎作为她的忠实读者,这样才算有品有貌。"小说主人公这种欲说还休,欲拒还迎的姿态很耐人寻味。

宋唯唯比较年轻,现在又积累了很多写作经验,并且取得了不俗的成就。愿她博采众长,超越自我,写出更多更好的作品来。

第二节　触及新城市里的新人生
——评宋唯唯的《一城歌哭》

《一城歌哭》是宋唯唯继《麒麟峪》之后第二部描写深圳生活的长篇小说，它的内容是《麒麟峪》题材的延伸。《麒麟峪》写了深圳这个城市里孩子们的独特成长经历，而《一城歌哭》的题材则是从家政工、小保姆的生活入手，写一群从乡下来到深圳的人们的际遇、命运。这是一部成功的长篇小说，2010年该小说获得"第三届深圳原创网络文学拉力赛"长篇小说类的金奖。评委会认为，该小说将"往城市去"过程中的人物群像和命运挣扎，用一种独特的诗意及纯美的方法予以表达。作品布局轻盈精巧。在绝大部分的篇幅中保持了精准而细腻的叙事品格。① 小说主要通过家政工牵藤和小保姆荷荷的视角来展开故事情节，描述时代风貌。

一、家政工牵藤

牵藤是台上长兴家的媳妇，嫁过来七八年了。她和长兴有个孩子，给老人带在家里，上学念书。夫妻俩都在深圳打工。牵藤是个好看的少妇，身型圆润，鹅蛋脸，大眼睛，眼珠子黑黑的，厚厚的红嘴巴，一笑两个酒窝。头发烫了时髦的金黄色。牵藤来深圳，一开始就是走家串户做家政工。年复一年，泼洒的乡下小妇人磨蹉到了中年，她劳苦、知趣、收敛，脸上布满细碎的皱纹。说起来，她也算得上将青春献给了深圳。

---

① 弘静：《第三届深圳原创网络文学拉力赛颁奖》，中华和谐文化网，http://www.chinahexie.org.cn/a/wenyiyingshi/wenxue/lilunzixun/2010/1025/2955.html。

牵藤早餐后，就去雇主家干活。她随身的小挎包里装着雇主家里的一串钥匙。她叠被，洗碗，吸尘，擦桌子，收起前一天晒干的衣服，将干净的衣衫熨烫过，将洗衣机里的衣服拿到阳台的晾衣架上。干完这家的活，就赶去下一家，洗衣扫地、买菜做饭。下午要去第三户人家，这一层楼的卫生，是先从老人们的家里开始做的，吸尘，擦灰，擦地板，繁琐的一整套工序。老人住的房子，室内光线就是暗一些，空气里有一层"老人气"，东西也琐碎，水杯，药瓶，老花镜，要检要摆。太阳落山了，老人家的儿媳也下班回家了，她家没有给牵藤钥匙，公婆家也没给。务必等到她回家，牵藤才可进得门去做卫生。牵藤在房间里一边开着吸尘器，一边铺床，整理沙发，拍打着沙发的靠枕，抚平沙发套上的褶纹。她有着一双神奇的手，手过处，床面平服得像熨斗熨过的一样。这家人都不和佣人打招呼的，只有奶奶，好心地挽留牵藤也上桌一起吃饭——"都这么晚了，一个人也是要吃的不是么？"当然这只是客套话。牵藤在外面简单地填饱肚子后，下一个要做的人家在一户单身公寓，主人是一个写字楼的白领。写字楼小姐闻见牵藤嘴巴散发的食物气息，浑身的汗垢气，就对牵藤油然地生出像对待进犯者那样的抗拒和敌意。她自己有工作，有钱，有能力，却没对象。老姑娘日复一日地刻薄嫌弃牵藤嘴里的气味，身上的汗味，擦地时虎虎生风的样子，一律粗鄙得叫她入不了眼，然而，她却是离不开牵藤的，因为牵藤做家事细致，手脚干净。晚上九点许，牵藤这一天的劳作，才算结束了。

牵藤在做家政工的时候，碰到各色人等，比如玫瑰。玫瑰其实就是有钱人包养的二奶。这一类狐妖的女子都是娇弱的，依赖成性的，对阿姨有一腔情意，一份指望的。离开了阿姨，日子就没法子维持。丝绸如何手洗，毛线、羊绒如何晾晒，皮草如何保养，煲的一手汤，什么汤是醒酒的，什么汤是滋阴养颜的，什么汤是调理内耗的——这些统统都是阿姨们的私房秘诀。用不了的化妆品、手机、购物卡、名牌手袋，也轻描淡写间就施舍给了阿姨。一冬一夏，换季的时候，都会有个迫不及待的大赠送。许多玫瑰过个两三年就不做玫瑰了。她们无非是远走高飞，或者嫁入富豪门下。牵藤寻常见到的玫瑰，都是熟睡的。牵藤和她的沟通，全倚赖她留字条，有时深夜，玫瑰打来电话，声气微弱，唤她快些来家。牵藤二话不说，挂上电话，从酣沉的睡梦里起身，穿衣就走。下楼去打车前往玫瑰家。这些女孩子的房间，气息都是相似的，鲜花的香味，凋败了的腐气，肉体的热烘烘的人气，还有香水的味道。在玫瑰家里，她揭开枕头开始铺床，从床单里滚落出的情趣用品，用于房事的那些，床头柜的抽屉里，装满了这一类的性用品。她见怪不怪地，霍霍然抖开床单，洁白地将一切都覆盖。然而，她心里崩盘了、决堤了！她在这房子里，那房子里，整理了多少回，情欲涤荡后的床铺，手洗了多少腥气的龌龊的内衣。洗女人内衣，在乡下人眼里是多么晦气的一件事！是要背时一辈子的，尤其是这些，不正经做女人的小婊子们，在乡下人的传统伦理里，要装在笼子里沉塘！她伺候了这些小婊子们这么多年！一身不干不净的晦气。所以她这么倒霉！

宋唯唯说："我一直觉得，家政工是了解城市秘密最多的一群人，唯有她们可以进入一扇扇公寓门的背后，进入那些隐蔽的日常生活里，也进入他人的秘密里。相比我从前的作品，《一城歌哭》的文字风格会泼辣许多。"① 看来，宋唯唯用家政工作为小说的主人公是很有道理的。

---

① 钟华生：《浸润在深圳创作沃土中》，《深圳商报》2011年6月2日。

那些平常的市民家,用一个阿姨就是帮忙分担家务的,家里总有几扇门是随手关的,抽屉是带锁的,冰箱、水杯,或者洗手间,这些私人空间,都是家政工最好不要碰的。这是一种界限分明的雇佣关系,客客气气,账目分明,就已然是最好了。过日子的人家,一条毛巾洗旧了,破洞了,实在挂不上架了,会拆成条来做抹布,抹布更破些,不要紧,和平日积下来的抹布攒在一起,可扎一条拖把。废旧书报会积攒起来,到时候卖钱。这样的人家,跟这些大手大脚的玫瑰们没法比。

雨季还没有结束的时候,牵藤夫妇就离开了深圳。牵藤的男人长兴,在工地上干活时,从高空作业的吊车上失手摔下来,伤了一条腿。从此,再也干不了体力活了。长兴心灵手巧,会做木工、瓦工,在这城市走过多少工地,盖了多少的楼厦,装修了多少房子,如今断了一条腿。她的男人,当年在十乡八里都是响当当的人物。他多才多艺,会在月光下吹笛子,过年的时候,一台人家都是他写春联。

就在长兴在医院住院这两个月,牵藤心态发生了变化。她心里狠狠地骂道:这帮好吃懒做的杀胚,饶过了他们这么些年!这些肩不挑手不担的人!从来都是他们坐着她站着,人家吃饭喝汤,她跳高趴低地打扫,讲话人家端着架子,而她一律赔笑脸,她太该得到补偿了!

一天,牵藤离开玫瑰家时,将抽屉里,桌面上,玄关台面上的零钱、角子,以不经意的手势,一律扫进一只鞋盒里。这些零钱,是平日里玫瑰打车、付外卖时的找零,五块、十块、硬币,扔得到处都是。这鞋盒子里的钱,全都理出来,有六七百块,等于玫瑰付给她的一个月工钱的一半。她大义凛然地抱着那只钱盒子,回到城中村。牵藤在玫瑰家开了头,自此便破了戒,每一户东家的家里,她都施展身手。房间的桌子抽屉、沙发底下、收集硬币的储钱罐,这些都是发掘财富的固定地点。这两个月,长兴贤惠要强的老婆变成了一个偷儿。辞工时,主人家都没有给牵藤好颜色了,她顺手牵羊,小偷小摸得太猖狂,犯了众怒。

离开深圳的时候,牵藤咬定了牙关,立誓要一滴泪也不流。然而,她到底是忍不住哭了。她推着坐在轮椅里的丈夫,轮椅上搁着箱子,她的背上背着背包,夫妻俩就这样依依不舍地离开了深圳。

如今,牵藤不再是深圳城中村里见缝插针地生存的那个精明、百般算计的家政工牵藤,也不复是麒麟峪社区里那个笑眯眯好脾气大力气的中年阿姨。如今,牵藤在这个小村落里,是个稳重的当家人,有格调,有身份的。在家乡气派的三层楼房的牵藤,是全家人的依靠、大梁、主心骨。

二、小保姆荷荷

荷荷是刚过了端午节的时候,由牵藤带来深圳的。那时她15岁半,初中未毕业。荷荷有两个哥哥,一个在读高三,马上要考大学,一个正在念大学。荷荷读书比不上两个哥哥,但也不是太差,可是念书若是过几年又考上了大学,家里还得供好几年,爹娘就怕这个。荷荷一到深圳,就做了小保姆,看护一个八九个月大的婴孩。

盛夏七月,牵藤在这社区里又多了一份活计:给老乡文星家烧午饭,照顾他两个来深圳过暑假的小外甥和小侄子。文星老家是牵藤娘家那个村子里的,离牵藤婆家那个村庄也不过18里地。荷荷抱着小孩跟着牵藤来玩,于是就认识了文星。文星借书给她看,并说"这些书会帮你在心里做梦。小姑娘要做梦的。"

文星来深圳的时候,是个17岁的少年。只差一年就高考了,但他厌倦了学校,厌倦了那些恶毒的捉弄、挑衅,也厌倦了父母的不明就里的一味指责。他边打工,边读书,他开始写诗。这个打工仔里头的诗人，终于离开了工厂，谋到一份体面的工作。待到少女荷荷遇见文星的时候，他已经是一名在政府喉舌部门工作的公务员了。荷荷每回只能在文星那里借一本书，六天后按时还回来，届时，文星会借给她另一本书。文星本来是个抑郁的人，然而看见荷荷，就会有那么一种戏谑、风趣油然而生。文星待她尊重，客气，叫她感念，叫她幸福得要掉眼泪。文星的脸，便时常浮现在她脑海里和眼前。一天夜晚，荷荷下楼去超市，因为女主人一时起意要吃榴莲和烤生蚝。文星等三人在宵夜，一长相姣好的女子怕蚊子，将脚抬起来，伸到对面文星的膝上搁着。文星爱怜地将那双白色的小巧的脚，揽在怀里。荷荷看到这种情景，许多天茶饭不思，彻夜难眠，她恨不得立即去死才好。荷荷静默了好久，说出一句话："我想回家去！"然后，她便回家了。

放寒假，两个在外念书的哥哥，也都回来过年了。荷荷对他们，满腔仇恨，出口伤人。荷荷再来深圳的时候，已是隔年油菜花金汪汪盛开的季节。雀雀一个电话打过来，荷荷一刻也不曾停留，当天就出了门，去赶火车。雀雀与她同龄，比她早半年来到深圳，在社区的洗衣店打工。她们两人合租了老城区的城中村公寓，两室一厅。雀雀去了国贸区一间高级成衣店做导购。荷荷做两份工作，白天一份工做八小时，夜晚另一份工做七小时。夜晚，荷荷做事的地方是一间24小时不打烊的书店。她值班的时间是午夜12点至早上6点，下班后，回到城中村，掏钥匙进门，和衣卧倒在床头，瞬间入睡。这两个半钟头的睡眠，是一点水分都不掺的。荷荷另一份工，则是9点钟上班，是在面包店店堂做小伙计。因为她乖巧清秀，好使唤，不久被挑到玻璃房里，在大师傅身边打下手，她负责打鸡蛋，切水果。一年多过去，而今她也是个蛋糕师傅了，是专门做水果蛋糕的，甜品家族里最简易、最家常的一种，一天能做上300客。

在每个周六的深夜里,臧辉总是出现在24小时书店里,来看书。后来荷荷开始与他说话,她用微波炉加热夜餐时,会将食物分成两份,用纸碟子端一份给他,这是一份温馨的夜餐。雀雀担心荷荷遇到坏人,便假装生病,让荷荷送钱过去,说她在罗湖医院的急诊室。一场恶作剧后,臧辉和这两个女孩子,从此亲近起来。周末的时候,臧辉会来荷荷和雀雀的公寓,奉命前来修电脑,换灯泡,修门锁,维修电视机、冰箱。臧辉在北京念的大学,他学的专业是化学分类,科研性质的,适合待在实验室里。22岁多一点的他,是为一个女子才来到深圳的。臧辉头一次见那个女子,是在北京的一个冬夜,一间24小时书店里,那一年他19岁。后来,她猝然地离开了北京,走时没有和他道别,她搬回了遥远的南方深圳。臧辉毕业了,也来到了深圳。他常常来这家书店,因为在这个城市,这是唯一的一间24小时书店。

臧辉经常出现在两个女孩的家里,像远方来的表哥。雀雀上班之余,还颇有理想地报名参加了自考考试,学商贸和法学专业。单纯得不着调的男孩子臧辉,简直成了雀雀的一块心病。圣诞节前夜,臧辉约雀雀去一间教堂听赞美诗。出教堂时,雀雀对臧辉说:"你就傻一辈子呀。你当我好喜欢你呀?我是可怜你,才做你女朋友的!"这年岁末,臧辉暗恋数载的女子,来找他。雀雀陪臧辉去。雀雀心想,像她这样年轻美貌,心地善良,不爱慕虚荣,不贪图荣华,出得厅堂入得厨房的女孩子,在深圳像恐龙一样稀少。现在,他牵一只恐龙,去赴他的女神的约会,效果一定是不一样的。她要为臧辉,在那有眼无珠的女人面前争口气。打过招呼后,雀雀借故先走了。见面时那女子落下泪来。她不是不知道臧辉的心,她什么都明白。他一直都爱她,他是为了她,放弃另一些前途,跑到深圳来的。

荷荷听了臧辉的故事后,非常感动,因为她自己也是那样不可理喻地爱着文星。于是荷荷拨通了文星的电话。这样，他们两个又碰头了。在书店，文星深深地，长叹一声，这叹息源自肺腑。他叹息道："你这样什么都不说，你什么都不告诉我，这都是何苦呢？傻丫头！"

　　文星和妻子感情不太好。他本是了无生趣的一个人，几乎没有任何兴趣爱好。如今文星成了一个拥有权力，举足轻重的人物。岌岌可危的婚姻，却得到了拯救。婚姻美满的秘诀是：文星回家的次数更加的少了，而追随的福利光环却与日俱增。这样妻子很满意。男人最成功的标志是什么：少回家！没时间回家，即便想回家也抽不了身，回不了家。他濒临坍塌的婚姻，都被他升官的好运化解了。

　　文星常常来看荷荷。他熟悉了雀雀和她的那套小公寓。他会柔情地伸出双臂，抱住她。他呢喃地吻她，他的修直的，多情的手，揽过她的头……荷荷满脸热泪，汹汹涌涌地流淌，文星觉得那眼泪仿佛是一条河，将他漂起来，冲走了。

　　荷荷看得很清晰，文星是真正的一个冰做的人，冰清玉洁的，没有心，没有情的。他总是安静地离开她，他疏离的微笑，柔和的眼神，出门后看她的那一眼。荷荷她照样在蛋糕店工作，只是书店的活计在文星力逼下，辞掉了。她习惯忙碌，闲下来做什么呢？文星说："我对不起你！"她想逞强说，是我自愿的，和你有什么关系？又想说，我晓得你尽力了，你有这份心，我已经满足。她要了他的这个对不起，才是真的什么都认下了，不指望了。

　　荷荷得到一个礼物，是文星送给她的，随一个旅行团去欧洲旅行。在旅途中，她想到文星，其实，在精神上，她对他有一种从来不曾言说的了解。在这个结实、油滑的世界上，他们轮回得太久太久，永远怀有着一颗，异乡人的心。这是她的宿命，荷荷想，也是他的宿命。这就是他们相爱的方式。这一辈子，她对待文星是完全没脾气的将就、让步，没法子挣扎，驯服得要命。

　　《一城歌哭》对于宋唯唯来讲是有一些新的突破的，这主要表现在作品的内容上。有人提问：在《一城歌哭》里"你最想表达的是什么"？宋唯唯在回答这个问题的时候说："最想表达的是人的命运遭际。在小说中那红尘颠倒的'歌哭之城'，酷烈的命运跌在高楼大厦下的深壑里，却只大音稀声。在轰隆隆推进的工业社会，漂泊时代里无处安顿的心灵，四散零落的乡村牧歌，宿命交错里无法命名的情感；还有生存，每个人匍匐求生存的那一种辛酸感，连姿态都是格外吃力的。"① 应该说宋唯唯的良苦用心，不少读者是感受到了的。著名作家苏童称赞宋唯唯的《一城歌哭》，说它"触及新城市里的新人生，用熨帖的姿态关注了现实"。② 可以说，这部小说是深圳当下文学创作的一个新收获。

---

① 钟华生：《浸润在深圳创作沃土中》，《深圳商报》2011 年 6 月 2 日。
② 转引自贺绍俊：《新世纪文学的"宁馨儿"》，《深圳特区报》2011 年 3 月 16 日。

后 记

两年前申报广东省哲学社会科学"十一五"规划 2010 年度学科共建项目的时候，我就深知这一研究课题的艰难——"岭南文学新实力"十位正值创作高峰期的新锐作家，个个勤于笔耕，作品难以计量，研究他们，工作量堪称巨大。好在，几位学问出色工作勤勉的同事欣然加入课题组，鼎力相助，终使课题得以顺利完成。他们是：陈利群教授、刘晓文教授、陈南先博士、陈翠平博士、蒋颖讲师。作为主编，我欣赏他们的才华，也尊重他们的学术见解，因而，在统稿时我只作个别的修订和少量的剪裁，尽力保留撰稿人的识见和风采。

各章撰稿分工如下：

孙春旻教授：引言，第五章《郑小琼论》，第六章《梅毅论》，第九章《吴君论》，后记，以及第二章第一节，第七章第三节。

陈利群教授：第七章《盛可以论》。

刘晓文教授：第八章《盛琼论》。

陈南先博士：第四章《王十月论》，第十章《宋唯唯论》。

陈翠平博士：第一章《魏微论》，第三章《黄咏梅论》。

蒋颖讲师：第二章《熊育群论》。

本课题研究得到广东省作家协会、广东作协文学院、广东技术师范学院文学院、广东技术师范学院研究生处及科研处的许多帮助，本书出版得到武汉大学出版社的大力支持，在此谨表谢忱！

本书部分章节作为阶段性成果已先期在《当代文坛》《名作欣赏》《写作》《嘉应学院学报》《广东技术师范学院学报》等刊物发表。

孙春旻

2012 年 11 月 20 日记于广州